पेंगुइन स्वदेश

एक ही रास्ता

सुरेन्द्र मोहन पाठक का जन्म 19 फरवरी, 1940 को पंजाब के खेमकरण में हुआ था। विज्ञान में स्नातकोत्तर उपाधि हासिल करने के बाद उन्होंने *भारतीय दूरभाष उद्योग* में नौकरी कर ली। युवावस्था तक कई राष्ट्रीय और अंतरराष्ट्रीय लेखकों को पढ़ने के साथ उन्होंने मारियो पूजो और जेम्स हेडली चेज़ के उपन्यासों का अनुवाद शुरू किया। इसके बाद मौलिक लेखन करने लगे।

सुरेन्द्र मोहन पाठक के प्रसिद्ध उपन्यास *असफल अभियान* और *खाली वार* थे, जिन्होंने पाठक जी को प्रसिद्धि के सबसे ऊंचे शिखर पर पहुंचा दिया। इसके पश्चात उन्होंने अभी तक पीछे मुड़ कर नहीं देखा। उनका *पैंसठ लाख की डकैती* नामक उपन्यास अंग्रेज़ी में भी छपा और उसकी लाखों प्रतियाँ बिकने की ख़बर चर्चा में रही। उनकी अब तक 305 पुस्तकें प्रकाशित हो चुकी हैं और आप इन से निम्नांकित के जरिया सम्पर्क कर सकते हैं:

smpmysterywriter@gmail.com

www.smpathak.com

हिन्द पॉकेट बुक्स से प्रकाशित

लेखक की अन्य पुस्तकें

क़हर
जाके बैरी सन्मुख जीवै
काला नाग
एक करोड़ का जूता
बीवी का हत्यारा
आठ दिन
खाली मकान

एक ही रास्ता

सुरेन्द्र मोहन पाठक

पेंगुइन स्वदेश
पेंगुइन रैंडम हाउस इंप्रिंट

पेंगुइन स्वदेश

यूएसए। कनाडा। यूके। आयरलैंड। ऑस्ट्रेलिया। सिंगापुर
न्यू ज़ीलैंड। भारत। दक्षिण अफ्रीका। चीन

पेंगुइन स्वदेश, पेंगुइन रैंडम हाउस ग्रुप ऑफ़ कम्पनीज़ का हिस्सा है,
जिसका पता global.penguinrandomhouse.com पर मिलेगा

पेंगुइन रैंडम हाउस इंडिया प्रा. लि.,
चौथी मंजिल, कैपिटल टावर 1, एमजी रोड,
गुरुग्राम 122002, हरियाणा, भारत

पेंगुइन
रैंडम हाउस
इंडिया

प्रथम हिन्दी संस्करण हिन्द पॉकिट बुक्स में पेंगुइन रैंडम हाउस द्वारा 2021 में प्रकाशित
यह हिन्दी संस्करण पेंगुइन स्वदेश में पेंगुइन रैंडम हाउस द्वारा 2025 में प्रकाशित

10 9 8 7 6 5 4

इस पुस्तक में व्यक्त विचार लेखक के अपने हैं, जिनका यथासंभव तथ्यात्मक
सत्यापन किया गया है, और इस संबंध में प्रकाशक एवं सहयोगी
प्रकाशक किसी भी रूप में उत्तरदायी नहीं हैं।

ISBN 9789353497224

टाइपसेटिंग : डीजीअल्ट्राबुक्स प्रा.लि., नई दिल्ली

मुद्रकः रेप्रो इंडिया लिमिटेड

www.penguin.co.in

FSC
www.fsc.org
MIX
Paper from
responsible sources
FSC® C047271

This is a legitimate digitally printed version of the book and therefore might not
have certain extra finishing on the cover.

साहिल सरीन और सुनीत सरीन मांजाये सगे भाई थे जो कि बरसों से काठमांडू में स्थापित थे। उनके पिता को मरे कई साल हो चुके थे, मां जीवित थी लेकिन अपने बेटों के साथ रहने की जगह भक्तपुर में अलग रहती थी। दोनों भाई भी अलग-अलग रहते थे, लेकिन उनके आवास काठमांडू में ही स्थापित थे। साहिल सरीन छोटा भाई था, उम्र में तीसेक साल का था, छरहरे बदन वाला, बड़े स्टाइलिश रखरखाव वाला खूबसूरत शख्स था। वो कारपेट और हैण्डीक्राफ्ट्स के एक्सपोर्ट का धन्धा करता था जिसमें कि वो अभी इतना स्थापित नहीं था कि उस की गिनती धनवान व्यापारियों में हो पाती।

सुनीत उससे दो साल बड़ा था लेकिन अपने थुलथुल शरीर की वजह से कई साल बड़ा जान पड़ता था। अपनी वाकफियत के दायरे में वो 'मोटा हिन्दोस्तानी' के नाम से जाना जाता था। कहने को वो भी किसी एक्सपोर्टर का एजेन्ट था अलबत्ता क्या एक्सपोर्ट करता था, ये साहिल ठीक से कभी नहीं जान सका था। लेकिन उसका रहन-सहन और रखरखाव ऐसा था कि उस पर एक निगाह डालकर ही कोई कह सकता था कि रुपये पैसे की उसे कोई कमी नहीं थी।

उस घड़ी मोटा हिन्दोस्तानी अपने छोटे भाई को एयरपोर्ट पर छोड़ने आया हुआ था। साहिल किसी ऑडर के सिलसिले में दिल्ली जा रहा था।

''कब लौटेगा?'' – सुनीत ने खामखाह पूछा।

''तीन चार दिनों में।'' – साहिल अनमने भाव से बोला।

''स्यू मिल गयी तो भी?''

स्यू अलेमाओ एक पढ़ी-लिखी गोवानी लड़की थी, बतौर पत्रकार बीबीसी से सम्बद्ध थी और साहिल की गर्ल फ्रेन्ड थी। नेपाल और साउथ एशिया उस का कार्यक्षेत्र था और उन दिनों एक नेपाली राजनेता के ग्रुप के साथ दिल्ली गयी हुई थी।

''देखूंगा।'' – साहिल बोला।

तभी सुनीत का मोबाइल बजा।

उसने जल्दी से काल रिसीव की, केवल ''ओके'' कहा और फोन वापिस अपने जेब के हवाले किया।

''बहुत जरूरी काल आ गयी है।'' – वो एयरपोर्ट के सामने कार रोकता बोला – ''मेरा यहीं से फेयरवैल कबूल कर।''

''ठीक है।'' – साहिल बोला।

''हैपी जर्नी।''

''थैंक्यू।''

सुनीत ने डिकी में से एक सूटकेस निकाल कर अपने छोटे भाई के हवाले किया, उससे गले लग के मिला और फिर अपनी कार पर सवार होकर वापिस लौट पड़ा।

मुम्बई में वो शाम के करीब का वक्त था।

एक ऑटो पर सवार एक नेपाली छोकरा ग्रांट रोड पर पहुंचा। उस का नाम बुद्धिमान था और वो मुश्किल से सत्तरह साल का था। उसने जेब से एक कागज का पुर्जा बरामद किया, उस पर लिखी तहरीर का मुआयना किया और फिर आटो वाले से बोला – ''अभी और आगे चल।''

आटो वाले ने सहमति में सिर हिलाते आटो आगे बढ़ाया।

''धीरे चलना'' – छोकरा बोला – ''वर्ना परले सिरे से वापिस लौटना पड़ेगा।''

''अच्छा।''

ऑटो कोई दो फरलांग आगे बढ़ा तो छोकरा एकाएक बोला – ''रोक। उस ऊंची इमारत के सामने।''

आटो वाले ने उसके द्वारा निर्देशित एक दसमंजिला इमारत के प्रवेश द्वार के सामने आटो रोका।

छोकरे ने अपने पैरों के पास पड़ा एक सूटकेस सम्भाला और आटो से उतरा,

उसने आटो का भाड़ा चुकाकर उसे रुखसत किया और सूटकेस सम्भाले इमारत की लॉबी में दाखिल हुआ।

वो साफ-सुथरी कमीज पतलून पहने था, गले में टाई तक लगाये था, उम्र चुगली न कर रही होती तो किसी अच्छी कम्पनी का सेल्समैन जान पड़ता।

झिझकता सा वो रिसेप्शन पर पहुंचा।

''फ्लैट नम्बर 502 में जाने का।'' – वो सुसंयत स्वर में बोला।

''नाम?'' – रिसेप्शन क्लर्क ने पूछा।

''बुद्धिमान।''

क्लर्क ने एक फोन उठाकर उस पर बात की, फोन वापिस रखा और बोला – ''जाओ।''

''थैंक्यू।''

वो लिफ्टों की ओर बढ़ा।

उस के लिफ्ट में सवार होने तक रिसेप्शन क्लर्क अपलक से देखता रहा। उसके साथ लिफ्ट ऊपर को चल दी तो उसने एक फोन अपनी तरफ घसीटा, उस पर एक नम्बर डायल किया और धीरे से माउथपीस में बोला – ''चूहा पिंजरे में है।''

सुनीत सरीन त्रिभुवन एयरपोर्ट से काठमांडू के मध्य में स्थित कांती पथ पहुंचा जहां कि उसका गन्तव्य स्थल पैनोरमा नाम का नाइट क्लब था। वहां परिजात थापा नाम की एक नेपाली युवती होस्टेस थी और उन दिनों उस से फुल फिट थी। छः महीने से वो उसका खास और करीबी था। वो इस बात से नावाकिफ नहीं था कि मोटा रोकड़ा कमाने के लिये वो अक्सर सम्पन्न विदेशी टूरिस्टों के साथ सोने को तैयार हो जाती थी, लेकिन उसे कोई खास एतराज नहीं था। जब वो उसकी जाती जिन्दगी में दखल नहीं देती थी तो उस का भी उसकी जाती जिंदगी में दखल देना नहीं बनता था।

वो अभी नाइट क्लब के बिजनेस का वक्त नहीं था, इसलिये परिजात ने उसके साथ चलने में कोई हुज्जत न की। वो उसके साथ कार में सवार हुई और कार पाटन की ओर रवाना हो गयी जहां के एक छोटे से होटल में उस घड़ी उसने हाजिरी भरनी थी।

होटल का नाम हिमगिरि था और वो मेन रोड पर स्थापित था।

उसने कार को छ:मंजिले होटल की अन्डरग्राउन्ड पार्किंग में ले जाकर खड़ा किया। दोनों कार से बाहर निकले और रोड लैवल पर आ कर होटल की लॉबी की ओर बढ़े।

''याद है न क्या करना है?'' – रास्ते में वो बोला।

परिजात मुंह से कुछ न बोली, उसने नर्वस भाव से सहमति में सिर हिलाया।

''मामूली काम है।'' – वो आश्वासनपूर्ण स्वर में बोला – ''पांच मिनट में फारिग हो जायेंगे।''

परिजात ने फिर सहमति में सिर हिलाया।

''गुड।''

परिजात को पीछे छोड़कर वो लॉबी में दाखिल हुआ और लिफ्ट द्वारा चौथी मंजिल पर पहुंचा।

उसने 405 नम्बर कमरे के दरवाजे पर दस्तक दी।

दरवाजा खुला, जो शख्स चौखट पर प्रकट हुआ वो नसरुल्लाह नाम का एक उम्रदराज अफगान था, जो कि अपने आप को भारत में शरण पाया बंगलादेशी बताता था।

सुनीत को उसकी राष्ट्रीयता पर तो शक था ही, नाम पर भी शक था, लेकिन क्या फर्क पड़ता था! उसका उस शख्स से मामूली वास्ता था।

नसरुल्लाह ने रास्ता छोड़ा तो वो भीतर दाखिल हुआ। उसने सुनीत के पीछे दरवाजा बन्द किया और भीतर आ कर एक कुर्सी पर बैठ गया। उसके इशारे पर सुनीत उसके सामने बैठ गया।

नसरुल्लाह ने बगल की एक टेबल पर पड़ा लाल रंग का चमड़ा मंढ़ा एक ब्रीफकेस उठाया और उसे अपनी गोद में रख लिया।

उन दोनों के बीच एक शीशे की टेबल थी, जिस पर एक गुलदस्ता, एक फोन और एक घड़ी पड़ी थी। घड़ी उस वक्त शाम के छः बजा रही थी।

सुनीत ने बेचैनी से पहलू बदला और फिर बोला – ''क्या?''

''कुछ नहीं।'' – नसरूल्लाह इत्मीनान से बोला – ''कुछ नहीं।''

''तो इन्तजार किस बात का है?''

''फोन के बजने का। अभी बजेगा।''

''हूं।''

वो खामोश बैठा रहा। पता नहीं क्यों वो अजीब सी बेचैनी महसूस कर रहा था और रह-रहकर होंठों पर जुबान फेर रहा था और पहलू बदल रहा था।

''क्या बात है?'' – नसरुल्लाह सहानुभूतिपूर्ण स्वर में बोला – ''तबीयत तो ठीक है?''

''ठीक है।'' – सुनीत तनिक हड़बड़ा कर बोला – ''आज लंच लेट किया था, और हैवी भी हो गया था, इसलिये . . .''

''ओह!''

असल में उस रोज उसने लंच किया ही नहीं था। अपने उस डील की टेंशन में उसे भूख ही नहीं लगी थी।

पिछले छः महीने उस पर कहर की तरह गुजरे थे। रुपये पैसे की तंगी तो वो हमेशा ही महसूस करता था, लेकिन पिछले छः महीनों जैसी उस की माली हालत पहले कभी नहीं बिगड़ी थी। अब तो ये हाल था कि अगर उस डील में कोई फच्चर फंस जाता तो वो उस की मौत होता। उस की उस वक्त हालत बद् होने की असल वजह वो थी।

उस की माली हालत बद् होने के पीछे उस की शौकीनमिजाजी का भी कम हाथ नहीं था। उस क्षण भी वो कलाई पर रौलेक्स की घड़ी बांधे था, हीरे की अंगूठी पहने था, इटेलियन सूट और जूते पहने था, जबकि उस के सामने बैठा

आदमी अपने रखरखाव में इतना मामूली लग रहा था कि उस मंहगे होटल में मौजूद होने की जगह कहीं राह चलता दिखाई दे जाता तो जरूर कोई लेबर क्लास समझ लिया जाता।

उसने उसकी गोद में रखे ब्रीफकेस पर निगाह डाली और फिर उसके भीतर बन्द दो लाख अमरीकी डालर के नोटों की कल्पना की।

दो लाख अमरीकी डॉलर यानी कि भारतीय करेन्सी में लगभग एक करोड़ रुपया।

एकाएक ग्लास टेबल पर पड़े फोन की घण्टी बजी।

सुनीत हड़बड़ाया, उसने अपने मेजबान पर निगाह डाली, उसे फोन न उठाता पा कर खुद फोन उठाया और बोला – ''हल्लो! सुनीत सरीन!''

''माल चौकस है।'' – उसे अपने इन्डियन खरीदार की आवाज सुनायी दी – ''मेरे आदमी को फोन दो।''

सुनीत ने चैन की मील लम्बी सांस ली और फोन नसरुल्लाह की तरफ बढ़ा दिया।

मुम्बई में इन्डियन खरीदार का नाम रज्जाक बोरीवली था। सूटकेस में जो हेरोइन उस के पास पहुंची थी, वो नम्बर फोर अनकट चाइना वाइट के नाम से जानी जाती थी, और मिकदार में तीन किलो थी। सुनीत सरीन से उस का उस मिकदार का सौदा एक करोड़ रुपये में हुआ था जब कि खुदरे तौर पर मुम्बई में उसे बेचने से उसे साढ़े तीन करोड़ रुपये हासिल होते।

बढ़िया। क्या खूब धन्धा था हेरोइन का!

जो नेपाली छोकरा कूरियर के तौर पर वो सप्लाई वहां तक लाया था, वो बाहर बाल्कनी में खड़ा था और वहां से रुखसती का हुक्म होने का इन्तजार कर रहा था।

उसने नेपाल कॉल लगायी।

''माल चौकस है।'' – वो फोन पर अपने आदमी नसरुल्लाह से बोला – ''पेमेंट कर दो।''

सुनीत सरीन ने लाल ब्रीफकेस खोला और उस में मौजूद दो लाख डॉलर चौकस किये। फिर बड़े सन्तुष्टिपूर्ण भाव से उस ने ब्रीफकेस बन्द किया और जबरन

मुस्कराता बोला – ''थैंक्यू।''

नसरुल्लाह ने सहमति में सिर हिलाया।

''अगला ऑर्डर?'' – सुनीत ने पूछा।

''बहुत जल्द।''

''बड़ा?''

''जाहिर है। ये तो शुरुआत थी!''

''गुड! तो मैं चलूं?''

''हां।''

ब्रीफकेस सम्भाले वो उठा और बन्द दरवाजे की ओर बढ़ा। वो दरवाजे पर पहुंचा तो जैसे उस के लिये प्रलय आ गयी।

दरवाजा बाहर से जोर से भड़भड़ाया गया और साथ ही एक कर्कश, अधिकारपूर्ण आवाज आयी – ''पुलिस! दरवाजा खोलो!''

हक्का-बक्का सुनीत लड़खड़ाता सा यूं दरवाजे से परे हटा जैसे एकाएक उस में करन्ट दौड़ने लगा हो।

''हमारे पास वारन्ट है। दरवाजा खोलो वर्ना तोड़ दिया जायेगा।''

हे *भगवान! ये क्या हो रहा था! क्यों हो रहा था!*

उसने नसरुल्लाह की तरफ देखा – जो कि तब तक उठ खड़ा हुआ था – तो उसे अपने से ज्यादा सदमे की हालत में पाया।

''तुम्हे आखिरी बार वार्न किया जाता है . . .''

आतंकित भाव से सुनीत ने चारों तरफ निगाह दौड़ाई। हे भगवान! कोई तो रास्ता होगा यहां से निजात पाने का। वो तो जैसे चूहेदान में फंस गया था।

''तोड़ दो।''

नसरुल्लाह कुर्सी पर ढेर हो गया, उसने यूं आंखें बन्द कर लीं जैसे हालात से हार मान ली हो।

नहीं – सुनीत दृढ़ता से मन ही मन बोला – वो इतनी आसानी से हालात से

हार नहीं मान सकता था। अगर उसके पास से फॉरेन करेंसी में वो रकम बरामद न होती तो वो सेफ था।

बगूले की तरह वो कमरे की इकलौती खिड़की की तरफ लपका।

ऐन उसी वक्त मुम्बई पुलिस भयानक अंधड़ की तरह मुम्बई में ग्रांट रोड की इमारत के फ्लैट नम्बर 502 में दाखिल हुई।

रज्जाक बोरीवली अपनी कुर्सी से उठ भी नहीं पाया था कि पुलिस उस के सिर पर सवार थी।

बाहर बालकनी में मौजूद नेपाली छोकरे बुद्धिमान ने वो सब नजारा देखा तो उसके प्राण उस के कण्ठ में आ अटके। फिर आतंक का मारा वो बालकनी की रेलिंग पर चढ़ गया।

पुलिस के साथ आये नारकॉटिक्स कन्ट्रोल ब्यूरो (एनसीबी) के अधिकारियों में से एक ने अपनी रिवाल्वर उस की तरफ तानी।

''नादानी मत कर, बच्चे।'' – वो सख्ती से बोला – ''तू कहीं बच के नहीं जा सकता। जहां है, वहीं ठहरा रह।''

छोकरे ने फटी-फटी आंखों से उस की तरफ देखा।

''रेलिंग से नीचे उतर, वर्ना गिर जायेगा।''

छोकरे ने जैसे सुना ही नहीं।

''तू नाबालिग जान पड़ता है। तुझे कोई खास सजा नहीं होगी। जान है तो जहान है, बेटा। नीचे उतर आ।''

छोकरे ने एक आतंकित निगाह बाहर पांच मंजिल नीचे सड़क पर डाली, फिर हाथ छोड़ दिये।

सुनीत सरीन ने खिड़की को मजबूती से बन्द पाया। उस की चौखट और दोनों पल्ले लड़की के होने की जगह लोहे के थे और यूं बन्द थे जैसे वैल्ड हुए हुए हों। पता नहीं कब से उसे खोला नहीं गया था। उसे किसी भी सूरत से खोल पाने

में उसने खुद को नाकाम पाया तो उसने ब्रीफकेस मारकर एक पल्ले का शीशा तोड़ दिया। शीशे में से उसने बाहर गर्दन निकाली और गला फाड़ कर चिल्लाया – ''परिजात! परिजात! कहां है तू?''

वो खिड़की होटल की इमारत के बाजू की एक गली में थी और नीचे गली अंधेरी और सुनसान पड़ी थी। वो आंखें फाड़-फाड़ कर नीचे देखता रहा और अपनी गर्ल फ्रेंड को नाम ले कर पुकारता रहा।

आखिरकार वो उसको दिखाई दी।

''इधर! इधर!'' – वो चिल्लाया – ''ऊपर! चौथी मंजिल पर! खिड़की में! चौथी मंजिल की खिड़की में।''

परिजात ने सिर उठाया।

नीमअन्धेरे में दोनों की निगाहें मिलीं।

परिजात ने हिचकते हुए उसकी तरफ हाथ हिलाया।

''यहां पुलिस पहुंच गयी है।'' – वो पूर्ववत् ऊंची आवाज में बोला – ''मैं ब्रीफकेस नीचे फेंक रहा हूं। ले के निकल ले।''

पीछे दरवाजा चरमरा रहा था और अब किसी भी अगली चोट पर टूट कर गिर जाने वाला था।

''सम्भाल!''

उसने ब्रीफकेस खिड़की से बाहर फेंक दिया।

परिजात से ब्रीफकेस लपका न गया, वो धप्प की आवाज से उस के करीब गली में गिरा।

''उठा! उठा! भाग!''

परिजात ने झुक कर ब्रीफकेस उठाया, उसे दोनों हाथों से पकड़कर अपनी छाती के साथ भींचा और फिर यूं वहां से भागी जैसे पर लग गये हों।

पीछे दरवाजा टूट कर गिरा।

कई लोग एक साथ भीतर घुस आये।

किसी ने सुनीत के गिरहबान को पीछे से दबोचा और उसे खिड़की से परे

घसीटा। विरोध में उसने खिड़की की चौखट थामी तो तीखे कांच की कई नोकें उस की हथेलियों में घुस गयीं, लेकिन उसने चौखट तभी छोड़ी जब कि उसने परिजात को गली से निकल कर, मोड़ काट कर, निगाहों से ओझल होते देख लिया। फिर किसी ने उसे फर्श पर धकेल दिया और बड़ी बेरहमी से उस के हाथ पीठ पीछे मरोड़ कर उन में हथकड़ियां भर दीं।

''साला हारामी!'' – किसी ने जोर से उसकी पसलियों में ठोकर जमायी – ''खिड़की के रास्ते से फरार होने मांगता था।''

अपनी उस दारुण दशा में भी सुनीत सन्तुष्ट था कि किसी को नहीं सूझा था कि वो किसी और ही वजह से खिड़की पर मौजूद था।

नेपाली छोकरे बुद्धिमान का छिन्न-भिन्न शरीर ग्रांट रोड पर पटड़ी पर पड़ा था। उसकी पथराई आंखें आकाश पर टिकी हुई थीं। कितने ही पुलिस वाले, एनसीबी के अधिकारी और राहगीर उस के इर्दगिर्द जमा थे। सब हैरान थे कि उस नाबालिग कूरियर ने गिरफ्तारी से बचने के लिए यूं बेहिचक अपनी जान दे दी थी।

उन लोगों में जो एनसीबी का अधिकारी मौजूद था, उस का नाम आलोक पाटिल था। अभी आठ महीने पहले तक वो नेपाल में डेपुटेशन पर था और वहां की पुलिस के अपने जैसे महकमे के अधिकारियों के साथ नारकॉटिक्स स्मगलर्स के खिलाफ काम करता रहा था। स्मगलरों की एक टोली को गिरफ्तार करने की कोशिश में अपने नेपाली काउन्टरपार्ट इन्स्पेक्टर धनुष तुलाधर के साथ वो बुरी तरह से घायल हुआ था जिस के कारण उसे मुम्बई वापिस लौटना पड़ा था।

वो पुलिस फोर्स के इंचार्ज एसीपी कालसेकर के करीब पहुंचा।

''अभी काठमांडू से खबर आयी है।'' – वो बोला – ''खबर है कि इस खेप के खरीदार का उधर का एजेन्ट और डीलर दोनों गिरफ्तार हो गये हैं। खरीदार के एजेन्ट का नाम नसरुल्लाह है और डीलर का नाम सुनीत सरीन है।''

''वैरी गुड। माल कितना काबू में आया?''

"तीन किलो। इन्डियन करेन्सी में खुदरा कीमत साढ़े तीन करोड़ रुपये।"

"नाट बैड। लेकिन एक खेप पकड़ी जाने से, या बिचौलियों के पकड़े जाने से क्या होता है! कोई बड़ा ड्रग लार्ड काबू में आये तो बात बने।"

"उस मामले में दिल्ली अभी दूर है।"

"हूं।"

"नेपाली पुलिस के साथ मिलकर इस सिलसिले में मैंने काफी प्रॉग्रेस कर ली थी। वापिस न लौट आना पड़ा होता तो बड़ी मछली फांस ही ली होती। बहरहाल मेरी अपने महकमे के आला अफसरान से बात चल रही है। बहुत जल्द मुझे फिर आन डेपुटेशन नेपाल भेजा जा सकता है।"

"गुड। आई विश यू आल दि बैस्ट।"

"थैंक्यू।"

परिजात थापा आतंकित थी।

अपने घर पहुंचकर उसने अपने कमरे को भीतर से मजबूती से बन्द कर लिया था और अब वो यूं अपने पलंग पर ढ़ेर थी कि हिलने के खयाल से उसे दहशत होती थी। सुनीत का लाल ब्रीफकेस पलंग पर उसके पहलू में पड़ा था। गली की पथरीली जमीन पर गिरने से वो एक तरफ से पिचक गया था और उसका एक ताला टूट के खुल गया था। घर आ कर दूसरे ताले को उसने थोड़ा सा ही उमेठा था तो वो भी खुल गया था। लिहाजा अब उसे मालूम था कि ब्रीफकेस में सौ-सौ डॉलर के बेशुमार नोट मौजूद थे।

इतने नोट एकमुश्त अपनी जिन्दगी में उस ने पहली बार देखे थे। पाटन से वो सुरक्षित निकल आने में कामयाब हो गयी थी लेकिन उसे पूरा-पूरा अहसास था कि कभी भी पुलिस उस के सिर पर पहुंच सकती थी। काठमांडू में हर कोई जानता था कि वो सुनीत सरीन की गर्ल फ्रेंड थी। पुलिस सुनीत की गर्ल फ्रेंड की तलाश में निकलती तो पैनोरमा क्लब जरूर पहुंचती और जब वो उन्हें वहां न मिलती तो उन का उस के घर पर फेरा जरूर-जरूर लगता। फिर अपने पास मौजूद इतनी

बड़ी रकम की – वो भी फारेन करेन्सी में – मौजूदगी की वो क्या सफाई देती? सुनीत ने उसे कुछ भी तो नहीं बताया था। वो तो उसे ये कह के कि ''गली में रुकना, शायद मुझे तुम्हारी जरूरत पड़े'' होटल में चला गया था।

उसे ऐसा नहीं करना चाहिये था। उसे साफ बताना चाहिये था कि क्या माजरा था। अपने किसी गैरकानूनी डील में सुनीत को उसे नहीं लपेटना चाहिये था। फिर भी ऐसा करना था तो उसे एडवांस में सब कुछ समझा-बुझा के करना चाहिये था। पुलिस उसे उस रकम के साथ गिरफ्तार कर लेती तो वो कैसे साबित कर पाती कि सुनीत के किसी शेडी डील से उसका कोई रिश्ता नहीं था। यकीनन पुलिस उस की एक न सुनती, उसे सुनीत की जोड़ीदार करार देती और फिर वो जेल में होती जहां से कि पता नहीं कब उसे निजात मिलती; मिलती भी या नहीं मिलती।

जेल के सींखचों के पीछे बन्द बुढ़ियाती अपनी सूरत की कल्पना करके उस के प्राण कांप गये।

क्या करूं?

सुनीत का तो बेड़ागर्क निश्चित रूप से हो चुका था। वो पुलिस की एक बड़ी रेड का शिकार हुआ था और अब उसके भविष्य में अन्धेरा ही अन्धेरा था।

डूबते के साथ डूबना – उसने अपने आप से जिरह की – कहां की समझदारी थी!

कोई समझदारी नहीं थी, भारी नादानी थी, बल्कि बेवकूफी थी।

सुनीत की फिक्र छोड़कर उस घड़ी उसे अपनी फिक्र करनी चाहिये थी।

दुरुस्त!

तत्काल वो बैड पर से उठी और अपना सामान पैक करने लगी।

रात के बारह बजे सुनीत सरीन को लॉकअप से निकालकर इन्टैरोगेशन रूम में लाया गया जहां कि एक खतरनाक सूरत वाला वर्दीधारी इन्स्पेक्टर मौजूद था।

इन्स्पेक्टर ने कई क्षण अपने सामने आन बैठे सुनीत को अपलक देखा और फिर बोला – ''फंस गये आखिरकार!''

सुनीत खामोश रहा।

''पहली बार गिरफ्तार हुए हो, कैसा लग रहा है? जरूर नर्क का नजारा हो रहा होगा?''

वो परे देखने लगा।

''अभी लॉकअप में हो, जब जेल पहुंचोगे तो तमाम कस-बल निकल जायेंगे।''

''ज-जेल पहुंचूंगा!''

''और कहां पहुंचोगे?'' – उसने एक क्षण सुनीत को घूरा और फिर बोला – ''पिछले कई दिनों से हमारी तुम्हारे पर निगाह थी। तुम्हारा फोन हमने टेप किया हुआ है। तुम्हारी कार तक में हमारा मिनियेचर माइक्रोफोन फिट है। बीते दिनों का तुम्हारा हर वार्तालाप हमने रिकार्ड किया है। इसीलिये तुम्हारी हर हालिया करतूत की हमें मुकम्मल खबर थी। तुम्हारी जानकारी के लिये पाटन में जिस वक्त तुम्हें गिरफ्तार किया जा रहा था, ऐन उसी वक्त मुम्बई में तुम्हारी हेरोइन की कनसाइनमेंट जब्त की जा रही थी और तुम्हारे खरीदार को गिरफ्तार किया जा रहा था। क्या समझे?''

सुनीत ने सिर झुका लिया।

कैसा फिट किया गया था उसे! कभी भनक तक न लगी।

''अब क्या कहते हो?''

''अब मैंने क्या कहना है?'' – सुनीत क्षीण स्वर में बोला – ''अब तो जो कहना है, तुम लोगों ने कहना है, जो करना है, तुम लोगों ने करना है।''

''वो तो है! फिर भी तुम्हारे बचाव की एक सूरत अभी है।''

उसने सिर उठाया।

''अच्छा!'' – वो आशापूर्ण स्वर में बोला।

''हां।''

''क्या?''

''पुलिस के साथ सहयोग करो।''

''क्या करूं?''

''बड़ी मछली या मछलियां पकड़वाओ।''

''बदले में मुझे क्या मिलेगा?''

''कम सजा।''

''उस से क्या फायदा? वादामाफ गवाह बनाकर माफी दिलाओ तो . . .''

''तुम सपने देख रहे हो।''

''बड़ी मछली पकड़वाना तो दूर की बात है, जनाब, मैं ऐसा कोई नाम भी जुबान पर लाया तो मेरा जहन्नुम का टिकट कट जायेगा।''

''ये रिस्क तो तुम्हें लेना पड़ेगा वर्ना – ओपन एण्ड शट केस है तुम्हारे खिलाफ – लम्बी सजा पाओगे।''

''कि . . . कितनी लम्बी?''

''कम से कम दस साल। ज्यादा से ज्यादा तमाम उम्र।''

सुनीत के चेहरे का रंग उड़ गया।

''पुलिस से सहयोग करोगे तो पुलिस ही हल्की सजा के लिये तुम्हारी सिफारिश करेगी।''

''कितनी हल्की सजा?''

''बड़ी हद पांच साल। पांच साल के बाद तुम हवा की तरह आजाद होगे।''

''मैंने मुंह खोला तो उस से कहीं पहले वो लोग मेरी आत्मा को मेरे जिस्म से आजाद कर देंगे।''

''पुलिस तुम्हें प्रोटेक्शन देगी।''

''नहीं दे पायेगी।''

''तुम पुलिस को बहुत कम कर के आंक रहे हो।''

''तुम उस शख्स को बहुत कम कर के आंक रहे हो जिस के खिलाफ कि मेरी जुबान खुलवाना चाहते हो।''

''कौन है वो? कोई इन्टरनेशनल ड्रग लार्ड? तुम नाम लो उस का। हम उस की हस्ती मिटा देंगे। फिर तुम्हें कोई खतरा नहीं होगा। अगर अपनी बाकी की जिन्दगी जेल में नहीं गुजारना चाहते हो तो नाम लो उस का।''

सुनीत खामोश रहा।

''लगता है, तुम सोचना चाहते हो। ठीक है, मैं तुम्हें सोचने का वक्त देता हूं। कल सुबह मैं तुम से इसी बाबत फिर बात करूंगा। ओके?''

सुनीत ने सहमति में सिर हिलाया और उठ खड़ा हुआ।

''बाई दि वे, तुम्हारा वकील यहां पहुंचा हुआ है।''

सुनीत सकपकाया।

''रात की इस घड़ी। है न हैरानी की बात!''

''मैं . . .मैं उस से मिल सकता हूं?''

''मिल सकते हो। तभी तो जिक्र किया। वर्ना तुम्हें उसकी आमद की खबर भी न लगती।''

उसने एक सिपाही को संकेत किया।

सिपाही उसे एक अन्य कमरे में – जो कि विजिटर्स रूम कहलाता था – छोड़ गया जहां कि उस का वकील बिलाश सिग्देल मौजूद था।

सिपाही वहां से रुखसत हो गया तो वो सुनीत से सम्बोधित हुआ – ''कोई बयान दिया?''

''नहीं।'' – सुनीत बोला।

''बहुत अच्छा किया। ये लोग तुम्हें अड़तालीस घन्टे हिरासत में रख सकते हैं, उसके बाद इन्हें तुम्हें अदालत में मैजिस्ट्रेट के सामने पेश करना होगा। तब तक मैं तुम्हारा कोई डिफेंस सोच लूंगा।''

''मेरी गिरफ्तारी की खबर कैसे लगी?''

''इधर पुलिस में मेरा एक भेदिया है, उस से लगी। उसे कुछ पैसा देना होगा।''

''मैं दूंगा। तुम मेरा जो डिफेंस तैयार कर सकते हो, करो लेकिन पहले मेरा

एक निहायत जरूरी काम करो।''

''बोलो।''

''एक लड़की के पास जाना होगा।''

''नाम बोलो।''

सुनीत ने बोला। ये भी बोला कि वो क्या चाहता था!''

सुबह दस बजे के करीब वकील बिलाश सिग्देल बनेश्वर पहुंचा जहां की एक होस्टलनुमा इमारत के एक कमरे में पैनोरमा क्लब की होस्टेस परिजात थापा रहती थी।

उस ने इमारत के केयरटेकर को तलाश किया और उस से परिजात की बाबत सवाल किया।

''वो नौ नम्बर कमरे में रहती थी।'' – केयरटेकर बोला।

''थी क्या मतलब?'' – वकील की भवें उठी – ''अब नहीं रहती?''

''नहीं।''

''वजह?''

''छोड़ गयी।''

''हमेशा के लिये?''

''हां।''

''ऐसा बोली वो?''

''हां। कमरा खाली कर के गयी कल रात। अपना सब सामान भी ले गयी।''

''कहां गयी?''

''पता नहीं।''

''कोई फारवर्डिंग एड्रेस छोड़ कर न गयी?''

''न।''

''कमरा दिखाओ।''

''खाली है।''

"फिर भी दिखाओ।"

"आओ।"

वो उसे दूसरी मंजिल पर ले कर गया जहां कि नौ नम्बर कमरा था। कमरे में फर्नीचर और एक छोटे से रेफ्रीजरेटर के अलावा कुछ नहीं था।

वो खिसक गयी थी।

और माल भी साथ ले गयी थी।

धनुष तुलाधर नेपाल के नारकॉटिक्स कन्ट्रोल ब्यूरो में चीफ इन्स्पेक्टर था। आठ महीने पहले एक रेड के दौरान – जिसमें कि भारत से डेपुटेशन पर आया एनसीबी का अधिकारी आलोक पाटिल भी शामिल था – उस को इतनी गोलियां लगी थीं कि यही करिश्मा था कि वो ठौर न मर गया। पूरे पांच महीने – दो महीने हस्पताल में और तीन महीने घर पर – वो बिस्तर पर रहा था। उस के बाद भी वो बस उठ कर खड़ा ही हुआ था, पूरी तरह तन्दुरुस्त नहीं हो पाया था। पिछले महीने से ही उसने अपने शरीर को इतना सक्षम पाया था कि ड्यूटी जायन कर ली थी।

वो तमाम आपरेशन दसाप्रतामा नाम के एक ड्रग लार्ड और रोशन चौधरी नाम के एक फाइनेंसर के खिलाफ था। एक भेदिये ने उन्हें खबर दी थी कि नागरकोट में हेरोइन को कट करने की एक फैक्ट्री चलती थी। हेरोइन को हाइड्रोक्लोरिक एसिड और कैफीन मिलाकर उबाला जाता था तो जो प्रॉडक्ट सामने आती थी, वो तेरह फीसदी प्योर नम्बर तीन हेरोइन कहलाती थी। एनसीबी को इस सिलसिले में कोई बड़ी कामयाबी प्राप्त नहीं हुई थी, क्योंकि भेदिये की पोल खुल गयी थी – उसकी लाश बागमती नदी में तैरती पायी गयी थी – उन्हें फैक्ट्री उजड़ी पड़ी मिली थी, लेकिन जब वो लोग वहां से लौट रहे थे तो एकाएक उन पर हमला हो गया था जिस में वो खुद और आलोक पाटिल बुरी तरह घायल हुए थे।

धनुष तुलाधर अब फिर ड्यूटी जायन कर चुका था, लेकिन अब उस में पहले

जैसे जोशोखरोश का सर्वदा अभाव था।

फोन की घंटी बजी।

उसने कॉल रिसीव की तो लाइन पर आलोक पाटिल को पाया।

''मैंने ये पूछने के लिये फोन किया था'' – उसे आलोक पाटिल की आवाज सुनायी दी – ''कि कल जो दो शख्स गिरफ्तार हुए थे, उन से कोई कारआमद जानकारी हासिल हुई!''

''अभी नहीं।'' – वो बोला – ''अभी तो दोनों इस बाबत ज़ुबान को ताला लगाये हैं। लेकिन सुनीत सरीन के टूटने की उम्मीद पूरी है।''

''दूसरा क्या कहता है?''

''वो – नसरुल्लाह – कहता है कि उसका किसी ड्रग डील से कोई लेना-देना नहीं। उसे तो नोटों से भरा एक ब्रीफकेस आगे डिलीवर करने को दिया गया था, लेकिन इसका उसे कतई कोई इमकान नहीं था कि वो हेरोइन की खरीद की पेमेंट थी।''

''तो और किस चीज की पेमेंट थी?''

''होटल सोल्टी के कैसीनो में रौलेट पर जुए में हारी गयी रकम की।''

''बकवास!''

''वो अपने इस बयान से नहीं हिल रहा।''

''और वो नाइट क्लब होस्टेस जिसके हाथ रोकड़ा लगा था?''

''फरार हो गयी। रकम समेत।''

''फिर क्या फायदा हुआ?''

''तुम क्या फायदा तलाश कर रहे थे?''

''क्या पता चौधरी फंस जाता।''

''फंस जाता तो उसकी बोटी-बोटी दरबार स्क्वायर पर छितरी होती।''

''मजा आ जाता।''

''लेकिन क्योंकर आ जाता! इतने भेदिये हैं हमारे काठमांडू में। किसी ने इस बात की हामी नहीं भरी कि हमारी रेड के वक्त वो भी मौकायवारदात पर मौजूद

था। वो यहां का प्रतिष्ठित व्यापारी है, राजा ज्ञानेन्द्र तक उसकी पहुंच है। किसी पुख्ता सबूत के बिना क्योंकर उस पर हाथ डाला जा सकता है?''

''आठ महीने पहले हमारे ऊपर हमला उस के इशारे पर हुआ था।''

''इशारों को कौन समझता है?''

''यानी कि इतनी बड़ी वारदात के बाद भी कुछ न हुआ?''

''कुछ हुआ था लेकिन बेकार।''

''क्या हुआ था?''

''एक लोकल आदमी – जो कि चौधरी का एजेन्ट बताया जाता था, भृगु रायामांझी नाम है – गिरफ्तार हुआ था लेकिन पन्द्रह दिन के रिमांड में भी कुछ बक कर नहीं दिया था। आखिरकार लैक ऑफ एवीडेंस की बिना पर छूट गया था।''

''कोई वान्दा नहीं, ब्रदर। अभी सौ सुनार की सही, लेकिन किसी दिन एक लुहार की भी जरूर पड़ेगी।''

''मैं उस मुबारक दिन का इन्तजार करूंगा।''

गिरफ्तारी के छत्तीस घन्टे बाद सुनीत सरीन को रिमांड के लिये कोर्ट में पेश किया गया।

सुनीत को लॉकअप से निकाल कर लाया गया तो उसने अपने वकील को अपना इन्तजार करते पाया।

''कहां गायब हो गये थे?'' – सुनीत व्यग्र भाव से बोला – ''लड़की मिली?''

''नहीं।'' – बिलास सिग्देल ने गम्भीरता से जवाब दिया।

''क्यों?''

''गायब है।''

''गायब है! क्या मतलब?''

''नेपाल से भाग गयी है। फरार हो गयी है।''

''क्या कह रहे हो!'' – सुनीत अविश्वासपूर्ण स्वर में बोला – ''अरे, कहीं छुपी हुई होगी!''

''मैंने एयरपोर्ट से पता लगाया है, वो पहली उपलब्ध फ्लाइट से थाइलैंड चली गयी।''

''कोई मैसेज छोड़ा होगा मेरे लिये?''

''कहीं कोई मैसेज नहीं छोड़ा; न तुम्हारे लिये, न किसी और के लिये। अपनी नाइट क्लब में भी खबर न की कि वो मुल्क छोड़ रही थी। मैंने सब जगह से पूछताछ की है। वो तो अभी यहां थी, अभी नहीं थी।''

''रकम भी साथ ले गयी?''

''और क्या पीछे छोड़ जाती? मेरी पूछो तो वो फरार ही रकम की वजह से हुई है।''

''कमीनी! कुतिया!''

वकील खामोश रहा।

अदालत में उसे अपनी मां के दिखाई देने की उम्मीद थी, लेकिन वो वहां नहीं थी। प्रत्यक्षतः उसे अपने बेटे पर आयी भयानक विपत्ति की खबर ही नहीं थी।

अच्छा ही था – उसने मन ही मन सोचा – बेचारी का दिल टूट जाता।

लेकिन कभी तो खबर लगनी ही थी, कभी तो दिल टूटना ही था। अब जब कि वो कोर्ट में पेश किया गया था तो अखबार में भी सब छपना ही था, फिर क्योंकर उसकी गिरफ्तारी की बात उससे छुपी रहती।

उसे अपने भाई का खयाल आया।

क्या दिल्ली में उसे उसकी बाबत कोई खबर लगी होगी?

कहां से लगी होगी?

बिलास सिग्देल ने अदालत में उसकी जमानत की अर्जी लगायी थी, लेकिन मैजिस्ट्रेट ने अर्जी पर निगाह भी डाले बिना उसे रिजेक्ट कर दिया। आखिर उसे हेरोइन स्मगलिंग के लिये जिम्मेदार ठहराया गया था, जमानत कहां से होती।

पुलिस को दस दिन का रिमांड मिल गया।

अब लॉक अप की जगह वो जेल में।

नाखू जेल के खुले अहाते में शाम को कैदियों को थोड़ी देर टहलने की इजाजत दी जाती थी। टहलने की जगह सुनीत एक खम्बे का सहारा लिये खड़ा था जब कि एक हवलदार उस के करीब पहुंचा। हवलदार का नाम रामरुद्र था।

''मोटा हिन्दोस्तानी!'' – वो हंसता हुआ बोला – ''फंस गया।''

सुनीत ने आंखे तरेर कर उसकी तरफ देखा।

रामरुद्र संजीदा हुआ और फिर बोला – ''मेरे पास तुम्हारे लिये सन्देशा है।''

''किस का?'' – सुनीत ने हैरानी से पूछा।

''भृगु रायामांझी का।''

''क-क्या . . . क्या संदेशा है?''

''तुम ने माल खरीदने के लिये रुपया उधार लिया था। जो रकम तुमने माल की एवज में कमाई थी, उसे मालूम है कि उस के साथ तुम्हारी माशूक फरार हो गयी है। रायामांझी ने पुछवाया है कि अब तुम रुपया कैसे लौटाओगे?''

''लौटा दूंगा।'' – सुनीत फंसे कण्ठ से बोला – ''जैसे भी होगा, लौटा दूंगा।''

''कैसे होगा? तुम उस के पांच लाख डॉलर के कर्जाई हो।''

''मैं लौटा दूंगा।''

''ब्याज समेत! याद है न कि इस धन्धे में लगे रुपये पर सालाना नहीं, माहाना नहीं, रोजाना ब्याज लगता है? या भूल गये?''

''नहीं भूला। याद है।''

''इस महीने के आठ दिन बाकी हैं। आठ दिन बाद नेपाली कलेन्डर का, यानी कि विक्रमी सम्वत् का, नया साल शुरू होगा। रायामांझी का सन्देशा है कि नया साल शुरू होने से पहले रकम, बमय ब्याज, उस के पास पहुंच जाये।''

''पहुंच जायेगी।''

''जादू के जोर से?''

''पहुंच जायेगी, लेकिन एक सन्देशा मेरा भी उस तक पहुंचा देना।''

''बोलो।''

''उसे बोलना कि पुलिस की भरपूर पूछताछ के बावजूद मैं कोई नाम अपनी जुबान पर नहीं लाया जबकि ऐसा करने पर मेरी आधी सजा माफ हो सकती है। उसे इस बात का मेरा अहसान मानना चाहिये।''

''ये सन्देशा है या धमकी?''

''सन्देशा है। उसे अहसास होना चाहिये कि मैं उस की पोल नहीं खोलूंगा, भले ही मेरी जान चली जाये। इस के बदले में उसे मेरा लिहाज करना चाहिये, रकम लौटाने के लिये मुझे ज्यादा टाइम देना चाहिये।''

''बोल दूंगा।''

दिल्ली में शाम सात बजे के करीब स्यू अलेमाओ होटल ब्राडवे पहुंची जहां के एक कमरे में दिल्ली प्रवास के दौरान साहिल सरीन स्थापित था।

स्यू नेपाल के शाही एनटूरेज का हिस्सा थी इसलिये वो उन के साथ ''हयात'' में रह सकती थी, लेकिन उसने गोल्फ लिंक में रहती अपनी बड़ी बहन के परिवार के साथ रहना पसन्द किया था।

साहिल के रूबरू होते ही वो उसकी बांहों में झूल गयी।

साहिल ने बड़े अनुराग से उस के होंठों पर चुम्बन अंकित किया।

''क्या पियोगी?'' – फिर वो बोला।

''स्कॉच।'' – स्यू बेहिचक बोली।

साहिल ने दो ड्रिंक्स तैयार किये, दोनों ने चियर्स बोला।

''काम हुआ?'' – फिर स्यू ने पूछा।

''हुआ तो सही।'' – साहिल संजीदगी से बोला – ''लेकिन उतना बड़ा ऑर्डर नहीं मिला जितने की कि उम्मीद ले कर आया था।''

''समथिंग इज बैटर दैन नथिंग।''

''आम हालात में। इस बार ऐसा नहीं है। इस बार . . . आई नीड मोर देन समथिंग।''

''ऐसा?''

''हां। मैंने बैंक से मोटा कर्जा उठाया हुआ है। मोटा ऑर्डर न मिलने की सूरत में मैं गम्भीर फाइनांशल प्राब्लम में फंस जाऊंगा।''

''ओह!''

''मैं कल फिर कोशिश करूंगा। मैं और पार्टियों से मिलूंगा और जब तक बड़ा ऑर्डर नहीं मिल जायेगा, दिल्ली से नहीं हिलूंगा।''

''दैट्स वैरी गुड न्यूज। क्योंकि मैं भी अभी एक हफ्ता और हूं दिल्ली में।''

''क्या फायदा?''

''क्या?''

''इतने करीब हो के भी इतना दूर ही रहना है तो क्या फायदा?''

''ओह!''

उसने अपना गिलास खाली कर के मेज पर रखा और उस पर ढेर हो गयी।

तभी फोन की घन्टी बजी।

''लानत!'' – साहिल के मुंह से निकला। स्यू पर से अपनी पकड़ ढीली किये बिना उस ने हाथ बढ़ा कर फोन पर से रिसीवर उठाया और माउथपीस में बोला – ''हल्लो!''

''सर, आप के लिये काठमांडू से काल है।'' – आपरेटर की आवाज आयी।

''प्लीज कनैक्ट।''

एक क्षण की खामोशी के बाद उसे अपनी मां की आवाज सुनायी दी – ''साहिल!''

साहिल सकपकाया। उसकी मां ने तो यूं उसे कभी फोन नहीं किया था।

''यस, मामा!'' – वो सशंक भाव से बोला – ''खैरियत तो है?''

''नहीं है, बेटा। तेरा भाई . . .''

''क्या हुआ सुनीत को?'' – वो घबरा कर बोला – ''कोई एक्सीडेंट . . .''

''नहीं, नहीं।''

''तो?''

‘‘वो . . . वो गिरफ्तार है।’’

‘‘क्या!’’

‘‘जेल में है।’’

‘‘लेकिन क्यों? क्यों? क्या किया उसने?’’

‘‘उस का वकील कहता है उस पर ड्रग स्मगलिंग का गम्भीर इल्जाम है।’’

‘‘ओ माई गॉड?’’

‘‘हेरोइन . . . हेरोइन बेचता था।’’

‘‘ओ माई गुड गॉड! तूने बात की उससे?’’

‘‘हां। आज जेल में मिलने गयी थी। सुनीत, तेरा भाई बुरे हाल में है। भगवान के लिये फौरन यहां पहुंच और उसकी कोई मदद कर।’’

‘‘मदद करूं? क्या मदद करूं?’’

‘‘मैं क्या बताऊं? लेकिन तू कुछ न करे तो कौन करे? मैं तो . . .’’

‘‘ठीक है। आता हूं। जल्द-अज-जल्द पहुंचता हूं।’’

‘‘हां, बेटा। अपने भाई की खातिर तुझे कुछ करना ही होगा।’’

‘‘वो . . .वो क्या कहता है?’’

‘‘वो कहता है कि तू ही कुछ कर सकता है।’’

‘‘मैं क्या कर सकता हूं, कुछ बोला वो?’’

‘‘नहीं, लेकिन तू आ कर उस से मिलेगा तो तुझे बतायेगा।’’

‘‘आता हूं।’’

सुबह सबेरे जेल में जो घटना घटित हुई, वो अप्रत्याशित थी। एक कैदी अभी उस की बगल में खड़ा दातुन कर रहा था और अभी वो शावर से फांसी लगा लटका पड़ा था। उस का पाजामा उस के जिस्म पर नहीं था, उस का एक सिरा शावर से बन्धा हुआ था और दूसरा फंदे की तरह उस की गर्दन से लिपटा हुआ था।

कैसे वो यूं खुद को फांसी लगा पाया; हैरानी की बात थी।

उस की लटकी लाश जब उतारी जा रही थी तो हवलदार रामरुद्र उस के करीब पहुंचा।

''रायामांझी ने फिर याद दिलाने को बोला है'' – वो उस के कान के करीब मुंह ले जा कर बोला – ''कि इस महीने के आखिर तक उसे उस का पैसा मिल जाये।''

''ये नहीं हो सकता।'' – सुनीत परेशानहाल लहजे से बोला – ''इतनी बड़ी रकम मैं एकमुश्त नहीं लौटा सकता।''

''पहले तो ऐसा नहीं बोला था।''

''पहले मैंने झोंक में जबाब दिया था, अब सोच समझ के दे रहा हूं।''

''उसे तुम्हारा जवाब पसन्द नहीं आयेगा।''

''मेरी मजबूरी है जिसे उस को समझना चाहिये। मेरे से जो बन पड़ेगा, मैं करूंगा लेकिन मौजूदा हालात में उसे भी मेरा कोई तिहाज होना चाहिये।''

''रायामांझी का धन्धा लिहाज से नहीं चलता।''

''ये स्पेशल केस है।''

''तुम भारी खामख्याली से मुब्तला हो।''

''मैंने जो कहना था, कह दिया।''

''लेकिन जो सुनना था, सुन नहीं लिया; जो समझना था, समझ नहीं लिया?''

''क्या मतलब है तुम्हारा?''

''वो शावर से लटका कैदी देखा?''

''हां।''

''रायामांझी का कर्जाई था। तुम्हारी तरह टालमटोल वाली जुबान बोलता था। लटका दिया।''

''ल . . . लटका दिया? खुद न लटका?''

''लटका दिया। रायामांझी के हुक्म पर। समझे कुछ?''

सुनीत के प्राण कांप गये।

साहिल सरीन का रायल नेपाल एयरलाइन्स का प्लेन काठमांडू के त्रिभुवन एयरपोर्ट पर उतरा।

विजिटर्स लाउन्ज में उस ने अपनी मां को अपना इन्तजार करते पाया।

उस की उम्रदराज मां का नाम सुभद्रा सरीन था और वो किसी भी सूरत से बत्तीस और तीस साल के दो बेटों की मां नहीं लगती थी। पोशाक और रखरखाव में वो कोई बैंक एग्जीक्यूटिय या राज्याधिकारी लगती थी।

साहिल ने उस की सूरत पर एक निगाह डाली तो उस का दिल भर आया। उस की सूरत ही बता रही थी कि सुनीत पर जो विपत्ति आयी थी, वो उस की अपेक्षा से कहीं ज्यादा गम्भीर थी।

वो उस से बगलगीर हो कर मिला, फिर दोनों वाहर आ कर टैक्सी में सवार हुए। टैक्सी शहर की ओर दौड़ चली तो तब कहीं जा कर उस ने सुनीत की बाबत सवाल किया।

मां रोने लगी।

''धीरज रख।'' – वो आश्वासनपूर्ण भाव से मां को अपने साथ लगाता मीठे स्वर में बोला – ''अब मैं आ गया हूं। अब सब ठीक हो जायेगा।''

वो खामोश रही।

''मुलाकात का क्या सिस्टम है?''

''चार बजे तक मिलने देते हैं।''

''मैं आज ही मिलूंगा। लेकिन ये तो बता, हुआ क्या है?''

''मुझे वही मालूम है जो उस के वकील बिलास सिग्देल ने बताया है। उस पर हेरोइन स्मगल करने का चार्ज है। उस की मुम्बई भेजी तीन किलो हेरोइन पकड़ी भी जा चुकी है।''

''साबित हो गया कि हेरोइन सुनीत ने भेजी थी?''

''पेमेंट लेता रंगे हाथों पकड़ा गया था। पेमेंट देने वाला भी।''

''ओह!''

''वो क्या कहता है?''

''साफ कुछ नहीं कहता। टालमटोल की जुबान बोलता है। उसी की मर्जी थी कि मैं दिल्ली से तेरे को वापिस बुलाऊं। लगता है जो बोलेगा, तेरे को बोलेगा।''

''क्या बोलेगा?'' – साहिल वितृष्णापूर्ण स्वर में बोला – ''कि वो नारकॉटिक्स स्मगलर है?''

''मुझे यकीन नहीं आता।''

''नहीं है तो जेल में क्यों है?''

''जरूर उसे फंसाया गया है।''

''ये मां की ममता बोल रही है।''

वो फिर रोने लगी।

''हौंसला रख। मैं उसे छुड़ाने में कोई कोशिश उठा नहीं रखूंगा। अब चुप कर। प्लीज।''

मां ने खामोशी से आंसू पोंछे।

सुनीत सैंकड़ों कैदियों के साथ दोपहर के भोजन की लाइन में लगा हुआ था, जब कि हवलदान रामरुद्र इस के करीब पहुंचा।

''तुम्हारे लिये अच्छी खबर है।'' – वो बोला।

सुनीत की आंखों में उम्मीद की चमक आयी।

''क्या?'' – उसने पूछा।

''रायामांझी को तुम्हारा लिहाज आ गया है। उस ने कहलवाया है कि तुम दो किश्तों में उसका कर्जा लौटा सकते है। आधी रकम इस महीने आखिर तक और बाकी की आधी उस के दो महीने बाद।''

''ओह!''

''बमय सूद अब कर्जे की रकम साढ़े पांच लाख डॉलर है।''

‘‘क्या!’’

‘‘हैरान होने की क्या बात है? रियायत अदायगी के वक्त में है, सूद या मूल में नहीं।’’

‘‘म . . . महीने के आखिर तक पौने तीन लाख चुकता करने होंगे।’’

‘‘हां।’’

‘‘एक हफ्ते में पौने तीन लाख डॉलर मैं कहां से लाऊंगा?’’

‘‘तुम्हें मालूम हो।’’

‘‘मैं कोई करिश्मा कर के नहीं दिखा सकता। रायामांझी को ये बात मालूम होनी चाहिये।’’

‘‘उसे सब मालूम है।’’

‘‘तुम उस से फिर बात करो।’’

‘‘कोई फायदा नहीं होगा।’’

‘‘लेकिन . . . ’’

‘‘तुम्हारा भाई यहां पहुंचा हुआ है। जब तक वो मुलाकात की कागजी कार्यवाही से निपटेगा, तब तक तुम खाना खा लोगे। अपने भाई से मिलो, शायद तुम्हारी दुश्वारी का कोई हल उस के पास हो।’’

‘‘लेकिन पौने तीन लाख डालर! वो भी इतनी बड़ी रकम खड़े पैर कहां से पैदा करेगा?’’

‘‘प्रॉब्लम तो है तुम्हारी!’’

एक घन्टे के इन्तजार के बाद साहिल को नाखू जेल के उस विजिटर्स रूम में ले जाया गया जिस के बीचोंबीच एक जाली थी जिस के आर-पार से कैदी और उस से मिलने आने वाले की मुलाकात होती थी। साथ आये दोरोगा ने साहिल को जाली के करीब की एक कुर्सी पर बिठाया और बोला – ‘‘अभी दूसरी तरफ तुम्हारा आदमी आयेगा।’’

साहिल ने संजीदगी से सहमति में सिर हिलाया।

''पन्द्रह मिनट मिलेंगे।''

''ठीक है।''

दारोगा चला गया।

वो प्रतीक्षा करने लगा।

थोड़ी देर बाद परली तरफ का एक दरवाजा खुला और एक हवलदार ने उस के भाई सुनीत को दरवाजे से भीतर कर दिया। वो जाली से पार कुर्सी पर आ बैठा।

साहिल ने अवाक् उसे देखा।

सुनीत खिसियाया सा हंसा।

''कैसे हो?'' – साहिल फंसे कंठ से बोला।

''देख ही रहा है कैसा हूं!''

''किस जंजाल में फंस गये?''

''किस्मत, छोटे भाई, किस्मत।''

''यहां आने से पहले मैंने तुम्हारे वकील से बात की थी।''

''बिलास सिग्देल से?''

''हां। वो लल्लू वकील है, तुम्हारा कोई भला नहीं कर सकता।''

''जितना गुड़ डालो, उतना ही मीठा होता है।''

''कोई नामी वकील करना होगा। जैसी हालत मैं इस वक्त तुम्हारी देख रहा हूं, ये कुछ दिन और रही तो . . . तो तुम्हारा जो अंजाम होगा, उसके खयाल से मेरी रूह कांपती है।''

''मुझे कुछ नहीं होगा। अभी भी मैं बिल्कुल ठीक हूं।''

''ऐसा कह कर तुम खुद को धोखा दे रहे हो।''

वो कुछ क्षण खामोश रहा, और फिर गहरी सांस लेता बोला – ''हां। शायद।''

''कोई बड़ा वकील करना होगा। वही कुछ पल्ले डाल सकेगा।''

''पैसा ही बर्बाद होगा'' – सुनीत दबे स्वर में बोला – ''और कोई फायदा नहीं होगा।''

''ये पहले ही हार मान चुके आदमी की जुबान है।''

''ये व्यवहारिक जुबान है।''

''क्या व्यवहारिक है इसमें?''

''मेरे खिलाफ बहुत मजबूत केस है। मुझे उम्मीद नहीं कि कोई बड़ा वकील भी इसे हिला पायेगा।''

''ऐसा?''

''हां।''

''तो कैसे बीतेगी?''

''मैं . . . मैं अपना गुनाह कबूल कर लूंगा।''

साहिल ने हकबका कर उसकी तरफ देखा।

''हैरान होने की कोई बात नहीं, छोटे भाई'' – वो एक फीकी हंसी हंसता बोला – ''क्योंकि गुनाहगार तो मैं हूं। मुझे सरकारी वकील ने बताया है कि अपनी मर्जी से अपना गुनाह कबूल कर लेने पर मेरी सजा आधी हो जायेगी। मेरी निगाह में ये कोई बुरा फैसला नहीं।''

''जो किया, पहली बार किया?''

''नहीं। चार साल से इस धन्धे में हूं। पहले डीलर का एजेन्ट था, अब डेढ़ साल से डायरेक्ट डीलर हूं।''

''तुमने ये रास्ता चुना . . .''

''मैंने नहीं चुना, मेरी प्रारब्ध ने मुझे इस रास्ते पर धकेला।''

''अब . . . अब मैं मां को क्या बोलूं?''

''वही, जो सच है।''

''उस का दिल बैठ जायेगा।''

''मजबूरी है। जो बात छुप नहीं सकती, उसे छुपाने से क्या फायदा!''

''अगर तुम अपना कदम पहले से निर्धारित किये बैठे हो तो मुझे क्यों बुलाया? मैं तो ये सोच के दौड़ा आया था कि तुम बेगुनाह फंस गये थे और मैं तुम्हारी क़ोई मदद कर सकता था। लेकिन तुम तो अपना फैसला पहले ही किये

बैठे हो। तुम्हें तो न मेरी जरूरत है और न किसी काबिल वकील की। तुम तो सजा के लिये तैयार बैठे हो।''

''मुझे सजा की कोई फिक्र नहीं, मेरी फिक्र कोई और है और उसी की वजह से मुझे तुम्हारी जरूरत है।''

''और क्या फिक्र है? कोई और भी पंगा है?''

''हां।''

''क्या?''

''मेरे ऊपर कर्जा है। बहुत बड़ी रकम का।''

''किस का?''

''मेरे हेरोइन के कारोबार के फाइनांसर का।''

''क्या! तुम ये धन्धा क्रेडिट पर करते थे?''

''ये धन्धा और, स्ट्रेट, धन्धों से जुदा नहीं है। क्रेडिट हर धन्धे में चलता है। फाइनांसर डीलर को हर धन्धे में क्रेडिट देता है। मैं डीलर हूं और फाइनांसर का कर्जाई हूं। फाइनांसर मेरे से मुतमइन था कि मैं सेफ धन्धा चला सकता था, इसलिये वो मुझे क्रेडिट देता था।''

''पंगा क्या पड़ा?''

''तकदीर दगा दे गयी। पणजी में मेरे एक कूरियर का तब कार एक्सीडेंट हो गया, जब कि वो पांच किलो हेरोइन आगे कहीं डिलीवर करने जा रहा था। कूरियर गम्भीर घायलावस्था में हस्पताल में पहुंच गया और माल पुलिस ने पकड़ लिया। कूरियर को छुड़ाने में मेरा इतना रुपया रिश्वत में गया कि मैं कंगाली की हालत में पहुंत गया।''

''क्या जरूरत थी?''

''कूरियर को छुड़ाने की?''

''हां।''

''वो मेरा रेगुलर कूरियर था और मेरे हर राज से वाकिफ था। उसका फंसना मेरे फंसने की भूमिका होता।''

''बहरहाल तुम उस मुसीबत से निजात पाने में कामयाब हुए?''

''हां।''

''फिर भी धन्धे में बने रहे!''

''ये धन्धा शेरसवारी है, छोटे भाई, एक बार चढ़ जाओ तो उतरते नहीं बनता। धन्धा नहीं छूटता क्यों कि गले पड़े नुकसान की भरपाई करनी होती है। और भरपाई कैसे होती है? और माल बेच कर। और माल कहां से आता है? बड़े सप्लायर के, फाइनांसर के, क्रेडिट से आता है। वो पणजी वाली मिसएडवेंचर न होती तो मेरे ऊपर कोई कर्जा न होता।''

''कर्जा है भी तो क्या है? क्या तुम्हारा फाइनांसर नहीं जानता कि तुम जेल में हो? जेल में हो और लम्बी सजा पाने वाले हो। जैसे तुमने रिस्क लिया, वैसे उसने रिस्क लिया। जैसे तुम्हारा नुकसान हुआ, वैसे उसका नुकसान हुआ। नहीं?''

''नहीं।''

''अरे भई, तुम जेल में हो इसलिये सेफ हो।''

''खामख्याली है तुम्हारी।''

''क्या मतलब? तुम्हें यहां भी खतरा है?''

''हां। गम्भीर। जान का।

''जेल में?''

''हां।''

''तुम प्रोटेक्शन की मांग कर सकते हो।''

''मैं ऐसा करूंगा तो मुझे कूलर में बन्द कर दिया जायेगा।''

''कूलर?''

''चार गुणा छः फुट का एक चूहेदान जिस में कोई रोशनदान तक न होगा, जिस में मुझे ये तक पता नहीं लगेगा कि बाहर दिन था या रात, जिस में एक हफ्ते में मेरा दिमाग हिल जायेगा, और एक हफ्ते बाद दीवारों से सर टकराता मैं खुद ही मर जाऊंगा। छोटे भाई, कूलर के खयाल से मेरी रूह कांपती है।''

''हल क्या है तुम्हारी समस्या का?''

''हल वक्त है। मुझे वक्त दरकार है। वक्त मिल जायेगा तो मैं सब ठीक कर लूंगा।''

''वक्त कैसे मिलेगा?''

''रायामांझी देगा तो मिलेगा।''

''रायामांझी कौन है?''

''फाइनांसर का फ्रंटमैन है। समझो कि मैनेजर है।''

''हेरोइन वो सप्लाई करता है?''

''करता है, लेकिन जैसी हेरोइन से मैं डील करता हूं, वो वो सप्लाई नहीं करता।''

''तुम कैसी हेरोइन से डील करते हो?''

''प्योर। अनकट। जो कि नम्बर फोर चायना वाइट कहलाती है।''

''वो कौन देता है?''

''बड़ा ड्रग लार्ड।''

''वो कौन है?''

''मैं नहीं जानता।''

''तो तुम्हारा धन्धा कैसे चलता है?''

''बाजरिया रायामांझी। रायामांझी उस का भी फ्रंट है।''

''लेकिन ये तो पक्का जानते हो कि ये . . . ये रायामांझी असल ड्रग लार्ड का फ्रंट है! ये जानकारी भी तो कीमती है! तुम पुलिस से इस का सौदा कर सकते हो। तुम उसे पकड़वा कर पुलिस में अपना क्रेडिट बना सकते हो, फिर पुलिस उस से खुद कबुलवा लेगी कि असल ड्रग लार्ड कौन था!''

''छोटे भाई, तू मुझे खुदकुशी का रास्ता सुझा रहा है। मैंने उन लोगों के खिलाफ जुबान खोली तो मेरी मौत निश्चत होगी।''

''पुलिस भी तो उस खतरे से वाकिफ होगी! वो लोग तुम्हारी हिफाजत करेंगे।''

''क्या हिफाजत करेंगे? मुझे कूलर में बन्द कर देंगे। आइन्दा पांच साल मेरा खाना-पीना, हगना, मूतना सब कूलर में होगा। नहीं छोटे भाई, ऐसी जिन्दगी से तो मौत अच्छी।''

''तो? तो?''

''एक ही रास्ता खुला है मेरे सामने।''

''कौन सा?''

''कर्जा चुका देने का रास्ता।''

''कितना है कर्जा?''

''साढ़े पांच लाख डॉलर।''

''हे भगवान! इन्डियन करेन्सी में तकरीबन पौन तीन करोड़ रुपया?''

''हां।''

''कहां से आयेगा इतना पैसा?''

''छोटे भाई, जब पुलिस की रेड हुई थी, तब दो लाख डॉलर की रकम मेरे कब्जे में थी। गिरफ्तार होने से पहले मैं नोटों से भरा ब्रीफकेस होटल की चौथी मंजिल की खिड़की से बाजू की एक गली में फेंकने में कामयाब हो गया था, जहां कि मेरी गर्ल फ्रेन्ड परिजात थापा मौजूद थी। वो उस रकम से भरे ब्रीफकेस के साथ सेफ वहां से निकलने मे कामयाब हो गयी थी।''

''तो उसने वो रकम तुम्हारे इस फ्रंट मैन को . . . क्या नाम था . . . हां, रायामांझी को क्यों न पहुंचायी?''

''क्योंकि उस की नीयत बद् हो गयी। इतनी बड़ी रकम के साथ वो शहर ही नहीं, मुल्क ही छोड़ के भाग गयी।''

''कहां भाग गयी?''

''बैंकाक। वहां भी पता नहीं टिकी या नहीं!''

''और कहां जा सकती है?''

''सिंगापुर। कई करीबी रिश्तेदार वहां बसे बताती थी।''

''ओह!''

''मेरा वकील कहता है कि वो उसे तलाश कर के दिखा सकता है!''

''दिखाता क्यों नहीं?''

''फीस मांगता है।''

''कितनी?''

''दस हजार डॉलर।''

''पांच लाख रुपये! पागल हुआ है!''

''बोलता है, फौरन करने वाला काम है, सब काम छोड़ के करने वाला काम है।''

''तुम्हें थूक लगाना चाहता है। ठगना चाहता है। रकम डकार जायेगा और हाथ भी नहीं हिलायेगा। बोल देगा, सॉरी, नहीं मिली।''

''वो ऐसा नहीं करेगा। वो उस कुतिया को जरूर-जरूर ढूंढ़ निकालेगा। मेरी फौरी जरूरत ये है कि ऐसा होने तक रायामांझी से मेरा पीछा छूटा रहे।''

''वो कैसे होगा?''

''उस की रकम चुकता करने से ही होगा। अभी तो वो बहुत बड़ी रकम मांग रहा है, लेकिन जेल से ही किसी छोटी-मोटी अदायगी का इन्तजाम में कर दूंगा तो उस पर अच्छा असर होगा, वो पिघल जायेगा।''

''वो क्या मांगता है?''

''पौने तीन लाख डॉलर।''

''मैं कहां से लाऊंगा?''

''छोटे भाई, मुझे यकीन है वो दो से मान जायेगा।''

''दो लाख! दो लाख डॉलर भी मैं कहां से लाऊंगा?''

''छोटे भाई, ये मेरी जिन्दगी का सवाल है।''

''मेरी माली हालत से तुम बेखबर नहीं हो। मैं खुद बैंक का कर्जाई हूं।''

''कुछ कर, प्लीज, कुछ कर।''

''लेकिन . . .''

''मैं तेरा पैसा-पैसा चुका दूंगा।''

''टाइम कितना है?''

''एक हफ्ता।''

''बस!''

''हां।''

''और दस हजार उस वकील को भी! ताकि वो तुम्हारी गर्ल फ्रेंड को तलाश कर सके!''

''हां।''

''माई डियर ब्रदर, दिस इज ए वैरी टाल ऑर्डर। तुम तो . . .''

''चलो, भई।'' – दरवाजे पर से हवलदार कर्कश स्वर में बोला – ''मुलाकात का टाइम खत्म हो गया।''

सुनीत ने एक बार कातर भाव से अपने छोटे भाई की तरफ देखा और फिर उठकर वहां से चल दिया।

दो दिन में साहिल सरीन ने वांछित रकम मुहैया कर ली। उस नामुमकिन काम को उसका ईश्वर ही जानता था कैसे उसने अंजाम दिया था। उसने दोस्तों से, बैकों से उधार तो लिया ही था, अपना कारपेट्स का ढेर सारा स्टॉक आधे से भी कम दामों में बेच दिया था। वो फिर अपने भाई से मिला था और उस के निर्देश पर दस हजार डॉलर उस ने उस के वकील बिलास सिग्देल को सौंप दिये थे और दो लाख डॉलर एक ब्रीफकेस में बन्द करके पैनोरमा क्लब के एक स्टीवार्ड को पहुंचाये थे, वहां से आगे अपने मुकाम पर रकम पहुंचे गयी होने की तसदीक बाजरिया हवलदार रामरुद्र से सुनीत को हो गयी थी।

उस घड़ी पैनोरमा क्लब के एक नीमअन्धेरे कोने में दो आदमी जैसे सिर से सिर जोड़े बैठे थे। उन में से एक रामरुद्र था और दूसरा . . .खुद भृगु रायामांझी था।

''अच्छा असर होगा बोला मोटा हिन्दोस्तानी!'' – रायामांझी तिरस्कारपूर्ण स्वर में बोला – ''क्या अच्छा असर होगा? अच्छा असर अच्छी पेमेन्ट से होता है। अच्छी पेमेन्ट पौने तीन लाख थी।''

''उसे वक्त मांगता है।''

''क्या करेगा वक्त का? जेल से खिसक कर बैंक में डाका डालेगा?''

''अपनी माशूक की तलाश करवायेगा जो कि बैंकाक भाग गयी बताता है। दो हफ्ते में उसे तलाश कर लेने की गारन्टी बोलता है।''

''ये गारन्टी भी बोलता है कि रकम अभी माशूक के ही कब्जे में होगी?''

''कैसे बोलेगा?''

''नहीं बोल सकता। मोटे हिन्दोस्तानी को तो ये भी नहीं मालूम होगा कि वो लड़की सिर्फ ओवरनाइट बैंकाक में रुकी थी और फिर अगले ही दिन सिंगापुर के लिये उड़ गयी थी।''

रामरुद्र ने हैरानी से उसकी तरफ देखा।

''सारे एशिया में मेरे भेदिये हैं।'' – रायामांझी गर्व से बोला – ''मेरे लिये उस की मूवमेंट्स ट्रेस कराना आसान था। अब वो लड़की सिंगापुर में कहीं है, लेकिन वहां से भी खिसक सकती है। वो रकम पीछे बैंकाक में छोड़कर आयी हो सकती है या अब आगे की रवानगी से पहले सिंगापुर में छोड़ सकती है।''

''उसने अपने वकील को लड़की की तलाश में लगाया है।''

''वो नहीं तलाश कर पायेगा। कर भी लेगा तो रकम क्या यूं ही मोटे हिन्दोस्तानी के हाथ आ जायेगी!''

''वो यही उम्मीद कर रहा है। उस की सारी आस उम्मीद उस लड़की पर अटकी हुई है। वो न मिली तो . . . तो . . .''

''तो क्या?''

''तो बड़ी हद पांच हजार माहाना वो लौटा पायेगा। और वो भी अपने भाई की मदद से।''

''हरामी क्या जानता नहीं कि इतने से तो ब्याज भी पूरा नहीं होता! कमीने ने रायामांझी से हेरोइन उठाई है या किश्तों पर कार खरीदी है! मरेगा, साला।''

''और भी तरीका होगा रकम मुहैया करने का?''

''है। कई हैं। सब उसे मालूम हैं। हो सकता है वो उन्हीं को आजमाने के लिये

वक्त हासिल करना चाहता हो . . .! ये उस का भाई? ये क्या चीज है?''

''कारपेट एक्सपोर्टर है। मौजूदा रकम उसके भाई ने ही मुहैया कराई है।''

''बाकी क्यों नहीं करा सकता?''

रामरुद्र खामोश रहा।

''हरामी ने कोशिश ही नहीं की होगी।''

''मैं अब मोटे हिन्दोस्तानी को क्या बोलूं?''

''उसे बोल जो रकम मुझे मिली है, वो मजाक है। आइन्दा मजाक की जुर्रत न करे।''

साहिल फिर भाई से जेल में मिला तो उसने उस के चेहरे पर फटकार बरसती पायी।

''अब क्या है?'' – वो सशंक भाव से बोला।

''रायामांझी महीना खत्म होने से पहले पौने तीन लाख की पेमेन्ट मुकम्मल होना मांगता है। बोलता है महीना खत्म होने से पहले पिचहत्तर हजार डॉलर उसके पास और पहुंच जायें।''

''महीना खत्म होने में तो सिर्फ दो दिन बाकी हैं!''

''दो दिन में ही कुछ करना होगा।''

''मैं करिश्मा नहीं कर सकता। कोई जादू का डण्डा नहीं है मेरे पास।''

''छोटे भाई, तेरे रईस दोस्त हैं . . .''

''हैं, लेकिन सब से पहले ही उधार मांग चुका हूं। और उधार कोई नहीं देने वाला।''

''तुम कारपेट का कोई बड़ा आर्डर लेने दिल्ली गये थे?''

''गया था। आर्डर भी मिला था, लेकिन आर्डर की शर्त है कि पेमेंट आर्डर एग्जीक्यूट होने के पैंतालीस दिन बाद होगी।''

''पहले नहीं तो सकती?''

''नहीं हो सकती।''

''कोई तरीका नहीं पहले पेमेंट का?''

''नहीं, कोई तरीका नहीं।''

''फिर तो'' – सुनीत की आंखें डबडबा गयीं – ''मैं गया काम से।''

साहिल ने असहाय भाव से कन्धे उचकाये।

''छोटे भाई'' – सुनीत रुआंसे स्वर में बोला – ''लगता है तू मेरे से आजिज आ गया है, तू कुछ करना ही नहीं चाहता।''

''ये बेजा इलजाम है।'' – साहिल तनिक आवेश से बोला।

''तू शिद्दत से कुछ करना नहीं चाहता। शिद्दत से, दिल से, कोशिश की जाये तो क्या नहीं हो सकता?''

''तुम समझते नहीं हो। यहां सिर्फ होना ही लाजिमी नहीं, एकाएक होना लाजिमी है। एकाएक भी एक बार तो किया ही मैंने! अब बार-बार एकाएक क्योंकर होगा?''

वो खामोश रहा।

साहिल भी कुछ क्षण खामोशी से सोचता रहा और फिर दृढ़ता से बोला – ''मैं पुलिस से बात करूंगा।''

सुनीत ने चौककर सिर उठाया।

''क्या?'' – वो बोला – ''पुलिस से क्या बात करेगा?''

''ये आदमी, रायामांझी, तुम्हें नुकसान पहुंचाना चाहता है। तुम्हें जान से मरवा देने की धमकी देता है। उसके खिलाफ पुलिस में रपट दर्ज कराई जा सकती है।''

''नतीजा जानता है क्या होगा?''

''क्या होगा?''

''उस का तो बाल भी बांका नहीं होगा, मैं कल मरता आज मर जाऊंगा। बल्कि अभी मर जाऊंगा। छोटे भाई, मेरी और मेरे जैसे नारकॉटिक्स स्मगलर्स की जिन्दगी की डोर ड्रग लार्डस के हाथों में है, वो जब चाहें उसे तोड़ सकते हैं; पुलिस की तो बिसात ही क्या है, कोई भी उन का कुछ नहीं बिगाड़ सकता। मेरी या तुम्हारी रपट पर यहां की पुलिस रायामांझी की तरफ रुख भी नहीं करेगी।

इस बात को समझ, छोटे भाई, कि मेरी जिन्दगी पर रायामांझी का मुकम्मल कब्जा है। उसे मेरे जिस्म से मेरी जान नींबू की तरह निचोड़ लेने से कोई नहीं रोक सकता।''

''फिर मैं क्या कर सकता हूं?''

''तू उस की रकम उस के हवाले करने में मेरी मदद कर सकता है।''

''बार-बार एक ही बात दोहराने का कोई फायदा नहीं। मैं जो कर सकता था, कर चुका। अब न मेरे पास पैसा है, न मैं मुहैया कर सकता हूं। और तुम्हारी आल्टरनेट उम्मीद तुम्हारी माशूक की भी अभी कोई खबर नहीं।''

''एक रास्ता है।''

''दो दिन में पिचहत्तर हजार डॉलर मुहैया करने का?''

''दो महीनों में सारा कर्जा चुकता करने का।''

''कहां से आयेगी इतनी बड़ी रकम?''

''ड्रग्स में से।''

''पागल हुए हो!''

''दो, बड़ी हद तीन, फेरों में वारे-न्यारे हो जायेंगे।''

''जानते हो क्या कह रहे हो?''

''हां। तभी तो कह रहा हूं।''

''मैं नहीं सुनना चाहता।''

''छोटे भाई, एक ही रास्ता है।''

''मैं नहीं सुनना चाहता।''

''मेरी बात सुन, प्लीज, मेरी बात सुन। सुनने में क्या लगता है! बात को मानना न मानना तो आखिर तेरी मर्जी पर मुनहसर है!''

''ठीक है। सुन रहा हूं।''

''मैंने सब वर्क आउट कर लिया है। कहीं कोई प्राब्लम नहीं है। अपने चार साल के तजुर्बे की वजह से मेरे कान्टैक्ट्स चौकस हैं। रूट्स चौकस हैं। नये ग्राहक तक चौकस हैं जिन्हें कि मैंने लम्बी बातचीत के बाद पिछले दिनों चौकस किया

था। जरूरत है तो सिर्फ इनवैस्टमेंट की। वो भी शुरुआती दौर में सिर्फ एक लाख डॉलर की।''

''तुम मुझे हेरोइन खरीदने के लिये एक लाख डॉलर मुहैया करने का आइडिया दे रहे हो! तुम्हारा दिमाग चल गया है।''

''मैं जो कह रहा हूं, पूरी तरह से सोच-समझ कर और पूरी संजीदगी से कह रहा हूं। मेरी जान पर बनी है, मैं कोई गैरसंजीदा बात कैसे कर सकता हूं?''

''तुम्हें अहसास नहीं है तुम मुझे क्या करने को कह रहे हो!''

''मुझे पूरा अहसास है . . .''

''क्या अहसास है? तुम चाहते हो कि मैं नारकॉटिक्स के किसी डील को फाइनांस करूं?''

''मैं इससे ज्यादा चाहता हूं।''

''क्या?''

''धीरज से सुनो। मैं यहां जेल में बैठा भी नारकॉटिक्स के किसी डील को फाइनांस कर सकता हूं, लेकिन जाहिर है कि उसे एग्जीक्यूट नहीं कर सकता। एग्जीक्यूशन के लिये मुझे मुकम्मल भरोसे का कोई शख्स चाहिये और ऐसा शख्स तेरे सिवाय और कौन हो सकता है?''

''तौबा! ये मैं क्या सुन रहा हूं? मुझे तो अपने कानों पर विश्वास नहीं हो रहा!''

''छोटे भाई, मौजूदा हालात में मैं तेरे सिवाय किसी पर भरोसा नहीं कर सकता। मेरा यकीन जान, तुझे कोई रिस्क नहीं लेना पड़ेगा। माल तुझे नहीं हैंडल करना पड़ेगा। तू तो माल के करीब भी नहीं फटकेगा।''

''तुम मुझे नारकॉटिक्स स्मगलर बनाना चाहते हो?''

''हरगिज भी नहीं। दो या तीन फेरों में तुझे सिर्फ माल का निगहबान बन के रहना पड़ेगा। मेरे रायामांझी को ये खबर करने की देर होगी कि इस सिलसिले में तू मेरी मदद करने को तैयार है कि वो ठण्डा पड़ जायेगा। छोटे भाई, मेरे सामने कोई दूसरा रास्ता होता तो मैं ऐसी तजबीज कभी पेश न करता। तूने इनकार किया तो वो घड़ी दूर नहीं जब कि मेरी भी लाश किसी सुबह गुसल के किसी शावर

से लटकी होगी। बोला जायेगा कि मैंने खुदकुशी कर ली, लेकिन इस जेल के ईट-पत्थर भी जानते होंगे कि मेरा कत्ल हुआ था। छोटे भाई, मौजूदा हालात में तेरा इनकार करना और मेरा मरा मुंह देखना एक ही बात है।''

''ये ज्यादती है।''

''और कोई रास्ता नहीं।''

''ये इमोशनल ब्लैकमेल है।''

''ये लहू की लहू से फारियाद है।''

''ये दीवानगी का दावतनामा है।''

''ये जानबख्शी की अपील है।''

''मैं . . . मैं जाता हूं।''

सम्मोहन की हालत में वो जेल से वापिस लौटा।

एक ही खयाल से कभी तिलमिलाता तो कभी अफसोस जताता।

उस का भाई अपनी मुसीबत उस के मत्थे मंढना चाहता था।

फिर भी अगले रोज फिर वो जेल के मुलाकाती कक्ष में अपने भाई से रुबरू था।

''क्या फैसला किया?'' – सुनीत आशापूर्ण स्वर में बोला।

''तुम्हें मालूम होना चाहिये।'' – साहिल कठिन स्वर में बोला।

''ओह!''

''कुछ और सोचो।''

''क्या सोचूं? सब तरफ अन्धेरा ही अन्धेरा है। कहीं कोई रोशनी की किरण दिखाई नहीं देती। कहीं से कोई गुड न्यूज हासिल नहीं होती। अभी वकील सिग्देल यहां से हो के गया है। कहता है कि उसने परिजात को सिंगापुर तक ट्रेस कर लिया था, लेकिन वो वहां से शिप पर सवार होकर किसी नामालूम जगह की तरफ निकल गयी है।''

''ओह!''

''किसी ने ठीक ही कहा है कि मुसीबत में साया भी साथ छोड़ देता है।''

''अब क्या इरादा है?''

''क्या इरादा होना है? परिजात गायब है और, छोटे भाई, तेरे इनकार ने मेरी उम्मीद का आखिरी चिराग भी गुल कर दिया है।''

''तुम्हें मेरी जिन्दगी पर यूं हावी होने का कोई अख्तियार नहीं।'' – साहिल गुस्से से बोला – ''तुम जिस मुसीबत के हवाले हो, वो तुमने खुद अपने लिये खड़ी की है। तुम्हें अपनी बला मेरे मत्थे मंढ़ने का कोई अख्तियार नहीं। मैं जो कर सकता था, कर चुका। अब और कुछ कर सकता हूं तो पुलिस के पास जा सकता हूं। पुलिस तुम्हें जरूर प्रोटेक्शन देगी।''

''कब तक देगी? एक महीना! दो महीने! चार महीने! छः महीने! मैं कोई राजनेता हूं या शाही खानदान से हूं जो पुलिस ताजिन्दगी मुझे प्रोटेक्शन देगी? मुझे! एक हिन्दोस्तानी को! एक विदेशी को!''

साहिल खामोश रहा।

''यहां कभी भी कोई मेरे खाने में जहर मिला देगा, मेरी पसलियों में चाकू उतार देगा, मुझे सूली पर टांग देगा। चूहे की तरह कूलर में बन्द कर के रखा जाऊंगा तो भी ऐसा हो कर रहेगा। तू मेरी ऐसी मौत चाहता है तो शुक्रिया, छोटे भाई, शुक्रिया। अब कभी मेरे से मिलने आने की जहमत न करना।''

आखिरी शब्द कहते-कहते उस का गला रुंध गया, वो एक झटके से कुर्सी पर से उठा और बिना दोबारा साहिल पर दृष्टिपात किये पिछले दरवाजे की तरफ बढ़ चला।

नये महीने के पहले ही दिन आलोक पाटिल एयर इन्डिया के एक प्लेन से बैंकाक पहुंचा।

वो नारकॉटिक्स कन्ट्रोल ब्यूरो का उच्चाधिकारी था और हेरोइन स्मगलरों की ताक में सारे साउथ एशिया में सक्रिय रहता था। थाईलैण्ड गोल्डन ट्रायंगल का एक एंगल था इसलिये उधर कहीं न कहीं उसका आना जाना बना ही रहता था। गोल्डन ट्रायंगल – थाईलैण्ड, मियांमार, लाओस – सारी दुनिया के हेरोइन

के व्यापार का सबसे बड़ा अड्डा था। उस के अलावा उस फील्ड में अब जो दूसरी अतिसक्रिय जगह बन गयी थी उसे गोल्डन क्रीसेंट कहा जाता था और उस में शामिल फील्ड ईरान, पाकिस्तान और अफगानिस्तान थे। सारी दुनिया में अफीम की – जिस से कि हेरोइन बनती थी – सब से ज्यादा खेती गोल्डन ट्रायंगल और गोल्डन क्रीसेंट में होती थी और हेरोइन स्मगलिंग के एक से एक अनोखे तरीके उधर ही आजमाये जाते थे। बहुत लोग बतौर कूरियर पकड़े जाते थे, लेकिन जितने पकड़े जाते थे उन से कहीं ज्यादा अपनी काबिलेरश्क चतुराई से कामयाब भी हो कर दिखाते थे।

गोल्डन ट्रायंगल में अमेरिका का ड्रग एनफोर्समेंट एडमिनिस्ट्रेशन (डी.ई.ए.) नाम का महकमा भी सदा सक्रिय रहता था, बैंकाक में डी.ई.ए. का स्थायी आफिस था और वहां नियुक्त डी.ई.ए. का रीजनल हैड पीटर ग्रान्ट उस का पुराना परिचित था।

वो उस के आफिस में पहुंचा।

''वैलकम!'' – वो जोश से उस से हाथ मिलाता बोला – ''वैलकम, माई डियर फ्रेंड! कब आये?''

''अभी।'' – पाटिल उस के सामने एक कुर्सी पर बैठता बोला – ''सीधा एयरपोर्ट से आ रहा हूं।''

''अरे! पहले होटल में जाकर थोड़ा रैस्ट करना था!''

''बैंकाक जैसे रंगीन शहर में शाम को तुम्हारे साथ तफरीह होगी तो रैस्ट अपने आप हो जायेगा।''

''तफरीह अपनी जगह है, बट यू नीड आल दि रैस्ट। तुम बुरी तरह घायल हुए थे। मर सकते थे।''

''मरा भी नहीं और देख लो चौकस तुम्हारे सामने भी बैठा हूं।''

''चौकस तो नहीं, दुबले लग रहे हो।''

''सब ठीक हो जायेगा।''

''तुम्हें अभी और छुट्टियां लेनी चाहिये थीं। और रैस्ट करना चाहिये था।''

"नो। आई एम – तुम्हारी जुबान में कहूं तो – फिट ऐज़ ए फिडल।"

"दैट्स गुड न्यूज़।"

"अब बताओ। दसाप्रतामा की क्या खबर है?"

"मुझे पता था, तुम उसकी बाबत जरूर पूछोगे। तुमने तो उसे अपना जाती दुश्मन बना लिया है!"

"तमाम ड्रग लार्ड्स मेरे जाती दुश्मन हैं।"

"कुछ पियोगे?"

"बाद में। पहले दसाप्रतामा की बात करो।"

"वो अभी भी लाओस में ही है। सरकारी लाइसेंस पर अफीम उगाता है, उस पर बाकायदा टैक्स भरता है, धड़ल्ले से हेरोइन बनाता है और सारी दुनिया के ड्रग सप्लायर्स को बेचता है। उसे लाओस सरकार की प्रोटेक्शन हासिल है, वहां उस का कुछ नहीं बिगाड़ा जा सकता।"

"बाहर भी तो निकलता है!"

"निकलता है, लेकिन कब निकलता है, कहां जाने के लिये निकलता है, पता नहीं लगता। वो आ के चला गया होता है तो मालूम होता है कि अंकल डी फलां जगह था, फलां जगह था।"

"अंकल डी?"

"उस का पापुलर नाम है। हर जगह इसी नाम से जाना जाता है।"

"आई सी।"

"लाओस के जंगलों में रहता है, जहां कि भेदियों के जरिये भी पहुंच बनाना मुश्किल है। उधर पत्ता खड़कता है तो कम्बख्त को पता चल जाता है, फिर भेदिये की लाश ही लौटती है। नहीं भी लौटती।"

"ओह!"

"बॉर्डर से पार यूं आता-जाता है जैसे थाईलैण्ड लाओस एक ही मुल्क हों। जब तक इस बाबत हमें कोई भनक मिलती है, तब तक वो बार्डर वापिस क्रॉस कर गया होता है।"

''रुटीन से कहीं नहीं जाता?''

''जाता है। सब जगह जाता है। आधी दर्जन मुल्कों के पासपोर्ट हैं उस के पास। जिस मुल्क में कदम रखता है, वहीं का बन जाता है, इतनी कामयाबी से कि कोई पहचान भी नहीं पाता। बाद में उसकी कारगुजारियों के चर्चों से ही पता लगता है कि अंकल डी बैंकाक में था, अंकल डी रंगून में था, अंकल डी ढाका में था, अंकल डी कराची में था, अंकल डी काठमाण्डू में था।''

''इन्डिया का नाम नहीं लिया।''

''उधर कम जाता है। क्योंकि इन्डिया के उस के काम कराची से, दुबई से, काठमाण्डू से हो जाते हैं।''

''तुम तो ऐसे कह रहे हो जैसे तुम्हें कतई उम्मीद नहीं कि वो कभी पकड़ा जायेगा।''

''मुझे अपने महकमे के मिशन से ही कोई ज्यादा उम्मीद नहीं। अमरीका क्या, इन्डिया क्या, सारी दुनिया के मुल्क मिलकर जोर लगा लें तो नारकॉटिक्स ट्रेड खत्म नहीं हो सकता। माई डियर फ्रेंड, ड्रग लार्ड्स के खिलाफ हमारी लड़ाई का मिशन जंग जल्दी से जल्दी जीतना नहीं है, हमारा मिशन कम से कम रफ्तार से जंग हारना है। जो लानत जड़ से खत्म नहीं हो सकती, उसे ज्यादा से ज्यादा शंट कर के रखना है।''

''फिर दसाप्रतामा तुम्हारी टॉप प्रायरटी तो न हुआ?''

''कैसे होगा? तुम्हारे सामने एक दसाप्रतामा है, हमारे सामने पचास हैं। सौ हैं।''

''आजकल कैसी तवज्जो है उसकी तरफ?''

''रुटीन। चियांग माई थाईलैण्ड बार्डर पर है, वहां हमारा एक एजेन्ट है, जो दसाप्रतामा की और उस से सम्बन्धित लोगों की मूवमेंट्स को मानीटर करने की कोशिश करता है, फिलहाल बस इतना ही।''

''इतने से दसाप्रतामा पर हाथ डालने में मेरी क्या मदद होगी?''

''तुम अभी भी समझते हो कि दसाप्रतामा के जरिये तुम रोशन चौधरी तक पहुंच सकते हो?''

''हां। वो चोर-चोर मौसरे भाई जो ठहरे!''

''हूं। ठीक है। तुम्हारी खातिर मैं चियांग माई के अपने एजेन्ट को और ज्यादा शिद्दत से अंकल डी को ट्रैक करने को बोलता हूं।''

''थैंक्यू।''

विक्रमी सम्वत् का नया साल शुरू हुआ तो भृगु रायामांझी ने पहले दिन सब्र किया, फिर दूसरे दिन सुबह अपने बॉस को फोन लगाया।

''रायामांझी बोलता हूं।'' – वो अदब से बोला।

''क्या है?'' – आवाज आयी।

''मोटे हिन्दोस्तानी की बाबत बताना था।''

''क्या बताना था?''

''वो और वक्त चाहता है।''

''क्यों?''

''रकम ले के खिसक गयी माशूक नहीं मिली। स्थानीय साधनों से और रकम का इन्तजाम उस के लिये मुमकिन नहीं। रकम और रकम के मामले में उस को अपने भाई से बहुत उम्मीदें थीं, लेकिन पता लगा है कि उसने भी हाथ खड़े कर दिये हैं।''

''पैसा हासिल करने के और भी तरीके होते हैं। वो उल्लू बना रहा है।''

''मुझे भी लगता है।''

''फिर भी मुझे फोन लगाया!''

''वो क्या है कि . . .''

''क्या क्या है कि? उस शख्स को क्रेडिट देना ही जहालत थी। अब अपनी जहालत को खुद भुगतो।''

''भुगत तो मैं लूंगा, लेकिन . . .''

''क्या लेकिन? जल्दी बोलो।''

''जुदा तरीके इस्तेमाल करने होंगे।''

''करो। किसने रोका है? जो जरूरी समझते हो, करो। मुझे इस से कोई मतलब नहीं कि तुम अपने काम को कैसे अंजाम देते हो। मुझे सिर्फ अपनी रकम की वसूली से मतलब है। समझे?''

''जी हां।''

''मोटे हिन्दोस्तानी को सबक सिखाओ। इस धन्धे में क्रेडिट की रकम डूबे तो साख डूब जाती है। साख डूबने लगे तो कम्पटीटर सिर उठाने लगते हैं। समझे?''

''जी हां।''

''तो लाइन छोड़ो।''

नये साल के दूसरे दिन की रात को काठमाण्डू में इन्स्पेक्टर माधव दीक्षित अपने एक सब-इन्स्पेक्टर और दो हवलदारों के साथ नाइट पैट्रोल की ड्यूटी पर था। रात के डेढ़ बजे उसे कन्ट्रोल रूम से वायरलैस फोन पर मैसेज मिला कि एक नीले रंग की बी.एम.डब्ल्यू, कार, नम्बर बा.अं. 4444, ने रिंग रोड पर धोबी घाट के इलाके में एक्सीडेंट किया था और तिब्बती रिफ्यूजी कैम्प की तरफ भागी थी। कार के पीछे मोटरसाइकल पर एक पुलिस कांसटेबल लगा हुआ था जिसे कि हिट एण्ड रन ड्राइवर को गिरफ्तार करने के लिये मदद की जरूरत पड़ सकती थी। उस घड़ी वे लोग रिंग रोड के दूसरे सिरे की तरफ थे, इसलिये वो अपनी जीप पर बी.एम.डब्ल्यू. का सामने से रास्ता रोक सकते थे।

तत्काल जीप उधर रवाना हुई।

वो तिब्बती रिफ्यूजी कैम्प के करीब जावालाखेल के चौराहे से अभी दूर थे कि तूफानी रफ्तार से सड़क पर दौड़ती नीली बी.एम.डब्ल्यू. उन्हें दिखाई दी। कार सड़क पर यूं आड़ी-तिरछी दौड़ रही थी कि वो कतई ड्राइवर के कन्ट्रोल में नहीं जान पड़ती थी और उस की रफ्तार ऐसी थी कि करिश्मा जान पड़ता था कि अभी तक सड़क पर सलामत मौजूद थी।

दो बार वो सड़क छोड़कर फुटपाथ पर चढ़ गयी, उलटते बची और वापिस सड़क पर पहुंची।

आगे आधी सड़क कंस्ट्रक्शन के काम के हवाले थी जिस की वजह से कार का उस हिस्से से सलामत गुजर जाना बेहद सन्दिग्ध लग रहा था।

कार के ऐन पीछे पुलिस की मोटरसाइकल थी जिस पर हैल्मेट पहने गश्त की ड्यूटी करता कान्सटेबल सवार था। वो जोर-जार से हॉर्न बजा कर और डिपर मार कर कार को रुकने का इशारा कर रहा था, लेकिन कार थी कि रुकने की जगह और तेज हो जाती थी।

फिर मोटरसाइकल सवार कार को ओवरटेक करने की कोशिश करने लगा।

वो कार के ड्राइविंग सीट वाले पहलू में पहुंचा और कार ड्राइवर को कार रोकने का इशारा करने लगा।

कार ड्राइवर ने एकाएक कार का स्टियरिंग मोटरसाइकल की तरफ काटा।

नतीजा गम्भीर निकला।

मोटरसाइकल कार की चपेट में आ कर उलटी, वो उसके अगले पहिये की चपेट में आ गयी और कार के नीचे फंसी सड़क पर घिसटने लगी।

इन्स्पेक्टर माधव दीक्षित के नेत्र आतंक से फट पड़े।

''चलो! चलो!'' – वो चिल्लाया – ''रफ्तार बढ़ाओ! पकड़ो! हमारा आदमी कार के नीचे है।''

जीप तूफानी रफ्तार से आगे भागी।

आगे कार के अगले पहियों में फंसी सिर्फ मोटरसाइकल दिखाई दे रही थी, उसके ड्राइवर का कहीं पता नहीं था।

और कार का तब भी रुकने का कोई इरादा नहीं जान पड़ता था।

देवा! क्या कार ड्राइवर बिल्कुल ही पागल हो गया था!

नीचे मोटरसाइकल फंसी होने की वजह से कार की रफ्तार–कार ड्राइवर की इच्छा न होते हुए भी – बहुत कम हो गयी थी।

जीप अब कार के ऐन पीछे थी।

तब इन्स्पेक्टर दीक्षित को अहसास हुआ कि सड़क पर पैट्रोल बह रहा था।

जरूर पैट्रोल की टंकी फट गयी थी और लोहे की लोहे से रगड़ से पैदा होती

चिंगारियों की वजह से किसी भी क्षण पैट्रोल आग पकड़ सकता था और फिर जितने बड़े हादसे का वो नजारा कर रहा था, उसने कहीं बड़ा हादसा हो सकता था।

अब फौरन कुछ करना जरूरी था।

उसने होलस्टर में से अपनी सर्विस रिवाल्वर खींची और वार्निंग के तौर पर हवा में गोली चलाई।

नतीजा तत्काल सामने आया।

ब्रेकों की चरचराहट के साथ कार रुकी।

ऐन उस के पीछे जीप रुकी, हाथ में रिवाल्वर लिये इन्स्पेक्टर जीप से नीचे कूदा और लपक कर कार के करीब पहुंचा। उस घड़ी उस के लिये वो खतरनाक कार ड्राइवर अहम् नहीं था, उस का मोटरसाइकल सवार सहकर्मी अहम था, जो कहीं दिखाई नहीं दे रहा था।

उसने सड़क पर लेटकर कार के नीचे झांका तो उस के प्राण कांप गये।

मोटरसाइकल सवार कांसटेबल का क्षत-विक्षत शरीर कार के नीचे फंसा हुआ था और उसकी पथराई आंखें उसकी तरफ झांक रही थीं।

गिरफ्तारी से बचने की कोशिश में कार वाले ने कांसटेबल को मार डाला था।

उस का खून खौल गया, वो उठकर खड़ा हुआ, एक झटके के साथ उसने कार का दरवाजा खोला और ड्राइवर का गिरहबान थामकर उसे बाहर घसीटने के लिये उसकी तरफ हाथ बढ़ाया।

डरने की जगह कार ड्राइवर गुस्से में भुनभुना रहा था – ''मूर्ख! क्यों मेरे रास्ते में आया? क्यों मेरे पीछे लगा?''

उस दीदादिलेरी पर इन्स्पेक्टर सकपकाया।

उसने महसूस किया ड्राइवर बुरी तरह से नशे में टुन्न था। वो बोलने को मुंह खोलता था तो उसके मुंह से शराब का भभूका छूटता था।

उसके साथ एक खूबसूरत लड़की बैठी हुई थी जिसे इन्स्पेक्टर ने तत्काल पहचाना।

वो नेपाली फिल्मों की नवोदित अभिनेत्री बानीरा शाह थी।

उसने कार ड्राइवर का गिरहबान थामा और उसे घसीट कर बाहर निकाला।

''पछताओगे।'' – ड्राइवर चिल्लाया।

''शटअप! लाइसेंस निकालो।''

''तुम जानते नहीं हो किस के सामने खड़े हो!''

इन्स्पेक्टर ने दांत पीसते हुए उसे फिरकनी की तरह घुमाया और उस की पतलून की पिछली जेब से उस का पर्स खींचा।

पर्स में उसका ड्राइविंग लाइसेंस मौजूद था।

उसने लाइसेंस का मुआयना किया।

''इकबाल चौधरी!'' – वो बोला – ''ओह! तो तुम रोशन चौधरी के बेटे हो और इसीलिये समझते हो जिसे चाहो अपनी कार के नीचे कुचल कर मार सकते हो।''

''गोल्डी से कोई ऐसे बात नहीं कर सकता।'' – एक्ट्रेस हिमायतभरे स्वर में बोली।

''शटअप!''

''मेरे से भी कोई ऐसे बात नहीं कर सकता। तुम जानते नहीं हो, मैं कौन हूं? मैं . . .''

''बकवास बन्द करो तुम दोनों।'' – इन्स्पेक्टर गला फाड़ कर चिल्लाया – ''दोबारा मुंह से आवाज निकली तो दोनों को घसीटता हुआ पुलिस स्टेशन लेकर जाऊंगा। और इकबाल चौधरी, मैं देखता हूं तेरा बड़ी औकात वाला बाप भी तुझे कैसे बचाता है?''

नाखू जेल के विशाल यार्ड की धूप में कैदी फुटबाल खेल रहे थे।

सुनीत सरीन दर्शकों में था।

वो नहीं जानता था कि उस रोज वो कुछ खास कैदियों की निगाहों का खास मरकज था।

सुनीत काफी देर बिना कोई दिलचस्पी लिये फुटबाल का खेल देखता रहा,

फिर दर्शकों में से निकल कर बैरकों के एक कोने में स्थित टायलेट ब्लॉक की ओर बढ़ा।

उस घड़ी वो ब्लॉक सुनसान पड़ा था।

उस के दरवाजा ठेलकर भीतर दाखिल होते ही कई कैदी बगूले की तरह उस के पीछे घुस आये और उसे घेर कर खड़े हो गये।

सुनीत का सांस सूखने लगा।

वो निहायत खतरनाक सूरतों वाले कैदी थे और दर्जन से किसी कदर कम नहीं थे।

''क्या है?'' – सुनील फंसे कण्ठ से बोला – ''क्या चाहते हो?''

किसी ने जवाब न दिया। दृढ कदमों से वो उस के करीब आने लगे।

''खबरदार! मेरे करीब न आना। मैं चिल्लाऊंगा।''

एक के हाथ में चाकू प्रकट हुआ। वो जेल में ही टीन की लम्बी पत्ती को घिस कर और एक तरफ इन्सुलेशन टेप लपेटकर बनाया चाकू था, लेकिन सुनीत जानता था कि उसे काट डालने में वो पूरी तरह से सक्षम था।

उसने चींखने के लिये मुंह खोला तो किसी ने उसे पीछे से दबोच लिया और उस का भारी हाथ उस के मुंह पर पड़ा।

उस की चीख गले में ही घुट कर रह गयी।

फिर उस पर लात-घूंसों की बरसात होने लगी।

उस दौरान किसी ने उस के मुंह में कपड़ा ठूंस दिया था जिस की वजह से उस का चिल्लाना तो दूर, सांस लेना भी दूभर था।

उसे पक्का जान पड़ रहा था कि वो जिन्दा नहीं बचने वाला था।

किसी ने उस का एक कान यूं खींचा जैसे उखाड़ देना चाहता हो।

चाकू चला।

कुछ क्षण तो उसे कुछ महसूस न हुआ, फिर उस की कनपटी में तेज पीड़ा की लहर दौड़ने लगी। उस की कनपटी, गाल, गला सब चिपचिपाने लगे।

वार फिर हुआ।

फिर हुआ।

किसी ने उसका कटा कान उस की आंखों के सामने लहराया।

फिर उस का पाजामा खोला जाने लगा।

पाजामा खुलकर उस के टखनों के गिर्द जा कर गिरा।

पीड़ा से बिलबिलाता वो जी जान से बन्धनमुक्त होने की कोशिश करने लगा, लेकिन उस की एक न चली।

फिर उस की चेतना लुप्त हो गयी।

भारत लौटने से पहले नेपाल में एक छोटे से हाल्ट का तमन्नाई आलोक पाटिल काठमाण्डू के त्रिभुवन एयरपोर्ट पर उतरा।

उस की अपेक्षानुसार उसे रिसीव करने के लिये धनुष तुलाधर वहां पहुंचा हुआ था।

दोनों बगलगीर होकर मिले।

"आल वैल?" – पाटिल ने पूछा।

"हां।" – तुलाधर बोला।

"और क्या खबर है?"

"तुमने तो औपचारिकता की रुटीन के तौर पर ये फिकरा कहा, लेकिन असल में करारी खबर है।"

"ऐसा?"

"हां। देखो।" – तुलाधर ने उस रोज के "राइजिंग नेपाल" का मुखपृष्ठ उसे दिखाया – "पिछली रात रोशन चौधरी का इकलौता बेटा गोल्डी रिंग रोड पर हुए एक हिट-एण्ड-रन एक्सीडेंट में इनवाल्व हो गया, एक दूसरी कार को साइड मार दी जिस में किसी को कोई नुकसान न पहुंचा लेकिन एक्सीडेंट के बाद वहां रुकने की जगह मौकायवारदात से भाग निकला। एक मोटरसाइकल सवार पुलिस कांसटेबल – जो कि खुद वारदात का गवाह था – उस के पीछे लगा तो उसने उसे भी अपनी शक्तिशाली बी.एम.डब्ल्यू. कार से रौंद डाला। बेचारा ठौर

मारा गया। कार के नीचे फंसा पता नहीं कहां तक घिसटता चला गया। बहुत बुरी मौत मरा बेचारा।''

''तौबा! ऐसी गैरजिम्मेदाराना हरकत क्यों की उसने?''

''क्यों कि शराब और शबाब के दोहरे नशे में था।''

''शबाब!''

''साथ में नेपाली फिल्मों की स्टार बानीरा शाह थी। उस पर भी तो रौब गालिब कर के दिखाना था कि वो कितना बड़ा सूरमा था! साबित कर के दिखाना था कि नेपाल में राजा ज्ञानेन्द्र के बाद अगर किसी का सिक्का चलता था तो वो उस के बाप का था।''

''करता क्या है?''

''ऐश करने से फुरसत लगे तो कभी-कभार बाप के आलीशान दफ्तर में जाकर बैठता है।''

''ऐय्याश लड़का है?''

''बहुत ज्यादा।''

''फिर भी ऐसा गैरजिम्मेदार क्योंकर बन गया? ऐसे शख्स का तो शराब और शबाब का रोज का शगल होगा!''

''कहता है किसी ने भड़का दिया था।''

''किसने?''

''वो उस ऐक्ट्रेस के साथ ''सोल्टी'' के डिस्को में मौज मार रहा था। कहता है ऐसी एक्सक्लूसिव जगह पर एक प्रैस रिपोर्टर उस के गले पड़ गया था और उस के बाप की बाबत सवाल पूछ-पूछ कर उसे हलकान करने लगा था। उस रिपोर्टर की वजह से बुरी तरह से भड़का वो वहां से निकला था और इसी वजह से आगे वो सब वाकया हुआ।''

''बाप की क्या बात है?''

''तुम्हें वो भी नहीं मालूम?''

''अरे भाई, मैं तुम्हारे शहर का बाशिन्दा नहीं हूं, मैं यहां परदेसी हूं।''

''मेजर खबरें सारे एशिया के अखबारों में छपती हैं, बल्कि सारी दुनिया के अखबारों में छपती हैं।''

''मुझे कुछ खबर नहीं।''

उसने अखबार को बीच में कहीं से मोड़ा और उसे पाटिल को थमाता हुआ बोला – ''लो, यहां से पढ़ो।''

पाटिल ने सुर्खी पढ़ी। लिखा था:

रोशन चौधरी की विस्तारवादी नीतियों से
स्थानीय उद्योगपतियों को खतरा
''रोशन चौधरी विदेशी है''
उद्योगपतियों की यूनियन का नारा

आगे जो समाचार छपा था, उस का सार यही था कि अगर रोशन चौधरी पर कोई सरकारी अंकुश न लगा तो नेपाल के कपड़ा, कारपेट और शराब उद्योग में लगे उद्योगपति बर्बाद हो जायेंगे। आगे मांग की गयी थी कि जो व्यापारिक सहूलियतें और हिमायतें नेपाली नागरिक होने की वजह से नेपाली व्यापारियों को उपलब्ध थीं, उन का फायदा उठा कर नेपाल में व्यापार करने के सिलसिले में रोशन चौधरी पर अविलम्ब रोक लगाई जाये।

खबर के साथ बॉक्स्ड मैटर भी था जिसमें छपा था:

क्या रोशन चौधरी नारकॉटिक्स स्मगलर है?
क्या उस के तमाम उद्योग और व्यापार
ड्रग्स के कारोबार की ओट हैं?
क्या ये सच नहीं है कि पिछले दिनों जो चन्द
नशे के सौदागर पकड़े गये थे, अपने फाइनांसर
के तौर पर सबने चौधरी का नाम लिया था?
नेपाल की जनता रोष में है
नेपाल की जनता जोश में है।
राजसत्ताधीशो, जागो! जागो! जागो!

''गुड!'' – अखबार वापिस करता पाटिल बोला – ''चौधरी क्या कहता है?''

''कहता है सब दुश्मनों का फैलाया कुप्रचार है।'' – तुलाधर बोला – ''उसने ताजिन्दगी कभी गलत या गैरकानूनी काम नहीं किया।''

''तुम्हें यकीन है?''

''कोई सीधा सबूत उस के खिलाफ नहीं है लेकिन ड्रग्स के ट्रेड से प्रत्यक्ष या परोक्ष में जुड़े लोगों में चौधरी के नाम की सुगबुगाहट तो है! हमारे भेदिये भी कहते हैं कि इधर के तकरीबन ड्रग डीलरों का फाइनांसर कोई चौधरी है।''

''जो कि रोशन चौधरी ही हो सकता है!''

''तुम्हारे मुल्क की तरह मोटे सरमाये के मालिकान नेपाल में लाखों की तादाद में नहीं है। नारकॉटिक्स ट्रेड को कोई चौधरी जैसा शख्स ही फाइनांस कर सकता है।''

''उस के खिलाफ कुछ साबित करना आसान होगा?''

''नामुमकिन होगा।''

''फिर भी इस बाबत प्रैस द्वारा सवाल किये जाने पर छोकरा भड़क गया!''

''छोकरा जो ठहरा!''

''अब उस का क्या होगा?''

''खुद पुलिस के चार आदमी वारदात के चश्मदीद गवाह हैं। नहीं बच सकता। गैरइरादतन कत्ल का इलजाम उस पर यकीनन आयद होगा।''

''बावजूद बाप के बड़े रुतबे और रसूख के?''

''हां। डॉक्टरी जांच पर वो बुरी तरह से टुन्न पाया गया था। उस को उस हालत में कार चलाता नहीं होना चाहिये था। हर बात उस के खिलाफ है।''

''इस इलजाम में ज्यादा सजा तो नहीं होती!''

''दो या तीन साल की, लेकिन उस ऐश्वर्य में पले लड़के पर इतनी भी भारी गुजरेगी।''

"हूं।"

तुलाधर उसे कार पार्किंग में लाया जहां नयी होंडा अकार्ड खड़ी थी।

"ये!" – पाटिल हैरानी से बोला – "ये तुम्हारी गाड़ी है?"

"हां।" – वो गर्व से बोला।

"कैसे अफोर्ड करते हो?"

"कर्जा करा देता है। आजकल बैंक बहुत मेहरबान हो गये हैं। सरकारी मुलाजिम के लिये कर्जे की कोई भी रकम चुटकियों में पास कर देते हैं।"

"फिर भी इतनी महंगी कार!"

"ध्यान नहीं मैं जान से जाता बचा हूं? आगे भी जिन्दगी का क्या भरोसा है! पिछली बार बच गया, अगली बार भी किस्मत साथ देगी, क्या गारन्टी है! अपने पिछले हादसे के बाद से मेरा जिन्दगी का नजरिया बदल गया है। अब मैं बची-खुची जिन्दगी का पूरा भोग लगा के मरूंगा।"

"इसलिये इतनी फैंसी कार!"

"हां। और आगे और भी जिस फैंसी चीज का दाव लगे, वो भी।"

"उस लड़के की – गोल्डी की – अब क्या पोजीशन है?"

"आज दोपहरबाद" – वो घड़ी देखता बोला – "उसे उस की जमानत की अर्जी की सुनवाई के लिये कोर्ट में पेश किया जायेगा।"

"जमानत होगी?"

"होगी। नेपाल में किसी बाहैसियत आदमी की जमानत न हो, ऐसा मुश्किल ही होता है। अलबत्ता जमानत की रकम बहुत बड़ी होगी।"

"बड़ी रकम उसके बाप के लिये क्या बड़ी बात होगी!"

"जाहिर है।"

"मैंने रोशन चौधरी के चर्चे बहुत सुने हैं, लेकिन कभी रूबरू देखने का इत्तफाक नहीं हुआ। मैं देखना चाहता हूं कि बेटे की करतूत ने उसे हिलाया है या नहीं! कोर्ट में तो आयेगा न वो?"

"ये भी कोई पूछने की बात है! गोल्डी उस का एक ही बेटा है।"

''तो कहीं भी जाने से पहले कोर्ट में चलो।''

''ठीक है।''

साहिल सरीन के आफिस में उस के फोन की घन्टी बजी।

''आप की ममी लाइन पर हैं।'' – उसकी सैक्रेट्री ने बताया।

उसने फोन रिसीव किया।

''सुनीत हस्पताल में है।'' – मां ने बताया।

''हस्पताल में! क्या हुआ?''

''हमला। कैदियों ने मारा।''

''ओह! कैसी हालत में है?''

''हस्पताल में है तो बुरी में ही होगा। जा के पता कर।''

''कहां है?''

''महाराजगंज के सरकारी हस्पताल में।''

इकबाल चौधरी उर्फ गोल्डी को उस की जमानत की अर्जी की सुनवाई के लिये अदालत में पेश किया गया।

उस घड़ी वो वही उम्दा डिनर सूट पहने था जिस में वो पिछली रात गिरफ्तार हुआ था, लेकिन तब सूट में सिवलटें थीं और बो टाई खुलकर एक तरफ लटक रही थी। उस के बाल बिखरे हुए थे और चेहरे पर मुर्दनी थी।

गोल्डी उम्र में तैंतीस साल का था, लेकिन ऐय्याशियो में गर्क लाइफ स्टाइल के बावजूद पच्चीस-छब्बीस से ऊपर का नहीं लगता था।

देखने वालों में से कुछ को लगा कि वो अभी रो देगा, लेकिन कुछ का खयाल था कि वो सब उस का पाखण्ड था जो वो हमदर्दी हासिल करने के लिये कर रहा था।

कोर्टरूम खचाखच भरा हुआ था और वहां काफी सारे पत्रकार भी ''बड़ी खबर'' की सूंघ में हाजिरी भर रहे थे।

आलोक पाटिल और धनुष तुलाधर दर्शकों में मौजूद थे।

''जिस का दर्शनाभिलाषी बन कर मैं यहां आया हूं, वो कहां है?'' – पाटिल ने पूछा।

''बड़ा आदमी है।'' – तुलाधर बोला – ''नखरे से आयेगा।''

''नखरे से?''

''मैजिस्ट्रेट के आने के बाद।''

ऐन वैसा ही हुआ।

मैजिस्ट्रेट आ कर अपनी कुर्सी पर बैठा, पब्लिक उस के सम्मान में खड़ी हुई और वापिस बैठ गयी तो तब वकीलों के एक झुण्ड के साथ रोशन चौधरी अदालत में पहुंचा।

''ये है।'' – तुलाधर बोला।

''अखबार में जो इस की तस्वीरें छपती हैं'' – पाटिल बोला – ''वैसा तो नहीं लगता!''

''वही है।''

''और सूरत से बड़ा शरीफ और इज्जतदार लगता है।''

''कोर्ट में है न! मैजिस्ट्रेट को अहसास दिलाना चाहता होगा कि गोल्डी एक शरीफ आदमी की औलाद है।''

''चल भी ऐसे झुककर, धीरे-धीरे रहा है जैसे ओल्ड एज हावी हो रही हो।''

''सब ड्रामा है।''

''कोई इसे जानता न हो तो देखकर भी न माने कि ये ऊंचे रुतबे और रसूख वाला शख्स है।''

''एक्टिंग है।''

फिर केस की सुनवाई शुरू हुई।

पांच मिनट में सब निपटारा हो गया।

सरकारी वकील ने उस के खिलाफ चार्जों की लिस्ट पढ़ी, गोल्डी के वकीलों ने जमानत की अर्जी पेश की, मैजिस्ट्रेट ने बीस लाख नेपाली रुपया जमानत की

रकम मुकर्रर की जो कि रोशन चौधरी के लिये चिड़िया का चुग्गा था।

नतीजतन गोल्डी आजाद।

पाटिल ने देखा कि बेटे की आजादी की खबर सुन कर भी रोशन चौधरी के चेहरे के भाव नहीं बदले थे। उसने वकीलों को कोई हिदायत जारी की और फिर घूमकर वहां से बाहर को चल दिया।

उसने जमानत पर छूटे बेटे के रूबरू होने की कोशिश भी नहीं की थी।

जितना मर्जी पाखण्ड कर ले – पाटिल मन ही मन बोला – एक दिन मेरे किये ही अपने बेटे की जगह कटघरे में खड़ा होगा और अपने कुकर्मों की सफाई दे रहा होगा।

हस्पताल में सुनीत सरीन वार्ड में होने की जगह एक जेल की कोठरी जैसे छोटे से कमरे में एक पलंग पर पड़ा था।

पिछले रोज साहिल वहां पहुंचा था तो उसे बताया गया था कि कैदी की हालत अभी ठीक नहीं थी इसलिये मुलाकात नहीं हो सकती थी। अब अगली सुबह वो अपनी मां को साथ लेकर हस्पताल पहुंचा था, लेकिन तब भी मुलाकात में ये अड़ंगा पेश आया था कि एक वक्त में एक ही व्यक्ति मरीज से मिल सकता था। साहिल ने मां को भेजा और खुद वेटिंग रूम में बैठ गया।

पांच मिनट बाद आंसू पोंछती वो वहां पहुंची।

"मैं नीचे कार में बैठती हूं।" – बड़ी कठिनाई से वो बोल पायी।

साहिल ने सहमति में सिर हिलाया। फिर वो खुद अपने भाई के पास पहुंचा।

सुनीत ने उसे देखा तो मुस्कराने की असफल कोशिश की।

साहिल ने अपलक उसे देखा।

उस की खोपड़ी पट्टियों से ढंकी हुई थी, चेहरा सूजा हुआ था और आंखें यूं फूली हुई थी कि बड़ी मुश्किल से खुल पाती थीं।

साहिल हौले से पलंग के करीब स्टूल पर बैठ गया।

"किसने किया?" – वो भर्राये कण्ठ से बोला।

"सोचा।" – सुनीत असहाय भाव से बोला।

‘‘रायामांझी के आदमियों ने?’’

‘‘हां।’’

‘‘किसी को पहचाना?’’

‘‘पहचानने से क्या होगा?’’

‘‘उन लोगों को गिरफ्तार कराया जा सकता है।’’

‘‘वो तो पहले से गिरफ्तार हैं!’’

‘‘मेरा मतलब है, उन पर कोई एक्शन हो सकता है।’’

‘‘क्या एक्शन हो सकता है? उन की सजा बढ़ा दी जायेगी या उन्हें कहा जायेगा कि वो मुझे पैच अप कर के पहले जैसा चौकस और चाक-चौबन्द बनायें?’’

‘‘तुम्हारे साथ इतना जुल्म हुआ, हम कुछ नहीं कर सकते?’’

‘‘क्या कर सकते हैं?’’

‘‘तुम बताओ, सवाल मैंने पूछा है।’’

‘‘कर सकते हैं।’’

‘‘क्या?’’

‘‘हम मेरी मौत की कामना कर सकते हैं। ताकि जो विपत्ति इस बार मुझ पर टूटी, वो दोबारा न टूटे।’’

‘‘तुम बात को गम्भीरता से नहीं ले रहे हो।’’

‘‘तू, छोटे भाई, तू बात को गम्भीरता से नहीं ले रहा है। तू नहीं समझता कि ये तो महज ट्रेलर है। तू नहीं जानता कि मेरा कान काटने के अलावा उन्होंने मेरे साथ और क्या किया?’’

‘‘क्या किया?’’ – साहिल दहशतनाक लहजे से बोला।

‘‘मेरा पाजामा उतारा और जिस चाकू से मेरा कान काटा, उसी से मेरे पेट पर एक तीर गोद दिया जिस का रुख मेरी टांगों के बीच की तरफ था। मतलब समझा इसका, छोटे भाई?’’

‘‘क . . . क्या? क्या?’’

‘‘अगर मैंने उन का कर्जा न चुकाया तो जैसे इस बार मेरा कान काटा, वैसे अगली बार कुछ और काट देंगे।’’

‘‘हे भगवान! हे भगवान!’’

‘‘हम उन का मुकाबला नहीं कर सकते। हम ने ऐसी कोई कोशिश की तो मैं कल मरता आज मर जाऊंगा। पहले भी बोला।’’

‘‘वो . . . वो अभी भी . . . इतने बड़े हादसे के बाद भी . . . तुम पर हाथ डाल सकते हैं?’’

‘‘वो जब चाहें, जहां चाहें मुझ पर हाथ डाल सकते हैं। ये सारा शहर बिका हुआ है। सारा मुल्क बिका हुआ है।’’

‘‘ये तो अन्धेर है!’’

‘‘बराबर है। इसलिये कर्जा चुकता किये बिना मैं इस अन्धेर की चपेट में आने से नहीं बच सकता और कर्जा चुकता कर पाने का एक ही . . .’’

‘‘नहीं। नहीं। नहीं। मैं सुनना भी नहीं चाहता। मैं नारकॉटिक्स स्मगलर नहीं बन सकता।’’

‘‘छोटे भाई, अब उन की ये जंग अकेले मेरे खिलाफ नहीं है।’’

‘‘क्या मतलब?’’

‘‘मतलब समझ। जब कहर की कोई बड़ी आंधी चलती है तो सिर्फ एक जिन्दगी को अपनी चपेट में नहीं लेती।’’

‘‘क्या मतलब है तुम्हारा?’’

‘‘मतलब तू समझता है, लेकिन उस से निगाहें चुरा रहा है।’’

‘‘ओह, फार गॉड सेक, जो कहना है साफ कहो।’’

‘‘मेरी एक मां है जो कि तुम्हारी भी मां है।’’

‘‘ओह!’’ – एकाएक साहिल के चेहरे से खून निचुड़ गया – ‘‘ओह!’’

‘‘ऐसे मामलात में करीबी रिश्तेदार दबाव बनाने का जरिया बन जाते हैं। लिहाजा उन्होंने मेरे पर ज़ुल्म ढाया, तेरे पर ज़ुल्म ढाया या हमारी मां पर ज़ुल्म ढाया, उन के लिये एक ही बात है।’’

''तु . . . तुम्हारे कुकर्मों की सजा हमें भी भुगतनी पड़ेगी?''

''मैं शर्मिन्दा हूं, लेकिन हां। हां।''

वापिसी के सफर में साहिल खामोश रहना चाहता था, लेकिन मां थी कि सवाल पर सवाल किये जा रही थी।

''साहिल'' – वो कह रही थी – ''क्यों हमला हुआ तेरे भाई पर? इतना जानलेवा हमला जेल के किसी छोटे-मोटे झगड़े की वजह से तो हुआ हो नहीं सकता!''

''चुप कर, मां।'' – साहिल झुंझलाये स्वर में बोला।

''तू मेरे से कुछ छुपा रहा है।''

''मां, हर बात जानने लायक नहीं होती।''

''अपनी औलाद से ताल्लुक रखती हर बात हर मां के जानने लायक होती है, साहिल।''

''तू बर्दाश्त नहीं कर सकेगी।''

''अपने बेटे के छिन्न-भिन्न जिस्म पर निगाह डालना भी मुझे बर्दाश्त नहीं था, लेकिन मैंने किया ही था बर्दाश्त।''

''तो सुन। तेरा बेटा ड्रग डीलर है। वो हेरोइन की स्मगलिंग करता है।''

मां के चेहरे पर दहशत के भाव आये।

''उस पर अपने फाइनांसर का मोटा कर्जा है, जिसे वो लौटा नहीं सकता। उस को जेल में लगी मार उस के फाइनांसर की वार्निंग है जो कहती है कि अगली बार उस का अंजाम और भी गम्भीर होगा।''

''नहीं, नहीं। ऐसा नहीं होना चाहिये।''

''कर्जा न लौटाया गया तो हो कर रहेगा।''

''म . . . मेरे पास कुछ पैसा है।''

''ये कुछ पैसे से हल होने वाली समस्या नहीं।''

''कर्जे की रकम बहुत बड़ी है?''

''हां।''

''कितनी?''

''साढ़े तीन लाख डॉलर। इन्डियन करेन्सी में पौने दो करोड़ रुपये।''

''देवा! वो क्या करेगा? क्या होगा उस का?''

''अभी तो वो हस्पताल में पुलिस की हिफाजत में है, इसलिये सेफ है।''

''सेफ है?''

साहिल ने हामी तो भी लेकिन उस की हामी में आश्वासन का सर्वदा अभाव था।

मां खामोश हो गयी।

कार भक्तपुर पहुंची।

''मां'' – एकाएक साहिल धीरे से बोला – ''आइन्दा कुछ दिन हमें काफी सावधान रहना पड़ेगा।''

''हमें?'' – वो सशंक भाव से बोली।

''तुझे। मुझे। मुझे उम्मीद है कि आइन्दा दस-बारह दिनों में माहौल नार्मल हो जायेगा।''

''त . . . तेरा मतलब है . . . हमें भी खतरा है?''

''सावधानी बरतने में क्या हर्ज है!''

''लेकिन कोई वजह होती है सावधानी बरतने की!''

''है, मां, है।''

''क्या है? साफ बता?''

''सुनीत कहता है कि उस पर दबाव बनाने के लिये हमारे पर हाथ डाला जा सकता है।''

''ओह! तो हम क्या करेंगे?''

''मैं पुलिस से बात करूंगा। पुलिस जरूर तुम्हारे लिये प्रोटेक्शन मुहैया करायेगी।''

''तेरा? तेरा क्या होगा?''

''तू मेरी फिक्र न कर। में अपनी हिफाजत खुद कर सकता हूं।''

उसने उस इमारत के सामने ले जाकर कार रोकी जिसकी तीसरी मंजिल पर उसकी मां का फ्लैट था। वो मां के नीचे उतरने की प्रतीक्षा करने लगा।

''ऊपर नहीं चलेगा?'' – मां बोली।

''नहीं। फिर आऊंगा।''

''कुछ खा के जाना।''

''भूख नहीं है।''

''एक कप कॉफी ही सही?''

''लेकिन . . .''

''गंगाराम तुझे देखकर खुश होगा।''

गंगाराम एक कई रंगों के पंखों वाला, बोलने वाला, तोता था जो कि उस की मां के तनहा फ्लैट में उसका इकलौता कम्पैनियन था।

''ठीक है।''

दोनों फ्लैट में पहुंचे।

वहां ड्राइंग रूम की सेंटर टेबल पर तोता पड़ा था, उस की गर्दन कटी हुई थी और उस के रंग-बिरंगे पंख सारे ड्राइंग रूम में उड़ते फिर रहे थे। वहां का सारा फर्नीचर और दीवारें उस के खून से रंगी हुई थीं।

पुलिस पहुंची।

सब से पहले उन्होंने फ्लैट के तमाम खिड़की-दरवाजों का मुआयना किया।

कहीं से फ्लैट में किसी के जबरन दाखिले की चुगली करता कोई क्लू न मिला।

कहीं से कोई अनजाने, अनचीन्हें फिंगरप्रिंट्स न मिले।

फिर नारकॉटिक्स कन्ट्रोल ब्यूरो का पुष्प कमल शाक्य नाम का एक अधिकारी वहां पहुंचा। एक तोता मार दिये जाने की मामूली वारदात के जवाब में लोकल पुलिस के अलावा उस का भी वहां पहुंचना इस बात का सबूत था कि उस का भाई लोकल अथारिटीज़ पर पूरी तरह से एक्सपोज्ड था। उस की कोई करतूत उन

लोगों से छुपी नहीं थी। आगे जो वो बोला, उसने वो बात और भी स्पष्ट कर दी।

''इस नानसेंस के पीछे एक ही वजह है।'' – शाक्य गम्भीरता सो बोला – ''और वो ये है कि आप के भाई को हमारे से सहयोग करना कबूल नहीं।''

''अपने भाई के कुछ करने या न करने के लिये मैं जिम्मेदार नहीं।'' – साहिल झुंझलाये स्वर में बोला – ''श्रीमान, इस वक्त मुद्दा मेरे भाई का कंडक्ट नहीं है, इस वक्त मुद्दा मेरी मां की सेफ्टी है। जैसे कोई यहां आकर, इस मजबूती से बन्द फ्लैट में दाखिला पा कर, तोते का गला काट गया, वैसे कोई आ कर मेरी मां का भी गला काट सकता है।''

''मैं हैरान हूं कि कोई भीतर कैसे घुसा!''

''हैरान होने की जगह इस बात पर गौर कीजिये कि जैसे एक बार घुसा, वैसे दोबारा भी घुस सकता है।''

''अब ऐसा नहीं होगा। मैं यहां चौबीस घंटों की चौकसी के लिये गार्ड लगवाता हूं।''

''थैंक्यू।''

''लेकिन आप की मां की हिफाजत का बेहतरीन तरीका फिर भी यही है कि आप का भाई अपना रवैया बदले।''

''मैं उससे बात करूंगा।''

''दिल से नहीं बोल रहे हैं। टालू जवाब दे रहे हैं।''

साहिल खामोश रहा।

''ठीक है। कीजियेगा बात।''

बाकी का सारा दिन साहिल ने अपनी मां के साथ उसके फ्लैट मे गुजारा। अन्धेरा होने के बाद, पुलिस के गार्ड की सुरक्षा में अपनी मां को छोड़ कर वो वहां ले रुखसत हुआ और वसन्तपुर के इलाके में स्थित अपने पसन्दीदा रेस्टोरेंट ब्लूबर्ड में पहुंचा। वहां बार में बैठकर उसने दो पैग विस्की पी, डेढ घन्टा बिलियर्ड खेला, फिर बार में जा कर दोबारा विस्की पी और फिर डिनर किया।

रात दस बजे वो पानीपोखरी में स्थित अपने फ्लैट पर पहुंचा।

फ्लैट में दाखिल होते ही उस के नथुनों से एक ऐसी अजीब-सी गंध टकराई जिसे वो कतई न पहचान सका। उस गन्ध से सारा फ्लैट महका हुआ था, लेकिन वो आगे बढ़ा तो उसे लगा कि वो मास्टर बेडरूम में सब से तीखी थी। उसने वहां की बत्तियां जलाई और भीतर झांका।

सब कुछ सुव्यवस्थित था।

तो गन्ध कहां से आ रही थी?

उसने आगे बढ़ कर बार्डरोब का दरवाजा खोला तो उस गन्ध का सब से तेज भभूका उस के नथुनों से टकराया और उस की आंखों में जलन होने लगी। उसने भीतर निगाह डाली तो घबरा कर एक कदम पीछे हट गया।

भीतर वार्डरोब में टंगे उसके सारे सूटों में से, शैल्फों में पड़ी उसकी सारी कमीजों और बाकी कपड़ों में से धुआं उठ रहा था, प्लास्टिक के हैंगर पिघले जा रहे थे और लकड़ी जैसे सुलग रही थी। उस की टाइयों, बैल्टों और जूतों तक का वही हाल था।

तेजाब

वार्डरोब में हर जगह गन्धक का तेजाब छिड़का गया था और वो मुश्क जलती हुई गन्धक की थी।

बुरी तरह से खांसते हुए उसने वार्डरोब को बन्द किया और वहां से हटा।

तब उस की निगाह बैड पर पड़ी।

एक तकिये पर एक कागज पड़ा था।

उसने आगे बढ़ कर उसे उठाया और उस पर लिखी तहरीर को पढ़ा।

लिखा था:

> *बीच में पुलिस को लाने की कोशिश की तो आइन्दा कोई वार्निंग नहीं मिलेगी। न तुम्हें, न तुम्हारी मां को और न तुम्हारे किसी खास को।*

तभी फोन की घन्टी बजने लगी।

उसने आगे बढ़ कर फोन उठाया।

दिल्ली से स्यू अलेमाओ बोल रही थी।

''शुक्र है मेरी याद आयी।'' – अपने मौजूदा मूड से उबर कर वो मीठे स्वर में बोला।

''वो तो हमेशा ही आती है।'' – स्यू का चिन्तित स्वर उसके कान में पड़ा – ''लेकिन इस घड़ी मैंने किसी और वजह से फोन किया है।''

''और वजह?'' – वो सशंक भाव से बोला।

''हां। समझ नहीं आ रहा कि जो हुआ, क्यों हुआ! सोचा, तुम्हें खबर करूं।''

''क्या हुआ?''

''मैं और मेरी बहन की फैमिली डिनर के लिये बाहर गये थे। अभी लौटे तो जिस फ्लैट को हम मजबूती से बन्द कर के गये थे, उसे रेलवे स्टेशन की तरह खुला पाया। भीतर डायनिंग टेबल पर एक कागज पड़ा था जिस पर लिखा था: तेजाब की बारिश कहीं भी हो सकती है। अपने ब्वॉय फ्रेंड को बोलना।''

साहिल का सांस सूखने लगा।

''क्या मतलब हुआ इसका?'' – स्यू ने पूछा।

साहिल के मुंह से बोल न फूटा।

तब पहली बार उसे दहशत ने घेरा।

पहली बार उसे अहसास हुआ कि ड्रग लार्ड्स की ताकत और पहुंच अपार थी। उन के लिये शहरों की, मुल्कों की, हदबन्दियों का कोई मतलब नहीं था।

''साहिल!'' – स्यू का व्यग्र स्वर सुनायी दिया – ''लाइन पर हो?''

''ह . . . हां। हां।''

''तो बोलते क्या नहीं हो?''

''बोल रहा हूं।''

''ये भी तुम्हारे भाई का कोई पंगा है?''

''हां।''

''हां बोला?''

''हां। वहां अभी धमकी है, यहां मेरे फ्लैट में तेजाब की बारिश हो भी चुकी है।''

''सान्ता मारिया! तुम तो ठीक हो?''

''अभी ठीक हूं।''

''अभी ठीक हो! यानी कि आगे . . . आगे . . . इन फ्यूचर . . .''

''हां।''

''कौन कर रहा है ये सब?''

''वो ही जिन का मेरा भाई कर्जाई है। उन लोगों ने उस पर दबाव डालने का ये तरीका अख्तियार किया है।''

''उस की करतूतों से तुम्हारा क्या लेना-देना? मेरा क्या लेना-देना?''

''वो लोग जबरन बना रहे हैं लेना-देना।''

''सान्ता मारिया! ड्रग माफिया हमारे पीछे पड़ा है?''

''ये उन के तरीके हैं डराने-धमकाने के, दबाव बनाने के।''

''अब हमें क्या करना चाहिये? पुलिस को खबर करनी चाहिये?''

''करनी तो चाहिये। यहां की पुलिस ने प्रोटेक्शन के लिये मेरी मां को एक सशस्त्र गार्ड दिया है। दिल्ली की पुलिस भी ऐसा कोई इन्तजाम तुम्हारी बहन की फैमिली के लिये कर सकती है।''

''ठीक है।''

''तुम कब लौटोगी?''

''खबर करूंगी।''

''प्लीज टेक केयर।''

''यू टू।''

लाइन कट गयी।

□□

सुबह टेलीफोन की घन्टी ने उसे सोते से जगाया।

उसने घड़ी पर निगाह डाली।

नौ बजे चुके थे।

उसने काल रिसीव की तो लाइन पर अपनी मां को पाया।

''साहिल!''

''क्या हुआ?'' – वो घबरा कर बोला – ''अब क्या हुआ?''

''किचन में एक सिरकटा मुर्गा पड़ा है।''

''क्या।''

''मुर्गा। सिरकटा। चिमनी से टंगा हुआ। सिर सिंक में।''

''वो पुलिस का गार्ड! वो कहां गया?''

''यहीं है। आधी रात से यहीं है। उस से पहले दूसरा गार्ड था।''

''कोई भीतर कैसे आया? दरवाजे ठीक से बन्द नहीं किये थे?''

''बराबर किये थे।''

''किसी आये-गये की तुझे भनक तक न लगी?''

''जरा भी नहीं।''

''आया तो कोई यकीनन। वर्ना मुर्गा कहां से आता!''

''वही तो। और . . .''

''अभी और भी? और क्या?''

''रेफ्रीजरेटर के दरवाजे पर बड़े-बड़े अक्षरों में ''मौत'' लिखा है। सुर्ख रंग में। जैसे किसी ने मुर्गे के ही खून में उंगली डुबोकर . . .''

वो खामोश हो गयी।

अब फैसले की घड़ी आ गयी थी। उसके भाई पर क्या बीतती थी, उसे वो नजरअन्दाज कर सकता था, लेकिन अब तो साफ दिख रहा था कि गेहूं के साथ घुन पिस जाने की हालत बन गयी थी।

''मैं करता हूं कुछ।'' – वो फोन में बोला।

दोपहरबाद वो हस्पताल में अपने भाई से मिला।

उस ने हालिया वाकयात बयान किये।

''मुझे अफसोस है।'' – सुनीत डूबते स्वर में बोला – ''सब मेरी वजह से हो रहा है। मैं सब का कसूरवार हूं।''

''मैं तुम्हारा अफसोस सुनने के लिये नहीं आया।''

''तो?''

''ये पूछने आया हूं कि अगर मैं हामी भरूं तो क्या वो लोग अपनी ये . . . ये वाहियात हरकतें बन्द कर देंगे?''

''हां।''

''तुम्हें क्या मालूम?''

''मैं आगे से तसदीक करूंगा।''

''अगर मां को या स्यू को कुछ हुआ . . .''

''कुछ नहीं होगा। फिर कोई वजह ही नहीं रह जायेगी उन को कुछ होने की।''

'' . . .तो उन्हें बोल देना कि पैसा भूल जायें अपना।''

''छोटे भाई, अब सब ठीक हो गया समझ।''

''मेरे हामी भरने से ही कुछ नहीं हो जाने वाला। हर काम अपने वक्त से होता है।''

''वो समझते हैं। नहीं समझते तो अब मेरे समझाये समझ जायेंगे। उन को तुम्हारी हामी की खबर लगने की देर हैं, उन की धमकियां आनी बन्द हो जायेंगी।''

''हूं। अब बोलो, करना क्या होगा?''

''पहले तो माल मुहैया करना होगा, फिर ग्राहक चौकस करना होगा।''

''वो भी मैं करूंगा?''

''वो काम हुआ हुआ समझ। मेरी गिरफ्तारी से पहले मुम्बई की एक नयी पार्टी से मेरी बातचीत पहले से जारी थी।''

''भरोसे के लोग हैं?''

''वो भी यही सवाल करेंगे। तेरी बाबत।''

''कान्टैक्ट कैसे होगा?''

''जाना पड़ेगा। तू बोल कब जा सकता है? बाकी सब मैं सैट कर दूंगा।''

''अब जब ऊखल में सिर देना कबूल कर ही लिया है तो . . . तो मैं जल्दी से जल्दी जाना चाहता हूं ताकि ये . . . ये झमेला खत्म हो।''

''बुनियाद बनाने में एक हफ्ता लगेगा। उस के बाद तू कभी भी जा सकता है।''

''ठीक है। चलता हूं।''

तब पहली बार सुनीत के चेहरे पर तनिक रौनक आयी।

''बिरादरी में स्वागत है, छोटे भाई।'' – वो मुस्कराता हुआ बोला।

वापिसी के सारे रास्ते एक ही फिकरी हथौड़े की तरह साहिल के जेहन में बजता रहा।

''बिरादरी में स्वागत है, छोटे भाई।''

अपने भाई से हासिल सबक के मुताबिक साहिल ने मुम्बई, हीरानन्द अटलानी नाम के व्यक्ति को काल लगाई।

अपनी हामी के एक हफ्ते बाद अभी भी उसे यकीन नहीं आ रहा था कि वो नारकॉटिक्स स्मगलर्स का बिरादरीभाई बन चुका था। वो अपने भाई का शागिर्द बन चुका था और अपने पहले सबक पर अमल करता उस घड़ी उस शख्स को फोन लगा रहा था जो कि उस के और असल खरीदार के बीच बिचौलिया था।

जवाब मिला।

साहिल ने तत्काल अपना परिचय दिया, अपने भाई का हवाला दिया और फिर बोला – ''सुनीता सरीन ने किसी डील की बात की थी!''

''हां।'' – अटलानी का सावधानी भरा जवाब मिला – ''लेकिन अभी कोई बड़ा डील नहीं। हैण्डीक्राफ्ट्स की छोटी-मोटी आइटम्स ही।''

''आई अन्डरस्टैण्ड। वो डील अब मुझे एग्जीक्यूट करना होगा।''

''भाई को क्या हुआ?''

''गिरफ्तार है।''

''क्यों?''

''वजह तुम्हें मालूम होनी चाहिये।''

''वो ही वजह है।''

''हां।''

''दैट्स टू बैड!''

''तुम्हें कोई फर्क नहीं पड़ता। सब कुछ वैसे ही होगा जैसे कि होना था। सिर्फ सुनीत की जगह जो करूंगा, मैं करूंगा।''

''लोचा है।''

''खामखाह!''

''झोल है।''

''खामखाह!''

''सोचना पड़ेगा।''

''सोच लो। मेरा फोन नम्बर नोट कर लो, जब सोच चुको तो खबर कर देना।''

''ठीक है।''

इस आशंका के साथ साहिल ने लाइन काटी कि बिचौलिया कभी कॉल बैक नहीं करेगा।

नये आदमी से कौन डील करना चाहता था उस खतरनाक धन्धे में!

अगले ही दिन उसकी आशंका निर्मूल साबित हो गयी।

शाम को अटलानी का फोन आया।

''तुम्हारी बाबत मालूम किया है।'' – वो बोला – ''तुम तो स्ट्रेट धन्धे में हो! कारपेट एक्सपोर्ट करते हो!''

''हां।'' – साहिल बोला।

''भाई के धन्धे से तुम्हारा क्या मतलब?''

''भाई गिरफ्तार है।''

''तो क्या हुआ? उस धन्धे में अन्दर-बाहर जाना-आना होता ही रहना है।''

''उस की प्रॉब्लम है।''

''क्या प्रॉब्लम है?''

''कर्जाई है।''

''क्या बड़ी बात है?''

''अपने फाइनांसर का कर्जाई है। जो वसूली में लिहाज नहीं करना चाहता।''

''ओह! तुम भाई की मदद क्यों नहीं करते?''

''जितनी कर सकता था, कर चुका। लेकिन वो मदद काफी साबित नहीं हुई। अभी बहुत कर्जा बाकी है।''

''इसलिये उस का धन्धा तुम टेकओवर कर रहे हो?''

''हां।''

''झूलेलाल! क्या राम-लक्ष्मण की जोड़ी है!''

साहिल खामोश रहा।

''भाई के धन्धे के बारे में क्या समझते हो?''

झूठ बोलना बेकार था, वो शख्स उस के कारपेट एक्सपोर्ट के स्ट्रेट धन्धे की बाबत जानता था तो जाहिर था कि उस की भरपूर पड़ताल करवा चुका था।

''कुछ नहीं!'' – वो बोला।

''अभी सीखोगे?''

''हां। बस, मौका मिलने की बात है।''

''सीख जाओगे धन्धे में लगे रहोगे तो सीख जाओगे। लगे रहोगे?''

''हासिल पर मुनहसर है। हासिल चोखा होगा तो क्यों नहीं लगा रहूंगा?''

''सही जवाब दिया। ठीक है, मैं आगे बात करता हूं और फिर तुम्हें खबर करता हूं।''

लाइन कट गयी।

तीसरे दिन अटलानी का फिर फोन आया।

''खुशखबरी है, साईं।'' – वो बोला – ''मेरी तरफ वालों को तुम्हारे भाई की

जगह तुम से बिजनेस करना कबूल है।''

''वैरी गुड।'' – वो बोला।

''लेकिन क्वालिटी की गारन्टी करनी होगी। इधर का साईं लोग बैस्ट क्वालिटी मांगता है।''

''बैस्ट ही मिलेगी।''

''गारन्टी कैसे होगी?''

''तुम बोलो।''

''पहले बतौर सैम्पल छोटा आर्डर सप्लाई करो। इधर के साईं लोग माल की क्वालिटी को परखेंगे और फिर बड़े आर्डर की बात करेंगे।''

''कितने बड़े आर्डर की?''

''माल चोखा हुआ तो ऊपर की तरफ कोई ओर-छोर नहीं है।''

''बढ़िया।''

''तो फिर कब आ रहे हो?''

''तुम बोलो।''

''हमारी तरफ से तो कल ही आ जाओ।''

''मैं खबर करूंगा।''

''ठीक है।''

हस्पताल में सुनीत ने वो खबर सुनी तो उसने चैन की मील लम्बी सांस ली।

''तूने तो कमाल कर दिया, छोटे भाई!'' – वो प्रशंसात्मक स्वर में बोला – ''खुद सम्भाला उन्हें। नये आदमी से डील करने के खयाल से मुझे तो उन के बिदक जाने का अन्देशा था।''

''वो बातें छोड़ो'' – राहुल अप्रसन्न भाव से बोल – ''मुझे कॉस्ट फैक्टर समझाओ, नफा नुकसान समझाओ।''

''रेट बदलते रहते हैं। मैं ऐवरेज रेट्स समझाता हूं।''

''ठीक है, लेकिन पहले एक बात बताओ।''

‘‘पूछो।’’

‘‘यहां कोई सुन तो नहीं लेगा?’’

‘‘सुन लेगा! कैसे?’’

‘‘कैसे भी? कहने को ये हस्पताल का कमरा है, लेकिन तुम्हारे लिये जेल की कोठरी ही है और यहां तुम पुलिस की पहरेदारी में हो।’’

‘‘मैं समझ गया तुम्हारा मतलब। छोटे भाई, यहां कोई ट्रांसमिटर फिट नहीं।’’

‘‘पक्की बात?’’:

‘‘मैंने जाती तौर से तसदीक की है।’’

‘‘फिर ठीक है। अब बढ़ो।’’

‘‘हमें यहां 99% प्योर नम्बर फोर हेरोइन का दस लाख रुपये किलो का रेट लगेगा। इन्डिया में आजकल का सप्लाई का रेट पैंतील लाख रुपये किलो का है। आगे इन्डिया में वो एक किलो के करोड़ रुपये से ऊपर कमवायेगी।’’

‘‘वो बिचौलिया – अटलानी – अभी सैम्पल के तौर पर छोटा आर्डर सप्लाई करने की बात कर रहा था। छोटा आर्डर कितना छोटा होगा?’’

‘‘दो किलो।’’

‘‘लागत बीस लाख रुपये। जमा आने-जाने का प्लेन टिकट। जमा और खर्चे।’’

‘‘हां। कोई तेईस लाख का खर्चा समझो।’’

‘‘कहां से आयेंगे?’’

‘‘ये तेरा आखिरी खर्चा है। यकीन जान, छोटे भाई, ये तेरे पर आखिरी बोझ है। ये सैम्पल आर्डर निर्विघ्न एग्जीक्यूट हो गया तो चालीस लाख से ऊपर की कमाई होगी। उस के बाद हमें मुड़ के नहीं देखना पड़ेगा।’’

‘‘चालीस लाख! समझो कि अस्सी हजार डॉलर! इस रकम को तुम्हारा रायामांझी क्या खातिर में लायेगा?’’

‘‘आगे, छोटे भाई, आगे देखना। असली, मोटा आर्डर मिलने पर देखना। इसी बात के लिये तो मैंने उस से टाइम मांगना है।’’

‘‘वो देगा?’’

‘‘दे चुका है। तेरे हामी भरते ही बात हो गयी थी। दो महीने वो हमारी तरफ झांकेगा भी नहीं।’’

‘‘चलो, फर्ज करो, मैंने ये रकम मुहैया कर ली। माल कहां से हासिल होगा?’’

‘‘वहीं से, जहां हमेशा हासिल होता है।’’

‘‘क्या! रायामांझी से?’’

‘‘बिजनेस इज बिजनेस।’’

‘‘तुम पागल हो। उस की इतनी ज्यादतियों के बावजूद मुझे उसी शैतान से डील करना पड़ेगा?’’

‘‘छोटे भाई, बिजनेस में जाती रंजिश या दुश्मनी का कोई रोल नहीं होता।’’

‘‘यकीन नहीं आता। उस ने तुम्हारा कान काट दिया। उस ने तुम्हें हिजड़ा बना देने की धमकी दी है। उस ने हमारी मां को दहशत में डाला, मुझे दहशत में डाला, दिल्ली में मौजूद स्यू और उस की बहन की फैमिली को दहशत में डाला फिर भी . . . कैसे बेगैरत आदमी हो तुम!’’

‘‘बिजनेस में पर्सनल सैन्टीमेंट्स नहीं चलते।’’

‘‘हद है!’’

‘‘तू क्या समझता है कि मुझे उस से कम नफरत है?’’

‘‘तो फिर?’’

‘‘मजबूरी है। इस इलाके में मैं किसी दूसरे सप्लायर को नहीं जानता।’’

‘‘और माल कहीं नहीं मिलता?’’

‘‘मिलता है। थाईलैण्ड में, मियांमार में, लाओस में यहां से सस्ता मिलता है, लेकिन उन साधनों को आजमाने का हमारे पास टाइम नहीं है। इसलिये हाजिर में हुज्जत न कर, छोटे भाई। ओके?’’

बड़ी कठिनाई से साहिल ने सहमति में सिर हिलाया।

उसी रात उस ने मुम्बई फोन किया।

‘‘कल आ रहा हूं।’’ – वो अटलानी से बोला।

''गुड। आकर ''अटलांटिक'' में ठहरना। एयरपोर्ट के करीब ही है। जुहू तारा रोड पर।''

''आगे?''

''आगे कान्टैक्ट होने तक इन्तजार।''

''ठीक है।''

''साईं, नया है, इसलिये बोलता हूं।''

''क्या?''

''खबरदार! होशियार! ''डोंट गैट काट'' इज दि नेम ऑफ दि गेम!''

अगले रोज दोपहर तक वो ''अटलाटिक'' में था।

बोर होता, टी.वी. देखता, ऊघंता, सोता, जागता वो कान्टैक्ट होने का इन्तजार करता रहा।

दो बजे फोन आया।

''बान्द्रा बैंडस्टैण्ड पहुंचो।'' – एक अपरिचित आवाज में हुक्म हुआ – ''काली सान्त्रो का इन्तजार करो।''

लाइन कट गयी।

वो होटल से निकला, एक टैक्सी में सवार हुआ, बान्द्रा में निर्देशित स्थान पर पहुंचा और बड़े सस्पेंस में फुटपाथ पर टहलने लगा।

दस मिनट गुजरे।

एक व्यक्ति टहलता सा उसके करीब पहुंचा।

''साहिल सरीन?'' – वो बोला – ''काठमांडू से?''

''हां।'' – साहिल ठिठक कर बोला।

''गाड़ी उधर है।''

किसी उत्तर की प्रतीक्षा किये बिना वो परे को चला और दूर खड़ी एक काली सान्त्रो में जा सवार हुआ।

साहिल सान्त्रो के पास पहुंचा तो उसने हाथ बढ़ा कर उस का पिछला दरवाजा

खोल दिया। उस के भीतर बैठते ही वो निशब्द सड़क पर चली। फिर उसने रफ्तार पकड़ी और नगर की विभिन्न सड़कों पर दौड़ने लगी।

"हम कहां जा रहे हैं?" – साहिल उतावले भाव से बोला।

ड्राइवर ने उत्तर न दिया।

"या जवाब दो या मुझे नीचे उतारो।"

"पूना।" – ड्राइवर बोला।

"वहां क्या है?"

"मेरे को नहीं मालूम। जा के मालूम होगा। मेरे को खाली उधर पहुंचाने का है।"

साहिल खामोश हो गया।

साढ़े तीन घंटे बाद कार पूना पहुंची और नगर के प्रवेश पर ही एक उजाड़ बंगले के कम्पाउन्ड में दाखिल हुई।

दोनों कार से बाहर निकले।

"तलाशी लेने का है।" – ड्राइवर बोला।

"मैं हथियारबन्द नहीं हूं।" – साहिल बोला।

"हथियार में कोई वान्दा नहीं, बाप। कोई रिकार्डर होना नहीं मांगता। साहब लोगों का हुक्म।"

"हुक्म मालूम है तो बाकी सब भी मालूम होगा! खामखाह बोला, कुछ नहीं मालूम! ताकि मैं ज्यादा सवाल न करूं!"

"बाजू ऊपर।"

उसने साहिल की भरपूर तलाशी लेकर तसल्ली की कि वो कोई टेपरिकार्डर वगैरह नहीं छुपाये था।

"भीतर जाने का है, बाप।" – फिर वो बोला – "तुम्हेरा ही इन्तजार हो रहा है।"

अपनी टाई ठीक करते हुए उसने बंगले के बरामदे में कदम रखा। आगे एक बन्द दरवाजा था जो उस के करीब पहुंचते ही भीतर की तरफ खुला,

खोलने वाले ने झुककर उस का अभिवादन किया और भीतर की तरफ इशारा किया।

भीतर ड्राईंगरूम था जिस में दो आदमी मौजूद थे एक कोई साठ साल का सफेद बालों वाला बूढ़ा था, दूसरा अधेड़ था।

''वैलकम!'' – सफेद बालों वाला बोला – ''वैलकम! प्लीज कम इन एण्ड सिड डाउन।''

''थैंक्यू।''

''मेरा नाम सायरस स्क्रूवाला है। ये मेरा जोड़ीदार अरविन्द गोखले है।''

''हल्लो!''

''इतनी दूर आने की जहमत उठाने का शुक्रिया, लेकिन ये सेफ जगह है।''

''यू कैन नाट बी टू केयरफुल।'' – गोखले बोला।

''आई अन्डरस्टैण्ड। आप दोनों यहीं रहते हैं?''

''क्या?''

''ये जगह तुम लोगों की रिहायश है?''

''नहीं। खाली मीटिंग के लिये ठीक की है।''

''रिहायश कहां है?''

''क्यों जानना चाहते हो?''

''कोई हर्ज है तो मत बताओ।''

''क्या पिओगे?''

''कुछ नहीं।''

''कुछ तो खिदमत का मौका हमें देना पड़ेगा!''

''बाद में। बाद में देखेंगे।''

''जैसी तुम्हारी मर्जी।''

उसने स्क्रूवाला की तरफ देखा।

''तो'' – स्क्रूवाला वार्तालाप का सूत्र अपने हाथ में लेता बोला – ''अपने भाई की खातिर तुम ने इस धन्धे में हाथ डाला है?''

''हां।''

''मतलब कि मजबूरन?''

''यही समझ लो।''

''मजबूरी से किये काम में लोचा होता है।''

''ऐसा कोई रूल नहीं है।''

''मुझे तुम से पूरा इत्तफाक नहीं है लेकिन . . . खैर, जाने दो। बहरहाल तुम ने एक मिशन के तहत ये काम पकड़ा है। जब मिशन पूरा हो जायेगा तो क्या होगा?''

''तो भी मैं माल डिलीवर करता रहूंगा।''

''वजह?''

''क्यों कि अब मुझे इस धन्धे में अन्तहीन सम्भावनायें दिखाई देने लगी हैं। मुझे दिखाई दे रहा है कि इस धन्धे में जितना मैं डेढ-दो साल में कमा सकता हूं, उतना अपने कारपेट एक्सपोर्ट के धन्धे में ताजिन्दगी नहीं कमा सकता।''

''लिहाजा अपना स्ट्रेट धन्धा छोड़ दोगे?''

''कुछ अरसा कवर के लिये बनाये रखूंगा फिर छोड़ दूंगा।''

''तो ये समझा जाये कि तुम नारकॉटिक्स के ट्रेड में पक्का कदम रख रहे हो?''

''हां।''

दोनों जोड़ीदारों की निगाहें मिलीं।

कुछ क्षण खामोशी रही।

''सिन्धी भाई ने बताया ही होगा'' – फिर गोखले बोला – ''कि पहला आर्डर सैम्पल होगा।''

''हां।'' – साहिल बोला।

''सिर्फ दो किलो का।''

''मुझे मंजूर है।''

''कितने टाइम में डिलीवर करोगे?''

''तुम लोग कितने टाइम में डिलीवरी चाहते हो?''

''दो हफ्ते में।''

''वक्त कम है।''

''हमें जल्दी मालूम होना मांगता है कि तुम्हारा माल ऐन फिट है या नहीं इसलिये दो हफ्ते।''

''ठीक है।''

''रेट बोलो।''

''चालीस।''

''हमें तीस में मिलता है।''

''99% प्योर'' – साहिल अपना ताजा हासिल हुआ ज्ञान बघारता बोला – ''नम्बर फोर चायना वाइट तीस में मिलता है?''

गोखले कसमसाया, उसने स्क्रूवाला की तरफ देखा।

''बीच की बात रखो'' – स्क्रूवाला बोला – ''पैंतीस पर क्लोज करो।''

''लेकिन . . .''

''ट्रायल आर्डर की ये टॉप आफर है। आगे तुम्हारी मर्जी।''

''अगर ये रेट लगाना है तो टाइम में गुंजाइश करो। टाइम एक महीने का रखो, फिर . . .''

''नो।''

''यू ड्राइव हार्ड बारगेन, मिस्टर स्क्रूवाला।''

वो खामोश रहा।

''ठीक है। रेट किलो का पैंतीस। सैम्पल आर्डर दो किलो। टाइम दो हफ्ते।''

दोनों के सिर सहमति में हिले। वो खुश थे कि उन्होंने अपनी बात मनवा ली थी और साहिल खुश था कि नौसिखिया होते हुए भी जो रेट वो सोच कर आया था वो उसने फाइनल करवा लिया था। बाकी दो हफ्तों में डिलीवरी को आर्गेनाइज करना उसके भाई का काम था।

''ट्रायल रन कामयाब हो गया'' – फिर उसने पूछा – ''सैम्पल पास हो गया तो आइन्दा आर्डर कितना होगा?''

''अभी कुछ नहीं कहा जा सकता।'' – गोखले बोला।

''कहना चाहिये। क्योंकि प्रोक्योरमेंट को प्लान करना पड़ता है।''

''हमें भी तो खपत को प्लान करना पड़ता है। अभी हमारा माल हांगकांग से आता है। उधर के डीलर को आउट आफ पिक्चर करने में भी वक्त लगेगा।''

''फिर भी आइन्दा की सप्लाई की बाबत मुझे कोई आश्वासन होना चाहिये, तुम लोगों की कोई फर्म कमिटमेंट होनी चाहिये।''

दोनों की फिर निगाहें मिलीं।

''इधर हमारी बारह से पन्द्रह किलो माहाना की खपत है।'' – स्क्रूवाला बोला – ''तुम्हारा सैम्पल चौकस निकला तो दस किलो का मिनीमम ऑर्डर हम कमिट करते हैं।''

''डिलीवरी पीरियड एक महीना।'' – गोखले बोला।

''उस के बाद?'' – साहिल ने पूछा।

''दस से पन्द्रह किलो हर महीने।''

''ओके, डन। अब एक आखिरी बात और।''

''वो भी बोलो।''

''टेलीफोन ऐसा आला है जो वक्त पर आम दगा दे जाता है। इस से कभी फौरन कान्टैक्ट करना हो तो दिक्कत पेश आती है। पिछली बार मैंने अटलानी का नम्बर लगाया था तो कई बार ट्राई करने पर तब मिला था जब कि मैं उसे बिगड़ा समझ कर ट्राई करना छोड़ने ही वाला था। कहने का मतलब ये है कि मेरे पास कान्टैक्ट का कोई आल्टरनेट नम्बर होना चाहिये।''

दोनों पार्टनरों की निगाहें मिलीं।

फिर स्क्रूवाला ने कागज कलमं निकालकर एक नम्बर कागज पर घसीटा और कागज उसे थमाया।

‘‘थैंक्यू।’’ – साहिल बोला।

‘‘अब कुछ पियोगे?’’ – स्क्रूवाला बोला।

‘‘अब तो जरूर कुछ पियेगा।’’ – गोखले मुदित भाव से बोला – ‘‘सौदा सीलबंद हुआ है। अब तो हमारे साथ चियर्स बोलकर जायेगा।’’

‘‘वाट डू यू से, लॉज ब्रदर?’’ – स्क्रूवाला बोला।

‘‘आई डोंट माईंड।’’ – साहिल बोला।

अगले रोज दोपहरबाद साहिल फिर काठमाण्डू में था।

सब से पहले उसने ये तसदीक की कि पीछे उस की मां के साथ फिर कोई बेजा हरकत नहीं हुई थी और फिर हस्पताल का रुख किया।

हस्पताल के सुनीत वाले विंग के बन्द होने के टाइम से सिर्फ दस मिनट पहले वो वहां पहुंचा।

सुनीत ने आशापूर्ण निगाह से उस की तरफ देखा।

‘‘दो किलो का सैम्पल आर्डर फाइनल हो गया है।’’ – साहिल ने बताया।

‘‘रेट?’’ – सुनीत सशंक भाव से बोला।

‘‘पैंतीस।’’

‘‘गुड।’’

‘‘लेकिन डिलीवरी निश्चित रूप से दो हफ्ते में।’’

वो सकपकाया।

‘‘तूने हामी भर दी?’’

‘‘हां।’’

‘‘इतने शार्ट टाइम में कैसे होगा?’’

‘‘मुझे नहीं पता कैसे होगा! उन की जिद थी दो हफ्ते में डिलीवरी की।’’

‘‘तुझे नहीं माननी चाहिये थी।’’

‘‘न मानता तो डील खत्म था।’’

‘‘प्राब्लम होगी।’’

"होगी तो होगी। पहले कोशिश तो करें कि न हो।"

"ये भी ठीक है।"

"अब बोलो, मैं तुम्हारे रायामांझी से कैसे कान्टैक्ट करूं?"

"उस का मोबाइल नम्बर नोट कर।"

बाकी के दिन में साहिल ने कई बार वो नम्बर लगाया लेकिन कभी जवाब न मिला।

आखिर मिला तो अगले रोज मिला।

उसने उसे अपना परिचय दिया।

जवाब में वो उस से बड़े रूखे व्यवहार की उम्मीद कर रहा था, लेकिन जब वो बोला तो बड़े अच्छे ढंग से बोला।

"मुम्बई हो आये?" – उसने पूछा।

"हां। इसीलिये मिलना चाहता हूं।"

"कब?"

"जितनी जल्दी हो सके।"

"बोरिस रेस्टोरेन्ट से वाकिफ हो?"

"वाकिफ हूं। दिल्ली बाजार के बनेश्वर की ओर वाले सिरे के करीब है।"

"एक बजे पहुंचना। किसी भी स्टीवार्ड से मेरी बाबत पूछना।"

"ठीक।"

"बोरिस" में रायामांझी को हर कोई जानता मालूम पड़ता था। साथ ही लगता था कि स्टीवार्ड्स को उस की आमद की बाबत खबरदार भी किया गया था।

उसे फौरन उस की टेबल पर पहुंचाया गया।

साहिल ये देख कर हैरान हुए बिना न रहा कि उम्र में वो उस से जरा ही बड़ा जान पड़ता था। उस का बुजर्गों जैसा नाम और उस के नृषंस मिजाज के किस्से

उस पर इस कदर हावी थे कि वो सहज ही उसे कोई उम्रदराज आदमी समझे बैठा था।

उसने अप्रसन्न भाव से घड़ी पर निगाह डाली जो कि सवा एक बजा रही थी और फिर बोला – "तुम्हारा एक अब बजा है?"

"और भी काम होते हैं।" – साहिल लापरवाही से बोला।

"खाली तुम्हें? औरों को नहीं होते? मैं खाली बैठा हूं?"

वो खामोश रहा।

"अब बोलो, क्या चाहते हो?"

"तुम्हें मालूम है।"

"मिकदार बोलो।"

"बोलता हूं। पहले मुझे एक बात बताओ।"

"पूछो।"

"आज की तारीख में मेरा भाई तुम्हारी कितनी रकम का देनदार है? मूल और सूद दोनों मिला कर बोलना।"

"यही कोई पौने पांच लाख डॉलर का।" – रायामांझी लापरवाही से बोला।

"क्या! और जो दो लाख डालर की रकम मैंने अदा की थी, वो कहां गयी?"

"तकरीबन ब्याज में गयी।

"हे भगवान! कितना ब्याज चार्ज करते हो?"

"ज्यादा नहीं करता। जो इस धन्धे में नार्मल है, वही करता हूं।"

"कितना नार्मल है?"

"पांच सौ परसेन्ट तक।"

साहिल हक्का-बक्का सा उस का मुंह देखने लगा।

"ये ठगी है।" – वो आवेशपूर्ण स्वर में बोला – "लूट है।"

रायामांझी ने से कन्धे उचकाये।

"बल्कि दिन-दहाड़े डकैती है।"

"खामखाह! क्या तुम्हारा भाई ब्याज के इस रेट से बेखबर था?"

''मैं कुछ नहीं जानता। मैं ऐसा ब्लैकमेल जैसा ब्याज अदा नहीं कर सकता।''

''मत करो। फिर हम फिर स्टार्टिंग लाइन पर पहुंचे जायेंगे और खेल फिर से शुरू हो जायेगा। कौन-सा खेल फिर से शुरू हो जायेगा, समझते हो न?''

''तुम मुझे धमका नहीं सकते।''

''मैंने तो कोशिश भी नहीं की। मैंने तो महज हकीकत बयान की है।''

''मैं पुलिस के पास जाऊंगा। मैं एक पैसा अदा नहीं करूंगा।''

''कोई बात नहीं। मेरा बॉस पेमेन्ट में खून भी कबूल करता है।''

''तुम्हारे बॉस को मालूम होना चाहिये कि खून से बिल चुकता नहीं होते। खून से कपड़े रंगे जा सकते हैं, दीवारें रंगी जा सकती हैं, हाथ रंगे जा सकते हैं; और खून से रंगे हाथ फांसी की राह दिखाते हैं। सुना है तुम पिछली बार पकड़े गये थे तो लैक ऑफ एवीडेंस की बिना पर छूट गये थे, लेकिन इस बार नहीं छूट पाओगे क्योंकि इस बार मैं . . . मैं गवाह बनूंगा तुम्हारे खिलाफ। मेरा भाई गवाह बनेगा तुम्हारे खिलाफ।''

''कोई साबुत बचेगा तो बनेगा न!''

''मुझे धमकाना बन्द करो और जाकर अपने बॉस से बात करो कि वो ब्याज का कोई व्यवहारिक, कोई शरीफाना रेट मुकर्रर करे वर्ना तमाम किस्सा खत्म समझो।''

''तुम्हारा भाई ब्याज के रेट से पूरी तरह से वाकिफ था।''

''होगा, लेकिन इस वक्त पेमेंट मेरा भाई नहीं कर रहा, मैं कर रहा हूं।''

तभी स्टीवार्ड उन के करीब पहुंचा।

''खाना खाओगे?'' – रायामांझी बोला।

''नहीं।''

''तो काफी पी लो।''

''मैं यहां काफी पीने नहीं आया।''

''जब तक काफी आती है, तब तक मैं सोचता हूं।''

''अच्छी बात है।''

रायामांझी ने स्टीवार्ड को इशारा किया, वो चला गया।

दो मिनट में उन्हें काफी सर्व हो गयी।

''ओके।'' – रायामांझी बोला – ''मैं अपने बॉस से बात करूंगा।''

''मुझे जवाब कब मिलेगा?''

''मेरा बॉस बहुत बिजी आदमी है लेकिन जल्दी मिलेगा जवाब।''

''कौन है तुम्हारा बॉस?''

''काफी की तरफ ध्यान दो, ठण्डी हो रही है।''

साहिल ने बेमन से काफी का एक घूंट भरा।

''अब मेरे पहले सवाल का जवाब दो। अपनी जरूरत बयान करो।''

''अभी सिर्फ दो किलो।'' – साहिल बोला।

''उसके बाद?''

''दस से पन्द्रह तक।''

''दो किलो कब चाहिये?''

''जितनी जल्दी हो सके। मैंने दस दिन में शिपमेंट का इन्तजाम करना है।''

''इतनी जल्दी?''

''तुम्हारे लिये क्या प्राब्लम है?''

''क्यों प्राब्लम नहीं है? तुम क्या समझते हो कि तुम्हारे कालीनों की तरह या टेलीविजन, फ्रिज की तरह, हेरोइन के गोदाम भर के रख जाते हैं?''

''तो क्या किया जाता है?''

''जरूरत के मुताबिक माल मुहैया किया जाता है।''

''मुहैया कर तो सकते हो न? मुझे सप्लाई कर तो सकते हो न?''

''उसमें कोई प्राब्लम नहीं लेकिन रेट करारा लगेगा।''

''कितना?''

''पच्चीस हजार डालर।''

''हरगिज नहीं।''

''अर्जेंट का रेट है।''

''मैं बारह दे सकता हूं।''

''तुम पागल हो।''

''रेट की वजह से मैं पागल हूं तो तुम भी कम पागल नहीं हो, इसलिये व्यवहारिक बात करो।''

''ठीक है। बाइस।

''मैं पन्द्रह से ज्यादा नहीं दे सकता।''

''तुम तो अपने भाई से भी ज्यादा कम्बख्त हो। ठीक है, बीस।''

''सोलह।''

''अट्ठारह। टोटल पेमेंट कैश हो तो।''

''ठीक है।''

''तो सौदा पक्का?''

''पक्का।''

''अब एक बात मैं जानना चाहता हूं।''

''क्या?''

''माल मुम्बई कैसे पहुंचाओगे? खुद ले के जाओगे?''

''मैं तो नहीं ले के जाऊंगा।''

''तो?''

''सच पूछो तो अभी इस बारे में मैंने कुछ सोचा नहीं।''

''ये पहले सोचने वाली बात थी। माल हाथ में आ गया लेकिन डिलीवर न कर पाये तो माल किस काम का हुआ!''

''ये बात तो ठीक है!'' – साहिल चिन्तित भाव से बोला।

''तुम अभी नये हो, नादान हो इसलिये नहीं जानते हो कि नारकॉटिक्स स्मगलिंग के खिलाफ सारी दुनिया की सरकारें एक जुट होकर काम करती हैं। इसीलिये यहां काठमाण्डू में – और गोल्डन ट्रायंगल में आने वाले मुल्कों में, यानी कि थाइलैंड, मियांमार, लाओस में – नारकॉटिक्स कन्ट्रोल ब्यूरो के इन्डियन एजेन्ट भी पाये जाते हैं और अमरीकी भी। इतने लोग स्मगलिंग के किसी

ऐंगल से ताल्लुक रखती हर बात की निगाहबीनी करते हैं। एक ही डेस्टीनेशन के फ्रीक्वेंट फ्लायर पर वो खास निगाह रखते हैं। वो लोग इस बात पर हैरान हो सकते हैं कि क्यों साहिल सरीन नाम का एक शख्स ओवरनाइट मुम्बई ठहर कर वापिस लौट आया और चन्द ही दिनों बाद फिर मुम्बई के लिए ही उड़ चला।''

''मेरा एक्सपोर्ट का धन्धा है।''

''जिसमें आर्डर तुम्हें एयरपोर्ट पर ही पकड़ा दिया जाता है?''

''ओह!''

''ऊपर से तुम नौसिखिये हो, अनाड़ी हो, तुम माल खुद लेकर चले तो यकीनन पकड़े जाओगे।''

साहिल के शरीर में झुरझुरी दौड़ गयी।

''एक बार किसी करिश्मासाज तरीके से बच भी गये तो अगली बार तो यकीनन पकड़े जाओगे। फिर तुम्हारा जो अंजाम होगा, वो तुम्हारे भाई से भी बुरा होगा।''

''तो मैं क्या करूं?''

''वही जो तुम्हारा भाई करता था। वही जो हर समझदार स्मगलर करता है।''

''क्या? क्या करता है?''

''खच्चर पालता है।''

''क्या?''

''बोझा ढोने के लिये। कूरियर।''

''ओह! लेकिन ऐसा शख्स मिलेगा कहां से?''

''सब कुछ मिलता है। पैसा चमकाओ तो क्या नहीं मिलता? हर शख्स बिकाऊ है। हर किसी की फीस है। किसी की कम है तो किसी की ज्यादा है। समझे कुछ?''

''हां। समझा तो सही। कुछ क्या, बहुत कुछ समझा। ऐसा कोई शख्स तुम ढुंढवा सकता हूं।''

''ढुंढवा सकता हूं।''

‘‘भरोसे का?’’

‘‘पूरे भरोसे का। तुम्हारी उम्मीद से ज्यादा भरोसे का। भरोसे का और हंड्रड पर्सेंट सेफ।’’

‘‘तो ढुंढवा दो। प्लीज।’’

‘‘कल फोन करना।’’

‘‘ठीक है।’’

‘‘अब एक आखिरी बात और सुनो।’’

‘‘बोलो।’’

‘‘मैं तुम्हारे भाई के खिलाफ नहीं हूं। मुझे उससे – या उसके कुनबे से – कोई जाती अदावत नहीं है। मैं किसी का मुलाजिम हूं और मालिक की नमकख्वारी मेरा फर्ज है, मेरा धर्म है। तुम्हारे भाई ने जो रास्ता चुना, सोच विचार कर चुना, अपनी मर्जी से चुना। पशुपतिनाथ की कसम उठवा लो, उसको उस रास्ते पर किसी ने जबरन नहीं धकेला, चलने पर मजबूर नहीं किया। इसलिये धन्धे का नफा-नुकसान जो कोई भी है, उसने और सिर्फ उसने भुगतना है भुगत रहा है। अब बताओ इस इक्वेशन में क्या खराबी है?’’

‘‘कोई खराबी नहीं।’’

‘‘फिर तुम्हारा मेरे पर ताव खाना क्या जायज है?’’

‘‘नहीं। आई एम सॉरी। ओके नाओ!’’

उसने सहमति में सिर हिलाया और फिर बोला – ‘‘कल फोन करना।’’

साहिल ने अगले रोज फोन किया तो उसे सोल्टी के कमरा नम्बर 605 में पहुंचने का निर्दश मिला।

‘‘वहां कौन मिलेगा?’’

‘‘राज्यलक्ष्मी खनाल।’’

‘‘वो कौन है?’’

‘‘रायल नेपाल एयरलाइन्स की एयर होस्टेस है।’’

‘‘ओह! एयर होस्टेस है।’’

वो निर्देशित स्थान पर पहुंचा।

उसने ‘‘605’’ के दरवाजे पर दस्तक दी।

दरवाजा चिंगम चबाती एक लड़की ने खोला। वो डेनिम का स्लीवलैस ब्लाउज और स्कर्ट पहने थी, नेपालियों के लिहाज से कद में लम्बी थी, काफी खूबसूरत थी और उम्र में पच्चीस-छब्बीस साल की जान पड़ती थी।

‘‘मैं साहिल’’ – वो झिझकता-सा बोला – ‘‘साहिल सरीन।’’

‘‘वैलकम।’’

वो भीतर दाखिल हुआ तो उसने उसके पीछे दरवाजा बन्द कर दिया। फिर वो कूल्हे झुलाती आगे बढ़ी और जाकर पलंग पर आलथी-पालथी मारकर बैठ गयी।

‘‘बैठो।’’ – वो बोली।

‘‘थैंक्यू।’’ – साहिल उसके सामने एक कुर्सी पर बैठ गया। वो एक क्षण ठिठका और फिर बोला – ‘‘तुम्हें मालूम है मैं यहां क्यों आया हूं?’’

‘‘मालूम है।’’ – वो लापरवाही से बोली।

‘‘गुड।’’

‘‘लेकिन तुम्हें भी कुछ मालूम है या नहीं?’’

‘‘क.. क्या?’’

‘‘मेरे चार्जेज बहुत हाई हैं, अफोर्ड कर सकोगे?’’

‘‘क्या हैं चार्जेज?’’

‘‘फी किलो दो हजार डालर।’’

‘‘ये तो वाकई बहुत हाई हैं।’’

‘‘सेफ डिलीवरी की गारन्टी है।’’

‘‘गारन्टी है?’’

‘‘हां।’’

‘‘कैसे?’’

''मुम्बई के सहर एयरपोर्ट पर मेरा ब्वायफ्रेंड कस्टम में काम करता है। ऊंचे ओहदे पर है। ऐसे गारन्टी है।''

''तुम्हारा कभी बैगेज सर्च नहीं होता?''

''नहीं होता। क्रियू को तो कस्टम से गुजरना तक नहीं पड़ता। फिर भी कभी होता है तो सर्च मेरा ब्वायफेंड करता है।''

''आई सी। कस्टम से निकलने के बाद मेरा माल मुझे कैसे मिलेगा?''

''एयरपोर्ट के बाहर एक कार रेंटल एजेन्सी का आफिस है जहां कि सैल्फ ड्रिवन और शोफर ड्रिवन दोनों तरह की कारें किराये पर मिलती हैं। वहां आफिस के रिसैप्शन हाल में अमूमन हर वक्त काफी लोग होते हैं। वहां मेरी एक फ्रेंड है, मेरी फ्लाइट के लैंड करने के बाद जिससे मिलने जाना मेरी स्थापित रुटीन है। अपने सूटकेस के साथ मैं वहां पहुंचूंगी, तुम्हारे पास भी ऐन वैसा ही सूटकेस होगा। वहां तुम मेरा सूटकेस ले जाओगे, मैं तुम्हारा सूटकेस ले जाऊंगी।'' – वो मुस्कराई – ''इट्स ऐज़ ईज़ी एज़ दैट।''

''एक जैसे दो सूटकेस कहां से आयेंगे?''

''वहीं से जहां से तुम्हारी सप्लाई आयेगी।''

''रायामांझी देगा?''

''हां।''

''मुम्बई की तुम्हारी अगली फ्लाइट कब है?''

''परसों।''

''इतनी जल्दी?''

''हां। उसके बाद इस रूट पर मेरी फ्लाइट बीस दिन बाद है।''

''अभी तो मुझे जरूरत की रकम मुहैया करने में भी टाइम लगेगा।''

''मुझे अपनी प्राब्लम्स मत बताओ।''

''सॉरी!''

''जब तुम्हारी तैयारी मुकम्मल हो जाये, मुझे खबर कर देना।''

''ओके। बिटविन फ्लाइट्स तुम यहीं रहती हो?''

''नहीं। अपने घर पर रहती हूं। यहां तो मैं तुम्हारी वजह से हूं।''

''खबर कैसे करूं?''

''मेरे घर पर।'' – उसने उसे एक विजिटिंग कार्ड सौंपा – ''इस पर मेरे घर का पता और फोन नम्बर दर्ज है।''

''ठीक है।'' – वो उठ खड़ा – ''खबर करूंगा।''

''क्या हुआ?'' – वो बोली – ''उठ क्यों खड़े हुए?''

''बात खत्म हो गयी, जाता हूं।''

''बात खत्म हुई है'' – वो मादक स्वर में बोली – ''रात तो खत्म नहीं हुई!''

''क्या मतलब?''

''तुम मुझे पसन्द आये हो। चाहो तो रुक सकते हो। मैं ज्यादा चार्ज नहीं करती। सिर्फ दो सौ डालर। ये कमरा एक रात के लिये पहले से पेडअप है।''

उसकी बेबाकी पर साहिल भौंचक्का रह गया।

''फि.. फिर . . . फिर कभी।'' – वो होंठों में बुदबुदाया।

''लगता है मैं पसन्द नहीं आयी।''

''वो बात नहीं है।''

''तो फिर क्या बात है? मेरे नेपाली होने से परहेज है?''

''न-हीं। दरअसल आजकल . . . प . . . पैसे का तोड़ा है।''

''जो शख्स दो सौ डालर खर्चना अफोर्ड नहीं कर सकता'' – वो मुंह बिचकाती बोली – ''उसे तो मैं रहम के काबिल ही मानूंगी।''

''ऐसा ही हूं मैं।'' – वो खिसियाया सा हंसा – ''रहम के काबिल।''

''सोल्टी'' की लॉबी से ही उसने रायामांझी को फोन किया और कहा कि अगले रोज रात तक उसे उसका माल मिल जाये। जवाब में उसे अगले रोज रात नौ बजे सैन्ट्रल बस स्टेशन की पार्किंग में मौजूद रहने को बोला गया।

वो सारा दिन और अगला सारा दिन साहिल ने जरूरत की रकम मुहैया करने में लगाया। उस सिलसिले में उसने अपने दिल्ली के एक खरीदार का अपने

नाम बोगस आर्डर तक बनाया जिसे बैंक में जमा करा कर वो बदले में शार्ट टर्म क्रेडिट पर पच्चीस लाख रुपये हासिल करने में कामयाब हुआ। उस जालसाजी के खुल जाने का सीधा मतलब जेल की हवा खाना था लेकिन वो मजबूर था। उस घड़ी पैसा हासिल करने का खतरनाक से खतरनाक रास्ता आजमाना उसकी मजबूरी थी।

निर्धारित समय पर वो सेन्ट्रल बस स्टेशन पहुंचा।

चुरुट के कश लगाता रायामांझी वहां के वेटिंग हाल में मौजूद था।

साहिल ने उसे रकम सौंपी।

''कुछ डालर हैं'' – वो बोला – ''कुछ नेपाली रुपया है, कुछ इन्डियन रुपया है लेकिन रकम पूरी है।''

''ठीक है।'' – रायामांझी बोला – ''उधर जो शापिंग एरिया है, अभी मेरा एक आदमी दो सूटकेसों के साथ उधर से निकलेगा। दोनों पर नयी खरीद की चुगली करते टैग, स्टिकर वगैरह लगे होंगे। तुम्हें वो आदमी दिखाई दे तो जा के अपनी कार की डिकी खोलना। वो दोनों सूटकेस डिकी में रख देगा। तुम उसको कोई नजराना देकर रुखसत करना ताकि सब कुछ स्वाभाविक लगे। फिर कार में सवार होना और निकल लेना।''

''मुझे ये कैसे मालूम पड़ेगा कि माल कौन से सूटकेस में हैं?''

''एक सूटकेस के हैंडल पर कीमत का टैग लगा होगा, उसी में माल होगा।''

''यूं ही पड़ा हुआ?''

''पागल हुए हो! उस सूटकेस में एक नकली पेंदा है, उसके नीचे माल छुपा हुआ है।''

''ओह!''

''अब मैं चलता हूं।''

''जल्दी क्या है! अपने आदमी को तो आने दो!''

''वो अभी आ जायेगा। मैं यहां फालतू नहीं रुकना चाहता।''

''कोई पंगा तो नहीं है?''

''नहीं, नहीं। पंगा कैसा!''

''तो भागे क्यों जा रहे हो?''

''क्योंकि मेरी अब यहां कोई जरूरत नहीं है। वो माल अब तुम्हारा है और तुम्हीं उसके लिये जिम्मेदार हो। अब कोई रिस्क है तो तुम्हारा है, मैं उसमें भागीदार नहीं बनना चाहता।''

''मुझे एक शक हो रहा है।''

''क्या!''

''तुम खुद भी ड्रग एडिक्ट हो।''

''क्या?''

''इस वक्त भी नसवार चढ़ाये हो। इसीलिये व्याकुल हो रहे हो, डर रहे हो कि . . .''

''शटअप! अब तुम ड्रग डीलर हो और यूजर से ज्यादा बुरे हो। इसलिये नो पॉट कालिंग दि कैटल ब्लैक, मोटे हिन्दोस्तानी के भाई।''

उसने चुरुट को जमीन पर थूका और पांव पटकता वहां से रुखसत हुआ।

साहिल पीछे ठिठका खड़ा रहा।

हेरोइन की अपनी पहली खेप के इन्तजार में।

जिस के साथ वहां पकड़े जाने का मतलब था कम से कम दस साल की कैद।

एक इज्जतदार कारपेट एक्सपोर्टर और ड्रग पैडलर! वाह! क्या तरक्की की थी उसने अपने भाई के सदके!

तभी उसे दो एक जैसे सूटकेसों के साथ करीब आता एक आदमी दिखाई दिया। वो घूमकर आगे बढ़ा और पार्किंग में उस स्थान पर पहुंचा जहां उसकी कार खड़ी थी। उसने कार की डिकी का ढक्कन उठाया और प्रतीक्षा करने लगा।

वो आदमी करीब पहुंचा, उसने कार का मुआयना किया,

उसकी नम्बर प्लेट पर से नम्बर चैक किया और बोला – ''ये कार आपकी है?''

''हां।'' – साहिल बोला।

''सूटकेस आपके लिये हैं?''

''हां। डिकी में रखो।''

उसने आदेश का पालन किया।

साहिल ने देखा दोनों महरून रंग के थे और सूरत से ही निहायत कीमती जान पड़ते थे। और प्राइस टैग केवल एक के हैंडल के साथ बंधा हुआ था।

वो आदमी फारिग हुआ तो साहिल ने डिकी बन्द की और उसे एक नोट देकर रुखसत किया।

वो कार की ड्राइविंग सीट पर जा बैठा। इंजन स्टार्ट करने से पहले उसने मोबाइल से एयर होस्टेस के घर का फोन लगाया।

''माल तैयार है।'' – वो बोला।

''ठीक है।'' – उसे राज्यलक्ष्मी खनाल की भावहीन आवाज सुनाई दी।

''कब आऊं?''

''अभी आ जाओ।''

उसने कार स्टार्ट की और उसे उसकी मंजिल पर डाला।

उसका घर कलधारा के इलाके में था जहां पहुंचने के लिए शहर की घनी आबाजी से गुजरना लाजमी था। सारा रास्ता ये सोच-सोच कर उसके प्राण कांपते रहे कि क्या कहीं रास्ते में पुलिस द्वारा किसी चैकिंग के लिये उसे रोका जा सकता था।

लेकिन वो निर्विघ्न अपनी मंजिल पर पहुंचा जो कि एक मल्टीस्टोरी अपार्टमेंट हाउस था और जिसकी सातवीं मंजिल पर राज्य लक्ष्मी खनाल का फ्लैट था।

प्राइस टैग वाला सूटकेस उठाये लिफ्ट के रास्ते वो सातवीं मंजिल पर पहुंचा और उसने उसके फ्लैट की कालबैल बजाई। दरवाजा तत्काल खुला, एक रेशमी गाउन पहने वो चौखट पर प्रकट हुई। उस घड़ी उसके लम्बे रेशमी बाल खुले हुए थे और चेहरा मेकअप से मुक्त था।

''आओ।'' – वो बोली।

वो भीतर दाखिल हुआ।

वो एक छोटा-सा फ्लैट था जोकि जनाना खुश्बुओं से रचा-बसा था। भीतर कहीं मद्धम म्यूजिक बज रहा था।

उसने उसे सूटकेस सौंपा।

उसने बड़े निर्विकार भाव से उसे एक तरफ रख दिया।

''जांच-परख तो लो!'' – वो बोला।

''क्या जांच-परख?'' – वो बोली – ''ऐसा कोई सूटकेस क्या कोई पहली बार हैंडल किया है मैंने!''

''ओह!''

''मेरी फीस किधर है?''

साहिल ने उसे एक लिफाफा सौंपा।

''थैंक्यू।''

''फीस तो चौकस कर लो!''

''क्या जरूरत है? मुझे तुम्हारे पर एतबार है, फिर भी कोई गड़बड़ करोगे तो अपने माल से हाथ धोवोगे।''

''काफी प्रैक्टीकल लड़की हो!''

''लेकिन तुम प्रैक्टीकल मर्द नहीं हो। तभी तो कल इतना अच्छा मौका गंवा दिया।''

वो खामोश रहा।

''ड्रिंक पेश करूं?''

''नहीं। मैं चलूंगा।''

''नये हो इस कारोबार में!''

''साफ जान पड़ता है? माथे पर लिखा है?''

वो हंसी।

''एक बात ध्यान में रखना।'' – फिर बोली – ''मुम्बई में जब सूटकेसों की अदला-बदली होगी तो मेरा सामान – कपड़े वगैरह – तुम्हारे पास पहुंच जायेगा

और तुम्हारा सामान मेरे पास पहुंच जायेगा। मेरे कुछ कपड़े तो मुम्बई में मेरे ब्वाय फ्रेंड के फ्लैट पर मौजूद हैं इसलिये मुझे कोई प्राब्लम नहीं। तुम्हें अपने कुछ कपड़े या तो अपने बैगेज में रखने होंगे या मुम्बई जाकर नये खरीदने होंगे।''

''मैं कर लूंगा कोई इन्तजाम।''

''ड्रिंक के बारे में फिर सोच लो।''

''नो, थैंक्स। मैं चलता हूं।''

''किसी और बारे में भी!''

''मुझे पैसे का अभी भी तोड़ा है। जब कमा लूंगा तो सोचूंगा।''

''तब तक गाड़ी छूट चुकी होगी।''

''कोई बात नहीं, गाड़ी और आ जाती है।''

''असल बात कुछ और ही है। पसन्द ही नहीं आयी मैं तुम्हें।''

''गुड नाइट।''

अगली सुबह साहिल ने त्रिभुवन एयरपोर्ट से रायल नेपाल एयरलाइन्स की नौ बजकर पच्चीस मिनट की मुम्बई की फ्लाइट पकड़ी।

सारी रात उसने बेचैनी से सोते-जागते गुजारी थी और अभी भी वो कोई कम बेचैन नहीं था। आगे क्या होगा, इस सस्पेंस में वो अपनी सीट पर बार-बार पहलू बदल रहा था।

उस दौरान राज्यलक्ष्मी दो बार उसके करीब से गुजरी – एक बार ड्रिंक्स की ट्राली के साथ और दूसरी बार ब्रेकफास्ट के साथ लेकिन दोनों ही बार उसने परे मुंह फेर लिया। उसका न कुछ खाने का दिल था और न कुछ पीने का।

आखिरकार प्लेन अपनी मंजिल पर पहुंचा।

अपने हैंड बैगेज के साथ वो प्लेन से उतरा, टर्मिनल की इमारत में पहुंचा, उसने कनवेयर बैल्ट से अपना सूटकेस कलैक्ट किया और कस्टम की ग्रीन चैनल पर पहुंचा।

उस घड़ी उससे आगे चार पैसेंजर लाइन में थे लेकिन चारों कस्टम वालों की

किसी टोका टाकी के बिना निर्विघ्न वहां से गुजर गये।

फिर उसकी बारी आयी।

''सूटकेस खोलिये।'' – कस्टम अधिकारी बोला।

साहिल के शरीर में ठण्डक की लहर दौड़ गयी।

हे भगवान! खास उसी के साथ क्यों वो शख्स ऐसा पेश आ रहा था। क्या किसी ने मुखबिरी कर दी थी?

''कुछ नहीं है।'' – वो खोखले स्वर में बोला – ''खाली कपड़े हैं पहनने के।''

''खोलिये।''

बड़ी मुश्किल से वो सूटकेस के कम्बीनेशन लॉक्स खोल पाया।

कस्टम अधिकारी तलाशी लेने लगा।

ये जानते-बूझते कि सूटकेस में कुछ नहीं था, उस दौरान उसके प्राण कण्ठ में अटके रहे। आखिर रायामांझी ने उसके साथ कोई ट्रिक भी खेली हो सकती थी, उस सूटकेस में भी दोहरा पेंदा हो सकता था और उसके नीचे कोई ऐसी चीज छुपी हो सकती थी जो कि उसकी तुरन्त गिरफ्तारी की वजह बन सकती थी।

तौबा! ये बात उसे अब सोचनी चाहिये थी या काठमाण्डू से अपनी रवानगी से पहले सोचनी चाहिये थी!

आखिरकार कस्टम अधिकारी ने सूटकेस का ढक्कन गिराया, उसने उलझनपूर्ण भाव से साहिल की तरफ देखा और फिर बोला – ''आपकी तबीयत तो ठीक है, सर?''

''ठ-ठीक है।''

''सूरत से तो ऐसा लगता है जैसे अभी दिल की दौरा पड़ने वाला हो!''

''ऐसी कोई बात नहीं। दरअसल फ्लाइट की केटरिंग माफिक नहीं आयी।''

''ओह! हैव ए नाइस डे, सर।''

''थैंक्यू।''

वो टर्मिनल की इमारत से बाहर निकला।

बाहर कार रेंटल एजेन्सी तलाश करने में उसे कोई दिक्कत न हुई।

राज्यलक्ष्मी वहां नहीं थी।

वो रिसैप्शन हाल की एक खाली कुर्सी पर बैठ गया।

वो काफी चहल-पहल वाली जगह थी और वहां निरन्तर आवाजाही जारी थी।

दस मिनट गुजर गये।

भीतर कस्टम काउंटर वाली दहशत अब उस पर फिर हावी होने लगी।

क्या हुआ उसे?

कहीं वो हेरोइन से साथ पकड़ी तो नहीं गयी?

प्लेन का केबिन क्रियू तो मुसाफिरों से पहले बाहर निकल आता था।

पांच मिनट और गुजरे।

अब वो कैसे पता लगाये कि वो कहां दफन हो गयी थी?

क्यों दफन हो गयी थी?

जरूर पकड़ी गयी थी। कस्टम आफिसर ब्वायफ्रेंड की हिमायत के बावजूद पकड़ी गयी थी।

पकड़ी गयी थी तो क्या अब तक बक चुकी होगी कि माल असल में साहिल सरीन नाम के उसके एक पैसेंजर का था?

कमीनी जरूर दावा कर रही होगी कि उसे तो सूटकेस में हेरोइन की मौजूदगी खबर ही नहीं थी। क्या झूठ बोलेगी वो उसकी बाबत?

झूठ तो जो बोलेगी सो बोलेगी, ये जरूर बतायेगी कि उस माल का असली मालिक टर्मिनल के बाहर कार रेंटल एजेन्सी के रिसेप्शन हाल में मौजूद था।

उस खयाल से ही उसका दिल डूबने लगा।

क्या करे वो?

भाग निकले?

हां, यही ठीक था।

बाद में जो होता देखा जाता; वहां, खड़े पैर, गिरफ्तार होना तो मूर्खता थी।

वो झपट कर उठकर खड़ा हुआ और . . .

वो उसे दिखाई दी।

उसके कस बल ढीले पड़ गये। अपने आपको कोसता वो वापिस कुर्सी पर ढेर हो गया।

कितना मूर्ख था वो जो अपनी कल्पना को इतनी ऊंची उड़ान भरने दे रहा था।

भारतीय कस्टम अधिकारी की वर्दी पहने एक युवक के साथ था। वो उसकी बांह में बांह डाले चल रही थी। दोनों बहुत खुश दिखाई दे रहे थे और युवक बार-बार उसे अपने पहलू के साथ भींच रहा था।

तो ये वजह थी उसके देर से आने की! अपने ब्वायफ्रेंड को अपनी सोहबत से आनन्दित कर रही थी।

सूटकेस सम्भाले अपने ब्वायफ्रेंड के साथ वो लम्बे काउंटर पर पहुंची और उसके पार बैठी युवती से बतियाने लगी।

साहिल फिर उठा, उसने अपना हैंडबैग कन्धे पर लादा, सूटकेस उठाया और सहज भाव से चलता काउंटर पर पहुंचा। वो राज्यलक्ष्मी के खाली पहलू की ओर खड़ा हो गया, उसने सूटकेस जमीन पर रखा और युवती से पूछा – ''शोफर ड्रिवन ए.सी. कार का एक दिन का क्या किराया है?''

युवती ने राज्यलक्ष्मी से अपना वार्तालाप जारी रखते हुए उसे एक छपी हुई रेट लिस्ट थमा दी और साथ में कुछ बोली जिसका एक अक्षर भी उसने न सुना। उसने थोड़ी देर खामोशी से रेटलिस्ट पढ़ने का बहाना किया फिर झुककर राज्यलक्ष्मी का – हेरोइन वाला – सूटकेस उठाया और वहां से विदा हो गया।

बाहर जनरल टैक्सी स्टैण्ड पर पहुंच कर उसने पूना के लिए टैक्सी का पता किया। टैक्सी उसे तत्काल उपलब्ध हो गयी। वो उसमें सवार हो गया। टैक्सी पूना के लिये रवाना हो गयी।

टैक्सी में उस रोज का अखबार मौजूद था। वक्तगुजारी की नीयत से उसने अखबार उठाया और उसके पन्ने पलटने लगा।

पांचवे पेज पर एक सुर्खी थी जिस पर निगाह पड़ते ही वो सीधा होकर बैठा। लिखा था :

हेरोइन स्मगलर्स के बड़े गैंग का भण्डाफोड़

अन्तर्राष्ट्रीय एनफोर्समेंट डायरेक्टरेट को बड़ी कामयाबी

काठमाण्डू और बैंकाक में एक ही वक्त पर हई रेड में

पन्द्रह बड़े ड्रग डीलर गिरफ्तार

चार सौ किलो हेरोइन पकड़ी

उसने जल्दी-जल्दी बाकी खबर पढ़ी और फिर ड्राइवर से बोला – ''जरा पब्लिक टेलीफोन बूथ पर रोकना।''

ड्राइवर ने सहमति में सिर हिलाया। दो मिनट बाद वैसे एक बूथ पर उसने गाड़ी रोकी जहां से साहिल ने रायामांझी को उसके मोबाइल पर फोन लगाया।

''साहिल।'' – वो माउथपीस में बोला।

''क्या है? क्यों फोन कर रहे हो?''

''अभी मैंने अखबार में काठमांडू और बैंकाक में हुई रेड्स की और गिरफ्तारियों की खबर पढी है।''

''ओह! और तुमने समझ लिया कि मैं अन्दर!''

''अन्देशा तो लगा था . . .''

''तुम मूर्ख हो और मुझे और मेरे बॉस को बहुत कम करके आंकते हो। मोटे हिन्दोस्तानी के भाई, हमें कोई छू भी नहीं सकता।''

''ये तो बड़ी अच्छी खबर है!''

''वो भी अच्छी खबर है जो तुमने अखबार में पढ़ी।''

''वो भी अच्छी खबर है?''

''हमारे लिये। गिरफ्तार होने वालों के लिये नहीं, हमारे लिये।''

''वो कैसे?''

''एक ही हल्ले में हमारा हमारे इतने ढ़ेर सारे कम्पीटीटरों से पीछा छूट गया। अब हमारा धन्धा और चमकेगा, और फैलेगा।''

''ओह!''

उसने हौले से रिसीवर क्रेडल पर रख दिया और वापिस कार में आ बैठा।

कार पूना पहुंची।

वहां उसने होटल ड्रीमलैंड में चैक इन किया और फिर हीरानन्द अटलानी के नम्बर पर काल लगायी।

''साहिल सरीन।'' – वो बोला – ''मैं लौट आया हूं।''

''माल के साथ?''

''हां।''

''कहां है माल?''

''मेरे पास है।''

''तुम कहां हो?''

''होटल ड्रीमलैंड में। कनॉट रोड पर है।''

''वो तो पूना में है।''

''वहीं हूं।''

''वहां पहुंच गये?''

''आखिरकार तो यहीं आना था।''

''क्यों? कोई बोला ऐसा?''

''बोला तो कोई नहीं। . . . सच पूछो तो इसीलिये मैंने पिछली बार तुम्हारे साहब लोगों की रिहायश की बाबत सवाल किया था।''

''जैसे तुम्हारी उनसे पिछली मुलाकात पूना में हुई थी, वैसी अब खण्डाला में हो सकती थी, माथेरान में हो सकती थी, रत्नागिरी में हो सकती थी।''

''ये क्या पंगा डाल रहे हो? मैं तो ये सोचकर पूना पहुंचा था कि मैंने मुझे मुम्बई से कलैक्ट कराने की तुम्हारी जहमत बचाई थी।''

''लेकिन . . .''

''यार, समझ लो मैंने पूना आकर गलती की। अब खत्म करो वो बात।''

"हूं।"

"फिर भी . . ."

"मैं माल से जल्द-अज जल्द किनारा चाहता हूं।"

"एक घन्टा इन्तजार करो।"

एक घन्टे से पहले साहिल की अपेक्षा के विपरीत जो शख्स उसके पास पहुंचा वो खुद हीरानन्द अटलानी था।

वो आदमी क्या था, चर्बी का ड्रम था और ड्रम की तरह ही लुढकता वहां पहुंचा था।

"माल दिखाओ।" – आते ही उसने हुक्म दनदनाया।

साहिल ने हेरोइन के किलो-किलो के दो पैकेट पेश किये।

एक एक्सपर्ट की तरह काफी देर उसने पैकेटों में मौजूद हेरोइन का मुआयना किया।

साहिल मंत्रमुग्ध सा प्लास्टर आफ पेरिस जैसी उस चीज को देखता रहा।

तो ये होती थी हेरोइन!

"चौकस है।" – आखिरकार वो बोला, उसने साहिल को ब्राउन पैकिंग पेपर में लिपटा एक पैकेट सौंपा – "तुम अपना माल चौकस करो। सत्तर हजार डालर।"

उसने पैकेट खोलने की कोशिश न की।

"अगली डिलीवरी का बोलो।"

"आठ किलो।"

"मुझे कम से कम दस किलो बोला गया था। स्क्रूवाला ने दस किलो का मिनीमम आर्डर कमिट किया था।"

"हालात बदलते रहते हैं, साईं।"

"तुम आर्डर बढ़ा नहीं सकते?"

"अभी सैकंड डील पर ही नहीं। आगे तुम्हारी बात रखेंगे।"

‘‘लेकिन . . .’’

‘‘साईं, तुम स्ट्रेट धन्धा करने वाले स्ट्रेट आदमी हो। अभी ये तुम्हारी लाइन नहीं, अभी ये तुम्हारी लाइन बनते-बनते बनेगी। इसलिये स्क्रूवाला का ही खयाल है कि तुम्हें गो स्लो वाली पालिसी से डील किया जाना चाहिये।’’

‘‘आठ और दस में क्या फर्क है?’’

‘‘जब मानते हो कि कोई नहीं तो आठ का आर्डर कबूल करो।’’

‘‘मेरी कुछ पर्सनल प्राब्लम्स हैं जो बड़े आर्डर से ही हल हो सकती हैं।’’

‘‘हमें खबर है तुम्हारी पर्सनल प्राब्लम्स की। तुम धीरज रखो, तुम्हारे भाई का कर्जा अगली दो डीलिंग्स में चुक जायेगा, फिर तुम खुद भी मोटा मुनाफा कमाने की पोजीशन में पहुंच जाओगे।’’

चेहरे पर अनिश्चय के भाव लिये साहिल खामोश रहा।

‘‘हर काम ने अपने वक्त से ही होना होता है, साईं।’’ – अटलानी आश्वासनपूर्ण स्वर में बोला – ‘‘गाय को सांड दिखाते ही बछड़ा नहीं हो जाता।’’

‘‘भाव?’’

‘‘भाव वही जो सेटल हो चुका है। लेकिन एक बात उस सन्दर्भ में हम नयी कहना चाहते हैं।’’

‘‘क्या?’’

‘‘आज का अखबार पढ़ा?’’

‘‘पढ़ा।’’

‘‘चार सौ किलो हेरोइन एकमुश्त पकड़ी गयी, पन्द्रह बड़े ड्रग डीलर पकड़े गये, पढ़ा?’’

‘‘हां।’’

‘‘फसल कमजोर हो तो अनाज महंगा बिकता है।’’

‘‘मतलब?’’

‘‘मतलब ये कि यही बात ड्रग्स के धन्धे पर भी लागू है। इतनी हेरोइन एकमुश्त पकड़ी जाने का मतलब है कि आइन्दा दिनों में इसकी सप्लाई शार्ट होने वाली है।

अभी दो हफ्ते बाद देखना, हेरोइन की भारी शार्टेज होगी। तब भाव एकदम बढ़ेंगे। और दो-तीन हफ्ते बाद सप्लाई नार्मल हो जायेगी तो भाव नीचे आने लगेंगे। कहने का मतलब ये है कि अगला आर्डर तुम दो हफ्ते में सप्लाई कर सको तो हम दोनों को फायदा है।''

''आठ किलो दो हफ्ते में?''

''हां।''

''नहीं हो सकता।''

''करके दिखाओ तो रेट चालीस।''

''रेट साठ करो तो हिम्मत करता हूं।''

''चड़या है, साईं।''

''जब खुद मानते हो भाव बढ़ेगा तो मेरा खरीद का भाव भी तो बढ़ेगा!''

''हूं। ठीक है, पन्द्रह दिन में सप्लाई गारन्टी करो तो रेट पचपन।''

''फैसला खुद ही कर लिया! स्क्रूवाला या गोखले की ओके के बिना!''

''एक लिमिट तक मुझे अथारिटी है, अपनी लिमिट मैंने आजमा ली, या तो ये आफर कबूल करो या मैं तुम्हारी उन लोगों से मीटिंग का इन्तजाम करता हूं।''

''मुझे आफर कबूल है।''

''झूले लाल!''

सब-इन्स्पेक्टर राम बहादुर बिष्ट हालात का और जिन्दगी का सताया हुआ शख्स था जो कई बार खुदकुशी का इरादा कर चुका था लेकिन क्योंकि कायर था इसलिये इतना बड़ा कदम उठा पाने का खुद में कभी हौसला नहीं जुटा पाया था।

तेरह साल से वो पुलिस में सब-इन्स्पेक्टर था और अभी पता नहीं और कितने साल सब-इन्स्पेक्टर ही बना रहने वाला था। उसके दो भाई और कई और करीबी हमउम्र रिश्तेदार इन्डिया में, थाईलैंड में, आस्ट्रेलिया में तरक्की कर रहे थे और वो नेपाल में अपनी सब-इन्स्पेक्टरी के साथ घिसट रहा था।

ऊपर से उसकी फैमिली लाइफ इम्तहान लेने वाली थी। उसकी बीवी मोटी और फूहड़ थी, जवान लड़की विकलांग थी, लड़का नालायक, स्कूल ड्रापआउट था और कुण्ठा का मारा खुद वो मैंटल केस बनता जा रहा था।

और ऊपर से कोढ़ में खाज ये कि रोज आधी बोतल विस्की पीता था और हर छुट्टी वाले दिन जुआ खेलता था। जुए की लत की वजह से वो कजाई था, कर्जे की बाबत हर वक्त फिकमन्द रहता था इसलिये और जुआ खेलता था – इस उम्मीद में कि कभी तो किस्मत पलटेगी, कभी तो वो हारने की जगह जीतना शुरू करेगा। किस्मत साथ देती तो एक ही बार में वारे-न्यारे हो सकते थे। एक ही दांव ऐसा लग सकता था कि तमाम कंटक कट सकते थे।

उस रोज उसे ऐसा केस मिला था जिसमें एक ट्रक ड्राइवर से उसने रिश्वत में चार हजार रुपये झटक लिये थे। उन रुपयों के साथ बडी़ उम्मीद से वो नया बाजार स्थित एक होटल में पहुंचा था जहां काफी बड़े पैमाने पर गैरकानूनी जुआ होता था और जहां दो घन्टे में वो सारे पैसे हार गया था।

वो होटल के बाहर खड़ा बस का इन्तजार कर रहा था – टैक्सी का किराया भरने लायक रकम तो उसकी जेब में बची नहीं थी – कि एक मोटा ताजा सूटधारी व्यक्ति उसके करीब पहुंचा।

सब-इन्स्पेक्टर बिष्ट की उस पर निगाह पड़ी तो उसका चेहरा पीला पड़ गया।

उस शख्स का नाम देवकोटा था और वो वो शख्स था, देनदारी से आजिज जिससे वो उन दिनों छुपता फिर रहा था।

''अभी मेरे पास पैसा नहीं है।'' – देवकोटा के मुंह भी खोल पाने से पहले वो झुंझलाया-सा वोला – ''जब होगा, खुद पहुंचा दूंगा।''

''मुझे मालूम है पैसा नहीं है।'' – देवकोटा अपने स्वभाव के खिलाफ नर्मी से बोला – ''होता तो बस स्टैण्ड पर खड़े होते!''

बिष्ट ने असहाय भाव से गर्दन हिलाई।

''आज फिर पत्ता नहीं पड़ा?''

''हां।''

''ऐसे कैसे बीतेगी?''

''जैसे बीतेगी, बीतेगी। तुम्हें क्या! तुम्हारा पैसा तुम्हें मिल जायेगा।''

''बासठ हजार।''

''सब चुका दूंगा।''

''कैसे चुका दोगे?''

''बोला न, चुका दूंगा। बस थोड़ी देर पीछा छोड़ो।''

''पैसा वसूल करना मेरे लिये कोई बड़ी बात नहीं। मेरा पैसा आज तक कोई हज्म नहीं कर सका, भले ही वो पुलिस वाला हो या मिलिट्री वाला।''

''मैं भी नहीं करूंगा। भरोसा रखो।''

''मुझे तुमसे हमदर्दी है इसलिये मैं वसूली के वो तरीके तुम्हारे साथ इस्तेमाल नहीं करना चाहता जो तुम्हारी जगह कोई और होता तो मैं करता। मुझे तुमसे हमदर्दी है इसलिये समझो कि आज मैं वसूली के लिए नहीं, हमदर्दी जताने के लिये आया।''

बिष्ट उलझन में पड़ गया।

कैसी मक्खन से लिपटी जुबान बोल रहा था वो शख्स आज!

क्यों भला?

''आओ।'' – देवकोटा बोला।

''कहां?'' – बिष्ट सकपकाया।

''उधर मेरी कार खड़ी है। वहां।''

''लेकिन . . .''

''अरे, भई, समझो लिफ्ट दे रहा हूं। बस पता नहीं कब आयेगी!''

''ओह!''

वो उसके साथ हो लिया।

ब्लॉक के मोड़ पर एक शानदार लैंडक्रूजर खड़ी थी जिसकी ड्राइविंग सीट पर एक वर्दी और पीक कैपधारी ड्राइवर बैठा हुआ था।

अपने मालिक को आता देख कर वो कार में से निकला और उसने फुर्ती से पिछला दरवाजा खोला।

देवकोटा ने पहले थापा को कार में सवार होने दिया और फिर खुद उसके साथ बैठा।

ड्राइवर अपनी जगह पर आ बैठा। वो इंजन स्टार्ट करने लगा तो देवकोटा बोला – ''अभी चलते हैं।''

ड्राइवर ने सहमति में सिर हिलाया।

''बल्कि जाओ जरा टहल के आओ। मैं हार्न बजाऊं तो आना।''

आज्ञाकारी ड्राइवर कार में से निकला और फुटपाथ पर एक तरफ को चल दिया।

देवकोटा ने जेब से सोने का सिगरेट केस निकाला और उसे खोल कर बिष्ट की ओर बढ़ाता बोला – ''लो, सिगरेट पियो।''

बिष्ट ने हिचकिचाते हुए एक सिगरेट ले लिया, देवकोटा ने भी एक सिगरेट लिया और फिर सिगरेट केस में लगे लाइटर को जला कर दोनों सिगरेट सुलगाये।

''आजकल विस्की कौन सी पीते हो?'' – देवकोटा बोला।

''जो मिल जाये।'' – बिष्ट अनमने भाव से वोला।

''जैसे आज जानीवाकर ब्लैक लेबल मिलने लगी है।''

''क्या!''

मुस्कराते हुए उसने अगली सीट के पृष्ठभाग में लगा एक लिवर दबाया तो उनके सामने एक नन्हा-सा बार खुल गया। देवकोटा ने जानवीकर ब्लैक लेबल के दो ड्रिंक्स तैयार किये, सोडा साइफन से उनमें सोडे की फुहार छोड़ी और बिष्ट को ड्रिंक आफर किया।

बिष्ट ने हिचकिचाते हुए कीमती गिलास थाम लिया।

''चियर्स!'' – देवेकोटा बोला।

''चियर्स!'' -बिष्ट बोला।

देवकोटा ने थोड़ी विस्की चुसकी और फिर संजीदगी से बोला – ''कैसी जान

जोखम की नौकरी है पुलिस की! लेकिन हासिल कितना कमजोर है!''

''वो तो है!''

''बीवी पढ़ी-लिखी होती तो चार पैसे वो भी कमा लाती।''

बिष्ट ने सहमति से सिर हिलाया।

''ऊपर से लड़का नालायक। और ऊपर से विकलांग बेटी, जैसे-तैसे शादी तो जिसकी करनी ही होगी। मोटे दान दहेज के लालच में ही हो पायेगी। नहीं?''

''मेरी फैमिली के बारे में तुम इतनी बातें कैसे जानते हो?''

उसने जवाब देने की कोशिश न की। वो अपनी ही कहता रहा।

''तकदीर की मार तुम पर अच्छी पड़ रही है आजकल, लेकिन वो कहते नहीं हैं कि घूरे के भी दिन फिरते हैं?''

''मतलब?''

''समझो, भई। स्टेट एक्सप्रैस का सिगरेट पी रहे हो, जानीवर ब्लैक लेबल विस्की पी रहे हो। अभी मैं एक टेलीफोन काल लगाऊंगा तो अप्सरा सी नौजवान लड़की तुम्हारी खिदमत के लिये पहुंच जायेगी।''

''यहां?''

''यहां क्या कर पाओगे? बढ़िया होटल के बढ़िया कमरे में। खास तुम्हारा इन्तजार करती। कभी देखते हो तो कैसी लड़की के ख्वाब देखते हो? अपनी बानीरा शाह जैसी के? ऐश्वर्या राय जैसी के? जूलिया राबर्ट्स जैसी के?''

''क्या बात है?''

''किसी आदमी को, किसी बड़े आदमी को, किसी बड़े और असरदार आदमी को, तुम्हारी एक छोटी सी खिदमत की जरूरत है जिसके बदले में वो तुम्हारी बहुत बड़ी खिदमत कर सकता है।''

''क्या?''

''बल्कि खिदमतें'' – उसने बहुवचन पर खास जोर दिया – ''कर सकता है।''

''क्या?''

‘‘सुरा सुन्दरी तो मामूली खिदमतें हैं, ये तो तुम्हारी रोज हो सकती हैं।’’

‘‘अरे, क्या?’’

‘‘सबसे पहले तो समझ लो तुम्हारा कर्जा माफ।’’

‘‘बा-बासठ हजार रुपये! माफ?’’

‘‘हां। फिर लड़की की उम्दा शादी के लिये जो रकम चाहो, हाजिर। लड़के को कोई कारोबार कराना चाहो तो उसके लिये पूरा सरमाया, हाजिर। भविष्य के लिये किसी नकद रकम की ख्वाहिश करो, हाजिर। और भी जो जुबान से निकालो, हाजिर।’’

‘‘तुम मजाक कर रहे हो?’’

‘‘हरगिज नहीं।’’

‘‘मु-मुझे . . . मुझे क्या करना होगा?’’

‘‘सुनो, तुम्हें उस रात की याद है जब तुम पैट्रोल ड्यूटी पर थे तो रिंग रोड पर तिब्बती रिफ्यूज़ी कैम्प के करीब एक बी.एम.डब्ल्यू कार ने तुम्हारे एक मोटर साइकल पर सवार पुलिसकर्मी को अपनी चपेट में ले कर कुचल डाला था और वो पुलिस कर्मी – एक नौजवान कांसटेबल – ठौर मारा गया था?’’

बिष्ट अवाक् उसे देखता रहा।

‘‘याद कैसे नहीं होगा! तुम भी तो उस रात ड्यूटी पर थे और उस पुलिस पैट्रोल का हिस्सा थे जिसने बी.एम.डब्ल्यू. के ड्राइवर को गिरफ्तार किया था। तमाम वाकया तुमने अपनी आंखो से देखा था।’’

‘‘त-तमाम नहीं।’’

‘‘तमाम ही देखा था। तकरीबन सब कुछ देखा था।’’

‘‘हां। तकरीबन।’’

‘‘बतौर चश्मदीद गवाह कोर्ट में तुम्हारी गवाही हुई थी।’’

‘‘होनी ही थी। वो गवाही देना मेरी नौकरी का हिस्सा था, मेरा फर्ज था।’’

‘‘सरासर था।’’ – एकाएक देवकोटा मुस्कुराया – ‘‘और फर्ज निभाना पड़ता है। एक क्या, सारे फर्ज निभाने पड़ते हैं। अपाहिज बेटी की शादी करना फर्ज है।

नालायक बेटे को बारोजगार बनाना फर्ज है। भविष्य के लिये चार पैसों का जुगाड़ करना फर्ज है। कर्जा चुकाना फर्ज है। ऐश्वर्या राय के सपने देखते फूहड़ बद्सूरत बीवी से निबाहना फर्ज है। तुम समझ रहे हो मेरी बात?''

''अब समझ रहा हूं।''

''गवाही देते वक्त जाने अनजाने कई बार गलतबयानी हो जाती है। हो जाती है तो ऐसी गलतबयानी को सुधारना पड़ता है। समझ रहे हो न?''

''हां।''

''बढ़िया। अब घर खुशी से बल्लियां उछलते जाना चाहते हो या इस फिक्र के बोझ से दबे जाना चाहते हो कि कल तुम ने कर्जा लौटना है?''

''कल?''

''पूरी रकम।''

वो खामोश हो गया।

''मुझे जवाब की कोई जल्दी नहीं है, तुम जवाब सोचो, मैं तुम्हारे लिये नया पैग बनाता हूं।''

''बोरिस'' में पहले वाले ही वक्त पर साहिल सरीन की रायामांझी से फिर मुलाकात हुई।

''कब लौटे?'' – उसने पूछा।

''कल रात को।'' – साहिल बोला – ''एक दिन वेस्ट करके भी लेट ईवनिंग फ्लाइट में जगह मिली।''

''कैसी बीती?''

''ठीक।''

''अपनी पहली कामयाबी पर मेरी बधाई कबूल करो।''

''थैंक्यू।''

''लिहाजा अब मेरी रकम मुझे वापिस मिल जाने में कोई अड़ंगा नहीं आने वाला।''

''उम्मीद तो ऐसी ही है!''

''अभी कितनी रकम लौटा रहे हो।''

''अभी नहीं . . .''

''अभी नहीं?''

''दो आर्डर और डिलीवर होने दो, फिर एकमुश्त सारी।''

''दो आर्डर इकट्ठे मिल गये?''

''नहीं, अभी एक ही मिला है। लेकिन उस एक के बाद बड़े – बढ़े हुए – आर्डर के मिलने की गारन्टी है।''

''बहरहाल एक तो मिला ही है?''

''हां।''

''डिलीवर करने का इरादा भी है?''

''हां।''

''पहली कामयाबी ने दिलेर बना दिया!''

साहिल खामेश रहा।

''अब क्या है आर्डर?''

''आठ किलो।'' – साहिल बोला।

''टाइम?''

''बड़ी हद दस दिन।''

''इतनी बड़ी मिकदार और इतना छोटा वक्फा! वाकई दिलेर हो गये हो। हामी भर दी?''

''हां।''

''अखबार में रेड्स की इतनी बड़ी खबर पढ़ी होने के बावजूद! अखबार में चार सौ किलो माल पकड़ा गया होने की खबर है, असल में छ: सौ किलो से ऊपर पकड़ा गया है। नतीजतन भारी शार्टेज है, भारी खतरा है।''

''तुम तो कहते थे कि उन रेड्स से तुम्हें फर्क नहीं पड़ता था?''

''नहीं पड़ता, क्योंकि मेरे बॉस के पास हर रेड की जानकारी एडवांस में पहुंच

जाती है, लेकिन फिर भी प्राब्लम है।''

''क्या?''

''माल हासिल करना मुश्किल है मौजूदा हालात में।''

''तुम्हारा अपना स्टॉक कहां गया?''

''सब बिक गया। उन रेड्स के बाद होने वाली शार्टेज की दहशत में सब आनन-फानन बिक गया। जो भाव मांगा, वो मिल गया।''

''आठ किलो तुम्हारे लिये बहुत मामूली मिकदार है, उसका इन्तजाम तो तुम्हें करना ही होगा।''

''मुश्किल है।''

''नामुमकिन तो नहीं है न!''

''हां, नामुमकिन तो नहीं है!''

''फिर क्या बात है! अब बोलो, रेट क्या लगेगा?''

''तीस।''

''क्या! अट्ठारह की जगह तीस!''

''माल है ही नहीं।''

''ये लूट है।''

''ये रेट भी तुम्हारे लिये है। वर्ना और खरीदार पैंतीस देते हैं, चालीस देते हैं, तीन हफ्ते तक का इन्तजार करने को भी तैयार हैं।''

''तुम इतना ऊंचा रेट लगाओगे तो फिर एक और डील में मेरे भाई का कर्जा तो नहीं उतरेगा।''

''उसके बाद एक डील और कर लेना। तब तक रेट भी नीचे आ जायेगा।''

''तुम कोई रियायत नहीं कर सकते?''

''रियायत दूसरे तरीके से हो जायेगी।''

''कैसे?''

''मैंने अपने बॉस से बात की है, उसे तुम्हारे भाई से कोई हमदर्दी नहीं लेकिन तुम्हारे से है। इसलिये उसने ब्याज का रेट पांच सौ फीसदी से घटाकर साढ़े तीन

सौ फीसदी चार्ज करना कबूल कर लिया है। अब खुश हो के दिखाओ।''

साहिल खुश न हो पाया। उसे तो लग रहा था कि वो एक चक्रव्यूह की लपेट में था जिसमें वो गहरा, और गहरा, धंसता चला जा रहा था।

''अब कुछ बोलो तो सही!''

''क्या बोलूं?'' – साहिल कातर भाव से बोला – ''तुम्हारे बॉस का ये कम रेट वाला भी रोजाना लगने वाला ब्याज तो मेरे भाई को तबाह कर देगा। जब तक तुम मेरे लिये हेरोइन की नयी खेप का इन्तजाम करोगे, तब तक तुम्हारा खूनी ब्याज मूल में जुड़-जुड़कर कर्जे की रकम को पता नहीं कहां से कहां पहुंचा देगा!''

''देखो, दो बातों को आपस में गड्ड मड्ड मत करो। तुम्हारे भाई का कर्जा अलग मसला है और तुम्हारी माल की जरूरत और उस से तुम्हें होने वाला नफा-नुकसान अलग मसला है।''

''मेरे लिये नहीं है।''

''हमारे लिये है। तुम दो किलो हेरोइन बेच कर रकम कमा चुके हो लेकिन उससे भाई के कर्जे का कोई हिस्सा चुकता करने के इच्छुक नहीं जान पड़ते हो, तुम उसे और हेरोइन खरीदने में लगाना चाहते हो।''

''उसके लिये भी तो रकम काफी नहीं।''

''तुम्हारे पास कितनी रकम है?''

''सत्तर लाख रुपये।''

''यानी कि डालर में कोई एक लाख चालीस हजार।''

''सारा ही मुनाफा नहीं है, इसमें लागत भी है जो मेरा ईश्वर ही जानता है मैंने कैसे मुहैया की थी।''

''इतने में तो पिछला रेट भी लगे तो आठ किलो माल नहीं आता।''

''कुछ करो न! प्लीज!''

''मुझे तुम्हारे भाई से कोई हमदर्दी नहीं लेकिन तुम्हारे से है इसलिये करता हूं।''

''क्या?'' – साहिल आशापुर्ण स्वर में बोला।

''नकद पेमेंट करो तो रेट पच्चीस। इतनी बड़ी रियासत पर मेरा बॉस मेरी खाल खींच लेगा लेकिन मैं तुम्हारी खातिर खिंचवा लूंगा। दो लाख डालर की एडवांस पेमेंट करो, दो दिन बाद माल ले जाओ।''

''बाकी के साठ हजार डालर मैं कहां से लाऊंगा!''

''वो तुम्हारी प्राब्लम है।''

साहिल अवाक् उसका मुंह देखता रहा।

''मैं जानता हूं'' – वो मुस्कुराता हुआ बोला – ''इस वक्त तुम क्या सोच रहे हो!''

''क्या सोच रहा हूं?''

''तुम मेरे सर्वनाश की कोई तरकीब सोच रहे हो . . .''

''नहीं।''

'' . . .लेकिन यकीन जानो कोई तरकीब नहीं है। बड़ी हद तुम पुलिस के पास जा सकते हो लेकिन उसका नतीजा गम्भीर होगा!''

''तुम मुझे मार डालोगे, मेरी मां को मार . . .''

''वो बाद में। बाद में। पहले कुछ और।''

''और क्या?''

''तुम्हारी माशूक दिल्ली से लौट आयी है। एरपोर्ट पर देखा मैंने उसे। स्पेशल गया देखने। बहुत खूबसूरत है। इतनी अच्छी सूरत का तेजाब क्या हाल कर सकता है, सोच कर'' – उसने प्रत्यक्षत: झुरझुरी ली – ''मुझे कुछ होता है। अब सोचो तुम्हें, जिसके दिलोजान की वो जीनत है, क्या कुछ नहीं होगा?''

साहिल अवाक् उसका मुंह देखता रहा।

''दूसरे, तुम एक आदमी से लड़ सकते हो, आर्गेनाइजेशन से नहीं लड़ सकते। पुलिस की शरण में जाकर तुम मुझे गिरफ्तार करा सकते हो, मेरा खून तक कर सकते हो, लेकिन मैं एक बहुत बड़ी बिसात का बहुत छोटा

मोहरा हूं। मेरी लाश पर से गुजर कर आगे बढ़ोगे तो कोई रास्ता सूझता नहीं पाओगे। फिर अपने अजीजों का मरा मुंह तुम देखोगे और तुम्हारा मरा मुंह दुनिया देखेगी।''

वो एक क्षण ठिठका और फिर बोला – ''तीसरे, अगर मैं नारकॉटिक्स सप्लायर हूं तो तुम अब नारकॉटिक्स स्मगलर हो। कानून की निगाहों में दोनों में उन्नीस-बीस का ही फर्क होता है। तुम समझते हो कि तुम मुझे गिरफ्तार करा सकते हो, लेकिन में जानता हूं मैं तुम्हें गिरफ्तार करा सकता हूं। नतीजा ये होगा कि नाखू जेल में हम दोनों अगल-बगल की कोठरियों में ही होंगे। वहां से मेरे मेहरबान तो मुझे छुड़ा लेंगे, तुम्हारा क्या होगा? तुम एक सुहानी सुबह शावर बाथ से लटके पाये जाओगे।'' – एकाएक वो उठ खड़ा हुआ – ''मैं चलता हूं। मर्जी बने तो रकम तुम्हें मालूम है कहां पहुंचानी है!''

कितनी ही देर हैरान परेशान साहिल दिल्ली बाजार में ही इधर से उधर, उधर से इधर टहलता रहा।

रह-रह कर उसकी आंखों के सामने स्यू का तेजाब से झुलसा हुआ चेहरा घूम जाता था और वो सिर से पांव तक कांप जाता था।

हे भगवान! किस जंजाल में जान डाल बैठा था वो! ऐसा बेबस तो उसने अपनी जिन्दगी में खुद को पहले कभी महसूस नहीं किया था।

पुलिस की शरण में जाना उसे वाकई बेकार लगने लगा था। पुलिस उसका क्या बचाव कर सकती थी! – पुलिस जेल में उसके भाई का क्या बचाव कर सकी थी! भक्तपुर में पुलिस के गार्ड को पता भी नहीं लगा था कि कब और कयोंकर कोई उसकी मां के लाक्ड फ्लैट में दाखिल हुआ था – रायामांझी की गिरफ्तारी भी किस काम आने वाली थी!

ड्रग लार्डस क्यों इतने अजेय थे, क्यों इतने सर्वशक्तिमान थे?

रायामांझी ने जो कहा था, ठीक कहा था; वो उसे मिटा सकता था, उस के बॉस को नहीं मिटा सकता था, क्योंकि बॉस कौन था और कितना शक्तिशाली

था, ये तो वो जानता ही नहीं था। वो वाहिद शख्स से लड़ सकता था, सिस्टम से नहीं लड़ सकता था।

और ये बात भी उसने कितनी सच – चुभने वाली लेकिन सच – कही थी कि अब वो भी नारकॉटिक्स स्मगलर था और रायामांझी की तरह ही हमाम में नंगा था। जमा, एक बार वो अपने मिशन में कामयाब हो गया था, लेकिन इस बात की कोई गारन्टी नहीं थी कि अगली बार भी कामयाबी ही उसे नसीब होने वाली थी।

अब उसकी मौजूदा प्राब्लम का एक ही हल था कि हेरोइन उसे कहीं से सस्ते रेट पर मिलती, वक्त रहते सस्ते रेट पर मिलती, इतने सस्ते रेट पर मिलते कि अगले एक ही फेरे के बाद वो भाई का मुकम्मल कर्जा चुका चुकने की स्थिति में पहुंच जाता।

लेकिन ऐसा क्योंकर होता?

नेपाल में तो एक ही ड्रग लार्ड का एकछत्र राज जान पड़ता था।

नेपाल से बाहर! गोल्डन ट्रायंगल में कहीं!

उस बाबत एक ही शख्स उसकी कोई रहनुमाई कर सकता था, और वो खुद उसका भाई था।

सुनीत तब तक जेल में वापिस पहुंच चुका था।

विजिटर्स रूम में जाली से आरपार साहिल की उससे मुलाकात हुई।

सुनीत ने संजीदगी से उसकी बात सुनी, उसको समझा।

''थाईलैंड।'' – वो बोला – ''सबसे करीबी जगह यही है जहां कि ये काम हो सकता है।''

''मियांमार क्यों नहीं?''

''वहां कम्पीटीशन ज्यादा है। वो सारी दुनिया के नारकॉटिक्स स्मगलर्स का अड्डा है, वहां किसी नये आदमी की समायी मुश्किल है। नया आदमी, जो कि तू है, छोटे भाई।''

''वहां अभी इतनी बड़ी रेड हो के हटी है।''

''वो और भी अच्छा है। तूफान के बाद माहौल शान्त होता है।''

''लेकिन शार्टेज! इतने बड़े सीजर के बाद . . .''

''वो बड़ा सीजर है लेकिन इतना बड़ा सीजर नहीं कि ड्रग्स के व्यापक धन्धे की व्यवस्था चरमरा जाये। अभी तक वहां मियांमार से, लाओस से – यहां तक कि कम्बोडिया से भी – बेतहाशा हेरोईन पहुंच चुकी होगी।''

''वहां क्या रेट होगा?''

''यहां से आधा तो यकीनन। और भी कम हो सकता है। बार्डर पर ही पहुंच जाओ तो इससे भी कम।''

''कितना?''

''एक किलो के छः-साढ़े छः हजार डॉलर। बड़ी हद सात।''

''यानी कि'' – साहिल मन्त्रमुग्ध स्वर में बोला – ''आठ किलो बड़ी हद छप्पन हजार डालर में?''

''हां।''

''टाइम?''

''एक या दो दिन।''

''पंगा क्या है?''

''माल को थाईलैंड से निकालना। हालिया रेड की रू में ये काम और भी मुश्किल होगा।''

''कितना भी मुश्किल हो। करना यही पड़ेगा। और कोई रास्ता नहीं।''

''छोटे भाई, मैंने तेरे सवाल का जवाब दिया है, मैंने तुझे ये बताया है कि हेरोइन सस्ती – बहुत सस्ती, डर्ट चीप – कहां से मुहैया हो सकती है लेकिन इसका मतलब ये नहीं है कि तू वहां टहलता हुआ जायेगा, नोट फेंकेगा और माल यूं खरीद के चला आयेगा जैसे किसी पनवाड़ी की दुकान से सिगरेट का पैकेट खरीदा हो।''

''क्या मतलब?''

''ये काम कान्टैक्ट्स के बिना नहीं हो सकता और कान्टैक्ट्स आसानी से नहीं मिलते। तुझे सोचना चाहिये था कि जब खरीद का ये सस्ता तरीका मुझे मालूम था तो इसे मैंने खुद क्यों न आजमाया! जवाब ये है कि आजमाया, बराबर आजमाया। एक बार गया थाईलैंड मैं, जाकर पूरा एक महीना बैंकाक और चियांग माई के धक्के खाये, पल्ले क्या पड़ा! होटल का बिल।''

''अच्छा!''

''हां। उधर कोई सप्लायर फिट करने में सात-आठ महीने लगते हैं और तेरे पास कितना टाइम है! दो हफ्ते का।''

''रायामांझी के पास माल कहां से आता है? जब वो लोग इतना मुनाफ कमाते हैं तो वहीं से तो आता होगा जहां माल सब से सस्ता है!''

''करैक्ट। लेकिन रायामांझी की पीठ पर बड़ा ड्रग लार्ड है जो कि इस धन्धे का पुराना खिलाड़ी है इसलिये उसके कान्टैक्ट्स पुराने बने हुए हैं। वो लोग अपने सालों पुराने कान्टैक्ट्स तेरे से थोड़े ही शेयर करने लग जायेंगे!''

''उन्हें ऐसा करने के लिये मनाया जा सकता है।''

''कैसे? जादू के जोर से?''

''जादू के जोर से तो नहीं लेकिन . . . कोई तो तरीका होगा!''

''होगा तो हमारे पास कहां से होगा! हम क्या हैं? हम महज उन लोगों के देनदार हैं, कर्जाई हैं। एक कर्जाई की उनकी निगाह में क्या औकात है?''

''औकात बनानी होगी।''

''कैसे?''

''सोचूंगा।''

उसी रात वो रायामांझी से ''पैनोरमा'' क्लब में मिला।

''अब क्या है?'' – रायामांझी अप्रसन्न भाव से बोला।

''बकौल तुम्हारे, तुम्हें मेरे से हमदर्दी है।'' – साहिल संजीदगी से बोला – ''हमदर्दी हमदर्द को होती है। हमदर्द बन के मेरा एक काम करो, जिन्दगी भर

तुम्हारा अहसान नहीं भूलूंगा।''

''क्या करूं?''

''मेरी मदद करो, ताकि ड्रग्स में मेरा अगला डील मेरा आखिरी डील हो।''

''दम निकल गया?''

''दम तो शुरू से ही निकला हुआ है।''

''क्या मदद चाहते हो?''

''या तो सवा लाख डालर में आठ किलो हेरोइन तुम मुझे दो . . .''

''सवा लाख में! लालच इतना हावी हो गया!''

''मैं तुम्हारा इशारा समझ रहा हूं। खच्चर की फीस भी तो अदा करनी होगी।''

''इसलिये मैं तुम्हें सवा लाख में आठ किलो हेरोइन दूं?''

''हां।''

''पच्चीस की जगह साढ़े पन्द्रह का रेट लगाऊं?''

''हां।''

''लूट मची है?''

''या मेरी मदद करो।''

''क्या मदद करूं?''

''तुम मुझे कुछ कहने तो देते नहीं हो! बीच में टोक देते हो।''

''क्या मदद करूं?''

''मैं थाईलैंड जाना चाहता हूं। बार्डर पर हेरोइन सस्ती मिलती है। एक, सिर्फ एक, परचेज के लिये मुझे अपने सप्लायर से इन्ट्रोड्यूस करा दो, मैं ताजिन्दगी तुम्हारा अहसान नहीं भूलूंगा।''

वो हैरानी से साहिल का मुंह देखने लगा।

फिर यूं लगा जैसे ताव खाने लगा हो।

लेकिन आखिरकार जब बोला तो शान्ति से बोला – ''इतनी रिसर्च कर ली?''

साहिल खामोश रहा।

''आठ किलो हेरोइन के लिये तुम गोल्डन ट्रायंगल में पहुंच बनाना चाहते हो? क्या समझते हो तुम अपने आपको? तुम साले मेंढक! एक मामूली कामयाबी हासिल हो गयी तो समझते हो कि बदन फुला के बैल बन सकते हो!''

''मेरी खिल्ली न उड़ाओ।'' – साहिल दयनीय स्वर में बोला – ''मैं मरता क्या न करता की स्थिति में हूं।''

''तुम मरता ही मरता की स्थिति में हो।''

''मेरा अपने थाई सप्लायर से कान्टैक्ट करा दो, मेरे पर जो बीतेगी, मैं कुबूल कर लूंगा।''

''नहीं कराऊंगा तो?''

''तो अपना कर्जा डूब गया समझ लो।''

''धमका रहे हो!''

''फरियाद कर रहा हूं। मैं सिर्फ एक आखिरी आर्डर सप्लाई करना चाहता हूं, उसके बाद मैं इस धन्धे से कोई वास्ता नहीं रखना चाहता। उस एक ही आर्डर के हासिल से तुम्हारा कर्जा पूरे का पूरा चुक जाये, इसके लिए मैं कोई भी खतरा मोल लेने को तैयार हूं। अगर ये मरता ही मरता की स्थिति है तो मैं जान की बाजी खेलने को तैयार हूं। जो मदद मैं चाहता हूं, वो तुम मेरी कर दोगे तो तुम्हारा कर्ज चुक जायेगा वर्ना उसे डूब गया समझो।''

''कर्जा वसूली के हमारे पास और भी तरीके हैं।''

''मालूम है। तेजाब की बारिश करा दोगे। खून के दरिया बहा दोगे। लेकिन अब जब सौदा सिर-धड़ का है तो खामोश मैं भी नहीं बैठूंगा।''

''तुम क्या करोगे?'' – वो उपहासपूर्ण स्वर में बोला।

''देखना। बताने से क्या होगा!''

''चैलेंज कर रहे हो?''

''हकीकत बयान कर रहा हूं।''

''तुम्हारा, तुम्हारे भाई का, तुम्हारी मां का, तुम्हारी माशूक का, सब का मुकाम श्मशान घाट होगा।''

''कोई बात नहीं लेकिन मरना ही है तो मार के मरूंगा।''

''क्या करोगे?''

''पुलिस के टॉप बॉस के पास जाऊंगा। मेरी गर्लफ्रेंड बी.बी.सी. की कारस्पांडेंट है, सारे वर्ल्ड के मीडिया को साथ ले कर वो मेरे साथ जायेगी, फिर तुम और तुम्हारा ड्रगलार्ड मीडिया की ताकत देखना।''

उसके चेहरे पर चिन्ता के भाव आये।

''सब से पहले मेरी उंगली तुम्हारी तरफ उठेगी और सब से पहली गिरफ्तारी तुम्हारी होगी। रायामांझी, पालतू कुत्ते को भी ज्यादा दबाओ तो वो काट खाता है, मैं तो फिर इंसान हूं। दबाव डालना आसान होता है लेकिन कब किस पर कितना दबाव डालना है, ये तजुर्बे का काम है जो मुझे नहीं लगता तुम्हें हासिल है। तुमने लोगों को गाय-भैंसों की तरह हांकना ही सीखा है, ये नहीं सीखा कि जानवर भड़क जायें तो सींग भी मारते हैं। सो देयर।''

वो अवाक् उसका मुंह देखता रहा।

''बात का लुब्बोलुआब ये है कि गोल्डन ट्रायंगल के अपने कान्टैक्ट से मेरा परिचय कराओ ताकि मैं कम से कम कीमत पर आठ किलो हेरोइन खरीद कर आगे सप्लाई कर सकूं और अपने भाई का कर्जा एकमुश्त चुकता करने की स्थिति में पहुंच सकूं। यही एक तरीका है जिससे तुम राजी, मैं राजी, मेरा भाई राजी, सब राजी। इसका विकल्प खून की होली है जो तुम खेल सकते हो। लेकिन सोचो, उससे किस को फायदा होगा? किसी को भी नहीं।'' – वो उठ खड़ा हुआ – ''मैंने जो कहना था कह दिया, आगे तुम तोता मारो, मुर्गा मारो, इंसान मारो – या न मारो – तुम्हारी मर्जी।''

रायामांझी ''पैनोरमा'' के मैनेजर के कमरे में पहुंचा।

''उठो।'' – वो अधिकारपूर्ण स्वर में बोला – ''आधे घंटे में आना।''

मैनेजर ने सहमति में सिर हिलाया और चुपचाप उठकर वहां से चला गया।

पीछे रायामांझी मैनेजर की कुर्सी पर बैठ गया, उसने अपना सिगरेट लाइटर जला कर खड़ा करके अपने सामने मेज पर रखा, जेब से हेरोइन की पुड़िया और एल्यूमीनियम की पन्नी निकाली, पन्नी को खोलकर हेरोइन का पाउडर उस पर डाला और पन्नी को लाइटर की लौ के ऊपर किया। तत्काल हेरोइन के महीन कण पिघलने लगे और उन में से भाप सी उठने लगी। उसने भाप को कई बार अपने नथुनों से भीतर खींचा। भाप उसके फेफड़ों से टकराई तो उसकी छाती में जैसे अनार फूटने लगे।

आह!

कुछ क्षण बाद उसने पन्नी को डस्टबिन में फेंका और लाइटर को बुझा कर अपनी जेब के हवाले किया।

अब उसकी खोपड़ी हवा में तैर रही थी और वो सपनों के संसार में विचर रहा था।

सालों से ड्रग का धन्धा करता वो खुद ड्रग एडिक्ट बन गया था और इसका उसे कोई अफसोस नहीं था।

वो साहिल सरीन के बारे मे सोचने लगा।

क्या किया जाये?

मार दिया जाये उस खुशफहम शख्स को या छोड़ दिया जाये!

वो चौधरी से मशवरा करता तो जवाब क्या मिलता, उसे मालूम था। वो निहायत बेरहम, बेमुरव्वत शख्स था जो कभी कोई कम्प्रोमाइज नहीं करता था। और पता नहीं मीडिया की ताकत को वो खातिर में लाता या नहीं।

लेकिन वो, रायामांझी, समझता था कि व्यापक प्रचार से बचने में ही उन लोगों की भलाई थी। दूसरे, साहिल ने एक बात बहुत पते की कही थी।

दबाव डालना आसान होता है लेकिन कब, किस पर कितना दबाव डालना है, ये तजुर्बे का काम है।

जिस को भी जरूरत से ज्यादा दबाया जाये, वो पलट कर वार जरूर करता है, भले ही वो कितना ही कमजोर क्यों न हो।

वो ठीक कहता था। कुत्ता हमेशा ही च्याऊं च्याऊं करता दुम दबा कर नहीं भागता, कभी टांग भी पकड़ लेता है।

वो लड़का ब्रेकिंग प्वायन्ट पर पहुंचा हुआ था, वो कुछ भी कर सकता था।

तो क्यों पंगा लिया जाये? क्यों हालत आ बैल मुझे मार जैसी की जाये? उन को अपनी रकम की वसूली से मतलब था, बाकी वो मौत के मुंह में खुद कदम रखता था तो पड़ा रखता रहे।

ठीक।

और फिर आगे अपना मुकाम पाने के लिये कभी एक कदम पीछे भी तो हटाना पड़ता था!

ठीक।

उसने साहिल के मोबाइल पर फोन लगाया।

''कल ''बोरिस'' में लंच मेरे साथ करना।'' – वो फोन में बोला और उसने फोन बन्द कर दिया।

इस बार सच में लंच हुआ।

दोनों ने खामोशी से खाना खाया।

''तुम्हें थाईलैंड में चियांग माई जाना होगा।'' – फिर वो बोला और उसने एक लिफाफा साहिल की तरफ बढ़ाया – ''इसमें वहां के थारांग योसविचित नाम के एक शख्स के नाम तुम्हारा लेटर आफ इन्ट्रोडक्शन है। लिफाफा खुला है, चिट्ठी पढ़ लेना। इसमें तुम्हें थाईलैंड के ट्रेडीशनल हैंडीक्राफ्ट्स का खरीदार बताया गया है और तुम्हें पूरी तरह से भरोसे का आदमी बताया गया है।''

''ये योस . . . योस . . .''

''विचित।''

''ये योसविचित बिचौलिया है?''

''हां।''

''कहां मिलेगा?''

‘‘चियांग माई में योसविचित को तुम्हारी आमद की खबर होगी। वो खुद तुमसे कान्टैक्ट करेगा।’’

‘‘कब?’’

‘‘जब वो मुनासिब समझेगा। ऐसा दो दिन में हो सकता है, दो हफ्ते में हो सकता है और नहीं भी हो सकता।’’

‘‘ओह! तो फिर मैं भरोसे का आदमी क्या हुआ?’’

‘‘भरोसे के आदमी को भी परखना पड़ता है, खासतौर से तब जब कि वो नया हो।’’

‘‘ओह!’’

‘‘और डील दोतरफा मर्जी से होता है; तुम डील करना चाहते हो, वो नहीं चाहता तो डील क्योंकर होगा?’’

‘‘ओह!’’

‘‘तुम उसकी परख पर खरे उतरोगे, तभी वो तुम्हारे सामने आयेगा।’’

‘‘ओह!’’ – वो एक क्षण चुप रहा और फिर बोला – ‘‘असल सप्लायर कौन है?’’

‘‘वो लाओस से है?’’

‘‘नाम क्या है?’’

‘‘दसाप्रतामा।’’

□□

वो अन्धेरी तूफानी रात थी और ऊबड़-खाबड़ रास्तों पर खड़-खड़ करती जीप का सफर था। रास्ते में धूल के गुबार उड़ रहे थे और धूल साहिल के चिपचिपाते जिस्म पर पलस्तर की तरह जम रही थी। तीन घन्टे पहले चियांग माई से वो उस खराब पहाड़ी रास्ते पर चले थे। वो रास्ता आखिरकार खत्म

हुआ तो आगे समतल जमीन के दर्शन हुए थे। उससे आगे फिर पेड़ों से ढंकी पहाड़ियां थीं।

साहिल ने अपनी कलाई घड़ी पर निगाह डाली तो दो बजे पाये।

''उतरो।'' – योसविचित बोला।

वो कोई चालीस साल का दुबला-पतला क्लीनशेव्ड थाई था जो कि मामूली कमीज-पतलून पहने था और आंखों पर निगाह का चश्मा लगाये था। देखने में वो कालेज का प्रोफेसर लगता था लेकिन असल में चियांग माई में उसका हैंडीक्राफ्ट्स का शोरूम था जोकि उसके असल कारोबार की ओट था, फ्रंट था। बीस साल से वो ड्रग्स के धन्धे में था लेकिन उसने दलाली से आगे बढ़ने की कोशिश नहीं की थी। वो ड्रग्स न खरीदता था, न बेचता था, न हैंडल करता था। वो तो बीच का स्टेशन था जहां माल गाड़ी बदलता था। दलाली के अलावा कभी कभार, जब दलाली का धन्धा कमजारे हो, वो अफीम को मोर्फीन में और मोर्फीन को हेरोइन में तब्दील करने में काम आने वाला रॉ मैटीरियल – जैसे कि तेजाब, ईथर, क्लोरोफार्म, चारकोल, अल्कोहल – सप्लाई करता था।

वो उसका खानदानी धन्धा था जो उसके दादा से उसके बाप तक और उसके बाप से उस तक पहुंचा था इसलिये उसके थाई पुलिस से और तमाम बड़े हेरोइन उत्पादकों से घने सम्बन्ध थे।

साहिल को उसने ज्यादा इन्तजार नहीं करवाया था, उसके चियांग माई पहुंचने के अगले दिन ही वो उसके पास पहुंच गया था लेकिन आगे दसाप्रतामा से मीटिंग सैट करने में उसने छः दिन लगाये थे।

''लाओस यहां से उधर सिर्फ एक मील दूर है।'' – वो बोला – ''और उधर दूसरी तरफ मियांमार की सीमारेखा सिर्फ दस मील दूर है। ये जगह मियांमार, थाईलैंड और लाओस के बीच नो मैन लैंड है और गोल्डन ट्रायंगल का धुरा कहलाती है।''

आसमान में दूर कहीं रह रह कर बिजली चमकती थी और क्षण भर को सारे

इलाके को रोशन कर देती थी। उस रोशनी में साहिल को आगे एक टूटी-फूटी, खंडहर-सी इमारत खड़ी दिखाई दे रही थी।

''वो क्या है?'' – उसके मुंह से निकला।

''कभी टिम्बर मिल थी।'' – योसविचित बोला – ''लकड़ी चीरने को आरा मशीनें चलती थीं, अब कुछ नहीं है।''

''वही हमारी मंजिल है?''

''हां।''

''वहां कब तक इन्तजार करना होगा?''

''कुछ कहा नहीं जा सकता। इन्तजार लम्बा हो सकता है, छोटा हो सकता है, या नहीं भी हो सकता।''

''नहीं भी हो सकता?''

''हां।''

''वो कैसे?''

''दसाप्रतामा हमसे पहले वहां पहुंचा हो सकता है।''

''ओह!''

''और पहले ही हमारी निगाहबीनी कर रहा हो सकता है।''

''किसलिये?''

''तुम्हे परखने के लिये।''

''इस अन्धेरे में?''

''उसे खतरे की सूंघ लग जाती है।''

''उसे ऐसी कोई सूंघ लगी तो वो क्या करेगा?''

''वापस चला जायेगा।''

''फिर क्या फायदा हुआ?''

''फिर कभी और, कहीं और मीटिंग फिक्स की जायेगी।''

''ये तो कोई बात न हुई। यानी कि सारी रात खोटी करने के बाद भी नतीजा सिफर!''

''वो बहुत खबरदार रहने वाला आदमी है। तुम्हारी खातिर वो अपना मिजाज नहीं बदल सकता।''

''इस वक्त उसे कौन से खतरे की सूंघ लग सकती है?''

''नहीं लग सकती तो मुलाकात हो जायेगी।''

''न हुई तो मैं क्या करूंगा? छः दिन तो ये मीटिंग सैट होने में लगे, अगली में हो सकता है सोलह लगें। मेरे पास तो इतना टाइम मार्जन नहीं है।''

वो खामोश रहा।

''और फिर तुम मुझे लाये हो, तुम उसके आदमी हो, सारे रास्ते कनफर्म करते आये हो कि कोई हमारे पीछे नहीं लगा था, फिर खतरे का क्या मतलब?''

''मिस्टर सरीन, दिस इज गोल्डन ट्रायंगल। हेयर यू कैन नाट बी टू केयरफुल। इन पहाड़ियों में मुखबिरों की और सरकारी भेदियों की भरमार है जो कभी भी, कोई भी गुल खिला सकते हैं। बार्डर के पार, लाओस में दसाप्रतामा सेफ है लेकिन बार्डर से इधर तसवीर बदल जाती है इसलिये वो जितनी भी सावधानी बरते, थोड़ी है।''

''वो लाओसवासी है?''

''वो सर्वत्रवासी है। लाओस में है तो लाओसवासी है, थाईलैंड में है तो थाई है, कम्बोडिया में है तो कम्बोडियन है, बर्मा में है तो बर्मीज है, बंगलादेश में है तो बंगलादेशी है, नेपाल में है तो नेपाली है।''

''कमाल है!''

''वो दस जुबानें जानता है और खुदा ने उसे ऐसी सूरत दी है कि वो जहां जाता है वहीं का लगने लगता है। नेपाल में मिलोगे तो नेपाली लगेगा, बंगलादेश में मिलोगे तो मुसलमान लगेगा, थाईलैंड में मिलोगे तो थाई लगेगा वगैरह लेकिन असल में वो कहीं और का ही है।''

''कहां का?''

''तुम शरीफ आदमी हो इसलिये तुम्हें बताता हूं। असल में वो इन्डियन है। तुम्हारी तरह भारतवासी है।''

‘‘क्या!’’

‘‘मैं सच कह रहा हूं।’’

‘‘ये नाम, दसाप्रतामा . . .’’

‘‘माता प्रसाद को उलट कर बनाया गया है।’’

‘‘कम्माल है!’’

वो खंडहर इमारत के करीब पहुंचे।

‘‘अगर आज की मीटिंग, भगवान न करे, फेल हो गयी।’’ – वो चिन्तित भाव से बोला – ‘‘तो दूसरी मीटिंग इसी शख्स से फिक्स की जाना जरूरी है।’’

‘‘क्या मतलब?’’

‘‘इधर उस जैसे और भी तो डीलर होंगे?’’

‘‘हैं लेकिन मेरे ताल्लुकात सिर्फ दसाप्रतामा से हैं और वो . . .’’

एकाएक साहिल के मुंह से घुटी हुई सिसकारी निकली।

छः साये उनके सामने खड़े थे।

पता नहीं कब वो छः जने प्रेत की तरह वहां पहुंचे थे।

वो सब कमान्डोज की तरह काले कपड़े पहने थे और अन्धेरी रात में बड़ी मुश्किल से दिखाई दे पा रहे थे। पांच के हाथों में ए.के.-47 रायफलें थीं, लेकिन एक आदमी निहत्था था जो उनके बीच में घिरा खड़ा था।

फिर वो ही आदमी दो कदम आगे बढ़ा।

‘‘तो तुम’’ – वो भारी, गम्भीर आवाज में बोला – ‘‘सुनीत सरीन के छोटे भाई साहिल सरीन हो!’’

‘‘हां।’’ – साहिल फंसे कंठ से बोला – ‘‘आप की तारीफ?’’

‘‘मेरा नाम दसाप्रतामा है। लोग मुझे अंकल डी के नाम से पुकारते हैं।’’

‘‘अंकल डी!’’

‘‘हां। अंकल डी। रायामांझी कहता है कि तुम्हारा भरोसा किया जा सकता है। मेरा सवाल है कि क्या खुद रायामांझी का भरोसा किया जा सकता है?’’

‘‘ज्यादा तो नहीं।’’

''हा हा। इससे एक ही बात साबित होती है।''

''क्या?''

''ये कि हम एक ही आदमी की बाबत बात कर रहे हैं।''

वो फिर हंसा।

उस बार अनायास ही साहिल ने हंसी में उसका साथ दिया।

तब माहौल की टेंशन खत्म हो गयी। हर कोई रिलैक्स्ड लगने लगा।

''इधर आओ।'' – दसाप्रतामा ने आदेश दिया।

साहिल उसके करीब पहुंचा तो उसे अहसास हुआ कि वो उम्र में साठ के ऊपर का आदमी था। उसने साहिल के कन्धे पर हाथ रखा और उसके साथ यूं एक तरफ चलने लगा जैसे कम्पनी बाग में सैर करने आया हो।

''सवेरा होने से पहले मुझे बार्डर के पार पहुंच जाना है'' – वो सहज भाव से बोला – ''इसलिये बातचीत से जल्दी निपटना होगा।''

''यस, सर।''

''अंकल डी।''

''यस, अंकल डी।''

''मुलाकात का ये तरीका अजीब है लेकिन सेफ है। डी. ई. ए. समझते हो?''

''नहीं।''

''ड्रग एनफोर्समेंट एडमिनिस्ट्रेशन। अमेरिका का नारकॉटिक्स कन्ट्रोल ब्यूरो डी. ई. ए. कहलाता है और सारी दुनिया से ड्रग्स के धन्धे के खात्मे का अमरीका खुद को ठेकेदार मानता है। विश्व की बिरादरी में चौधराहट जमाने का अमरीका का ये अपना तरीका है जिसे कभी वो अफगानिस्तान में ओसामा बिन लादेन के खिलाफ इस्तेमाल करता है, कभी इराक में सद्दाम हुसैन के खिलाफ इस्तेमाल करता तो कभी इधर गोल्डन ट्रायंगल में अंकल डी जैसे लोगों के खिलाफ इस्तेमाल करता है। खास तौर से मुझे तो डी. ई. ए. वाले गिरफ्तार नहीं करना चाहते, शूट कर देना चाहते हैं ताकि ट्रायल का, किसी कोर्ट में मुझे गुनहगार साबित करने का, झंझट ही न पड़े। ड्रग्स की कमाई की शैतानी ताकत से वो

भी थरथराते हैं – शायद तुम्हें मालूम न हो, अमरीकी डालर जितना कुल जमा सर्कुलेशन में है उससे तीन गुना ज्यादा रकम का हेरोइन का एक साल का व्यापार होता है।''

''हे भगवान!'' – दहशतनाक लहजे में साहिल के मुंह से निकला।

''मैं डी. ई. ए. वालों की बात कर रहा था। वो जानते हैं मैं गवाह खरीद लूंगा, पुलिस खरीद लूंगा, बल्कि वो सरकार खरीद लूंगा जिसके इदारे में मेरा मुकद्दमा चलेगा। इसलिये उन का दांव लगा तो यकीनन मुझे शूट किया जायेगा; वो भी बुजदिलों की तरह।''

''बुजदिलों की तरह!''

''अंधेरे में कहीं से एक गोली चलेगी और अंकल डी दूसरी दुनिया में होगा। मैं ऐसी मौत नहीं मरना चाहता, इसलिये इतनी सावधानी बरतनी पड़ती है।''

कैसी अजीब बात थी! – साहिल ने मन ही मन सोचा – वो शख्स एक बड़ा ड्रग लार्ड था, अरबों डालरों का मालिक फिल्दी रिच शख्स था लेकिन एकाएक शूट कर दिये जाने के खतरे के तहत चूहे की तरह डर कर रहता था।

''मैं डरपोक आदमी नहीं हूं'' – वो यूं बोला जैसे उसने उसके मन के भाव पढ़ लिये हों – ''सावधान आदमी हूं। सावधान आदमी। काशस मैन। लो प्रोफाइल में यकीन रखने वाला। इसीलिये आज तक जेल नहीं गया, आज तक किसी बखेड़े में, किसी झमेले में नहीं फंसा। मैं जब मरूंगा, स्वाभाविक मौत मरूंगा। आई विल डाई आफ ओल्ड एज।''

साहिल खामोश रहा।

''तुम्हारा भाई मशहूर है इस धन्धे में; मोटा हिन्दोस्तानी के नाम से जाना जाता है। आजकल मुसीबत में है क्योंकि लो प्रोफाइल न रख सका। वक्ती कामयाबी से ऐंठ कर लापरवाह हो गया, नतीजतन थाम लिया गया। अब तुम उसके मददगार बन के दिखा रहे हो?''

''जी हां।'' – साहिल बोला।

''मुझे बताया गया है कि तुम स्ट्रेट धन्धा करने वाले स्ट्रेट आदमी हो!''

''जी हां। कारपेट और हैण्डीक्राफ्ट्स एक्सपोर्टर हूं। काठमाण्डू से आपरेट करता हूं।''

''अब ड्रग्स के धन्धे में कदम रख रहे हो!''

''मजबूरन।''

''होता है। होता है। मौत के रास्ते पर शौकिया कोई नहीं चलता। मेरा सवाल ये है कि जब अपने भाई को उसकी मौजूदा दुश्वारियों से उबार चुकोगे तो फिर क्या करोगे?''

साहिल के मुंह से हकीकत निकलने ही वाली थी कि वो संभल गया। रायामांझी के आगे सच बोलना जुदा बात थी लेकिन यहां उस डिप्लोमैटिक जवाब की जरूरत थी जो उसने मुम्बई वालों को दिया था।

''अब मेरा इसी धन्धे में बने रहने का इरादा है।'' – वो बोला।

''वजह?''

''पैसा। और क्या!''

''हूं। तो तुम्हारी समझ में आ गया है कि ड्रग्स का धन्धा कारपेट के धन्धे से कहीं बेहतर है?''

''जी हां।''

''ये खतरनाक धन्धा है; नये, नातजुर्बेकार आदमी के लिये तो बहुत ही खतरनाक धन्धा है।''

''मैं खतरों से नावाकिफ नहीं, जनाब, लेकिन जो गलतियां मेरे भाई से हुईं, उनसे मैं सबक लूंगा और यकीनन उन्हें नहीं दोहराऊंगा।''

''गुड।''

''सर, आई मीन अंकल डी, आई विल आलसो ट्राई टु डाई आफ ओल्ड एज।''

''वैरी गुड। सो आई कैन ट्रस्ट यू?''

''आई होप सो, सर।''

''ट्रस्ट, भरोसा, इस धन्धे का कैश कार्ड है। भरोसा इस धन्धे की बुनियाद है।

भरोसे बिना ये धन्धा चल ही नहीं सकता। इसलिये समझो मैंने तुम्हारा भरोसा किया।''

''थैंक्यू, अंकल डी।''

''अब बोलो, कितना माल चाहते हो?''

''मेरी फौरी जरूरत आठ किलो है, उसके बाद हर महीने दस से पन्द्रह किलो।''

''मेरी प्राइस दस हजार अमरीकन डालर फी किलो है।''

''ल . . . लेकिन मुझे तो छ: साढ़े छ: का अंदाजा बताया गया था!''

''कीमतें घटती-बढ़ती रहती हैं। मौजूदा कीमत दस हजार है। ये सारी दुनिया में हेरोइन की लोएस्ट प्राइस है। इधर अफीम की खेती सरकारी इजाजत से होती है लेकिन अफसरान की मुट्ठी फिर भी गर्म करनी पड़ती है। वो ज्यादा मुंह फाड़ते हैं तो कीमत बढ़ जाती है। आजकल उनके मुंह फटे हुए हैं।''

''आई सी।''

''आधी रकम एडवांस देनी होगी। चश्मे ने बताया होगा।''

''चश्मा।''

''योसविचित। फोर आईज।''

''ओह! चश्मा! जी हां, बताया था। मैं रकम साथ लाया हूं।''

''गुड।''

''मेरे सामने डिलीवरी की एक डैडलाइन है जिसकी वजह से क्विक डिलीवरी बहुत जरूरी है।''

''आठ किलो मामूली मिकदार है, कन्टेनर्स झाड़ने से निकल आती है, चौबीस घंटे में डिलीवरी हो जायेगी।''

''दैट्स वैरी गुड न्यूज टु मी, सर।''

''अंकल डी।''

''दैट्स वैरी गुड न्यूज टु मी, अंकल डी।''

''चियांग माई में पुलिस का एक सार्जेंट मेजर मेरा कूरियर है। वो चश्मे के

हैण्डीक्राफ्ट्स एम्पोरियम में माल पहुंचा देगा।''

''बाकी की पेमेंट?''

''चश्मे को दे देना।''

''ठीक है।''

साहिल ने उसे चालीस हजार डालर सौंपे जो उसने बिना गिने जेब में रख लिये।

फिर वो अपने बाडीगार्ड्स के साथ वहां से रुखसत हो गया।

साहिल सन्तुष्ट था।

अस्सी हजार डालर की खरीद जमा दस फीसदी कमीशन योसविचित की जमा दो हजार डालर फी किलो के रेट से सोलह हजार डालर फीस कूरियर की, कुल जमा एक लाख चार हजार डालर। छत्तीस हजार डालर तब भी पल्ले।

और सेल प्राइस आठ लाख अस्सी हजार डालर!

गुड!

डिलीवरी के इन्तजार में साहिल का चियांग माई में रुकना अभी लाजमी था इसलिये उसने खच्चर की बाबत योसविचित से बात की।

''मिल जायेगा।'' – वो सहज भाव से बोला – ''कोई बड़ी बात नहीं।''

''बढ़िया!'' – राज्यलक्ष्मी खनाल को याद करता वो बोला – ''भरोसे का?''

''हां।''

''शुक्रिया।''

उसी शाम को साहिल की योसविचित के हैंडीक्राफ्ट्स एम्पोरियम के बाहर एक पुलिस की जीप पहुंची, उसमें से एक वर्दीधारी पुलिस अधिकारी बाहर निकला और कैनवस के एक बड़े से झोले के साथ एम्पोरियम में पहुंचा। उसने झोला खामोशी से योसविचित को सौंप दिया और अपनी कमीशन, थाई करेन्सी में दस हजार बहात, लेकर चला गया।

दस हजार बहात यानी कि मुश्किल से पौने तीन सौ डालर। जोकि साहिल ने उसे दिये।

''वो पुलिसिया खुद'' – फिर वो मन्त्रमुग्ध स्वर में बोला – ''सरकारी वाहन पर हेरोइन यहां पहुंचा के गया!''

''डियर फ्रेंड'' – योसविचित हंसता हुआ बोला – ''यहां चोर और सिपाही में सिर्फ ये फर्क है कि सिपाही वर्दी पहनता है।''

''यानी कि मैं इन्डिया में हूं।''

योसविचित हंसा।

चियांग माई में डी. ई. ए. के रेजीडेंट एजेन्ट का नाम पाल होवार्ड था।

पुलिस के सार्जेंट मेजर के हैंडीक्राफ्ट्स एम्पोरियम में डिलीवरी के लिये पहुंचने के एक घन्टे बाद उसने बैंकाक में अमरीकी दूतावास के आफिस में स्थापित डी. ई. ए. के उच्चाधिकारी के नाम एक फैक्स भेजा। लिखा था :

विषय: दसाप्रतामा उर्फ अंकल डी

उपरोक्त की निरन्तर जारी निगरानी से सामने आया है कि पिछली रात को उपरोक्त ने बार्डर क्रास करके थाइलैंड की हद में कदम रखा था।

बार्डर के करीब ओल्ड टिम्बर मिल के करीब उसकी दो आदमियों से मुलाकात हुई थी जिन में से एक की शिनाख्त थारांग योसविचित के रूप में की जा चुकी है। थारांग योसविचित पहले एक बड़े ड्रग लार्ड का सहायक था अब फ्रीलांस बिचौलिये का काम करता है।

रात के अन्धेरे में दूसरे आदमी की शिनाख्त नहीं हो सकी थी लेकिन फरदर इनवेस्टिगेशन से मालूम हुआ है कि योसविचित पिछले एक हफ्ते के दौरान नेपाल से आये एक हिन्दोस्तानी से कई बार मिला था। हिन्दोस्तानी का नाम साहिल सरीन है।

अभी साहिल सरीन नाम के इस व्यक्ति की बैकग्राउन्ड मालूम करना है।

पाल होवार्ड

रेजीडेंट एजेन्ट, डी.ई.ए. चियांग माई, थाईलैंड

बैंकाक में वो ई-मेल डी.ई.ए. के रिजनल हैड पीटर ग्रांट ने पढ़ी। तत्काल उसने आगे काठमाण्डू में सम्पर्क बनाया। नतीजतन कुछ ही घंटों में वांछित उत्तर उसके पास पहुंच गया जिसे उसने आगे भेज दिया :

सन्दर्भ : दसप्रतिमा उर्फ अंकल डी

साहिल सरीन, उम्र तीस वर्ष, कद दरम्याना, बदन सुतवां, रंग गोरा, भारतीय नागरिक है लेकिन कई सालों से काठमाण्डू में बसा हुआ है और नेपाली कारपेट्स की एक्सपोर्ट का काम करता है।

काठमाण्डू में उसका बड़ा भाई सुनीत सरीन और मां सुभद्रा सरीन भी स्थायी रूप से रहते हैं। सुनीत सरीन मोटा हिन्दोस्तानी के उपनाम से बेहतर जाना-जाता है, आज कल नारकॉटिक्स स्मगलिंग के इलजाम में स्थानीय नाखू जेल में है।

पीटर ग्रांट

रिजनल हैड, डी.ई.ए., बैंकाक, थाईलैंड।

आलोक पाटिल क्योंकि अभी भी डी.ई.ए. की एशियन टास्क फोर्स से सम्बद्ध था इसलिये वो दोनों ई-मेल सन्देश मुम्बई में, उसके एनसीबी के आफिस में, उसे भी एक रुटीन के तौर पर प्राप्त हुए।

आलोक पाटिल ने बहुत गौर से वो ई-मेल मैसेज पढ़े। उसके जेहन मे डेढ़ महीने पहले की तसवीर कौंधी जिसमें बुद्धिमान नाम का एक नेपाली छोकरा ग्रांट रोड की एक दसमंजिला इमारत की पांचवीं मंजिल पर बतौर कूरियर हेरोइन डिलीवर करने पहुंचा था और पांचवीं मंजिल की बाल्कनी से गिर कर बहुत ही बुरी मौत मरा था। साथ में तब मुम्बई में रिसीवर रज्जाक बोरीवली गिरफ्तार हुआ था और काठमाण्डू में उसका एजेन्ट नसरुल्लाह और सप्लायर "मोटा हिन्दोस्तानी" सुनीत सरीन गिरफ्तार हुआ था। उसे ये भी खबर थी कि काठमाण्डू की नाखू जेल में उसके साथ बुरी बीत रही थी, वार्निंग के तौर पर जेल

में उसका एक कान तक काट दिया गया था।

उस मैसेज से एक ही बात साबित होती थी।

मोटे हिन्दोस्तानी की दुश्वारियों का कोई ओर छोर नहीं था।

जो ''खच्चर'' साहिल के लिये वोसविचित ने तलाश किया उसका नाम रायांग सूराथानी था, वो थाईलैंड की राजधानी बैंकाक में रहता था, पेशे से बढ़ई था और उम्र में पैंसठ साल का था। उसका रिकार्ड बिल्कुल क्लीन था, कभी किसी छोटे-मोटे अपराध के लिये भी उसका पुलिस से वास्ता नहीं पड़ा था और नारकॉटिक्स ट्रेड से तो उसका कोई दूर-दराज का रिश्ता भी मुमकिन नहीं था। उसका भारत का वीसा पहले से लगा हुआ था क्योंकि उसका लड़का नयी दिल्ली थाई एम्बैसी में क्लर्क की नौकरी करता था।

साहिल को हैरानी थी कि पैंसठ साल की उम्र में वो ड्रग्स का कूरियर बनने का खतरा मोल लेने को तैयार था।

''मजबूरी है।'' – योसविचित ने बताया।

''क्या?''

''दोनों गुर्दे खराब हैं। इन्डिया में ट्रांसप्लांट सस्ता है, डोनर भी आसानी से मिलता है। इन्डिया में बेटा इतना पैसा नहीं कमाता कि उसके आपरेशन पर खर्चा कर सके। बाप को अपना गुर्दा देने से उसने मना कर दिया है। बूढ़ा डायलेसिस पर जिन्दा है, यहां रेगुलर डायलेसिस का खर्चा भी भारी है, इसलिये ट्रांसप्लांट से ही उसका कुछ बनेगा वर्ना मर जायेगा।''

''ओह!''

''उसे और भी कई बीमारियां हैं। मसलन डायबटीज है, दिल कमजोर है और भेजे में छोटा-मोटा ट्यूमर भी बताता है। कहीं जाता है तो उसे दर्जनों तरह की दवाइयां साथ लेकर चलना पड़ता है। चलने पर ध्यान आया। एक टाइम में दस बारह कदम ही चल पाता है, बाकी टाइम व्हील चेयर का मोहताज है।''

''यूं हुई कमाई से वो इन्डिया में अपना इलाज करायेगा?''

''हां। उसका वीसा मैडीकल ग्राउन्ड्स पर ही लगा है इसलिये बतौर कूरियर वो पूरी तरह से सेफ है।''

''रास्ते में ही तो नहीं मर जायेगा?''

''ऐसी कोई बात नहीं। यहां जिन्दा है या नहीं! चार-पांच घन्टे के सफर में भला क्यों मर जायेगा?''

''बहरहाल अपने किडनी ट्रांसप्लांट का खर्चा कमाने के लिये उसने हेरोइन ढोना कबूल किया है?''

''हां। कोई तो वजह होती ही है न! किसी ने कोई कर्जा चुकाना होता है, किसी ने बेटी ब्याहनी होती है, किसी ने बंगला, कार, बैंक बैलेंस का मालिक होने के सपने पूरे करने होते हैं। कूरियर की मजबूरी कुछ भी हो, उसे एंगेज करने वाले का मतलब तो हल होता है न!''

''माल छुपायेगा कैसे?''

''उसे ढेरों दवाइयां ढोने की इजाजत है। जमा डायटरी फाइबर ले जाने की इजाजत है, जो बहुत जगह घेरता है। उसके साथ वो तमाम चीजें नाम मात्र को होंगी और उनकी जगह तुम्हारा माल लेगा।''

''मैं उससे कब मिल सकूंगा?''

''मिल तो कभी भी सकते हो लेकिन जरूरत नहीं है मिलने की।''

''क्या!''

''वो इस कारोबार में नया है, बतौर कूरियर वो उसका पहला और आखिरी फेरा साबित होने वाला है। ऊपर से बूढ़ा है, बीमार है, पहली बार फारेन ट्रैवल पर जा रहा है, ऐसा आदमी थोड़ी-सी भी पेचीदगी पेश आ जाने पर आंतकित हो सकता है और तुम्हारी तरफ उंगली उठा सकता है। इसलिये तुम दोनों का एक दूसरे से नावाकिफ रहना ही अच्छा है।''

''ओह! उसकी फीस कितनी भरनी होगी?''

''बीस हजार डालर।''

''ये तो बहुत ज्यादा है!''

''वो यही रकम मांगता है।''

''बीस हजार डालर का मतलब है इन्डियन करेन्सी में तकरीबन दस लाख रुपये। इन्डिया में किडनी ट्रांसप्लांट पर इतना खर्चा तो नहीं आता!''

''तो समझ लो एक बीमार, बूढ़ा, गरीब आदमी लालच के हवाले है।''

''कमाल है।''

''मिस्टर सरीन, खच्चर की उजरत सिर्फ माल ढोने की ही नहीं होती, पकड़े जाने पर खामोशी से सजा भुगतने की भी होती है। इस बात को ध्यान में रखकर बताओ कि क्या फीस ज्यादा है?''

''यू आर राइट।''

साहिल को अपनी तब की हालत याद आयी जब मुम्बई एयरपोर्ट पर उतरने के बाद उसे एयर होस्टेस राज्यलक्ष्मी नहीं दिखाई दी थी और कैसे इस अन्देशे से उसके प्राण कांपते रहे थे कि वो खुद पकड़ी गयी थी और उसे भी पकड़वा देने वाली थी।

''उसका लड़का दिल्ली में रहता है'' – प्रत्यक्षत: वो बोला – ''तो क्या इसका मतलब है कि वो दिल्ली की फ्लाइट पकड़ेगा?''

''जाहिर है।''

''मैं चाहता हूं कि वो मुम्बई की फ्लाइट पकड़े।''

''ऐसा हो तो सकता है लेकिन ये स्वाभाविक नहीं लगेगा। उसकी अपने लड़के के पास दिल्ली जाने की भूमिका बनी हुई है। कोई शक कर सकता है कि वो दिल्ली क्यों न गया, मुम्बई क्यों गया?''

''ऐसा तो नहीं होना चाहिये!''

''वही तो!''

''ठीक है लेकिन उसी फ्लाइट पर मेरी भी मौजूदगी जरुरी है।''

''तुम इन्डिया जाओगे?''

''हां।''

''नेपाल नहीं?''

‘‘नहीं।’’

‘‘वीसा लगा हुआ है?’’

‘‘हां। मल्टीपल।’’

‘‘फिर क्या प्राब्लम है! थाई इन्टरनेशनल की दिल्ली के लिये परसों फ्लाइट हैं, मैं आराम से उसमें तुम दोनों की सीट का इन्तजाम कर दूंगा।’’

‘‘मैं उसे पहचानूंगा कैसे?’’

जवाब मे उसने उसे बूढे की एक रंगीन तसवीर सौंपी।

उसने गौर से तसवीर का मुआयना किया, फिर बोला – ‘‘आगे कैसे बीतेगी?’’

‘‘हां, वो भी सुनो। कस्टम से गुजर जाने के बाद जब वो रिसैप्शन लाउन्ज में पहुंचेगा तो तुम उसके करीब पहुंचोगे और उससे पूछोगे ‘‘सफर ठीक रहा, ट्यूमर पर भारी तो न गुजरा?’’ इस खास फिकरे से वो तुम्हें पहचान जायेगा। वो यूं जाहिर करेगा कि उसे मालूम था कि उसके बेटे के भेजे तुम उसे एयरपोर्ट पर रिसीव करने आये थे। वो अपना सारा बैगेज तुम्हारे हवाले कर देगा जिसे तुम हैण्ड कार्ट पर लाद लोगे। वो व्हील चेयर पर और तुम हैण्ड कार्ट धकेलते बाहर टैक्सी स्टैण्ड पर पहुंचोगे जहां तुम उसे एक टैक्सी पर सवार कराओगे और उसका सामान भी टैक्सी पर लाद दोगे। सिर्फ उसका दवाओं का बक्सा तुम अपने पास रख लोगे और उसे रुखसत कर दोगे। आगे तुम्हारी मर्जी होगी कि तुम अपना माल बक्से में ही रहने दो या माल निकालकर बक्से को तिलांजलि दे दो।’’

‘‘ठीक है।’’

‘‘कोई सवाल? कोई शंका?’’

‘‘अभी नहीं। होगी तो बोलूंगा।’’

‘‘बोलना। अभी दो दिन हैं।’’

साहिल की फ्लाइट निर्विघ्न नयी दिल्ली इन्दिरा गांधी इन्टरनेशनल एयरपोर्ट पर पहुंची।

अपने कूरियर को उसने बैंकाक एयरपोर्ट पर प्लेन पर सवार होते ही पहली बार देखा था। उसे व्हील चेयर पर प्लेन तक पहुंचाया गया था, उसका दवाइयों का बक्सा जोकि काले चमड़े का बना हुआ था, उसके हैंड बैगेज के तौर पर उसके साथ था। प्लेन के क्रियु को उसकी खस्ता, बीमार हालत की एडवांस में खबर जान पड़ती थी, लिहाजा एक एयर होस्टेस ने उसे सम्भाला था, और दूसरी ने उसके दवाइयों के बक्से को सम्भाला था, दोनों ने बड़ी एहतियात से उसको और उसके दवाइयों के बक्से को प्लेन में उसकी सीट तक पहुंचाया था।

नयी दिल्ली एयरपोर्ट पर भी उसके लिये व्हील चेयर मुहैया की गयी, एक अटेंडेंट ने उसका दवाइयों का बक्सा उसकी गोद में रखा, उसे एयरपोर्ट के भीतर पहुंचाया और एक दूसरे अटेंडेंट ने कनवेयर बैल्ट से उसके दो सूटकेस कलैक्ट किये। फिर दोनों ने उसे कस्टम काउन्टर्स तक पहुंचाया।

अपना इकलौता सूटकेस संभाले साहिल उसके पीछे था।

''ये टूटी-फूटी अंग्रेजी ही बोल पाते हैं।'' – एक अटेंडेंट ने कस्टम अधिकारी को बताया – ''इनका लड़का थाई एम्बैसी में है। सर्जरी के लिये आये हैं। हमें इनकी बाबत एडवांस में सूचना दे दी गयी है।''

''हूं।'' – कस्टम अधिकारी ने एक सरसरी निगाह वृद्ध पर डाली और फिर अटेंडेंट से पूछा – ''बैग में क्या है?''

''दवाईयां।'' – अटेंडेंट बोला – ''स्पेशल डायट। इमरजेंसी ड्रग्स वगैरह।''

फिर अटेंडेंट ने कस्टम अधिकारी के कहे बिना ही बक्से का ढक्कन उठा दिया।

कस्टम अधिकारी उचक कर बक्से के भीतर झांकने लगा।

एक दूसरा अधिकारी वृद्ध के सूटकेस चैक कर रहा था।

''ठीक है।'' – पहला बोला।

अटेंडेंट ने बक्से का ढक्कन गिरा दिया और लैच लगा दिया।

तभी साहिल को एक कराह सुनायी दी।

ऐसी कराह जो पीड़ा से बिलबिलाते किसी शख्स के मुंह से निकली हो।

वो सकपकाया, ठिठका।

इस बार कराह की आवाज और भी तीखी सुनाई दी।

उसने देखा वृद्ध के बक्से से फारिग हुआ कस्टम अधिकारी हक्का-बक्का-सा उसे देख रहा था।

''क्या हो रहा है इसे?'' – फिर हैरानी से उसके मुंह से निकला – ''क्या प्राब्लम है इसके साथ?''

वृद्ध का जिस्म अकड़ा, उसने जोर से दो-तीन झटके खाये, उसके खुले मुंह से झाग बहने लगी, फिर एकाएक वो व्हील चेयर पर से उलट गया। उसका बक्सा एक तरफ जाकर गिरा और वो जमीन पर गिर पड़ा। अपने पेट को अपने दोनों हाथों से जकड़े वो पीड़ा से बिलबिलाने लगा।

हे भगवान! – आतंकित भाव से साहिल ने सोचा-क्या हुआ? गुर्दे बिल्कुल ही दगा दे गये, ट्यूमर फट गया या दिल का दौरा पड़ गया!

वृद्ध ने व्हील चेयर के सहारे उठने की कोशिश की तो व्हील चेयर उसे लिये-दिये उससे परे लुढक गयी। इस बार वो पछाड़ खाकर औंधे मुंह फर्श पर गिरा और जिबह होते बकरे की तरह तड़पने लगा।

कस्टम अधिकारीगण, पैसेंजर्स, स्टाफ के लोग, हर कोई हक्का-बक्का-सा उसे देख रहा था।

साहिल लपक कर उसके करीब पहुंचा और फिर चिल्लाया – ''डाक्टर को बुलाओ। अरे, कोई जल्दी डाक्टर को बुलाओ।''

फर्श पर वृद्ध का शरीर अब यूं दोहरा हो गया था कि उसके घुटने उसकी ठोढी को छूने लगे थे। उसके मुंह से निकलती झाग अब ठोढी से नीचे टपक रही थी। उसकी आंखे उलटी जा रही थीं और सांस यूं उखड़ रही थी जैसे कि अगली सांस का भरोसा हो।

तभी दर्शकों की भीड़ में से निकलकर एक युवक आगे आया और बोला –

"मैं डाक्टर हूं। क्या हुआ है इन्हें?"

"पता नहीं।" – साहिल बोला – "शायद हार्ट अटेक . . ."

"एम्बूलेंस आ रही है।" – एक कस्टम अधकारी बोला – "अभी ये हस्पताल पहुंच जायेंगे।"

"शायद इनके दवाओं के बक्से में कोई इमरजन्सी ड्रग हो।" – साहिल बोला, उसने बक्सा उठाकर खोला तो पाया कि दवा की शीशियों के रैपरों पर जो लिखा था, थाई भाषा में लिखा था। असहाय भाव से सिर हिलाते हुए उसने बक्सा बन्द कर दिया।

हेरोइन का खयाल उसके जेहन से उस घड़ी बिल्कुल बाहर था।

"इनका बेटा इन्हें लेने आने वाला था" – साहिल के मुंह से स्वयमेव निकला – "वो अराइवल लाउन्ज में कहीं होगा।"

"जाकर पता करो" – डाक्टर युवक बोला – "तब तक मैं कुछ करता हूं।"

सहमति में सिर हिलाता साहिल आगे बढ़ गया। वो बेरोकटोक कस्टम एरिया से पार निकल गया।

तब कहीं जाकर उसे अहसास हुआ कि वृद्ध रायांग सूराथानी का काले चमड़े से मंढा दवाइयों का बक्सा तब भी उसके हाथ में था।

दाता! दाता!

वो तीर की तरह अराइवल लाउन्ज के निकास द्वार की ओर लपका।

हर क्षण उसे लग रहा था कि अभी कोई पीछे से आकर उसे दबोच लेगा। लेकिन ऐसा कुछ न हुआ। उसे किसी ने न रोका, किसी ने न टोका।

बाहर से उसने एक टैक्सी पकड़ी और निजामुद्दीन रेलवे स्टेशन पहुंचा। पूछताछ काउंटर से मालूम हुआ कि आधे घंटे में प्लेटफार्म नम्बर पांच से एक गाड़ी मुम्बई को रवाना होने वाली थी। उसने मुम्बई का टिकट खरीदा और बिना रिजर्वेशन गाड़ी में जा सवार हुआ।

अगली रात गाड़ी मुम्बई पहुंची।

वो स्टेशन के करीब के एक होटल में पहुंचा, वहां एक कमरा लिया और

जाकर लट्ठ की तरह सोया।

वो सो कर उठा।

उसने घड़ी देखी तो पाया कि सुबह के नौ बजे थे।

आधे घंटे में वो नित्यकर्म से निवृत हुआ और नया सूट पहन कर तैयार हुआ। पन्द्रह मिनट में उसने ब्रेकफास्ट जैसे निगला और फिर होटल से चैक आउट कर गया। पूर्ववत् एक टैक्सी पर सवार होकर वो पूना कनाट रोड पहुंचा और पहले वाले ही होटल ड्रीमलैंड में मुकाम पाया।

उसने हीरानन्द अटलानी को काल लगायी।

''आई एम बैक।'' – वो माउथपीस में बोला।

दूसरी ओर से कोई आवाज न आयी।

''कहां से बोल रहे हो?'' – आखिरकार पूछा गया।

''वहीं से।''

''ड्रीमलैंड से?''

''हां।''

''कोई बहाना खड़ा करना चाहते हो तो याद रखो, डिलीवरी पीरियड नहीं बढ़ाया जायेगा, बढ़ाया जायेगा तो रेट चालीस फीसदी कम कर दिया जायेगा।''

''मैं माल डिलीवर करने आया हूं।''

फिर खामोशी छा गयी।

''पूरा?'' – फिर पूछा गया।

''हां।''

''आर्डर का टोटल माल इस वक्त तुम्हारे पास है?''

''हां।''

''और तुम पूना पहुंचे हुए हो?''

''हां।''

''आज डैडलाइन का आखिरी दिन था।''

''मालूम है। तभी तो आंधी-तूफान की तरह पहुंचा।''

''एक घंटा इन्तजार करो।''

साहिल ने रिसीवर रखा।

नयी दिल्ली एयरपोर्ट पर उतरने के कोई सैंतीस घंटे बाद तब कहीं जाकर उसने चैन की पहली सांस ली।

पूरे एक घंटे बाद अटलानी उसके पास पहुंचा।

पिछले दो हफ्तों में ही उसका विशाल आकार और विशाल हो गया जान पड़ता था।

''दिखाओ।'' – एक कुर्सी पर ढेर होता वो बोला।

दवाओं के बक्से से पहले ही निकाल ली हुई हेरोइन साहिल ने पेश की।

इस बार पहले से कहीं कम समय में अटलानी ने माल का मुआयना किया। फिर उसने अपने साथ लाये एक बैग को खोला, उसमें से एक बंडल निकाल कर साहिल के सामने रखा और हेरोइन को बैग में बन्द किया।

''आठ लाख अस्सी हजार डालर।'' – वो बोला – ''हजार के नोटों में।''

''थैंक्यू।''

''चैक करो।''

''क्या जरूरत है?''

''वही जरूरत है जो हेरोइन को चैक करने की थी।''

साहिल हंसा। खामखाह।

''इतना तो चैक कर लो कि बंडल में नोट ही हैं!''

साहिल ने ब्राउन पेपर में लिपटे बंडल का पेपर फाड़कर एक कोना उघाड़ा, उधर के नोटों को फुरहरी सी लगायी और फिर सहमति में सिर हिलाता बोला – ''थैंक्यू।''

''इस बार हमें कतई उम्मीद नहीं थी कि तुम ये टाइम बाउन्ड आर्डर डिलीवर कर पाओगे।''

''किसी खुदाई ताकत ने मदद की तो कर पाया'' – साहिल बोला – ''वर्ना खुद मुझे ही कोई उम्मीद नहीं थी।''

''स्क्रूवाला तुमसे बहुत खुश है। गोखले भी। उन्हें उम्मीद नहीं थी तुम वक्त पर ये हेरोइन डिलीवर कर पाओगे।''

''मैं उनकी खुशी से खुश हूं।''

''अगला आर्डर एक महीने बाद।''

''कितना?''

''बारह किलो।''

''पन्द्रह नहीं?''

''उस से अगला पन्द्रह।''

''ठीक है। रेट?''

''महीना खत्म होने पर फाइनल किया जायेगा।''

वो चला गया।

पीछे साहिल खामोश बैठा रहा।

फिर अपने आप उसके होंठ मुस्कुराहट में फैलने लगे। उसका दिल बल्लियों उछलने लगा। उसका जी चाहने लगा कि वो झूम-झूम कर गाने लगे, उठ कर नाचने लगे।

उसने कर दिखाया था।

कामयाबी उसके कदम चूम रही थी।

अब वो अपने भाई का मुकम्मल कर्जा चुका सकता था, अपना खुद का कर्जा चुका सकता था, अपनी इनवैस्टमेंट वापिस पा सकता था और निर्मल मन से, नये सिरे से अपने कारपेट एक्सपोर्ट के धन्धे में लग सकता था।

अन्धेरी रात के काले बादल छंट चुके थे, नयी उम्मीदों का उजाला फैल रहा था और उसके दिलोदिमाग को, उसकी आइन्दा जिन्दगी को, रोशन कर रहा था।

गुड! गुड!

तभी दरवाजे पर दस्तक पड़ी।

वो सकपकाया।

क्या अटलानी वापिस लौट आया था?

किसलिये?

जरूर कोई होटल स्टाफ का आदमी था।

उसने उठकर दरवाजा खोला।

बाहर एक लम्बी ऊंची खूबसूरत लड़की खड़ी थी। वो सिम्पल सलवार सूट पहने थी और बड़े रहस्यपूर्ण भाव से मुस्करा रही थी।

''मिस्टर सरीन?'' – वो बोली – ''मिस्टर साहिल सरीन?''

''हां।'' – साहिल असमंजसपूर्ण भाव से बोला – ''आप कौन?''

''इन्स्पेक्टर इला कनितकर। नारकॉटिक्स कन्ट्रोल ब्यूरो। यू आर अन्डर अरैस्ट।''

□□

सादे कपड़ों में दो और पुलिसिये उसके साथ ही थे।

''सारा होटल पुलिस के घेरे में है।'' – इन्स्पेक्टर कनितकर कर्कश स्वर में बोली – ''इसलिये भाग निकलने का इरादा ख्वाब ही साबित होगा।''

''मेरा ऐसा क . . . कोई इरादा नहीं'' – साहिल बड़ी मुश्किल से बोला पाया – ''लेकिन आप लोगों को जरूर कोई गलतफहमी हुई है।''

''कोई गलतफहमी नहीं हुई, मिस्टर हॉट शॉट कारपेट एक्सपोर्टर एण्ड पार्ट टाइम नारकॉटिक्स स्मगलर।''

''मैं! मैं स्मगलर! जरूर आप . . .''

''बराबर। ये न समझो कि हमें एकाएक तुम्हारी बाबत कोई टिप मिली है। चियांग माई पहुंचने के बाद से ही तुम हमारी निगाह में थे।''

चियांग माई के जिक्र से ही साहिल का चेहरा फक पड़ गया, उसका दिल जूते में पहुंच गया।

''ये एक इज्जतदार होटल है इसलिये हम तुम्हें हथकड़ी लगाकर यहां से नहीं ले जाना चाहते। खुद तुम भी नहीं चाहोगे कि यूं तुम्हारा जुलूस निकले। इसलिये पब्लिसिटी से बचना चाहते हो तो कोआपरेट करो।''

''क-क्या . . . क्या करूं?''

''चुपचाप हमारे साथ चलो।''

''क . . . कहां?''

''एनसीबी के लोकल आफिस में।''

''ठीक है।''

''यहां मौजूद तुम्हारा सब सामान कब्जे में लिया जा रहा है। किसी चीज के अपना होने से इनकार है?''

चाहकर भी उससे इनकार करते न बना। फारेन करेन्सी में लाखों की रकम के अपना होने से वो इनकार करता तो उसकी वहां मौजूदगी का क्या जवाब देता।

''जवाब देने से पहले एक बात सोच लेना।'' – वो चेतावनीभरे स्वर में बोली।

उसने सिर उठाकर उसकी तरफ देखा।

''हमें मालूम था तुम यहां पहुंचोगे'' – वो बोली – ''इसलिये ये कमरा खास तुम्हारे लिये आडियो और वीडियो दोनों तरह की रिकार्डिंग के लिये फिट करके रखा गया था। वो देखो आडियो का माइक्रोफोन और वो देखो वीडियो का लैंस।''

साहिल ने देखा, वो सन्नाटे में आ गया।

''हमने सब सुना है और बाजरिया वीडियो कैमरा, सब देखा है। हीरानन्द अटलानी से यहां तुम्हारी मीटिंग की कोई ऐसी बात नहीं जो हमारी जानकारी में नहीं।''

वो खामोश रहा।

''जवाब दो।''

जवाब उसने इनकार में सिर हिला कर दिया।

अटलानी आलोक पाटिल की निगरानी में था।

प्रमोद आप्टे और रमेश निगम नाम के दो मातहत उसके साथ थे और कई पुलिस वाले उनके पीछे थे।

अटलानी हेरोइन के साथ उजाड़ बंगले तक पहुंच गया और उसे भनक ही न लगी कि उसके पीछे कोई था।

पुलिस के जवानों ने खामोशी से बंगले को घेर लिया और भीतर किसी के कान पर जूं भी न रेंगी।

अटलानी जिस कार पर वहां पहुंचा था, वो उसने बंगले के कम्पाउन्ड में ले जा कर खड़ी की और हेरोइन से भरे बैग के साथ बाहर निकला।

तीनों अधिकारी बगूले की तरह उसके सिर पर जा खड़े हुए।

आतंक से अटलानी के नेत्र फट पड़े।

''हिलना नहीं।'' – आलोक पाटिल रिवाल्वर उसकी तरफ तानता बोला – ''हिले तो गोली।''

फटी आंखों से उसने दो और रिवाल्वरें भी अपनी तरफ तनी पायीं।

''बैग नीचे गिरा दो। दोनों हथेलियां घूम कर कार की छत के साथ टिकाओ। जल्दी।''

अटलानी जड़ सा खड़ा था। वो कतई नहीं समझ पा रहा था कि वो बिजली एकाएक क्योंकर गिरी थी।

''जल्दी।''

उसने बैग गिरा दिया और हाथ ऊंचे किये सहमति में सिर हिलाता कार की तरफ घूमा। एकाएक उसने कार का दरवाजा खोला और भीतर छलांग लगा दी।

''अटलानी!'' – पाटिल चिल्लाया – ''भागने की कोशिश बेकार है, मारे जाओगे।''

उसने जैसे सुना ही नहीं। उसने भड़ाक से कार का दरवाजा बंद किया और

डैशबोर्ड में हाथ डालकर वहां पड़ी गन निकाली। खिड़की से बाहर गोलियां चलाते उसने इंजन चालू किया।

पाटिल ने आप्टे को गोली लगती देखी।

''ठहर जा, साले!''

उसने तब तक हरकत में आ चुकी और अपनी ओर बढ़ती कार पर गोलियां दागनी शुरू कर दीं। दो गोलियां विंड स्क्रीन को तोड़ती भीतर दाखिल हुईं, एक अटलानी के कन्धे में लगी।

पीड़ा से बिलबिलाते हुए उसने एक्सीलेटर दिया और स्टियरिंग घुमाया।

पाटिल ने तत्काल एक तरफ जुस्त न लगायी होती तो वो जरूर कार की चपेट में आ गया होता।

तभी निगम ने ताक कर एक गोली चलाई।

ड्राइविंग साइड की विंडो का शीशा तोड़ती गोली अटलानी की कनपटी में जा धंसी।

उसका भेजा उड़ गया।

गाड़ी डगमगाती फाटक की ओर बढ़ने की जगह ड्राइव वे छोड़ कर घासभरे लान में जा घुसी और एक पेड़ से टकरा कर स्थिर हुई। उसका ड्राइविंग साइड का दरवाजा अपने आप ही खुल गया और अटलानी का भारी-भरकम शरीर कार से आधा बाहर लटक गया।

पाटिल करीब पहुंचा तो उसने उसकी पथराई आंखें साफ देखीं।

''अहमक! अक्ल का अंधा!'' – पाटिल गुस्से से बोला – ''खुदकुशी का तमन्नाई! खामखाह पंगा डाल गया!''

साहिल लाकअप में बन्द था।

यूं बन्द था जैसे वो लोग उसे वहां बन्द करके भूल गये हों।

उसे अभी भी यकीन नहीं आ रहा था कि बतौर नारकॉटिक्स स्मगलर वो रंगे हाथों पकड़ा जा चुका था।

और पकड़ा भी वो कब गया था जब कि उसकी तरफ से सब कुछ हमेशा के लिये निपट भी चुका था।

अभी एनसीबी वाले उसकी गिरफ्तारी की पब्लिसिटी नहीं चाहते थे – क्यों नहीं चाहते थे, इतनी ''बड़ी मछली'' फंसी होने का यश क्यों नहीं लेना चाहते थे, ये उसकी समझ से परे था – लेकिन देर-सबेर तो उस बात ने आम होना ही था। फिर सबसे बड़ा झटका उसकी दिल्ली की पार्टी को लगता जो ये सोच कर हैरान हो रही होती कि उन्होंने कारपेट सप्लाई का एक बड़ा आर्डर एक नारकॉटिक्स स्मगलर को दिया था। उसकी मां को भी पता लगता और वो अपनी बद्नसीबी पर आंसू बहाती कि उसके दो बेटे थे और दोनों बतौर नारकॉटिक्स स्मगलर जेल में थे। स्यू को तो उसके अंजाम की खबर के खयाल से ही उसका दिल हिलता था। कहां वो निकट भविष्य में उससे शादी के ख्वाब देख रहा था और कहां अब वो सोच रहा था कि जब तक वो जेल से छूटता, स्यू किसी उस से ज्यादा खुशकिस्मत ''शरीफ'' हसबैंड के स्कूल गोईंग बच्चे को खिला रही होती।

तौबा! किस अंजाम पर ला कर पटका था तकदीर ने! भाई की भलाई के मिशन का बोझ ढोता वो अपना सर्वनाश कर बैठा था। होम करते हाथ जला बैठा था।

तभी दरवाजा खुला और दो आदमियों ने भीतर कदम रखा।

साहिल ने अनायास ही कलाई घड़ी पर निगाह डाली तो पाया रात के नौ बजे थे।

उसने अपलक दोनों की तरफ देखा जिन में से एक उसके सामने बैठ गया और दूसरा उसके पहलू में खड़ा रहा।

''मुझे आलोक पाटिल कहते हैं'' – जो बैठा था, वो बोला – ''ये मेरा मातहत अधिकारी रमेश निगम है।''

साहिल खामोश रहा।

''खाना खाया?''

साहिल ने सहमति में सिर हिलाया।

''कुछ और खाना या पीना चाहते हो?''

उसने इनकार में सिर हिलाया।

''एक कप काफी भी नहीं?''

''नहीं।''

''लिहाजा चार करोड़ चालीस लाख रुपये की आसामी की हम कोई खिदमत नहीं कर सकते।''

''आप मेरी खिल्ली उड़ा रहे हैं।''

''नहीं। तुम्हें ये अहसास दिलाने की कोशिश कर रहा हूं कि अर्श से फर्श तक पहुंचने में कितना कम टाइम लगता है।''

साहिल खामोश रहा।

''चलो, खातिर का मौका मत दो, एक वीडियो फिल्म देखने की जहमत करो।''

''वीडियो फिल्म!''

''स्टारिंग रैंक एमेच्योर नारकॉटिक्स स्मगलर साहिल सरीन, आलसो, नोन ऐज यंगर ब्रदर आफ मोटा हिन्दोस्तानी।'' – उसने बाहर की तरफ देखा और बोला – ''लाओ, भई।''

वहां एक टी.वी. और वी.सी.आर. सैट किया गया और जो फिल्म टी.वी. स्क्रीन पर चलनी शुरू हुई, उस पर खुद उसकी बद्‌नसीबी दर्ज थी। स्क्रीन पर साहिल अटलानी के सुपुर्द हेरोइन करता और फिर अटलानी उसे परखता दिखाई दिया।

वो खुद नोटों को परखता दिखाई दिया।

''स्क्रूवाला तुम से बहुत खुश है।'' – अटलानी की स्पष्ट आवाज आयी – ''गोखले भी। उन्हें उम्मीद नहीं थी तुम वक्त पर ये हेरोइन डिलीवर कर पाओगे।''

उस फिकरे ने ये बात भी मोहरबन्द कर दी कि जो आइटम उसने अटलानी को सौंपी थी, वो हेरोइन थी।

फिर अगले आर्डर का जिक्र।

फिर टेप खत्म।

''और भी सबूत हैं।'' – पाटिल बोला।

साहिल की भवें उठीं।

''दिल्ली एयरपोर्ट पर अपने कूरियर का दवाओं का बक्सा, जिस में कि हेरोइन थी, तुम हमारे आदमी के सामने लेकर भागे थे।''

''जी!''

''वहां जिस नौजवान ने अपने आप को डाक्टर बताया था, वो असल में नारकॉटिक्स कन्ट्रोल ब्यूरो का अधिकारी था और बैंकाक से ही तुम्हारे और तुम्हारे कूरियर के पीछे लगा हुआ था।''

साहिल का जबड़ा लटक गया।

''वो . . . वो बूढा थाई . . . रायांग सूराथानी . . .''

''अपना कूरियर बोलो, अब घर की बात है।''

''. . . उसे क्या हुआ था?''

''उसे लालच हुआ था जो कि बहुत बड़ी बीमारी है।''

''बच गया?''

''हस्पताल पहुंचाया गया था, जहां आनन-फानन उसका स्टॉमेक पम्प किया गया था, लेकिन बच नहीं सका था।''

''स्टॉमेक! स्टॉमेक पम्प किया गया था?'' – साहिल हैरानी से बोला।

''तुम्हारा कूरियर किसी और का भी कूरियर था।''

''जी!''

''डेढ़ किलो हेरोइन अपने पेट में भी छुपाये था जो कि सफर पर रवाना होने से पहले चार कन्डोम में भर कर निगल गया था। दिल्ली में एनिमा देकर कन्डोम निकाल लिये जाते और उन में से हेरोइन निकाल ली जाती। यूं उसे, उस खच्चर को, डबल बोझा ढोने की दोहरी फीस मिलती।''

''तौबा!''

''कम्बख्त को लालच ने मारा। मंजिल पर बस पहुंच ही चुका था कि पेट में

एक कन्डोम फट गया। नतीजा जानलेवा साबित हुआ।''

''ओह! अटलानी?''

''पोस्ट मार्टम के इंतजार में मोर्ग में पड़ा है।''

साहिल के चेहरे पर फिर दहशत के भाव आये।

''म-मर गया?'' – वो बोला।

''हां। हम ने तुम्हारे होटल से शहर से बाहर के एक उजाड़ बंगले तक उस का पीछा किया था, हेरोइन के साथ गिरफ्तार करने की कोशिश की तो शूट आउट पर उतर आया। नतीजतन मारा गया।''

''ओह!''

''हमारा भी एक आफिसर घायल हुआ जिसकी वजह से जिन्दा रहता तो मैं पीट-पीट के मार देता।''

आखिरी शब्द कहते-कहते पाटिल के चेहरे पर ऐसे हिंसक भाव आये कि साहिल तत्काल परे देखने लगा।

''कमीने को हम होटल में ही गिरफ्तार कर सकते थे'' – फिर वो कदरन शान्त स्वर में बोला – ''लेकिन ये सोच कर न किया कि वो आगे किसी के पास पहुंचेगा तो उसे भी गिरफ्तार कर लेंगे।''

साहिल के जेहन में स्क्रूवाला और गोखले का अक्स उभरा।

''क-कोई और गिरफ्तार हुआ?'' – उसने दबे स्वर में पूछा।

''नहीं। बंगला खाली था। लेकिन निगरानी जारी है, इस उम्मीद में कि शायद कोई वहां पहुंचे। अटलानी जिन्दा होता तो उसी से कुछ कबुलवाते लेकिन'' – उसने असहाय भाव से गर्दन हिलाई – ''खामखाह मर गया ईडियट।''

साहिल खामोश रहा।

''तुम अच्छे आदमी हो।'' – पाटिल बोला – ''हमने तुम्हारे बारे में पूरी पड़ताल की है इसलिये हम जानते हैं तुम जो कुछ कर रहे हो, अपने भाई की खातिर कर रहे हो। तुम्हारे भाई की लाइफ स्टोरी से भी हम वाकिफ हैं; जिस बात से नहीं वाकिफ थे, अब हो गये हैं। मैं दिल से कहता हूं, मुझे तुमसे हमदर्दी

है। जज्बात की रौ में बह कर तुम्हारे जैसा जहीन नौजवान अपना सर्वनाश कर बैठा, ये बात हमदर्दी के ही काबिल है। तुम ने खुद न समझा, तुम्हें जिच कर के समझाया गया कि तुम्हारे सामने एक ही रास्ता था, तुम्हारे जज्बात को झिंझोड़ कर, भ्रातृप्रेम की दुहाई दे कर, तुम्हें बाकायदा ब्रेनवाश करके उस कथित एक ही रास्ते पर धकेला गया। नतीजतन तुम अपने से भी गये, जहान से भी गये। तरस आता है मुझे तुम पर।''

साहिल का सिर झुक गया।

''अब बोलो तुम्हारे भाई का सप्लायर कौन है? वो बड़ा ड्रगलार्ड कौन है जिसका तुम्हारा भाई कर्जाई है?''

''मैं नहीं जानता।'' – साहिल संजीदगी से बोला – ''मुझे तो लगता है मेरा भाई भी नहीं जानता।''

''तो काम कैसे चलता है?''

''उसके एक फ्रन्ट के जरिये।''

''बिचौलिया?''

''हां।''

''जैसे इधर अटलानी बिचौलिया था?''

''हां।''

''नाम बोलो।''

वो परे देखने लगा।

''नाम बोलो उस शख्स का जिस से तुम्हारी डीलिंग्स थीं?''

''उसका नाम लेना मेरे परिवार के लिये डैथ वारन्ट साबित होगा।''

''कुछ नहीं होगा। यहां तुम जो कुछ जुबान पर लाओगे, उसे टॉप सीक्रेट रखा जायेगा।''

''लेकिन . . .''

''सहयोग दोतरफा कारोबार होता है। तुम हम से सहयोग करोगे तो यकीन जानो हम भी तुम से बराबर सहयोग करेंगे। अब बोलो, क्या नाम है उस शख्स

का जिससे तुम्हारा वास्ता पड़ता था?''

साहिल खामोश रहा।

''ये बात क्या सिर्फ तुम्हारे से जानी जा सकती है?'' – पाटिल का स्वर तनिक कर्कश हो उठा – ''मुर्गा बांग नहीं देगा तो क्या सबेरा नहीं होगा?''

''भृगु रायामांझी।'' – साहिल दबे स्वर में बोला।

''जो पैनोरमा क्लब में पार्टनर है?''

''ये मुझे नहीं मालूम।''

''वही है। हम उसके नाम से वाकिफ हैं। तो रायामांझी वो शख्स था जिसने तुम्हें चियांग माई के थारांग योसविचित से इन्ट्रोड्यूस कराया था और जो अंकल डी का एजेन्ट है?''

''हां।''

''तुम एक भलेमानस शख्स तजुर्बेकार ड्रग डीलर्स की तरह हेरोइन की तलाश में आल दि वे चियांग माई पहुंच गये!''

''मेरी मजबूरी थी।''

''क्या मजबूरी थी?''

''रायामांझी के माध्यम से हासिल हेरोइन के सदके मैं ताजिन्दगी लगा रहता तो अपने भाई का कर्जा न उतार पाता। मैं सिर्फ एक आखिरी दांव और खेलना चाहता था, इसके लिये मुझे सस्ते माल की जरूरत थी जो कि थाईलैंड जाये बिना हासिल नहीं हो सकता था।''

''हूं। इस सिलसिले में रोशन चौधरी नाम के किसी शख्स से कभी वास्ता पड़ा?''

''नहीं।''

''कभी ये नाम सुना हो?''

''नहीं।''

''खास तौर से रायामंझी की जुबानी?''

''नहीं।''

''अंकल डी ने ये नाम लिया हो? योसविचित ने लिया हो?''

''नहीं।''

''इस नाम से तुम कतई वाकिफ नहीं?''

''नहीं। सच कह रहा हूं।''

''मैं तुम्हारे सहयोग की भावना से खुश हूं लेकिन गाफिल नहीं हूं।''

''क्या मतलब?''

''अगर तुम समझते हो कि तुम मासूम बन कर हमें उल्लू बना सकते हो तो गलत समझते हो।''

''मेरी ऐसी कोई मंशा नहीं।''

''होनी ही नहीं चाहिये। इसी में तुम्हारी गति है। इसी में तुम्हारा भला होने की कोई गुंजाइश है।''

''भला?''

''हो सकता है। होगा। अगरचे कि तुम अपने मतलबपरस्त भाई की भलाई का पीछा छोड़कर अपनी भलाई का खयाल करोगे।''

''मैं क्या करूं?''

''तुम्हारे सवाल का क्या मैं ये मतलब लगाऊं कि तुम चाहते हो कि तुम्हारा भला हो?''

''हां।''

''ये जानते हुए कि बुरी तरह फंसे हुए हो?''

''हां।''

''भाई हो या बाप, आज के जमाने में हर मौकापरस्त आदमी दूसरे को यूज करता है, इमोशनली ब्लैकमेल करता है। तुम चाहते हो तुम्हारा भाई तुम्हें यूज करता रहे, इमोशनली ब्लैकमेल करता रहे?''

''नहीं।''

''मैं तुम्हें सुझाऊं वो रास्ता जिससे तुम इस दुश्वारी से निजात पा सकते हो?''

''हां। प्लीज।''

''तो सुनो। तुम्हें ड्रग्स का धन्धा बरकरार रखना होगा।''

''क्या!''

''मैं समझाता हूं क्या! तुम ड्रग्स के व्यापक धन्धे में कुछ भी नहीं हो। तुम ऐसे पंछी की तरह हो जिस ने नारकॉटिक्स ट्रेड के उफनते दरिया में एक बार चोंच डुबोई और उड़ गया। तुम छोटी मछली हो, बहुत छोटी मछली हो, तुम्हारे सजा पाने या न पाने से हमें कुछ हासिल नहीं होगा। हम बड़े मगरमच्छों को थामना चाहते हैं। बड़ा मगरमच्छ जैसे कि दसाप्रतामा उर्फ अंकल डी। लेकिन इन्टरनेशनल सपोर्ट के बावजूद लाओस में उस पर हाथ नहीं डाला जा सकता। वो इतना समर्थ है कि वहां की सरकार चलाता जान पड़ता है। वहां का हर राजनेता, हर उच्चाधिकारी उसकी मुट्ठी में है। असल में वो हिन्दोस्तानी है जो फैंसी नाम रख कर लाओस में बसा हुआ है। लाओस की पूरी हकूमत उसकी पीठ पर है। जैसे हम दाउद इब्राहीम को पाकिस्तान से वापिस नहीं ला सकते वैसे हम दसाप्रतामा को लाओस से वापिस नहीं ला सकते। लेकिन अगर कभी दाउद हिन्दोस्तान में कदम रखेगा तो फांसी पर टांग दिया जायेगा, वैसे ही अगर अंकल डी कभी हिन्दोस्तान में कदम रखेगा तो खत्म हो जायेगा। वो थाईलैंड में विचरता है लेकिन वहां से भी उसे हिन्दोस्तान लाना टेढी खीर है। नेपाल भारत का सहयोगी राष्ट्र है, वहां हमारी उस पर पेश चल सकती है। हमारे पास एक योजना है जिसमें उस बड़े मगरमच्छ को पकड़ने के लिये तुम छोटी मछली को चारे की तरह इस्तेमाल किया जा सकता है। इसलिये जरूरी है कि तुम ड्रग्स का धन्धा जारी रखो लेकिन अब उसमें तुम्हारी शिरकत बतौर स्मगलर नहीं होगी, बतौर स्पेशल एजेन्ट, नारकॉटिक्स कन्ट्रोल ब्यूरो होगी।''

''मुखबिर बनना होगा?''

''जैसे तुम्हारे पास कोई चायस है!''

साहिल कसमसाया, उसने कई बार बेचैनी से पहलू बदला।

उस दौरान पाटिल सख्ती से उसे घूरता रहा।

''आपने मुझे छोटी मछली कहा'' – आखिरकार साहिल बोला – ''छोटी

मछली क्योंकर इतने बड़े मगरमच्छ को लाओस की अपनी सेफ्टी और सिक्योरिटी छोड़कर नेपाल आने को तैयार कर पायेगी?''

''तुम अब छोटी मछली नहीं रहोगे, तुम्हारा शुमार अब बड़ी मछलियों में होगा।''

''कैसे?''

''बड़ा डीलर बन कर। आठ-आठ दस-दस किलो के आर्डर उठाने की जगह एकमुश्त सैकड़ों किलो की खरीद-फरोख्त करके। रायामांझी जैसे आदमियों के सामने गिड़गिड़ा कर नहीं, उन की आंखों में आंखें डाल कर बराबरी से बात कर के।''

''पैसा कहां से आयेगा?''

''भारत सरकार देगी।''

''फिर भी क्या गारन्टी है कि वो नेपाल का रुख करेगा?''

''करेगा। वो बड़ा सप्लायर है, बड़ा मैनूफैक्चरर है, बड़े आर्डर के लिये जहमत उठानी ही पड़ती है। हमें निश्चित तौर से मालूम है लाओस से न निकलने की उसने कसम नहीं खाई हुई। और तुम भूल रहे हो, उससे मिलने के लिये तुम लाओस नहीं गये थे, वो थाईलैंड की धरती पर तुम्हारे पास पहुंचा था।''

''हूं।''

''माल बनता रहे और बिके नहीं तो क्या फायदा! हर व्यापारी को अपने माल की खपत के लिये कोशिशें करनी ही पड़ती हैं! भले ही माल जूट हो, तम्बाकू हो या हेरोइन हो। बड़े आर्डर के लिये वो कहीं भी जा सकता है, जाता है।''

''मेरी गिरफ्तारी की खबर क्या उससे छुपी रहेगी?''

''उससे क्या, हर किसी से छुपी रहेगी। इसीलिये तुम्हें तुम्हारे होटल के पिछवाड़े से निकाल कर लाया गया था, इसीलिये तुम्हारे तक पहुंचने वाला हमारा कोई अधिकारी वर्दी में नहीं था, इसीलिये तुम्हें हथकड़ियों से नहीं नवाजा गया था।''

''और अटलानी के साथ जो गोलीबारी हुई?''

''उसकी किसी को खबर नहीं लगेगी। उस गोलीबारी का नामोनिशान उस बंगले से मिटाया जा चुका है, एनकाउंटर में ध्वस्त गाड़ी गायब की जा चुकी है, अटलानी की मौत को पूरी तरह से राज रखा गया है।''

''अटलानी बिचौलिया था, वो अपने मालिकान का पैसा मेरे पास लाया था और हेरोइन की डिलीवरी के साथ उन के पास वापिस पहुंचने वाला था। अब वो लोग क्या सोच रहे होंगे?''

''हेरोइन तुम्हें वापिस सौंप दी जायेगी, तुम्हें अपने होटल में वापिस स्थापित कर दिया जायेगा। सस्पेंस के मारे वो लोग तुम्हारे से सम्पर्क करेंगे तो तुम उन से शिकायत करोगे कि तुम कल से इन्तजार कर रहे थे, कोई पेमेन्ट कर के डिलीवरी लेने तुम्हारे पास नहीं पहुंचा था। तब वो लोग क्या सोचेंगे? सोचने लायक जो महज स्वाभाविक बात होगी, वो ये होगी कि बिचौलिया दगा दे गया, बड़ी रकम हाथ में आयी तो रकम के साथ फरार हो गया।''

''मेरे सगे वालों का क्या होगा?''

''तुम्हारा भाई अमन चैन से जेल में रहेगा, तुम्हारी मां के कोई पास नहीं फटकेगा, तुम्हारी माशूक का बाल भी बांका नहीं होगा। ये एनसीबी की गारन्टी है, ये भारत सरकार की गारन्टी है।''

''मेरा पैसा?''

''अभी तुम्हारी अमानत के तौर पर हमारे पास रहेगा, बाद में जब चाहोगे जहां चाहोगे, पहुंचा दिया जायेगा।''

''पैसे के बिना मैं रायामांझी को मुंह नहीं दिखा सकता। मैं उसके रूबरू हुआ तो उसका पहला सवाल कर्जे की रकम की बाबत होगा। वो रकम न लौटाई जाने की सूरत में उसे मेरे से बात भी करना गवारा नहीं होगा।''

''ऐसा?''

''हां। मेरी ये तमाम ड्रिल उसका पैसा लौटा पाने की खातिर ही तो थी! इसी खातिर तो उसने मुझे दसाप्रतामा तक पहुंचने का जरिया सुझाया था। मैं खाली

हाथ उस तक पहुंचा तो वो काईयां आदमी भारी शक तो करेगा ही, और पता नहीं क्या कुछ करेगा!''

''शक तो नहीं होना चाहिये! ठीक है, तुम्हारे काठमाण्डू पहुंचने के बाद तुम्हारा पैसा भी तुम्हें वहां उपलब्ध कराने का प्रबन्ध कर दिया जायेगा। अब ठीक?''

साहिल ने सहमति में सिर हिलाया।

''लोग कहते हैं क्राइम डज नाट पे। जुर्म का कोई हासिल नहीं। देखो, तुम्हारे लिये कितना अच्छा हासिल है जुर्म का!''

साहिल ने अनमने भाव से सहमति में सिर हिलाया।

''अब बोलो क्या कहते हो?''

''जान जोखिम का काम है।''

''अच्छा! और जो पहले कर रहे थे, वो कैसा काम था?''

साहिल से जवाब देते न बना।

''जान तुम्हारी पहले ही सूली पर टंगी है, सिर्फ जोखिम की किस्म बदलने जा रही है।''

''जान न गयी, एनसीबी का मिशन कामयाब हो गया तो आखिरकार मेरा क्या होगा?''

''मुकद्दमा तो चलेगा क्योंकि तुमने बड़े ड्रग लार्ड के खिलाफ गवाह बनना होगा लेकिन मुकद्दमे में तुम्हारी हैसियत वादामाफ गवाह की होगी।''

''अगर मैं इनकार करूं तो?''

''तो ताजिन्दगी जेल में सड़ोगे। तो तुम्हारा भाई अन्त पन्त कर्जाई का कर्जाई रहेगा; अभी जेल में जैसे उसका कान कटा, फिर गर्दन कटेगी। तो तुम्हारी मां एक जवान बेटे की लाश पर बैठी विलाप कर रही होगी और दूसरे बेटे के लाश बन चुका होने की खबर आने का इन्तजार कर रही होगी। तो तुम्हारी माशूक तुम्हारे जिक्र पर सवाल करेगी ''कौन साहिल!''।''

साहिल के शरीर ने जोर से झुरझुरी ली।

''आपका निशाना सिर्फ दसाप्रतामा है?''

''रोशन चौधरी भी है। लेकिन दोनों में एक भारी फर्क है। दसाप्रतामा के खिलाफ हमारे पास सबूत हैं लेकिन वो हमारी पहुंच से बाहर है, रोशन चौधरी हमारी पहुंच में है लेकिन हमारे पास उसके खिलाफ कोई पुख्ता सबूत नहीं है।''

''आई सी।''

''रोशन चौधरी हेरोइन के ट्रेड को तुम्हारे भाई जैसे लोगों के जरिये फाइनांस करता है। मैं उम्मीद करता हूं जब दसाप्रतामा फंसेगा तो वो अपने आप फंस जायेगा।''

''ओह!''

''अब बोलो, हां या न?''

''ये तो सांप-छछूंदर जैसी हालत है मेरी . . .''

''हां या न?''

''ह . . . हां।''

उसके बयान की वीडियो रिकार्डिंग हुई और उसे उसके हैंडराइटिंग में कलमबन्द करा कर उस से उस पर हस्ताक्षर लिये गये।

''अब तुम आजाद हो।'' – पाटिल बोला।

''थैंक्यू।'' – साहिल खोखले स्वर में बोला।

''लेकिन जब तक ये आपरेशन खत्म नहीं हो जायेगा, हमारे एग्रीमेंट की अदृश्य हथकड़ी तुम्हें हमेशा लगी रहेगी।''

''क . . . कब खत्म होगा?''

''थाईलैंड में तुम्हें हफ्ता-दस दिन लगेंगे, काठमांडू में समझ लो कि दो हफ्ते, एक महीने में सब किस्सा निपट जाने की उम्मीद है।''

''आई सी।''

''अब आइन्दा जो कुछ होगा एक विश्वास के तहत होगा। तुम पर विश्वासघात करके फरार हो जाने का जुनून हावी हो सकता है लेकिन इस बात से परहेज

रखना, ऐसा कुछ करोगे तो अपनी भारी बर्बादी की खुद वजह बनोगे।''

''मैं भाग के कहां जाऊंगा?''

''ऐग्जैक्टली।''

''मेरा ऐसा कोई इरादा नहीं।''

''हो भी तो उसे खातिर में न लाना।''

''नहीं लाऊंगा।''

''न ही लाना। जोश खा कर और भी कोई जुर्रत न करना।''

''क्या मतलब?''

''फिल्मी हीरो बनने की कोशिश न करना। जो जैसे समझाया जाये, वो वैसे ही करना, कोई घर का ही प्लान बना कर उस पर अमल करने न बैठ जाना। जो हरकतें अक्षय खन्ना फिल्मों में करता अच्छा लगता है, वो तुम करने लग जाओगे तो पता भी नहीं लगेगा कि जान जिस्म से कब किनारा कर गयी।''

''आई अन्डरस्टैण्ड।''

''तुम्हारी जान हमारी अमानत है, इसको अपने लिये नहीं तो हमारे लिये महफूज रखना।''

''मैं समझ गया। मैंने मदारी का बन्दर बन के रहना है। डुगडुगी बजने पर ही कलाबाजी खा के दिखाना है।''

''बात तुमने मजाक में कही है, कुढ़ कर कही है, बेहूदा तरीके से कही है लेकिन यही सच है। तुम्हारी हर मूव मानीटर्ड होगी।''

''मानीटर कौन होगा?''

''एनसीबी का एक अधिकारी।''

''कौन?''

''तुम उससे मिल चुके हो।''

''कौन?''

''इला कनितकर।''

''वो इन्सपेक्टर जिसने मुझे गिरफ्तार किया था?''

''वही। बहुत काबिल है, बहुत दिलेर है, बहुत हौसलामन्द है।''

''लेकिन . . .''

''तुम जो कदम उठाओगे, उसकी जानकारी में उठाओगे, उस से डिसकस कर के उठाओगे, हर बात की रिपोर्ट उस तक पहुंचाओगे।''

''कैसे पहुंचाऊंगा? कहां ढूंढूंगा मैं उसे?''

''कहीं नहीं।''

''क्या मतलब?''

''वो तुम्हारे साथ ही होगी।''

''क्या!''

''इसीलिये एक लेडी आफिसर को चुना गया है ताकि उसका तुम्हारा साथ अजीब न लगे, खटकने वाला न लगे।''

''लेकिन साथ! कैसे चलेगा?''

''माशूक का साथ कैसे चलता है?''

''माशूक!''

''वो बतौर तुम्हारी गर्लफ्रेंड तुम्हारे साथ होगी। इससे बढ़िया कवर और कोई नहीं हो सकता।''

''सर, आई आलरेडी हैव ए गर्लफ्रेंड।''

''नाओ यू हैव टू।''

''अजीब बात है!''

''क्या अजीब बात है? लोगबाग ब्याहता बीवी को दरकिनार कर देते हैं, तुम गर्लफ्रेंड को नहीं कर सकते?''

''कमाल है!''

''और फिर सच में थोड़े ही करना है!''

''ओह! सच में थोड़े ही करना है!''

''इला बहुत सख्तमिजाज लड़की है, एक्टिंग को एक्टिंग तक ही रखना, कोई लिबर्टी लेने की कोशिश की तो खता खाओगे।''

''मेरी मजाल नहीं होगी।''

''तो सीनेरियो समझ गये तुम? तुम एक नौजवान एलिजिबल बैचलर। इला तुम्हारी लेटेस्ट गर्लफ्रेंड। एक दूसरे की मुहब्बत में गिरफ्तार तुम दोनों एक साथ।''

''समझ गया।''

''वन स्टैप ओवर दि लाइन एण्ड यू विल लूज युअर फैमिली ज्वेल्स।''

''आई अन्डरस्टैण्ड, सर।''

साहिल आजाद हो गया।

उसे एक नये होटल में – होटल ब्लू डायमंड में – पहुंचने की राय दी गयी जहां कि उसने रात गुजारी।

सुबह इला कनितकर वहां पहुंची।

वो डेनिम की जींस और स्लीवलैस टॉप पहने थी, उसने अपने बाल पोनीटेल की सूरत में कस के बांधे हुए थे और एनसीबी की खतरनाक अफसरानी लगने की जगह कालेज स्टूडेंट लग रही थी।

''हमने सीनेरियो में भारी तब्दीली की है'' – बिना किसी औपचारिकता में पड़े वो सीधे मतलब की बात पर आयी – ''हीरानन्द अटलानी की बाबत कल रात जो कहानी पाटिल साहब ने सोची थी, उसे ड्रॉप कर दिया गया था, उसकी जगह नयी कहानी रात को ही प्रैस के हवाले कर गयी थी और वो आज के तमाम अखबारों में छपी है। ये देखो।''

उसने उसके सामने उस रोज के ''टाइम्स आफ इन्डिया'' की एक प्रति डाल दी।

साहिल ने न्यूज पेपर में प्लांट की गयी खबर को गौर से पढ़ा। फिर उसने अखबार पर से सिर उठाया और प्रश्नसूचक नेत्रों से इला की तरफ देखा।

''अब सुनो'' – वो बोली – ''तुमने क्या करना है . . .''

सायरस स्क्रूवाला ने टेलीफोन पर साहिल की आवाज सुनी तो उसके छक्के छूट गये।

''पागल हो गये हो क्या?'' – वो फुसफसाया।

''क्या हुआ?'' – साहिल बोला।

''मुझे क्यों फोन लगाया?''

''क्या हर्ज है?''

''अरे, तुम्हें अटलानी की खबर नहीं लगी?''

''लगी है। तभी तो फोन लगाया। लेकिन अटलानी के साथ जो हुआ, एक गलतफहमी के तहत हुआ इसलिये हमें फिक्र करने की कोई जरूरत नहीं है।''

''क्या कह रहे हो? कैसे गलतफहमी? अरे, उसे शूट कर दिया गया है।''

''गैरइरादतन। खुद उसकी बेवकूफी की वजह से।''

''तुम्हें क्या मालूम?''

''सब को मालूम है। अखबार नहीं पढ़ा?''

''नहीं पढ़ा। क्या है उस में?''

''मैं पढ़ के सुनाता हूं। सुर्खी है : ट्रैफिक नियमों के उल्लंघन से जन्मी गलतफहमी में गोली चली। एक आदमी हलाक।''

''ये अखबार में है?''

''हां। वहीं से तो पढ़ रहा हूं!''

''ट्रैफिक नियमों का उल्लंघन?''

''हां। सुनो। लिखा है : पूना में ट्रैफिक पुलिस के तीन अधिकारियों ने एक व्यक्ति को धुंआधार रफ्तार से एक एम्बैसेडर कार चलाते पाया तो उसका स्पीडिंग का चालान करने की खातिर उसको पकड़ने के लिये वो उसके पीछे लगे। एम्बैसेडर के ड्राइवर ने गाड़ी रोकने की जगह और तेज भगानी शुरू कर दी और आखिरकार वो एक बंगले के कम्पाउंड में घुस गया। पुलिस वाले करीब पहुंचे तो उसने उन पर गोलियां बरसानी शुरू कर दीं जिसमें एक पुलिस वाला घायल हो गया। नतीजतन उन्हें भी काउन्टर फायरिंग करनी पड़ी जिसमें कि वो शख्स – जिसका नाम हीरानन्द अटलानी बताया जाता है – मारा गया। शूट आउट खत्म होने के बाद ही पुलिस वालों को पता लगा था कि वो शख्स क्यों

इतना आतंकित था और क्यों वो पुलिस की गिरफ्त में नहीं आना चाहता था। वजह वो आठ किलो हेरोइन थी जो कि उसकी कार में मौजूद एक बैग में से बरामद हुई थी। सुना?''

''हां।'' – स्क्रूवाला की आवाज आयी।

''समझा?''

''नहीं।''

''अरे, मामला साफ तो है! तुम्हारा आदमी पुलिस को पीछे लगा देखकर घबरा गया, आपा खो बैठा, नतीजतन शूटआउट की नौबत आ गयी। चुपचाप स्पीडिंग का मामूली चालान करा लेता तो कुछ भी न होता।''

''ऐसा?''

''और क्या?''

''यकीन नहीं आता।''

''न यकीन अपने वाली कौन-सी बात है? अगर उन लोगों के पास हेरोइन की खेप की बाबत कोई टिप होती और वो इस वजह से अटलानी की ताक में होते तो क्या उन्हें मेरी भी खबर न होती? तो क्या उन्हें ये मालूम न हुआ होता कि अटलानी को हेरोइन कहां से हासिल हुई थी? तो क्या मैं भी गिरफ्तार न होता?''

''तुम गिरफ्तार नहीं हो?''

''वाट नानसेंस! मैं क्या तुम्हें जेल में से टेलीफोन कर रहा हूं?''

''मैंने कल रात ''ड्रीमलैंड'' फोन लगाया था लेकिन तुम तो वहां नहीं थे।! मुझे बताया गया था कि तुम वहां से चैकआउट कर गये थे।''

''क्यों न करता? इतनी बड़ी रकम कमा चुकने के बाद भी मैं अभी उस मामूली होटल में ही रहता?''

''ओह! अब कहां हो?''

''''ब्लू डायमंड में।''''

''हूं।''

''अटलानी पर जो बीती, उसकी अपनी मूर्खता की वजह से बीती।''

''कैसे भी बीती, हमारा तो बड़ा नुकसान हो गया! क्या पता असल किस्सा क्या है! मौजूदा हालात में हमें कहीं निकल लेने में ही हमारी भलाई लगती है।''

''कहां जाने का इरादा है?''

''गोवा। पणजी में है हमारा एक सेफ ठीया।''

''कब तक वहां ठहरोगे?''

''जब तक हमें यकीन नहीं आ जायेगा कि अटलानी की मौत में कोई भेद नहीं, वो महज एक हादसा था।''

''वो तुम जो मुनासिब समझो, करो; मैं सिर्फ इतना जानना चाहता हूं कि हमारे बीच जो कारोबार शुरू हुआ है, वो आगे चलेगा या नहीं?''

''डिपेंड करता है।''

''मैं समझ रहा हूं कि किस बात पर डिपेंड करता है! मुझे इतना बताओ कि तुम्हारा वहम दूर हो गया तो चलेगा या नहीं?''

''तो क्यों नहीं चलेगा?''

''लिहाजा मैं कान्टैक्ट बनाये रखूं?''

''हां। जरूर।''

''कैसे! तुम गोवा जा रहे हो तो मुम्बई के इस नम्बर पर तो उपलब्ध रहोगे नहीं।''

''जब कान्टेक्ट की जरूरत हो, इसी नम्बर पर फोन लगाना और मैसेज छोड़ना। मैसेज मेरे तक पहुंच जायेगा। फिर मैं जरूरत समझूंगा तो काल बैक करूंगा।''

''ठीक है।''

साहिल ने फोन रखा और व्यग्र भाव से इला की तरफ देखा।

इला पैरेलल लाइन पर तमाम वार्तालाप सुन रही थी, उसने भी फोन रखा और बोली – ''वैल डन। यू आर लर्निंग रीयल फास्ट।''

''थैंक्यू।''

''तुमने उसका विश्वास भी जीत लिया और आइन्दा कारोबार की बुनियाद भी बना ली। ऐन यही हम चाहते थे।''

''लेकिन वो तो छोटे खरीदार हैं! उनका टॉप का आर्डर पन्द्रह किलो से ज्यादा नहीं होने वाला। पन्द्रह किलो का आर्डर तो इतना काफी नहीं कि दसाप्रतामा लाओस छोड़कर काठमाण्डू पहुंच जाये!''

''मालूम है हमें। इन लोगों से तुम्हारी गुडविल बरकरार रहेगी तो ग्राहक और मिल जायेंगे। मेरे पास इधर के सायरस स्क्रूवाला और अरविन्द गोखले जैसे हेरोइन के व्यापारियों की बमय उनकी बैकग्राउंड लिस्ट है।'' – उसने एक लम्बा लिफाफा उसे सौंपा – ''इसको अच्छी तरह स्टडी करो . . .''

''वो तो मैं करूंगा लेकिन फर्जी लिस्ट क्योंकर चलेगी? अंकल डी शक नहीं करेगा?''

''कौन बोला लिस्ट फर्जी है?''

''ये असली डीलरों की लिस्ट है?''

''हां।''

''और सब एनसीबी के फैन हैं?''

''ऐसी कोई बात नहीं है। वो क्या है कि अन्डरवर्ल्ड में हमारे कुछ कान्टैक्ट्स हैं जिसके जरिये बाकायदा इस बात का प्रचार किया गया है कि मोटा हिन्दोस्तानी, जो कि पहले इधर माल सप्लाई किया करता था, क्योंकि आउट आफ एक्शन हो गया है इसलिये उसकी जगह एक नया आदमी ले रहा है जोकि मोटे हिन्दोस्तानी के रेट्स से पन्द्रह प्रसेंट कम पर माल सप्लाई कर सकता है।''

''और वो नया आदमी मैं हूं?''

''हां।''

''स्क्रूवाला और गोखले का क्या होगा?''

''अभी उन्हें छूट है, क्योंकि हमारा मकसद हल होने में वो भी एक जरिया हैं, बाद में जो होगा, बुरा होगा।''

''आगे का क्या प्रोग्राम हैं?''

''कल हम बैंकाक के लिये रवाना हो रहे हैं।''

''इतनी जल्दी?''

''हां।''

''मैं काठमाण्डू एक काल कर सकता हूं?''

''किसे?''

''अपनी गर्लफ्रेंड को।''

''तुम्हारी गर्लफ्रेंड तुम्हारे सामने मौजूद है।''

''अपनी असली गर्लफ्रेंड को।''

''मेरे सामने करो।''

''नहीं।''

''मर्जी तुम्हारी। और ये न समझना मेरी गैरहाजिरी में कर लोगे। अव्वल तो मैं कहीं जा नहीं रही, जाऊंगी तो जो मैं नहीं सुनूंगी तो कोई और सुनेगा।''

''मतलब ये कि ये लाइन टेप्ड है?''

''हां।''

''फिर तो यहां भी मैं गिरफ्तार ही हुआ, सिर्फ जेल की सलाखें यहां नहीं हैं!''

''ऐसा ही है। बुरे कामों के नतीजे बुरे ही होते हैं। बबूल का पेड़ बोवोगे तो कांटे ही तो उगेंगे।''

''सही फरमाया, मैडम।''

शाम को होटल में आलोक पाटिल भी पहुंचा।

तीनों ने होटल के शानदार रेस्टोरेंट में ड्रिंक्स – मर्दों ने स्काच विस्की, इला ने रैड वाइन – का आनन्द लिया और डिनर किया।

''अंकल डी के साथ जो डील तुम करोगे'' – डिनर के बाद पाटिल बोला – ''उसके लिये बहुत बड़ा सरमाया दरकार होगा जो कि तुम्हारी मौजूद हैसियत से तुम्हारी पहुंच से बाहर होगा।''

''अंकल डी क्रेडिट नहीं देता।'' – इला बोली।

''तो?'' – साहिल बोला।

''फाइनांस फाइनांसर देगा।''

''कौन?''

''जो तुम्हारे भाई का फाइनांसर था, जिसका तुम्हारा भाई कजाई है।''

''उसे कोई नहीं जानता।''

''जानते बहुत लोग हैं – जैसे कि तुम्हारा भाई ही जानता है – उसका स्टाइल आफ बिजनेस है कि कोई उस तक पहुंच नहीं सकता। वो बैकग्राउन्ड में रह के बिचौलिये के माध्यम से अपना बिजनेस करता है।''

''बिचौलिया?''

''रायामांझी?''

''ओह!''

''सब जानते हैं कि वो चौधरी का फ्रन्ट है लेकिन कोई साबित नहीं कर सकता।''

''वो मुझे फाइनांस करेगा?''

''क्यों नहीं करेगा? उसका कारोबार है। पांच सौ फीसदी ब्याज कमाता है वो इस कारोबार से। जितना बड़ा कर्जा होगा, उतना ज्यादा वो कमायेगा। वो बड़ी कमाई क्यों छोड़ेगा?''

''ठीक।''

''आइन्दा तसवीर में ये शख्स, ये खुफिया फाइनांसर, भी कहीं फिट हो, ये हमारे लिये जरूरी है।'' – वो एक क्षण ठिठका और फिर बोला – ''बल्कि मेरे लिये जरूरी है। उस हरामजादे की वजह से मेरी जान जाते-जाते बची थी।''

''व्यक्तिगत प्रतिशोध! पर्सनल वैन्डेटा?''

''यही समझ लो।''

''दस्तूर कहता है कि बिजनेस में पर्सनल कुछ नहीं होना चाहिये।''

"इला कान बन्द करे तो जवाब दूं।"

"मेरे कान बन्द हैं।" – वो बोली।

"दस्तूर की मां की . . ."

धनुष तुलाधर सो कर उठा।

पिछली रात उसने छक के पी थी और फिर एक स्थानीय कालगर्ल को बुलडोजर की तरह रौंदा था। नतीजतन सूरज आसमान पर पहुंचने को था जब वो सो कर उठा था।

वो नित्यकर्म से निवृत हुआ, फिर उसने अपने लिये चाय बनायी और बाहर से उस रोज का अखबार "गोरखा पत्र" उठा कर लाया। वो एक आराम कुर्सी पर ढेर हुआ और चाय चुसकते उसने अखबार पर निगाह डाली।

मुख पृष्ठ पर सुर्खी थी:

गोल्डी चौधरी केस

सरकारी गवाह अपने बयान से मुकरा।

"ओह नो!" – उसके मुंह से निकला। वो सम्भल कर सीधा हुआ, चाय का गिलास उसने कुर्सी के पहलू में पड़ी तिपाई पर रख दिया और गौर से खबर को पढना शुरू किया। सुर्खी के नीचे छपा था:

> मैं अपने सहकर्मियों से बाहर नहीं जाना चाहता, मैं उन के विश्वास का हनन नहीं करना चाहता लेकिन मैं ये भी नहीं चाहता कि मेरी वजह से एक बेगुनाह को सजा मिले।
>
> सरकारी गवाह सब-इन्सपेटर राम बहादुर बिष्ट के नये बयान ने अभियुक्त इकबाल चौधरी उर्फ गोल्डी के खिलाफ चल रहे गैरइरादतन कत्ल के केस का रुख ही मोड़ दिया। स्मरण रहे कि अभियुक्त नेपाल के बड़े बिजनेसमैन रोशन चौधरी का पुत्र है।
>
> सरकारी गवाह राम बहादुर बिष्ट ने अपने नये बयान में आगे कहा कि दुर्घटना की रात को उसके सहकर्मियों ने, विशेषरूप से इन्सपेक्टर

माधव दीक्षित ने, उसे अभियुक्त गोल्डी के खिलाफ बयान देने के लिये मजबूर किया था ताकि पुलिस अभियुक्त से अपने सहयोगी कांसटेबल की हौलनाक मौत का बदला ले पाती। इसीलिये सब ने अभियुक्त के खिलाफ गवाही देने का फैसला किया था।

सब-इन्सपेक्टर बिष्ट ने अपने बयान में आगे कहा कि पहले उसने इस गलतबयानी के लिये इसलिये हामी भर दी थी क्यों कि उस पर इन्स्पेक्टर माधव दीक्षित का भारी दबाव था, इन्स्पेक्टर दीक्षित ने उसे साफ धमकी दी थी कि अगर उस ने उसकी बात न मानी तो वो महकमे में उस का जीना हराम कर देगा। मजबूरन उसे इन्सपेक्टर दीक्षित की हां में हां मिलानी पड़ी थी, तभी से वो अपनी अन्तरात्मा पर भारी बोझ महसूस कर रहा था। और फिर आखिरकार ''हकीकत'' बयान करने की हिम्मत उसने अपने आप में जुटा ही ली थी।

हकीकत ये थी कि मोटरसाइकल सवार कांसटेबल की मोटरसाइकल उसके एकाएक ब्रेक लगा देने की वजह से सड़क पर स्लिप कर गयी थी और यूं बी.एम.डब्ल्यू. के सामने आ कर पड़ी थी कि कार ड्राइवर के लिये मोटरसाइकल को कार की चपेट में आ जाने से बचाना असम्भव हो गया था।

आखिर में सब-इन्सपेक्टर बिष्ट ने अपने बयान में कहा :

''अब मेरी अन्तरात्मा पर कोई बोझ नहीं है। अब मैं चैन से सो सकता हूं। अब मैं खुश हूं कि मैंने एक बेगुनाह को पुलिस के प्रतिशोध से बचाया। बदले में जब मेरे पर कोई विभागीय कार्यवाही होगी, मेरी नौकरी भी चली जायेगी, तो मुझे कोई अफसोस नहीं होगा।''

''अन्तरात्मा का बच्चा!'' – भुनभुनाते हुए तुलाधर ने अखबार एक ओर फेंक दिया – ''साला झूठा! मक्कार! रिश्वत खा गया! अब मृत कांसटेबल के घर वालों के पास ''मानवीय आधार पर'' एक मोटी रकम पहुंच जायेगी और केस खत्म हो जायेगा। किसी धनकुबेर की औलाद को सजा दिलाना कोई हंसी खेल

था! पैसे से कौन लड़ सकता था!''

उसने मुम्बई आलोक पाटिल को फोन लगाया।

''अखबार देखा?'' – उसने पूछा।

''सुबह देखा था।''

''इधर की चौधरी के बच्चे वाली खबर पढ़ी?''

''पढ़ी। लेकिन उसमें हैरानी की क्या बात है? गवाह कहां नहीं खरीदे जाते!''

''अब तो वो छूट जायेगा।''

''छूट के कहां जायेगा! बहुत जल्द चौधरी हमारे कब्जे में होगा। फिर हम उसी से कबुलवा लेंगे कि औलाद की रक्षा के लिये उसने सरकारी गवाह को रिश्वत खिला कर अपनी तरफ किया था।''

''चौधरी हमारे कब्जे में होगा, बोला?''

''हां।''

''कोई नयी गोटी चली है?''

''यही समझ लो।''

''कैसे? क्या किया?''

''अभी बताने लायक कुछ नहीं है . . .''

''फिर भी?''

'' . . .लेकिन जल्दी ही बहुत धमाकेदार कुछ होगा।''

''क्या? मेरे को तो बताओ!''

''बोला न, अभी कुछ नहीं है बताने को। अभी जरा पहला कदम तो उठने दो!''

''लेकिन . . .''

''एक-दो दिन में मैं काठमाण्डू पहुंच रहा हूं, फिर इत्मीनान से बैठ कर बातें करेंगे।''

''ठीक है।''

पाटिल इला और साहिल को एयरपोर्ट छोड़ने गया।

वो गाड़ी से उतरे तो वो इला से बोला – ''ऐसे नहीं चलेगा।''

''क्या?'' – इला सकपकाई – ''क्या बोला?''

''तमाम रास्ते मैं तुम्हें वाच करता आया। अरे, तोता-मैना की जोड़ी नहीं हो तो क्या हुआ, तोता-मैना की जोड़ी लग तो सकते हो! तुम तो इसके साथ यूं पेश आ रही हो जैसे किसी मुलजिम को पकड़ के मैजिस्ट्रेट के सामने पेश करने ले जा रही हो।''

''आगे ठीक हो जायेगा।'' – वो अनमने भाव से बोली।

''अभी ठीक होना चाहिये। कोई वाच करता हो सकता है।''

''अच्छा, अच्छा।''

उसने बड़े जोशोखरोश के साथ साहिल की बांह में बांह पिरोई।

''यस। दैट्स लाइक ए गुड गर्ल। आगे भी यही मिजाज रखना। विल्स का विज्ञापन बन के दिखाना। मेड फार ईच अदर।''

''फिक्र न करो।''

''हैपी जर्नी।''

''थैंक्यू।''

अपने आलीशान मेन्शन में रोशन चौधरी अपने बेटे के कमरे में पहुंचा।

''हल्लो, डैड।'' – गोल्डी यूं बोला जैसे किसी दोस्त से मुखातिब हो।

चौधरी ने अप्रसन्न भाव से अपने बेटे की तरफ देखा, फिर बोला – ''तुम्हारे लिये अच्छी खबर है। अभी वकील का फोन आया है। कहता है, नयी गवाही के मद्देनजर तुम्हें गैरइरादतन कत्ल के इलजाम से बरी किया जा रहा है लेकिन नशे में गाड़ी चलाते होने का गुनाह तुम्हें कबूल करना पड़ेगा।''

''उस में कितनी सजा होगी?''

''कोई सजा नहीं होगी।''

''फिर क्या बात है!''

''लेकिन जुर्माना होगा और तुम्हारा ड्राइविंग लाइसेंस छीन लिया जायेगा।''

''बस?''

''हां।''

''लाइसेंस का क्या है! गाड़ी ड्राइवर चला लेगा।''

''छः महीने बाद लाइसेंस भी बहाल हो जायेगा।''

''दैट्स ग्रेट! लेकिन क्या उस नशे में गाड़ी चलाते होने के चार्ज से भी पीछा नहीं छुड़ाया जा सकता?''

''तकदीर के धागे को इतना ही खींचना चाहिये कि वो टूट न जाये। समझे?''

''समझा।''

''जो हुआ है, उस से सबक लो और कोशिश करो कि आइन्दा न हो।''

''यस, डैड।''

''बाप के नाम का फायदा उठाने की, उसकी ओट लेने की, भी कोई लिमिट होनी चाहिये।''

''वो तो मैं बराबर लूंगा।''

''क्या?''

''ओट। आपकी भी और आप के नाम की भी।''

चौधरी ने हकबका कर उसकी तरफ देखा।

''आप चौधरी'' – गोल्डी हंसता हुआ बोला – ''मैं चौधरी। आप रोशन, मैं आपकी रोशनी से रोशन। नो?''

चौधरी ने उत्तर न दिया, एकाएक वो घूमा और अपने बेटे के कमरे से बाहर निकल गया।

वे चियांग माई पहुंचे।

साहिल ने थारांग योसविचित से उसके हैण्डीक्राफ्ट्स एम्पोरियम में सम्पर्क किया और हेरोइन के बिजनेस में अपने आइन्दा बुलन्द इरादों की उसे खबर की। योसविचित प्रभावित हुए बिना न रह सका।

''मैं अंकल डी को खबर भिजवाता हूं।'' – वो बोला।

''गुड।''

उसी रात उसने तसदीक कर दी कि अंकल डी तक उसका पैगाम पहुंच गया था।

अब इन्तजार के अलावा उन्हें कोई काम नहीं था।

यहां इला ने अपना रोल बाखूबी निभाया। वो साहिल से यूं पेश आयी कि कोई भी उन्हें देखता तो वो उन्हें एक दूसरे की चाह में गले गले डूबा कोई हनीमूनिंग कपल ही समझता। वो बजातेखुद भी माहौल को एनजाय करने लगी थी, बाकायदा पिकनिक के मूड में आ गयी थी, लगभग भूल ही गयी थी कि वो एनसीबी की इन्स्पेक्टर थी और अपनी खास ड्यूटी के तहत वहां थी।

पहला दिन ऐसी मस्ती में गुजरा कि साहिल को अहसास ही न रहा कि वो एनसीबी की कठपुतली था और जो कुछ कर रहा था, एनसीबी के एक मिशन के तहत कर रहा था।

''तोता-मैना की जोड़ी'' के अलग-अलग कमरों में रहने का तो कोई मतलब ही नहीं था इसलिये एक ही रूम – जिस में कि एक ही डबल बैड थी – शेयर करना उन के लिये जरूरी था। रात को उसने आफर किया कि वो सोफे पर सो सकता था लेकिन इला ने ये कह कर इंकार कर दिया कि अनजाने में भी किसी होटल स्टाफ ने उसे सोफे पर सोते देख लिया तो बात फैल सकती थी। नतीजतन रात को दोनों एक पलंग पर सोये। दिन भर की तफरीह से थकी इला तो घोड़े बेच कर सोई जब कि इतने ही थके साहिल को पहले तो नींद ही न आयी, आयी तो उस में कई बार विघ्न पड़ा। हर बार वो इस खयाल से चौंक कर जागा कि नींद में उसने करवट बदली थी तो वो इला के ऊपर जाकर पड़ा था और वो गुस्से से बिफर रही थी। वो रेशमी नाइटी पहन कर पीठ के बल सोई थी और अनायास ही उसकी निगाह उसकी सांसों के साथ उठते गिरते उसके उन्नत वक्ष पर जा पड़ती थी। उसके जिस्म से ऐसी खुश्बू की महक उठती थी जैसी पहले कभी उसके नथुनों से नहीं टकराई थी।

तौबा! ये चोर और कोतवाल का नहीं, घी और आग का साथ था।

पांच दिन यूं ही गुजरे।

छटे दिन, जब कि वो दसाप्रतामा की तरफ से कोई पैगाम आने की उम्मीद छोड़ने जा रहे थे, योसविचित इस गुड न्यूज के साथ उन के होटल में पहुंचा कि अंकल डी ने उस से मीटिंग के लिये हामी भर दी थी।

''शुक्र है।'' – साहिल बोला – ''कब होगी मीटिंग?''

''आज ही रात।''

''उसी जगह?''

''नहीं। अंकल डी किसी एक जगह दो बार पाया जाना गुनाह समझता है।''

''तो कहां?''

''मालूम पड़ जायेगा। दोपहरबाद लेने आऊंगा। लम्बे सफर के लिये तैयार मिलना।''

''ठीक है।''

वो चला गया तो इला उसके करीब पहुंची।

''तो ये था योसविचित'' – वो बोली – ''जो उस ड्रग लार्ड का दलाल है!''

''हां।''

''सूरत से कोई रिसर्च स्कालर लगता था।''

''हां। तभी तो कामयाब है। तभी तो आज तक किसी को उस पर कोई शक नहीं हुआ।''

''क्या बोला?''

''मीटिंग फिक्स हो गयी है। आज ही रात मुलाकात होगी।''

''हम दोनों जायेंगे।''

''नामुमकिन। मुझे अकेले जाना होगा। तुम्हारे साथ होने से अगर अंकल डी को एतराज हुआ तो वो करीब भी नहीं फटकेगा और फिर पता नहीं मुलाकात का दूसरा मौका देगा या नहीं!''

''ठीक है। मुझे तुम पर भरोसा है।''

''मैडम'' – साहिल हंसा – ''नहीं भी है तो कम से कम इस बार तुम्हारे पास कोई चायस नहीं है।''

जवाब में पहले तो उसके चेहरे पर बड़े कठोर भाव आये, फिर एकाएक वो मुस्कुराई।

''यू आर राइट।'' – वो बोली।

एक जीप खुद चलाता योसविचित एक बजे होटल पहुंचा।

साहिल उसके साथ सवार हुआ।

जीप अपने सफर पर निकल पड़ी।

पांच घन्टे वो सफर चला।

दिन ढलने लगा। सूरज डूबने लगा।

''कितना फासला रह गया?'' – साहिल बोला – ''अब तो हम जरूर बार्डर के करीब पहुंच रहे होंगे।''

''हम बार्डर पार कर चुके हैं।'' – योसविचित सहज भाव से बोला।

''क्या!''

''अभी पीछे हमने जो नदी पार की थी, वो ही थाईलैंड लाओस बार्डर था।''

''अब हम लाओस में हैं?''

''हां।''

''कोई पूछ-पड़ताल नहीं? कोई रोक-टोक नहीं?''

''कोई पासपोर्ट नहीं, वीसा नहीं। कोई ऐन्ट्री का टैम्परेरी परवान नहीं।''

''कोई पकड़ लेता तो?''

''तो अपनी फीस लेकर छोड़ देता।''

''फीस?''

''अमरीकी डालर में हो या थाई बहात में हो, नो प्राब्लम।''

''किसी के पास रिश्वत देने को रकम न हो तो?''

''तो उसे शूट कर दिया जाता है।''

''हमें भी शूट किया जा सकता है?''

''हमें नहीं। हमें नहीं।''

''क्यों?''

''क्योंकि हम अंकल डी के मेहमान हैं। हमारे से तो कोई रिश्वत भी नहीं मांगेगा! हमारे तो कोई पास भी नहीं फटकेगा! फटका कोई?''

साहिल का सिर स्वयमेव इनकार में हिला।

''उसने मीटिंग लाओस में क्यों फिक्स की?'' – फिर बोला।

''ताकि तुम उसका एम्पायर देख सको। इस वक्त इधर जितनी दूर तक निगाह दौड़ाओगे, तुम्हें अंकल डी का वैभव दिखाई देगा। आगे-पीछे दायें-बायें हर जगह पोस्त उगा देखोगे जिस से कि अफीम बनती है जो कि हेरोइन का रॉ मैटिरियल है।''

साहिल ने देखा उस घड़ी भी जीप कमर तक आने वाले हवा में लहलहाते पोस्त के डोडों में से गुजर रही थी। खेतों में खामोशी से सिर झुकाये औरतें काम कर रही थीं। वो बड़ी दक्षता से पोस्त के डोडे काट-काट कर उस में से खसखस निकाल रही थीं।

कोई पन्द्रह मिनट और उसने जीप चलाई, फिर उन्हें आगे एक गांव दहाना दिखाई दिया।

''अंकल डी यहां रहता है।'' – वो बोला।

''इस गांव में?''

''हां।''

''हमें कहां मिलेगा?''

''गांव के दहाने पर। बस पहुंच ही गये समझो।''

एक खंडहर सी मेहराब के सामने उसने जीप रोकी और नीचे उतरा।

साहिल भी उतर कर उस के पहलू में जा खड़ा हुआ।

तभी मेहराब के साथ की कच्ची दीवार की ओर से दसाप्रतामा बाहर निकला। उस वक्त के साथ कोई सशस्त्र बॉडीगार्ड नहीं थे, केवल एक खतरनाक डोबरमैन नस्ल का कुत्ता था जो उसके पहलू में चल रहा था। उस वक्त वो देहात के मुखिया जैसा लग रहा था जो कि शाम ढले चौपाल पर हुक्के का कश लगाने निकला हो।

मुस्कराता हुआ वो करीब पहुंचा।

दोनों ने उस का अभिवादन किया।

''वैलकम! वैलकम, माई फ्रेंड।'' – वो बोला – ''पिछला डील कैसा रहा?''

''आखिरकार ठीक ही रहा था, सर। आई मीन अंकल डी।''

''आखिरकार! हां, आखिरकार। सुना है कोई पंगा पड़ गया था। कूरियर की वजह से। नो?''

''यस। आप तक पहुंच गयी खबर?''

''बुरी थी इसलिये पहुंच गयी। अच्छी खबर इतनी रफ्तार से नहीं मिलती।''

''आप की जानकारी के जरिये कमाल के हैं।''

मन ही मन वो उस बात का खौफ खा रहा था। पता नहीं और क्या जानता था वो शख्स! कहीं सब कुछ ही तो नहीं जानता था!

''मुझे खेद है कि मेरे को तुम्हें यहां बुलाना पड़ा और तुम्हें इतने सख्त और उबाऊ सफर की जहमत उठानी पड़ी। लेकिन ऐसा करने की वजह थी।''

''जी!''

''मैंने पहले भी कहा था कि मैं बहुत सावधान रहने वाला आदमी हूं। अपनी इसी फितरत की वजह से खतरे को मैं हवा में सूंघ लेता हूं।''

साहिल फिर हकबकाया। किस खतरे की बात कर रहा था वो शख्स? क्या उसे भनक लग गयी थी कि वो अब एन.सी.बी के इशारों पर नाच रहा था? अगर ऐसा था तो ये बात निश्चित थी कि वो वहां से जिन्दा वापिस नहीं जा सकता था, वो वहां बहुत बुरी मौत मरने वाला था।

''लेकिन जो मैं सूंघ पाता हूं, वो हमेशा ही खतरा नहीं होता। कभी खतरा सूंघने की कोशिश में गोबर भी सूंघना पड़ जाता है जिसकी कि इधर कोई कमी नहीं।''

तब कहीं जा कर साहिल की जान में जान आई।

''हा हा हा।''

साहिल ने भी बड़ी शिष्टता से हंसी में उसका साथ दिया।

कैसा घाघ आदमी था वो बूढा! पता नहीं लगता था कब गर्म होता था, कब नर्म होता था।

''बहरहाल'' – दसाप्रतामा बोला – ''आखिरकार जो तुम्हारे साथ गुजरी वो ठीक गुजरी?''

''जी हां।''

''पैसा कमा लिया?''

''जी हां।''

''इन्डिया से बाहर निकाल लिया?''

''जी हां।''

''फिर क्या बात है!''

''पैसा कमा लिया, तभी तो अगले डील की तैयारी में यहां आया हूं।''

''हां। चश्मे ने बोला मेरे को।''

''इस बार जब मैं मुम्बई में था तो मुझे कुछ नयी पार्टियां मिली थीं जिन्होंने मेरे से बिजनेस करने की खुद इच्छा जताई थी।''

''दैट्स वैरी गुड।''

''इसलिये इस बार मेरी जरूरत काफी ज्यादा है और कोई पंगा न पड़ा तो आगे और भी ज्यादा होगी।''

''अभी क्या है तुम्हारी जरूरत?''

''सौ किलो। फिर डेढ-दो महीनों में सौ किलो और।''

''बहुत जल्दी आसमान छूने लगे! जब कि इस धन्धे में नये हो!''

''तकदीर की बात है।'' – साहिल लापरवाही से बोला – ''वो जिधर धक्का दे, उधर जाना पड़ता है। ऊपर से इस सिलसिले में ग्राउन्ड वर्क मुझे पहले से हुआ मिला है।''

''भाई का किया हुआ?''

''जी हां। अपनी गिरफ्तारी से पहले वो उन्हीं पार्टियों से डील की तैयारी कर रहा था।''

''आई सी।''

''कान्टैक्ट के लिये नये नाम मुझे मेरे भाई ने बताये थे। वो लोग भी मेरे साथ बिजनेस करने के लिये इसीलिये फौरन तैयार हो गये थे क्योंकि मैं उनके जांचे-परखे शख्स का भाई था। उधर सब कुछ ठीक चले इस की जिम्मेदारी जिस शख्स ने ली है, वो उन लोगों में उन के लीडर की हैसियत रखता है।''

''क्या नाम है उसका?''

साहिल ने सिखाया पढ़ाया नाम लिया।

''हरमेश दादरवाला।''

''मैंने सुना है ये नाम। छोटा खिलाड़ी है लेकिन कान्टैक्ट्स अच्छे हैं।''

''कमाल है! आप तो सब को जानते हैं!''

मन ही मन वो इस बात की खैर मना रहा था कि उसने कोई फर्जी नाम नहीं लिया था।

''इस धन्धे में अच्छी जानकारी असैट होती है, इन्श्योरेंस का काम करती है।''

''मैं अब समझता हूं ये बात। तो फिर . . .''

''फिर की बात फिर। पहले मुझे थोड़ी मेहमाननवाजी का मौका दो।''

''जी!''

''आज मेरे घर में तुम्हारी दावत है।''

शानदार दावत हुई, यादगार दावत हुई, जिस में आधी रात हो गयी।

तब कहीं जा कर धन्धे की बात चली।

''ये बड़ा आर्डर है'' – दसाप्रतामा बोला – ''इतने बड़े आर्डर को फाइनांस कर सकते हो?''

''नहीं।'' – साहिल बोला – ''फाइनांसर की मुझे सख्त जरूरत है। आप सुझाइये कुछ।''

''भाई से न पूछा? उसने न सुझाया?''

''वो तो एक ही फाइनांसर को जानता है जिसका बिचौलिया काठमाण्डू में भृगु रायामांझी है।''

''क्या खराबी है उसमें?''

''खराबी कोई नहीं है, अंकल डी, लेकिन मेरा भाई क्योंकि उसका पैसा वक्त पर नहीं लौटा पाया था, इसलिये हो सकता है वो मेरे से डील – खास तौर से बड़ा डील – करना पसन्द न करे।''

''कर्जा चुक गया है?''

''चुक गया ही समझिये।''

''समझूं क्या मतलब?''

''उससे मिलने का टाइम नहीं लगा, पहले ही इधर चला आया। मेरे काठमाण्डू लौटते ही कर्जा चुक जायेगा।''

''बमय ब्याज?''

''हां।''

''गारन्टी है?''

''फुल गारन्टी है, अंकल डी, बस मेरे काठमाण्डू में कदम रखने की देर है।''

''फिर क्या प्राब्लम है?''

''कर्जा भाई ने न चुकाया, उसकी जगह मैं चुकाऊंगा।''

''तुम्हारे चुकाने से डालर अस्सी सैंट का हो जायेगा?''

''नहीं।''

''तो बात खत्म।''

''फिर तो मेरा काम वहीं से बन सकता है। मैंने सुना है रायामांझी जिस शख्स का फ्रंट है, वो तो बहुत बड़ा फाइनांसर है। शायद'' – साहिल के माथे पर यूं बल पड़े जैसे वो अपनी याददाश्त पर जोर डाल रहा हो – ''चौधरी नाम है उसका।''

दसाप्रतामा खामोश रहा।

साहिल कुछ क्षण उसके बोलने की प्रतीक्षा करता रहा, फिर बोला – ''अगर रायामांझी को मेरे से डील करना कबूल न हुआ तो मुझे कोई दूसरा जरिया तलाश करना पड़ेगा। आप मुझे कोई दूसरा जरिया, कोई आल्टरनेट फाइनांसर, सुझा सकते हैं?''

''उसकी जरूरत नहीं पड़ेगी। रायामांझी से तुम्हें इनकार नहीं सुनना पड़ेगा।''

''लेकिन फैसला तो उसके बॉस ने करना होगा! बड़ी रकम का – दो सौ किलो की परचेज प्राइस का – मामला है। रायामांझी अपने बॉस को मेरी बाबत कोई होस्टाइल रिपोर्ट देगा तो वो तो मुझे फाइनांसर करने से इनकार कर देगा – आप . . . आप चौधरी से वाकिफ हैं?''

''हां, वाकिफ तो हूं!''

उसके अलावा वो कुछ न बोला।

साहिल कुछ क्षण अपलक उसे देखता रहा, फिर उसने नया पैंतरा आजमाया – ''चलिये एक मिनट के लिये मैं फाइनांसर के मसले को दरकिनार भी कर दूं तो इतनी बड़ी मिकदार की – एक वक्त में सौ किलो की – ट्रांसपोर्टेशन का भी तो मसला है!''

''हां।'' – दसाप्रतामा सहमति में सिर हिलाता बोला – ''वो बड़ा मसला है जिस के लिये कि बड़ा – और निहायत चौकस – इन्तजाम जरूरी होगा।''

''यही मैं अर्ज करना चाहता था।''

''फाइनांसर भी गारन्टी चाहेगा कि इतने बड़े कनसाइनमेंट को हैंडल करने के साधन तुम्हें उपलब्ध थे।''

''ऐग्जैक्टली।''

''लेकिन वो तुम्हारी प्राब्लम है।''

''फाइनांसर मिल जायेगा तो मैं इस प्राब्लम को हैंडल कर लूंगा; कर क्या लूंगा, जब इसी धन्धे में रहना है तो कर के दिखाना होगा। बाई दि वे, आप अपनी शर्तों में कोई रियायत नहीं कर सकते?''

''नहीं।'' – वो दो टूक बोला।

''आपको पहले की तरह आधी पेंमेंट एडवांस देनी होगी?''

''हां।''

''बड़ी रकम है।''

''बड़ी कनसाइनमेंट है।''

''आप की पैमेंट मैं एक तरीके से अरेंज कर सकता हूं।''

''क्या है वो तरीका?''

''जैसे आप मेरे से आधी रकम एडवांस चाहते हैं, वैसे मैं अपने खरीदारों से आधी रकम एडवांस मांग सकता हूं।''

''फिर क्या प्राब्लम है?''

''वो इस बात की तसल्ली किये बिना एडवांस नहीं देंगे कि मेरा सप्लायर – जोकि आप हैं – मुझे गोल्डन ट्रायंगल से बाहर माल डिलीवर कर सकता है।''

''मैं कहीं भी माल डिलीवर कर सकता हूं।'' – दसाप्रतामा गर्व से बोला – ''दुनिया में ऐसी कोई जगह नहीं जहां मैं माल डिलीवर नहीं कर सकता।''

''इन्डिया में भी?''

''इन्डिया में खुश्की पर नहीं।''

''समुद्र में?''

''हां। किसी भी समुद्र तट के करीब, भले ही वो खाड़ी बंगाल में हो, अरब सागर में हो या हिन्द महासागर में हो।''

''नेपाल में?''

''वहां भी।''

''आप ये जिद नहीं करते कि खरीददार डिलीवरी खुद कलैक्ट करें?''

''नहीं।''

''वजह?''

''क्या पता कौन किसकी निगाहों में हो!''

''यूं आप पर हर्फ आ सकता है!''

''मेरे पर कोई हर्फ नहीं आ सकता। उन लोगों पर आ सकता है। दूसरे, दस जनों के अन्दर आने से एक जने का – मेरा – बाहर जाना आसान है।''

''मुझे आपकी बात पर यकीन है लेकिन मेरे खरीदारों को इस बात पर कैसै यकीन आये! क्या आप उन्हें यकीन दिला सकते हैं?''

''हां।''

''इस सिलसिले में आप को उन से मिलना कबूल होगा?''

''हां।''

''नेपाल में?''

''हां, लेकिन मेरी शर्त है।''

''क्या?''

''एक तो मुझे यकीन आना चाहिए कि तुम्हारे खरीदार, जिन से तुम मुझे मिलवाना चाहते हो, भरोसे के हैं। दूसरे, शिड्यूल मेरा होगा; मैं अपनी सहूलियत से, अपने तरीके से, अपने पसन्दीदा टाइम पर वहां पहुंचूंगा।''

साहिल खुश था कि वार्तालाप उसी लाइन पर चल रहा था जिस पर कि एन.सी.बी वाले चाहते थे कि वो चले। उसने कुछ क्षण सोचने का अभिनय किया और फिर बोला – ''सर, आप की दूसरी शर्त तो ठीक है लेकिन आप की पहली शर्त . . . अपने खरीदारों के आप के मैयार पर भरोसेमन्द साबित होने का मैं कैसे जामिन बन सकता हूं? अगर आप मुझे बतायें कि आप किस खरीदार से पहले से वाकिफ हैं और वो आप के भरोसे का है तो . . . तो . . .''

''यहां रायामांझी का रोल है। उसके पास जाना, वो या तो तुम्हारे खरीदार पास कर देगा या आल्टरनेट खरीदार सुझा देगा।''

''बिना हुज्जत के?''

''मेरा नाम लोगे तो बिना हुज्जत के।''

''थैंक्यू, अंकल डी।''

''और रायामांझी तुम्हें वो चाबी भी मुहैया करायेगा जिससे फाइनांस का ताला खुलेगा।''

''चौधरी?''

''हां। मिले तो उसे मेरा सलाम बोलना।''

''ओह! थैंक्यू। थैंक्यू वैरी मच, अंकल डी।''

साहिल निर्विघ्न चियांग माई वापिस लौटा।

उसने इला कनितकर को अपनी रिपोर्ट पेश की।

''गुड।'' – वो सन्तुष्टिपूर्ण स्वर में बोली – ''जिस काम के हो सकने में महीनों लग सकते थे, वो दिनों में हो गया। आई एम ग्लैड।''

साहिल खामोश रहा।

''अब जब भी वो नेपाल में कदम रखेगा, गिरफ्तार कर लिया जायेगा और वहां से निष्कासित करा के इन्डिया ले जाया जायेगा, जहां वो लम्बी सजा पायेगा। जेल में ही मरेगा बूढ़ा।''

''रायामांझी? रोशन चौधरी?''

''रायामांझी नेपाली नागरिक है। वो गिरफ्तार होगा तो उस के साथ जो करेगी, नेपाल सरकार करेगी। लेकिन रोशन चौधरी को दसाप्रतामा की तरह इन्डिया ले जाया जायेगा।''

''वो तो सुना है अपने आप को पाकिस्तानी कहता है!''

''झूठ कहता है। पाकिस्तानी क्या, वो तो मुसलमान भी नहीं है। अपने नाम का फायदा उठाता है कमीना जो कि हिन्दू मुसलमान दोनों में चलता है।''

''ओह!''

''दसाप्रतामा से भी बड़ी मछली वो है।''

''तो उसी को अपना मेन निशाना बनाओ न, ताकि मेरा मन भी चैन पाये।''

''तुम्हारा मन?''

''वो मेरे परिवार का दुश्मन है। सब को मार डालने की धमकी देता है। मेरे भाई का जेल में कान कटवा दिया, जब चाहेगा, तब गला कटवा देगा। वो मेरी मां को, मेरी गर्लफ्रेंड को, खुद मुझे, सबको मरवा देगा। उसकी गिरफ्तारी में ही मेरी जानबख्शी है।''

''वो सब गलाटा कर्जा न चुकाये जाने का नतीजा था। जब कर्जा चुक जायेगा तो कैसी धमकी? तो कैसा कहर?''

''चुक जायेगा तब न! चुक गया तो नहीं!''

''काठमाण्डू पहुंचते ही तुम्हारी रकम तुम्हें मिल जायेगी।''

''उसकी अदायगी के बिना रायामांझी को मेरे से बात भी करना कबूल नहीं होगा। मैं पीछे भी यही बोल के आया हूं कि मेरे काठमाण्डू लौटते ही कर्जा चुक जायेगा।''

''चुक जायेगा। बोल तो दिया! जब मुम्बई में ही वे बात फाइनल हो गयी थी कि काठमाण्डू में रकम तुम्हें उपलब्ध करा दी जायेगी तो क्यों एक ही बात बार-बार दोहरा रहे हो?''

''मैं ये कहना चाहता हूं कि . . .''

''मुझे मालूम है तुम क्या कहना चाहते हो! मैं जानती हूं तुम्हारे मन में क्या है!''

''क्या?''

''तुम इस आपरेशन को अपने व्यक्तिगत प्रतिशोध का जरिया बनाना चाहते हो।''

वो खामोश हो गया। कुछ क्षण वो वेचैनी से पहलू बदलता रहा, फिर बोला – ''दसाप्रतामा लाओस में है और हमेशा वहीं रहने वाला है। वहां वो सरकारी इजाजत से अफीम की खेती करता है।''

''तो?'' – वो आंखें निकालती बोली।

''आप लोगों का उसके पीछे पड़ना क्या जायज है?''

''क्या कहने! उस से इतने मुतासिर हो भी चुके हो कि हिमायत करने लगे हो!''

''वो बात नहीं लेकिन . . .''

''अफीम की कानूनन खेती की इजाजत भारत सरकार भी देती है क्योंकि अफीम से कई मैडीकल ड्रग्स और जीवनरक्षक दवायें बनती हैं – इन कामों के लिये गाजीपुर और नीमच में भारत सरकार की अपनी ओपियम एण्ड अल्क्लायड फैक्ट्रियां हैं – लेकिन अफीम को हेरोइन बनाने में इस्तेमाल करना एक ऐसा गैरकानूनी काम है, सोसायटी के साथ एक ऐसा कुकृत्य है, जिसे दुनिया की कोई सरकार माफ नहीं कर सकती। इसलिये नशे का हर सौदागर सूली पर लटका दिये जाने के ही काबिल है; चाहे वो दसाप्रतामा हो, रोशन चौधरी हो या'' – वो एक क्षण ठिठकी और बोली – ''साहिल सरीन हो।''

साहिल फिर न बोला।

अगले रोज दोपहरबाद साहिल सरीन और इला कनितकर काठमाण्डू में थे।

एयरपोर्ट से वो ''याक एण्ड येती'' में पहुंचे जो कि एक भव्य फाइव स्टार होटल था।

''कोई वाकिफकार मुझे यहां देखेगा'' – वो बोला – ''तो हैरान नहीं होगा कि मैं अपने फ्लैट में क्यों नहीं रह रहा था?''

''मैं तुम्हारी माशूक हूं'' – वो भावहीन स्वर में बोली – ''तुम्हारा अपनी माशूक के साथ रहना बनता है। खासतौर से इतनी ब्रांड न्यू माशूक के साथ।''

''मैं थोड़ी देर के लिये अपने फ्लैट में जाना चाहता हूं।''

''क्यों?''

''चेंज के लिये। और भी काम हैं।''

''और क्या काम हैं?''

''मां से मिलना चाहता हूं।''

स्यू अलेमाओ का नाम उसने जानबूझ कर न लिया।

''ठीक है, जाओ। लेकिन लौटना तुमने यहां है।''

उसने सहमति में सिर हिलाया।

एक टैक्सी में सवार हो कर वो पानीपोखरी अपने फ्लैट में पहुंचा।

वहां सब से पहले उसने अपनी मां को फोन किया।

''कहां गायब हो गया था, रे?'' – वो व्याकुल भाव से बोली।

''गर्दिश का दौर है, मां।'' – वो बोला – ''धक्के खाने ही पड़ते हैं। तू कैसी है?''

''ठीक।''

''फिर कोई वाहियात वाकया तो नहीं हुआ?''

''नहीं।''

''वो पुलिस का गार्ड?''

''परसों हमेशा के लिये वापिस चला गया। थाने से उसका इन्स्पेक्टर आया था। बोला, अब कुछ नहीं होने वाला था इसलिये पुलिस गार्ड की मेरे घर पर मौजूदगी गैरजरूरी थी।''

''भाई की क्या खबर है?''

''मैंने उसके लिये बड़ा वकील किया था जिस ने कोर्ट में उसकी वो अर्जी लगायी थी जिस में उसने अपना गुनाह कबूल किया था और कम सजा की गुहार की थी। जज ने काफी हमदर्दी से अर्जी पर गौर किया था। वो कल फैसला सुनायेगा। बड़ा वकील कहता है कि सजा पांच साल से भी कम होगी।''

''ओह!''

''तू कब आयेगा?''

''कल आऊंगा, फिर कोर्ट में इकट्ठे चलेंगे। अभी बन्द करता हूं।''

उसने लाइन काट कर स्यू को फोन लगाया।

''साहिल बोल रहा हूं।'' – वो बोला।

''क्यों बोल रहे हो?'' – वो गुस्से से बोली।

''स्यू, आई एम सॉरी . . .''

''मालूम था मैं काठमाण्डू में हूं?''

''हां।''

''अरसे से?''

''हां लेकिन मैं यहां नहीं था। पता नहीं कहां-कहां धक्के खाता फिर रहा था!''

''तुम्हारे से मुलाकात करनी है तो लगता है मुझे एयरहोस्टेस की नौकरी करनी पड़ेगी।''

''रात को मैं तुम्हारे फ्लैट पर जाऊंगा।''

''क्या जरूरत है?''

''स्यू, प्लीज . . .''

''ठीक है, आना।''

सम्बन्ध विच्छेद हो गया।

उसने रायामांझी के मोबाइल पर काल लगायी।

''कहां गायब हो गये थे?'' – रायामांझी अप्रसन्न भाव से बोला।

''तुम तो अन्तर्यामी हो'' – साहिल बोला – ''हर बात की खबर रखते हो! उड़ती चिड़िया के पर गिन लेते हो! तुम्हें तो मालूम ही होगा!''

''बकवास मत करो। तुम्हें तो कई दिन पहले यहां होना चाहिये था।''

''अब हूं न।''

''पैसा है पल्ले?''

''है।''

''हूं। कल सुबह ले कर आना।''

''कल सुबह मैंने कोर्ट में जाना है।''

''हां। भूल गया था मैं। कल शायद जज ने तुम्हारे भाई का फैसला सुनाना है।''

''हां।''

''कोर्ट में तुम्हें एक घन्टे से ज्यादा नहीं लगेगा। उसके बाद आना।''

''कहां?''

''''बोरिस''।''

''उसी वक्त?''

''जल्दी। साढ़े बारह बजे।''

''ठीक है।''

''पैसा साथ ले के आना।''

''अच्छा। रायामांझी, रकम की अदायगी के अलावा भी मुझे तुम से कुछ काम है।''

''क्या काम है!''

''कुछ बात करनी है।''

''क्या बात करनी है?''

''मैंने कुछ नये आर्डर हासिल किये हैं, उन बाबत बात करनी है।''

''तुम्हारे धन्धे से मेरा क्या लेना-देना?''

''नये आर्डर कालीनों के नहीं हैं।''

''तो?''

''समझो।''

कुछ क्षण खामोशी रही।

''तुम ये कहना चाहते हो'' – फिर वो बोला – ''कि तुम अभी भी इस धन्धे में हो?''

''हां।''

''तुम तो पिछली बार को अपनी आखिरी बार बता रहे थे!''

''मेरा खयाल बदल गया है।''

''क्यों?''

''अपने भाई के और अपने कर्जे चुकाने में मैं कंगाल हो जाने वाला हूं। अपनी माली हालत सुधारने का मेरे पास और कोई जरिया नहीं।''

''हूं।''

''अपने कारपेट एक्सपोर्ट के धन्धे से कोई जरिया निकाल भी लूं तो वो फौरी कमाई का जरिया नहीं बन सकता। मेरे हालात ऐसे हैं कि मैंने फौरन कुछ न किया

तो . . . तो मेरा जीना-मरना एक बराबर होगा।''

''खरीदार हैं निगाह में?''

''हां।''

''वही पुराने। तुम्हारे भाई वाले?''

''नये।''

''नये?''

''हैं तो छोटे-छोटे खरीदार लेकिन एक सिंडीकेट के तौर पर काम करते हैं।''

''कैसे मिले?''

''मिले किसी तरह से। धक्के खाये, जानमारी की, तो मिले।''

''बहुत जल्दी रंगे नये रंग में!''

''यही समझ लो।''

''मुझे तुम्हारे से ऐसी उम्मीद नहीं थी।''

''जरूरत कुछ भी करा देती है। तबाही से बचने के लिये कुछ भी करना पड़ता है।''

''कहां हैं नये खरीदार? इन्डिया में?''

''हां। मुम्बई में।''

''भरोसे के?''

''हां। सब चौकस किया है।''

''माल कितना?''

''पहला आर्डर सौ कारपेट।''

जवाब में उसे रायामांझी की हैरानीभरी सिसकारी सुनायी दी।

''डेढ दो महीने में फिर सौ।'' – वो बोला।

''मजाक कर रहे हो।'' – वो अविश्वासपूर्ण भाव से बोला।

''बिल्कुल नहीं।''

''तुम तो अपने इतने तजुर्बेकार भाई को भी मात कर रहे हो!''

''अब बोलो, क्या कहते हो?''

''कैसे जाना इस सिन्डीकेट को?''

''उस से तुम्हें कोई मतलब नहीं होना चाहिये।''

''मेरे से सप्लाई चाहते हो . . .''

''नहीं।''

''नहीं?''

''नहीं। सप्लाई का अब मेरा खुद का जरिया है, भले ही तुम्हारे ही सदके है, लेकिन है।''

''लाओस में?''

''वही। इसी सिलसिले में मैं इतने दिन बाहर था।''

''फिर वहां पहुंच गये?''

''हां।''

''वो मान गया?''

''हां।''

''जब तुम्हारे पास सप्लाई का जरिया है तो मेरे से क्यों बात कर रहे हो?''

''आर्डर बड़ा है। आगे और भी बड़ा होगा। और आगे और भी बड़ा होगा। मुझे फाइनांसर की जरूरत है।''

''मेरी फाइनांस की लिमिट है। इतना बड़ा फाइनांस तुम्हें मैं मुहैया नहीं करा सकता।''

''मुझे मालूम है। हमारे लाओस के मेहरबान ने तुम्हारे लिये स्पेशल बोला है कि तुम मुझे वो चाबी मुहैया कराओगे जिस से फाइनांस का ताला खुलेगा।''

''क्या मतलब?''

''उसने चौधरी को सलाम भिजवाया है। बाकी खुद समझो।''

''समझा।''

''तो क्या कहते हो?''

''ये बड़ा डील है। मेरी कमीशन होगी।''

साहिल ने चैन की सांस ली।

मछली कमीशन मांग रही थी। यानी कि चारा निगल गयी थी।

''होगी।'' – वो फोन में बोला – ''बराबर होगी।''

शाम आठ बजे वो स्यू के फ्लैट पर पहुंचा।

''वैलकम।'' – वो मुस्कराती हुई बोली।

साहिल केवल मुस्कुराया, हमेशा की तरह वो उस से बगलगीर होकर न मिला।

स्यू ने भी तो बात बराबर महसूस की।

''बैठो।'' – वो बोला।

वो खामोशी से एक सोफे पर ढेर हुआ।

''क्या पियोगे?'' – वो बोली।

''मैं ज्यादा देर नहीं रुकूंगा।''

''ज्यादा देर नहीं रुकोगे?'' – वो हैरानी से बोली।

''हां। वो क्या है कि . . .''

''फिर आने की क्या जरूरत थी?''

''जरूरत थी। मैं एक आखिरी बार तुम से मिलना चाहता था।''

''आखिर बार?''

''हां।''

''कोई और मिल गयी?''

''नहीं। तुम्हारे सिवाय मेरी जिन्दगी में कोई नहीं।''

''तो फिर क्या बात है?''

''मैं तुम्हारे काबिल नहीं।''

''ये बात अब सूझी?''

''पहले ये बात थी नहीं।''

''यानी कि पहले मेरे काबिल थे, अब नहीं रहे?''

''हां।''

''वजह?''

''वजह तुम्हें मालूम है।''

''अपने उन कारनामों की वजह से जिन्हें तुम अपने भाई की खातिर अन्जाम दे रहे हो?''

''हां।''

''मैं जानती हूं तुम क्या कर रहे हो। मैंने कोई एतराज किया?''

''पहले मुझे लग रहा था कि ये एक क्विक इन एण्ड आउट का मामला था लेकिन अब मैं इस जंजाल में गहरा, और गहरा, धंसता जा रहा हूं।''

''कोई नयी बात हो गयी?''

''कई नयी बातें हो गयीं।''

''क्या? मुझे बताओ। प्लीज, मुझे बताओ।''

साहिल ने मुम्बई में अपनी गिरफ्तारी से शुरू कर के तब तक का तमाम किस्सा बयान किया।

''सान्ता मारिया!'' – स्यू हक्की-बक्की सी बोली – ''सान्ता मारिया!''

''मौजूदा हालात में मेरे साथ तुम्हारा कोई भविष्य नहीं।'' – वो भर्राये कण्ठ से बोला – ''अब मैं एक डूबता जहाज हूं, जिसके साथ डूबना नादानी है। भाई के मोहजाल में फंस कर मैंने अपनी जिन्दगी बरबाद कर ली, मैं नहीं चाहता कि मेरी बर्बादी तुम्हें भी अपनी लपेट में ले ले।''

''वैरी नोबल ऑफ यू। लेकिन एक बात बताओ।''

''पूछो।''

''मेरी जो फिक्र तुम्हें अब सता रही है, उसने पहले न सताया! जब भाई का सगा बन के दिखाया, तब मेरा खयाल न आया।''

''इसी बात का तो अफसोस है। मां के आंसू, भाई की फरियाद मुझ पर इस कदर हावी हुई कि तुम्हारा क्या, मुझे अपना खयाल भूल गया। मैं तो जैसे एक सम्मोहन के हवाले हो गया। जब सम्मोहन टूटा तो . . . तब तक बहुत देर हो चुकी थी।''

''अगर मैं कहूं कि तुम्हें मेरी फिक्र करने की जरूरत नहीं, अगर मैं कहूं कि तुम अपने हर हाल में मुझे कबूल हो तो?''

उसने हैरानी से उस की तरफ देखा।

''मैं मन, वचन, कर्म से तुम्हें अपना पति मान चुकी हूं, तुम मेरे से किनारा कर सकते हो, मैं नहीं कर सकती। मैं एक कारपेट एक्सपोर्टर की बीवी बनने जा रही थी, सेंट फ्रांसिस मुझे स्मगलर की बीवी बनाना चाहता है, तो मुझे स्मगलर की बीवी बनना कबूल है; सेंट फ्रांसिस मुझे स्मगलर की विधवा बनाना चाहता है तो मुझे स्मगलर की विधवा बनाना कबूल है।''

वो रोने लगी।

साहिल अवाक् उसका मुंह देखता रहा।

''मैं गोवानी लड़की हूं। गोवानी लड़की प्यार के लिये जीती है, प्यार के लिये मरती है।''

साहिल ने खींचकर उसे अपने अंक में भर लिया।

वो रात उसने वहीं गुजारी।

इंस्पेक्टर इला कनितकर की परवाह किये बिना।

□□

रायामांझी के लिये भी वो बेचैनी की रात थी।

हेरोइन की नसवार ले चुकने के बावजूद बेचैनी की रात थी।

शाम उसने पैनोरमा क्लब में गुजारी थी, वहीं उसने भरपेट डिनर किया था और वहां की एक नौजवान होस्टेस को साथ ले कर वो अपने आवास पर लौटा था। लेकिन उस रात न उस का अपनी नसवार में दिल लगा था और न उस लड़की में जिसे कि आधी रात को उसने रुखसत कर दिया था।

मोटे हिन्दोस्तानी के भाई में कोई ऐसी बात थी जो उसे खटक रही थी,

हलकान कर रही थीं। कल तक का डरा दबा मजबूर शख्स एकदम इतना दिलेर कैसे हो गया था कि बिग बिजनेस की बातें करने लगा था! एक आखिरी बार ऊखल में सिर देने की बात करने वाला वो शख्स तो जैसे भूल ही गया था कि उसका सिर ऊखल में ही था।

लेकिन खुद अंकल डी उस का जामिन बना हुआ था। उसने तो अंकल डी से चौधरी के लिये भी सिफारिश हासिल कर ली थी।

ऐसा कमाल क्योंकर कर पाया कोई उस जैसे बैक ग्राउन्ड वाला शख्स!

उसे उस बाबत चौधरी से बात करना जरूरी लगने लगा।

बिना इस बात का खयाल किये कि आधी रात से ऊपर का वक्त हो चुका था, उसने चौधरी को काल लगायी।

''साहिल अपने भाई के कर्जे की पूरी रकम एकमुश्त बमय ब्याज वापिस करना चाहता है।'' – वो बोला।

''कब?'' – पूछा गया।

''कल ही।''

''बहुत अच्छे! ये छोकरा मोटे हिन्दुस्तानी से ज्यादा स्मार्ट जान पड़ता है।''

''बहुत ज्यादा। जरूरत से ज्यादा। इतना ज्यादा कि शक होता है।''

''क्या मतलब?''

''कर्जा चुक जाने के बाद धन्धे से किनारा करने की जगह आगे भी इसी में रहना चाहता है।''

''ऐसा?''

''हां। बिग बिजनेस की बातें करता है। नये खरीदार तलाश किये भी बैठा है।''

''हैरानी है।''

''तभी तो जिक्र किया। उसने मजबूरन इस धन्धे में कदम डाला था, क्योंकि उसके भाई की जान सूली पर टंगी थी। अब क्राइसिस गुजर चुकने के बाद भी वो कदम वापस नहीं लेना चाहता। ऐसी बेमिसाल दिलेरी की कोई वजह होनी चाहिये। मुझे शक होता है कि कहीं वो पुलिस की शरण में तो नहीं पहुंच गया?''

''उस की मजाल नहीं हो सकती।''

''हो गयी हो तो?''

''तो जो असलियत है, वो जल्दी ही सामने आ जायेगी। फिर मोटा हिन्दोस्तानी मरे न मरे, वो जरूर मरेगा।''

''वो तो पक्का है। हमारे से डबल गेम खेलने वाला भला कैसे जिन्दा रह सकता है!''

''अभी वो क्या चाहता है? माल?''

''फाइनांस।''

''माल कहीं और से लेगा?''

''हां।''

''कहां से?''

''लाओस से।''

''अंकल डी के पास पहुंच गया?''

''ऐसा ही बोलता था वो।''

''कैसे? कैसे पहुंच बनायी?''

रायामांझी हकीकत बयान करने का हौसला नहीं कर सकता था, जवाब में वो नहीं कह सकता था कि उस की मदद से बनायी। जिन्दगी की एक कमजोर घड़ी में हेरोइन के नशे के हवाले हो कर उसने एक फैसला किया था – जो कि अब गलत जान पड़ता था – इस बात को वो अपनी जुबान पर नहीं ला सकता था।

''क्योंकि वो मोटे हिन्दोस्तानी से ज्यादा स्मार्ट है।'' – वो बोला – ''अभी आप ही ने तो बोला!''

''बहरहाल अहम बात ये है कि अंकल डी को उस से बिजनेस करना कबूल है और उसने बतौर फाइनांसर मुझे रैफर किया है।''

''कहता तो वो ऐसा ही है।''

''हम अंकल डी की बात रखेंगे। वैसे भी बड़े फाइनांस में हमें बड़ा प्राफिट है।''

''वो मोटे हिन्दोस्तानी का भाई है जिस से अपनी रकम की वापिसी के मामले में हमें बुरा तजुर्बा हुआ।''

''बराबर हुआ लेकिन उस से कहीं अच्छा तजुर्बा इस छोकरे से हुआ जो कि भाई का कर्जा एकमुश्त कैश में लौटा रहा है। जो शख्स अपने भाई के लिये ये करतब कर सकता है, उस के पास हमारी रकम नहीं मर सकती।''

''मैं उसे क्या बोलूं?''

''अभी थोड़ा लटकाओ। बोलो, मैंने उस की पेशकश सुनी है, उसमें दिलचस्पी भी ली है, लेकिन अभी मैं उस पर गौर कर रहा हूं। अगर वो छोकरा कोई डबल गेम खेल रहा है तो यूं हमें उस गेम को समझने का वक्त मिलेगा।''

सुबह अपनी मां को साथ लेकर साहिल कोर्ट पहुंचा।

वहां उस का भाई पहले से मौजूद था और कदरन खुश नजर आ रहा था।

उन्हें पांच मिनट उस से बात करने का मौका दिया गया जिस में पहले मां उस से मिली और उसे सांत्वना देती और खुद रोती उस से अलग हुई।

फिर साहिल अपने बड़े भाई के रूबरू हुआ।

''जेल में हवलदार रामरुद्र ने मुझे बहुत अच्छी खबर सुनायी, छोटे भाई।'' – वो फुसफुसाता-सा बोला – ''तू मेरा सारा कर्जा बमय ब्याज एकमुश्त चुका रहा है!''

''हां।'' – साहिल बोला – ''कोर्ट से मैं सीधा रायामांझी से ही मिलने जाऊंगा।''

''तूने तो कमाल कर दिया! मेरी जान बचा दी!''

और अपनी जान खो दी – साहिल ने अवसादपूर्ण ढंग से गर्दन हिलाते मन में सोचा – काश मैंने मां के रुदन को नजरअंदाज किया होता। काश मैंने भाई को इमोशनल ब्लैकमेल का मौका न दिया होता।

''अब सब ठीक हो जायेगा।'' – प्रत्यक्षतः वो बोला।

''हां। यहां भी सब ठीक होगा।''

''ऐसा?''

''हां। बड़ा वकील कहता है। गुनाह कबूल करने से सजा आधी तो हो ही जाती है, जिस जज के पास मेरा केस है, वो नर्म दिल बताया जाता है, तीन साल से ज्यादा की सजा नहीं देगा।''

''गुड।''

वो भाई से अलग हुआ।

फिर भाई के केस की बारी आयी। जज ने दोनों पक्ष के वकीलों को गौर से सुना।

फिर फैसला सुनाने का वक्त आया।

''नारकॉटिक्स का धन्धा एक जघन्य अपराध है।'' – जज बोला – ''इसमें लिप्त व्यक्ति कानून का ही मुजरिम नहीं, समाज का भी मुजरिम है। किसी शख्स को अपनी तिजोरी भरने के लिये समाज की जड़ें खोखली करने का कोई अख्तियार नहीं। मुजरिम ने खुद अपना गुनाह कबूल न कर लिया होता तो मैं उसे दस साल की सजा सुनाता। मुजरिम की सैल्फकनफैशन के मद्देनजर मैं उसे सात साल की सजा सुनाता हूं।''

सुनीत के चेहरे पर राख पुत गयी।

मां खामोशी से रोने लगी।

बड़ा वकील ''सॉरी, आई डिड माई वैरी बैस्ट'' कहकर चलता बना।

मुलाकात के निर्धारित समय पर साहिल ''बोरिस'' में रायामांझी की टेबल पर उस के सामने मौजूद था।

उसने नोटों से भरा बैग रायामाझी को सौंपा।

''फुल एण्ड फाइनल पेमेन्ट।'' – वो बोला।

उसने सहमति में सिर हिलाया और फिर उत्सुक भाव से बोला – ''मोटे हिन्दुस्तानी को कितनी सजा हुई?''

''सात साल।''

''मुझे उस से हमदर्दी है, लेकिन एक कदम उसने ठीक उठाया। अपना गुनाह कबूल किया, हमारी बाबत ज़ुबान न खोली। इस का उसे इनाम मिलेगा।''

''क्या ईनाम मिलेगा? कौन देगा?''

''हम देंगे। जेल में वो ठाठ से रहेगा। वही लोग जो जेल में उस की जान के दुश्मन थे, अब उस के खिदमतगार होंगे। और भी कुझ चाहेगा तो हवलदार रामरुद्र को बोलते ही हासिल हो जायेगा।''

''आई सी।''

''लंच का आर्डर करें?''

साहिल ने सहमति में सिर हिलाया।

दोनों ने खामोशी से लंच किया।

''चौधरी से बात की?'' – चाय के दौरान साहिल ने पूछा

''हां, की।'' – रायामांझी बोला।

''क्या बोला?''

''बोला उस के मन में अंकल डी का बड़ा आदर मान है और उसकी तुम्हारी पेशकश में पूरी दिलचस्पी है। वो विचार कर रहा है, जल्दी ही कोई फैसला करेगा।''

''मेरी उस से बात कब होगी?''

''जल्दी ही होगी।''

''उसे ये भी बताना कि मेरी खातिर अंकल डी नेपाल आने को तैयार है।''

''तुम्हारी खातिर?''

''हां।''

''आनन-फानन बिग शॉट बन गये हो।''

''ऐसी कोई बात नहीं।''

''चौधरी को ये सुन कर खुशी होगी की दसाप्रतामा नेपाल आ रहा है। तुम इतनी बड़ी खेप मुम्बई कैसे पहुंचाओगे?''

''पोखरा में एक टॉय फैक्ट्री है। वहां टेडी बियर जैसे स्टफ्ड खिलौने बनते हैं,

माल उस फैक्ट्री के माध्यम से जायेगा।''

''खिलौनों में छुपा?''

''और ट्रकों में लदा। उधर से खिलौनों की कनसाइनमेंट ऐसे ही बाई रोड इन्डिया जाती है।''

''कस्टम पर प्रशिक्षित कुत्ते होते हैं जो हेरोइन सूंघ लेते हैं।''

''वो बच्चों के खिलौने हैं, उन पर एक खास तरह का सेंट छिड़का जायेगा जो कि हेरोइन की मुश्क छुपा लेता है।''

''आई सी।''

''बीरगंज – रक्सौल के रास्ते माल पहले पटना पहुंचेगा। उस के बाद उसे थोड़ा-थोड़ा कर के मुम्बई पहुंचाना आसान होगा।''

''सब सोचे बैठे हो!''

''तैयारी करनी पड़ती है।''

''बॉस को बोलूंगा, बहुत मुतासिर होगा।''

''बॉस को ये भी बोलना कि मेरे पर अर्ली डिलीवरी का प्रैशर है, मैं जवाब का लम्बा इन्तजार नहीं कर सकता।''

''हमारी कोशिश यही होगी कि तुम्हें लम्बा इन्तजार न करना पड़े, लेकिन इन कामों में वक्त तो लगता ही है न।''

''मैं एक हफ्ते से ज्यादा इन्तजार नहीं कर सकता।''

''ज्यादा मत पसरो। ये न भूलो तुम्हारी डीलिंग चौधरी से होनी है, किसी ऐरे-गैरे से नहीं। मेरा बॉस किसी के दबाव में आकर काम नहीं करता।''

''मेरी मजबूरी है।''

''मेरा बॉस एक हफ्ते में तुम्हें जवाब नहीं देगा तो क्या करोगे?''

''तो मैं कोई दूसरा फाइनांसर तलाश करूंगा'' – साहिल सर्द स्वर में बोल – ''और मुझे यकीन है इस मामले में अंकल डी मेरी मदद करेगा।''

''ये तेवर हैं?''

''हां, ये तेवर हैं। मेरे जैसा बड़ा फाइनांस उठाने वाला तुम्हारे बॉस को भी

कोई रोज-रोज नहीं मिलने वाला। अगर उसने फाइनांस के ही धन्धे में रहना है और अंधा ब्याज कमाना है तो उसे मेरे को अकामोडेट करना होगा। मैं चलता हूं।''

''तुम्हें टाइम की लिमिट मुकर्रर करने को किस ने कहा?'' – इला कनितकर गुस्से से बोली।

''उन को जल्दी फैसला करने को मजबूर करने के लिये ऐसा कहना जरूरी था।'' – साहिल बोला।

''हमें कोई जल्दी नहीं। हमारे लिये नतीजा अहम है, टाइम नहीं।''

''मुझे जल्दी है।''

''क्या!''

''जो हौसला मैंने अपने आप में अब पैदा किया है वो आगे भी बरकरार रहेगा, इस बात की मुझे गारन्टी नहीं है। वो जवाब देने में खामखाह हफ्तों लगा देंगे तो मेरा हौसला पस्त हो सकता है। मुझे ये सोचने पर मजबूर होना पड़ सकता है कि मैंने तुम लोगों के साथ कोई अच्छा बारगेन नहीं किया। अभी मैं गर्म लोहे की तरह हूं जिस पर चोट पड़ेगी तो नतीजा सुखद निकलेगा। लोहा ठण्डा हो जाये तो . . . तो तुम जानती हो क्या होता है!''

''पर निकाल रहे हो?''

''पर नहीं निकाल रहा, तुम्हें याद दिला रहा हूं कि मैं कोई जेनुइन नारकॉटिक्स डीलर नहीं हूं। उन्हें मेरी पड़ताल करने का जितना ज्यादा वक्त मिलनेगा, उतने ही ज्यादा मेरी पोल खुलने के चांसेज होंगे। इसलिये मेरी निगाह में रोशन चौधरी पर जल्दी फैसला करने के लिये दबाव बनाने में कोई हर्ज नहीं।''

इला कुछ क्षण उसे घूरती रही, फिर एकाएक मुस्कुराई।

''मे बी यू आर राइट।''

साहिल ने चेन की सांस ली।

काश, इतना काबिल कदम उठाने वाले साहिल सरीन को अहसास होता कि दिल्ली बाजार में उस के ''बोरिस'' से निकलने के बाद से ही कोई साये की तरह उस के पीछे लगा हुआ था।

''नॉट मे बी।'' – उसे एक नयी आवाज सुनायी दी – ''ही इज राइट।''

साहिल ने चौंक कर आवाज की दिशा में देखा तो उसने आलोक पाटिल को बैडरूम से बाहर कदम रखते पाया।

''आप कब आये?'' – वो हैरानी से बोला।

''अभी तुम्हारे आगे-आगे ही पहुंचा हूं।''

''आई सी।''

''मुझे तफसील से बताओ क्या बीती?''

सहिल ने बताया।

''दैट्स नॉट बैड।'' – सुन कर पाटिल बोला – ''इस से लगता है कि हमारा शिकार इन्टरेस्टिड है और वो रियेक्ट करेगा। हमारा मछली अभी चारे को कुतर रही है, लेकिन निगलेगी बराबर। नो?''

''यस।''

''इसीलिये वक्त के मामले में लटकाने वाली जुबान बोली जा रही है।''

''हां।''

''और तुम्हारी ये बात भी ऐन जंचने वाली है कि अपना जवाब देने से पहले वो तुम्हारी भरपूर पड़ताल करवाने की कोशिश करेगा। उस की जगह मैं होता तो मैं भी यही करता। इस लिहाज से टाइम के मामले में उस को पुश करना तुम्हारा सही फैसला था। कितना टाइम बोला तुमने?''

''एक हफ्ता।''

''एक हफ्ता! फिर तो मैं यही कहूंगा कि जोश में ज्यादा ही पुश कर दिया।''

''टाइम लिमिट कोई स्टाम्प पेपर पर दर्ज करके आगे नहीं बढ़ाई मैंने। इसे बढ़ाया भी जा सकता है। मैं सिर्फ उनको ये जताना चाहता था कि ये एक सीरियस बिजनेस ऑफर थी जिस को उन्होंने सीरियसली लेना था तो उन का जवाब मुझे

जल्दी मिलना जरूरी था। वो लोग तो जवाब देने मे महीनों लगाने की फिराक में जान पड़ते थे!''

''चलो, ठीक है, जो फैसला तुमने कर लिया, कर लिया, लेकिन टाइम के मामने में ढिठाई से काम लेना गलत होगा।''

''आई नो। तभी तो बोला कि टाइम लिमिट बढ़ाई जा सकती है।''

''तुम्हारी जेनुइन गर्लफ्रेंड यहीं है न? काठमाण्डू में?''

''हां।''

''क्या नाम बताया था?''

''नहीं बताया था। स्यू नाम है। स्यू अलेमाओ।''

''अलेमाओ। गोवानी है?''

''हां।''

''मुलाकात हुई?''

''हुई। आखिरी मुलाकात हुई।''

''आखिरी क्या मतलब?''

''मैंने रिश्ता तोड़ दिया है।''

''अरे! ऐसा क्यों किया?''

''जिस मंजिल को पाना नामुमकिन लगने लगे, उस से किनारा कर लेना ही ठीक होता है।''

''बड़ी ज्ञान-ध्यान की बातें कर रहे हो!''

''आई एम एन आनेस्ट मैन। आनेस्ट एण्ड सिंसियर। मैंने जिस को दिल से चाहा, उसे मैं चीट नहीं कर सकता। मेरे जैसे शख्स की बीवी आज नहीं तो कल विधवा होगी। मैं अपने दिलोजान की जीनत का ऐसा अंजाम नहीं चाहता।''

''वजह कोई और ही तो नहीं?''

''और क्या वजह होगी?''

''हमारी अफसरानी पर तो दिल नहीं आ गया?''

''ओह, शटअप!'' – इला मुंह बिगाड़ कर बोली।

''मेरा सवाल तुम्हारे दिल से नहीं, इस के दिल से था।''

''ऐसी कोई बात नहीं।'' – साहिल बोला।

''तुम सच कह रहे हो कि तुम अपनी गर्लफ्रेंड से रिश्ता तोड़ चुके हो?''

''हां।''

''फिर इला का होटल में रहना जरूरी नहीं है, ये तुम्हारे फ्लैट में तुम्हारे साथ रह सकती है। मौजूदा हालात में ऐसा बहुत स्वाभाविक लगेगा। लोगबाग यही समझेंगे कि तुम्हें इला पसन्द आ गयी इसलिये तुमने अपनी गर्लफ्रेंड वो . . . क्या नाम बताया था?''

''स्यू।''

''हां, स्यू। स्यू को डिच कर दिया। यस, दिस इज ए गुड डैवलपमेंट।'' – वो घूमकर इला से सम्बोधित हुआ – ''नो?''

''यस।'' – इला बोली।

''यहां हम परदेसी हैं और लोकल पुलिस के मोहताज हैं, लेकिन इधर के मेरे काउन्टरपार्ट के माध्यम से – जिस का नाम कि धनुष तुलाधर है – सब सैट किया जा चुका है। मतलब ये कि लोकल पुलिस को हमारे ऑपरेशन की खबर है और वो लोग अंकल डी के नेपाल में स्वागत के लिये तैयार हैं। अब इला तुम्हारे और लोकल पुलिस के बीच में लिंक का काम करेगी। जब खतरे की घन्टी बजेगी तब तुम्हारा रोल गौण हो जायेगा और कमान इला अपने हाथ में ले लेगी।''

साहिल ने सहमति में सिर हिलाया।

''अंकल डी काठमाण्डू पहुंच जायेगा तो तुम ने किसी होटल के ऐसे ही किसी कमरे में मीटिंग सैट करने की कोशिश करनी है। ऐसे किसी कमरे को हम वीडियो और आडियो रिकार्डिंग के लिये पहले से ही सेट कर के रखेंगे।''

''हो सकता है उसे मेरी चुनी जगह पर मीटिंग कबूल न हो।'' – साहिल बोला – ''वो खुद अपनी जुबानी कहता है कि वो बहुत सावधान रहने वाला आदमी है।''

''बराबर हो सकता है। और ये भी हो सकता है। कि वो यूं एकाएक तुम्हारे

पास पहुंचेगा कि उसे देख कर ही तुम्हें खबर होगी कि वो काठमाण्डू पहुंच भी चुका था। ये भी हो सकता है कि मुलाकात की जगह और वक्त वो मुकर्रर करे और टाइम के टाइम तुम्हें इस बात की खबर लगे।''

''ये भी उस का स्थापित स्टाइल है। वो जहां प्रकट होता है , एकाएक ही होता है।''

''बहरहाल हमारी ख्वाहिश ये है कि रोशन चौधरी भी उस मीटिंग में शामिल हो और हम किसी तरह उस मीटिंग को रिकॉर्ड कर सकें ताकि उन दोनों के खिलाफ हमारे पास अकाट्य सबूत हों। कोई कितना भी बड़ा और नोन अपराधी क्यों न हों, कोर्ट में उस का अपराध फिर भी साबित कर के दिखाना होता है। वैसे तो हमारे पास और भी सबूत हैं उन के खिलाफ – एक सबूत तो खुद तुम हो – लेकिन वैसी कोई रिकार्डिंग उन को कतई किसी डिफेंस के काबिल नहीं छोड़ेगी।''

''लेकिन जब आप कबूल करते हैं कि मीटिंग की जगह और वक्त की चायस हमारे हाथ में नहीं तो रिकार्डिंग का ये करतब क्योंकर होगा?''

''तुम्हीं को रिकार्डिंग डिवाइस बनाया जायेगा।''

''जी!''

''ये कोई बड़ी बात नहीं। आज कल ऐसे वीडियों रिकार्डर आम मिलते हैं जिन में लैंस कहीं होता है और रिकार्डर कहीं होता है। तुमने अपने जिस्म पर कहीं छुपाकर सिर्फ लैंस साथ ले जाना होगा, बाकी काम फासले पर कहीं मौजूद रिकार्डर कर लेगा।''

''उन लोगों को लैंस की भनक पड़ गयी तो मेरा क्या होगा? मुझे ठौर नहीं मार दिया जायेगा?''

''तुम कोशिश करोगे कि भनक न पड़े।'' – पाटिल सख्ती से बोला – ''जब जानते हो कि लैंस की पोल खुल जाने से तुम्हारी जान जा सकती है तो तुम से उम्मीद की जाती है कि तुम जी जान से कोशिश करोगे कि तुम्हारी जान न जाये।''

साहिल खामोश रहा।

''इला इन मामलों में एक्सपर्ट है।'' – फिर पाटिल के स्वर में आश्वासन का पुट आ गया – ''वक्त आने पर वो तुम्हारे जिस्म पर तुम्हारी पोशाक में कहीं लैंस को यूं फिट करेगी कि वो थोड़े किये किसी को दिखाई नहीं दे पायेगा। फिर पुलिस भी अलर्ट होगी और तुम्हारी कैसी भी कोई मदद करने के लिये पूरी तरह से तैयार होगी। मौका आने पर तुम जहां भी रहोगे, हर वक्त पुलिस की निगरानी में रहोगे।''

''मीटिंग में पुलिस मेरे साथ नहीं हो सकती, इसलिये ये कोई बहुत बड़ी तसल्ली नहीं।''

''रिस्क फैक्टर हर जगह होता है। नारकॉटिक्स के धन्धे में कदम रखते वक्त क्या तुम्हें नहीं मालूम था कि उस में कैसे-कैसे खतरे पेश आ सकते थे! जब तुम तब खतरे उठा सकते थे तो अब क्यों नहीं उठा सकते?''

''तब मैं मजबूर था।''

''अब भी मजबूर हो। पहले से ज्यादा मजबूर हो। अब तुम्हारा भविष्य दांव पर लगा है, ये बाजी खेलने से इनकार करोगे तो ताजिन्दगी जेल में सड़ोगे। समझे?''

''हां।''

''जो खतरा तुमने मोल लेना है वो पहले से तुम्हारी जानकारी में है। तुम से कभी नहीं कहा गया था कि तुमने फूली-फूली ही चुगनी थी। और फिर खतरे कहां नहीं होते! लोग बाग चारपाई से गिर के मर जाते हैं, घर से निकलते हैं, बस की चपेट में आ जाते हैं, किसी और के लिये चली बुलेट की राह में जा खड़े होते हैं। महामारी फैल जाती है, भूचाल आ जाता है, बाढ़ आ जाती है, बिजली गिर पड़ती है, वार हो जाती है। जो इंसान खतरों से डरता है, उस के लिये हर जगह खतरा है। पानी के डर से कोई किनारे पर बैठा रहे तो तैरना नहीं सीख सकता।''

''ऐसे उपदेश मुझे बहुत आते हैं। मेरी जगह आप होते और आपकी जगह मैं होता तो मैं आप से बढ़िया प्रवचन कर के दिखाता। फिलहाल मैं यही कह सकता हूं कि आप सही फरमा रहे हैं। आप का जैसा हुक्म होगा, मैं बजाऊंगा।

आप डुगडुगी बजायेंगे, मैं उम्दा कलाबाजी खा कर दिखाऊंगा। इत्मीनान रखिये। और बरायमेहरबानी अब इस बात को यहीं खत्म कीजिये।''

थारांग योसविचित का हैण्डीक्राफ्ट्स एम्पोरियम बन्द हो चुका था, स्टाफ जा चुका था, लेकिन वो अपने आफिस में बैठा कुछ हिसाब किताब देख रहा था जब कि फोन की घन्टी बजी।

उसने फोन उठाया तो चौधरी को लाइन पर पाया

''कैसे याद किया, मिस्टर चौधरी?'' – वो मीठे स्वर में बोला।

''हमारे कामन मेहरबान ने मेरे लिये कुछ नया बिजनेस रिकमेंड किया है।'' – उसे चौधरी की आवाज आयी – ''नतीजतन किसी ने मुझे अप्रोच किया है।''

''करना ही था। कोई प्रॉब्लम हो गयी?''

''अभी तो नहीं हो गयी, लेकिन हो सकती है। मेरे को कुछ खटका-सा लग रहा है।''

''कैसा खटका?''

''वो, जो शख्स फाइनांस का तलबगार मेरे पास पहुंचा है, मुझे बेचैन कर रहा है। अभी कल हमें उसको धमकाना पड़ रहा था कि जान से मार देंगे तो वो मिमिया कर दिखाता था, आज जैसे वो शेर बन गया है। कल का बौना आज दस फुट का हो गया है।''

''आप का वहम बेमानी है, मिस्टर चौधरी। इन्डियन खरीदारों के साथ उसके ताल्लुकात जेनुइन हैं, ये हमने खुद चैक कराया है। जब जेनुइन खरीदार उस की जेब में हैं तो डील भी तो जेनुइन ही होगा!''

''दरअसल मुझे इस नये आदमी की फंक्शनिंग का स्टाइल फिक्र में डाल रहा है। नया आदमी फूंक-फूंक के कदम रखता है, लेकिन वो तो तूफानी रफ्तार पकड़े है।''

''इस धन्धे में ऐसा होता है। नये लोगों को तरक्की की जल्दी होती है, इसलिये उनका जोश देखते ही बनता है।''

''बस यही बात है? नया है, बुलन्दी पर जल्दी पहुंचना चाहता है, इसलिये जोश खा रहा है?''

''और क्या बात होगी?''

''तुम बताओ।''

''यही बात है।''

''हमारा मेहरबान उस की बाबत क्या कहता है?''

''अंकल डी को तो वो शख्स बहुत पसन्द आया था। इतना कि घर में दावत की उस की।''

''इसका तो ये मतलब हुआ कि उन की निगाह में शक वाली कोई बात नहीं?''

''नहीं। होती तो क्या वो नेपाल आना कबूल करते?''

''यानी कि शक वाली कोई बात नहीं?''

''इधर नहीं है। अपनी तसल्ली फिर भी आप खुद कीजिये।''

''अगर हमारे मेहरबान की तसल्ली है तो मेरी तसल्ली बराबर है लेकिन कनफ्यूज करने वाली बात ये है कि वो शख्स जल्दी जल्दी जल्दी क्यों मचा रहा है? मेरे पर दबाव डाल रहा है कि फाइनांस की बाबत मैंने जो फैसला करना है, एक हफ्ते में करूं। ऐसा तो पहले कभी किसी ने नहीं किया। गर्जमन्द शख्स मिमियाता है, फरियाद करता है, वो तो धमकाता है!''

''धमकाता है?''

''हां। बोलता है हफ्ते में मैंने उसे कोई जवाब न दिया तो उसे कोई दूसरा घर देखना पड़ेगा। ऐसी जुबान तो मेरे से कभी कोई नहीं बोला! फैल फैल के दिखाता है। पता नहीं क्या समझता है अपने आपको!''

''आप को वो इतना चुभता खटकता है तो मना कर दो।''

''वो भी तो नहीं कर सकता। बड़ी रकम का मामला है। बड़ी रकम बड़ा मुनाफा। बड़ा मनाफा छोड़ना क्या आसान है?''

''वो तो है!''

''तो अंकल डी को उस पर भरोसा है?''

''हां।''

''जबकि वो मेरे से ज्यादा दानिशमन्द और ज्यादा खबरदार रहने वाले शख्स हैं।''

''हां।''

''फिर मुझे क्यों लगता है जैसे में बहुत बड़े जंजाल में फंसने वाला हूं? मुझे क्यों लगता है जैसे गिद्ध मेरे ऊपर उड़ रहा है?''

''वहम है आपका, मिस्टर चौधरी।''

''हां। वहम ही हो।''

लाइन कट गयी।

शाम को साहित इला को ''याक एण्ड येती'' से पानीपोखरी ले आया।

वो उसके फ्लैट वाली इमारत में दाखिल हुए तो एकाएक इला बोली – ''बहुत लोग देख रहे हैं।''

''तो क्या हुआ?'' – साहिल बोला।

''उन्हें हमारे मधुर सम्बन्धों का अहसास होना चाहिये।''

''कैसे होगा?''

''मुझे ही कुछ करना पड़ेगा।''

''क्या?''

''ये।''

वो यूं उस पर ढेर हुई कि साहिल लड़खड़ा गया और बड़ी मुश्किल से सम्भला।

''मेरी कमर में हाथ डालो।'' – इला फुसफुसाई – ''मुझे अपने साथ सटा कर चलो। लोगों को लगना चहिये कि मैं तुम्हारी कुछ हूं।''

''क्या? क्या हो?''

''ट्राई टु अन्डरस्टैण्ड, डमडम।''

''ओह!''

साहिल उस से बगलगीर हुआ और वैसे ही अपने फ्लैट तक पहुंचा।

वहां पहुचते ही इला का मिजाज बदला। वो छिटक कर उस से अलग हुई, उसके चेहरे पर ऐसे भाव आये जैसे वो वहां की मालकिन थी और साहिल उस का कोई बेयरा, खानसामा था।

''गैट मी ए कोल्ड ड्रिंक।'' – उसने हुक्म दनदनाया।

साहिल ने उसे पेप्सी सर्व किया और अपने लिये एक विस्की का पैग बनाया।

इला ने घूर कर उसे और उस के गिलास को देखा।

साहिल ने परवाह न की। उसने विस्की का एक घूंट भरा और म्यूजिक सिस्टम पर गुलाम अली की गजलों की एक कैसेट चलाई।

''स्टाप इट।'' – वो बोली।

''स्टाप वाट?''

''शोर! शोर बन्द करो।''

''ये शोर नहीं, म्युजिक है।''

''शोर है। मुझे पसन्द नहीं है।''

''मुझे पसन्द है।''

''मैंने कहा . . .''

''मैंने सुना तुमने क्या कहा! तुम भूल रही हो कि ये मेरा घर है। इस घर का मालिक हूं।''

''तुम मेरे कैदी हो।''

साहिल के चेहरे पर सख्त नाराजगी के भाव आये।

''ओके। ओके।'' – एकाएक वो मुस्कुराई – ''मालिक हो। अब बोलो, मैं क्या हूं?''

''जेलर। वार्डन। जल्लाद।''

''गलत। मैं घर के मालिक की मेहमान हूं। अब बताओ मेजबान को मेहमान के मिजाज की कद्र नहीं करनी चाहिये, उसे उस का कहना नहीं मानना चाहिये?''

साहिल ने म्यूजिक बन्द कर दिया।

''इट्स टू अर्ली टु ड्रिंक।'' – वो बोली – ''थोड़ा सब्र करते तो मैं भी तुम्हारा साथ देती।''

उसने गिलास की तरफ देखा, फिर दृढता से बैडरूम की तरफ बढ़ चला।

''गुडनाइट।'' – वो दरवाजे पर बोला।

''क्या!''

''सुबह मुलाकात होगी। दूसरा बैडरूम तुम्हारे लिये है।''

उसने भड़ाक से दरवाजा बन्द किया, जा कर पलंग पर ढेर हुआ और फिर स्यू अलेमाओ के खयालों में खो गया।

टेलीफोन की निरन्तर बजती घन्टी ने रायामांझी को सोते से जगाया।

हेरोइन की तरंग में सोया रायामाझी बड़ी मुश्किल से सचेत हो पाया।

''हल्लो!'' – उनींदे स्वर में वो माउथपीस में बोला – ''कौन?''

''होश में आओ।'' – चौधरी का कोड़े की फटकार जैसा स्वर उस के कान में पड़ा।

''बॉस!'' – तत्काल वो उठ कर बैठा – ''यस, बॉस!''

''आज जल्दी सो गये?''

''यस, बॉस। वो क्या है कि . . .''

''नसवार जल्दी ले ली।''

''नो, बॉस . . .''

''तुम पक्के एडिक्ट बनते जा रहे हो। काबू में करो अपने आपको।''

''यस, बॉस।''

''क्या खबर है?''

''खबर!''

उसने वाल कलॉक पर निगाह फोकस करने की कोशिश की।

''तुमने अपना एक आदमी मोटे हिन्दोस्तानी के भाई के पीछे लगाया था।

याद है या भूल गये?''

''बराबर याद है बॉस, बराबर याद है।''

''तो बोलो, क्या खबर है?''

'''बोरिस' में मेरे से मिलने के बाद वो सीधा 'याक एण्ड येती' गया था।''

''क्यों?''

''वहां वो एक लड़की से मिला था।''

''गोवानी लड़की? जो कि बी.बी.सी. की कारस्पाण्डेंट है?''

''नहीं। वो कोई नयी लड़की थी।''

''नेपाली?''

''हिन्दोस्तानी।''

''कौन थी? कहां से आयी? टूरिस्ट है या वहां पक्की रहती है? है कौन वो?''

''साहिल की कोई नयी गर्लफ्रेंड होगी और कौन होगी?''

''क्या पता जासूस हो?''

''जासूस!''

''सी.बी.आई.। एनसीबी। एनीथिंग।''

''माशूक है, बॉस। साहिल से फिट है। बैंकाक भी साथ गयी। अब तो उस के फ्लैट में पहुंची हुई है।''

''पुलिस वाली तो नहीं?''

''हरगिज नहीं। सूरत से जरा भी नहीं लगती। वो तो फैशन माडल्स जैसी लड़की है। ऐसी लड़कियां कहीं पुलिस में भरती होती हैं!''

''हूं।''

''बॉस, ये आशिक-माशूक का, ठुक-ठुक का चक्कर है और कुछ नहीं।''

''फिर भी उस की बाबत और जानकारी हासिल करने की कोशिश करो।''

''वो तो करूंगा, लेकिन बॉस, आपको क्या कोई शक है?''

''शक तुमने भी जाहिर किया था, भूल गये?''

''मेरा शक बेबुनियाद हो सकता है। उस की होशियारी और दीदादिलेरी ने

मुझे शक में डाला था, लेकिन वो सब उस कामयाबी का कमाल हो सकता है जो उसने हाल में हासिल की। एक दांव सीधा पड़ जाये, तो दूसरा, बड़ा, दांव खेलने का जोश पैदा हो ही जाता है।''

''वो किसी का सिखाया पढ़ाया तो जोश नहीं दिखा रहा?''

''किस का सिखाया-पढ़ाया?''

''पुलिस का?''

''अब पुलिस से उस का क्या मतलब? उस की जो प्रॉब्लम थी, वो तो हल हो गयी! भाई का कर्जा उसने चुकता कर दिया। अब तो कोई वजह ही नहीं उस के पुलिस की शरण में जाने की।''

''लिहाजा तुम्हारा शक अब भरोसे में तब्दील हो गया है?''

''है तो ऐसा ही!''

''मैं चाहता हूं साहिल की निगहबानी जारी रहे।''

''ऐसा ही होगा।''

''और हमारे नये कान्टैक्ट से बात करो।''

रायामांझी सकपकाया।

''जिस से मैंने तआरूफ कराया था?'' – वो बोला।

''और कौन? उस के पास कोई हमारे काम की खबर हो सकती है। पता करो।''

''मैं बात करूंगा लेकिन, बॉस, आप जानते हैं वो मुफ्त में कोई बात नहीं करता।''

''फीस भरो। खबर काम की हो तो फीस किसे चुभती है?''

''ठीक है।''

आलोक पाटिल की ये फिक्सड रुटीन थी, वो जब भी काठमाण्डू होता था, उसकी पहली शाम हर हाल में धनुष तुलाधर के साथ गुजरती थी।

उन की पहली मुलाकात कांतीपथ के करीब स्थित इन्डियन कोआपरेशन

मिशन के एक फंक्शन में हुई थी, फिर नारकॉटिक्स कन्ट्रोल के इन्टरनेशनल प्रोगाम के सिलसिले में उन का एक-दूसरे से कारोबारी वास्ता पड़ने लगा था और अब वो अपने अपने मुल्क के पुलिस अधिकारी होने के साथ-साथ अच्छे दोस्त भी थे।

उस घड़ी वो गंगापथ पर स्थित 'ईस्ट एण्ड वैस्ट' नाम के एक बार में मौजूद थे।

''कैसे आये काठमाण्डू?'' – धनुष तुलाधर ने उत्सुक भाव से पूछा।

''यूं ही। तफरीहन।'' – पाटिल मुस्कराता हुआ बोला – ''समझो, तुम से मिलने।''

''अहोभाग्य!''

ये पाटिल के टॉप बॉस का आइडिया था कि उस ऑपरेशन को टॉप सीक्रेट ट्रीट किया जाये – इतना सीक्रेट कि नेपाल में भी पुलिस चीफ के अलावा किसी को उस की खबर न हो। वजह ये समझी गयी थी कि उस ऑपरेशन का ज्यादा प्रचार होने से साहिल सरीन की जान का जोखम कई गुना बढ़ सकता था।

''पिछली बार जब हमारी फोन पर बात हुई थी'' – कुछ क्षण बाद तुलाधर बोला – ''तो तुमने कहा था कि तुम एक बड़ा आपरेशन आर्गेनाइज कर रहे थे जिस में तुम्हारा निशाना रोशन चौधरी था!''

''कहा तो था।'' – पाटिल सावधान स्वर में बोला।

''क्या हुआ?''

''अभी योजना बन रही है, उसे पालिश किया जा रहा है, असल में अभी टाइम लगेगा।''

''यानी कि कुछ नहीं हो रहा?''

''व्यवहारिक बात करूं तो यही सच है।''

''जोश ठण्डा पड़ गया? जिस शख्स की वजह से कुत्ते की मौत मरते बचे, उस के खयाल से खून में उबाल आना बन्द हो गया?''

''ऐसी बात नहीं है।''

''तो कैसी बात है?''

''हर काम ने अपने वक्त पर ही होना होता है। वक्त से पहले कुछ नहीं होता।''

''वक्त कब आयेगा?''

''धरती के सूरज से जा टकराने से तो पहले ही आयेगा।''

''तुम कुछ छुपा रहे हो।''

''अपने दोस्त से?''

''अपने परदेसी दोस्त से।''

''नहीं।''

''छुपा रहे हो। यकीनन।''

''छोड़ो। ड्रिंक मंगाओ।''

तुलाधर ने अनमने भाव से वेटर को इशारा किया।

आधी रात के करीब रायामांझी ने ''नये कान्टैक्ट'' से फोन पर सम्पर्क किया।

''मेरे बॉस को तुम्हारी सेवाओं की जरूरत है।''

''ठीक है।''

''इसी महीने।''

''नो प्रॉब्लम। उसे ओके बोल दो।''

''पक्की बात?''

''फौरन हरकत में आये तो पक्की बात।''

''पहरेदारों का क्या होगा?''

''सब सोये पड़े हैं।''

''गुड।''

''लेकिन हवा का रुख बदल सकता है।''

''उसी को मानीटर कर के रखने की तो तुम्हारी फीस है।''

''नाज़ुक कारोबार है। अक्सर पेचीदा भी। कभी-कभी पल्ले से पैसा भी लगता है।''

''पैसे की फिक्र मत करो। हमें अपनी रकम का सिला मिलना चाहिये – इसी बात की तुम्हारी फीस भरी जाती है – और सिला इस बात में है कि काम में कोई झोल न हो, कोई रिस्क न हो।''

''ऐसा ही होगा। मेरा काम गारन्टी से होता है।''

''तो मैं बॉस को ओके बोल दूं?''

''हां।''

''हवा ने कोई रुख बदला तो?''

''तो वक्त रहते उस की खबर तुम तक पहुंचेगी।''

''गुड। थैंक्यू।''

''फीस मिलने से बड़ा थैंक्यू कोई नहीं।''

''ठीक कह रहे हो, भाई।''

''मैं तुम्हारा भाई नहीं हूं। दोस्त भी नहीं हूं। न तुम्हारा, न तुम्हारे बॉस का। याद रखना ये बात। हम दोनों एक राह के राही इसलिये बने हैं क्यों कि इस में हम दोनों का फायदा है। और कोई वजह नहीं। याद रखना मेरी बात। बन्द करता हूं।''

और धनुष तुलाधर ने फोन रख दिया।

एक सुबह रायामांझी को तुलाधर का मैसेज मिला हवा का रुख माफिक था तो उसने वो गुड न्यूज आगे अपने बॉस को सरकाई।

धनुष तुलाधर, उन का नया कान्टैक्ट, खुद नारकॉटिक्स कन्ट्रोल ब्यूरो का अधिकारी था, इसलिये उस की टिप गलत तो हो ही नहीं सकती थी, उस के प्रमाणिक होने की भी गारन्टी थी। पैसे के लालच ने उस शख्स को उस के बॉस का भेदिया बनाया था और वो उन के खूब काम आ रहा था। तुलाधर जानता था कि चौधरी का काम बिगड़ने का मतलब था उस को पैसा मिलना बन्द। इसी वजह से उस की टिप में दम होता था और उन्हें उससे कोई डबल गेम खेलने का भी खतरा नहीं होता था।

यूं माल की गारन्टीड सेफ आमद की तसल्ली हो जाने के बाद चौधरी ने सौ

किलो की पहली शिपमेंट को फाइनांस करने की हामी भर दी। नतीजतन उस बाबत चियांग माई में और फिर वहां से बार्डर के पार लाओस में सिग्नल पहुंच गया।

कुएं ने प्यासे का रुख किया।

छः सशस्त्र गार्डो के साथ एक बख्तरबन्द ट्योटा ट्रक पर सवार हो कर दसाप्रतामा अपने गांव से निकला और यूं अपनी मंजिल की तरफ उस का पहला कदम उठा।

उस लाव-लश्कर के साथ उस का सफर लाओस की राजधानी विनतियान तक का था, जहां से वो प्लेन पर सवार होकर ढाका पहुंचा। ढाका में वो एक रात ठहरा और अगली सुबह एक नयी शिनाख्त और नये पासपोर्ट के साथ काठमाण्डू के लिये उड़ चला।

जब वो काठमाण्डू उतरा तो दिखावे के लिये उस के पास बंगलादेशी पासपोर्ट था और उस पर अंकित उस का नाम अशरफुल हक था।

बढ़िया मुल्क था बंगलादेश – सन्तुष्टिपूर्ण भाव से उसने मन ही मन सोचा – भूखा नंगा। अंटी भारी हो तो गैरकानूनी ढंग से वहां क्या नहीं हासिल किया जा सकता था।

ये पैसे का ही करिश्मा था कि उसे रातोरात हर तरह से चौकस फर्जी बंगलादेशी पासपोर्ट हासिल हो गया था। बंगलादेशी पासपोर्ट पर लगी तसवीर के मुताबिक उस के बाल काले थे, आंखों पर सुनहरे फ्रेम का चश्मा था और ठोढ़ी पर छोटी-सी दाढ़ी थी।

काठमाण्डू पहुंच कर उसने किसी बड़े, सोल्टी ओबराय या याक एण्ड येती जैसे, किसी फूं फां वाले होटल का रुख न किया, वो जाकर एक माडरेट होटल ब्लू स्टार में ठहरा जिस में उसने बाकी का दिन टेलीविजन देखते गुजारा। रात का खाना खाने तक के लिये वो अपने कमरे से न निकला, खाना उसने रूम सर्विस पर फोन कर के अपने कमरे में ही मंगाया और बड़े इत्मीनान से खाया।

अलबत्ता एक लोकल टेलीफोन काल उसने जरूर की जिसके नतीजे के तौर पर अगली सुबह दस बजे एक मेहमान उस के कमरे में पहुंचा।

वो मेहमान उस का पूर्वपरिचित था। टकला गणेश के नाम से जाना जाता था। वो कोई पचास साल का गठीले बदन वाला ठिगना-सा नेपाली था जो कि प्रत्यक्षतः एक वकील के आफिस में क्लर्क था, लेकिन असल में लोकल क्राइम सिन्डीकेट का सरगना था।

साहिल अपने आफिस में स्टाफ की छुट्टी के बाद भी काम कर रहा था, ताकि ये भ्रम बना रहता कि वो अभी कारपेट एक्सपोर्टर ही था।

उस की परछाई की तरह इला कनितकर वहां भी मौजूद थी। वो रिसैप्शन पर बैठी बेमन से वहां पड़ी पत्रिकाओं के पन्ने पलट रही थी।

साहिल की चौधरी के जवाब के लिये सैट की डैड लाइन का वो आखिरी दिन था। आठ बज चुके थे और अब उसे चौधरी की तरफ से कोई जवाब आने की कोई उम्मीद नहीं रही थी।

अब कल वो रायामांझी से मिलता और टाइम लिमिट आगे सरकाने की बात करता।

तभी फोन की घन्टी बजी।

ओह! – उसने चैन की सांस ली – तो आखिरकार वो फोन आ ही गया था जिस का उसे इन्तजार था।

''हल्लो।'' – वो माउथपीस में बोला।

''गुड ईवनिंग, मिस्टर सरीन। कैसे हैं आप?''

उस के हाथ से फोन छूटता-छूटता बचा।

लाइन पर दसाप्रतामा था।

''आज शाम तुम्हारी कोई और ऐंगेजमेंट न हो तो क्या कहते हो, मुलाकात हो जाये?''

''जी हां। जरूर।'' – फंसे कण्ठ से वो बोला – ''मैं बिल्कुल खाली हूं।''

''गुड।''

''कहां मुलाकात होगी? कब होगी? कैसे होगी?''

''हो जायेगी। तुम्हें कोई जहमत नहीं करनी पड़ेगी। तब इन्तजाम मैंने कर लिया है। अभी पन्द्रह मिनट बाद एक सिल्वर मर्सिडीज तुम्हारे आफिस की इमारत के सामने पहुंचेगी। गाड़ी का ड्राइवर तुम्हें पहचानता है, इसलिये तुम्हें कोई दिक्कत नहीं होगी। तुम्हें बस गाड़ी में सवार होना होगा और वो तुम्हें मेरे पास ले आयेगा।''

''ठीक है।''

''सब कुछ आनन-फानन और यकायक हो रहा है, इसका मुझे अफसोस है, लेकिन तुम समझ सकते हो कि ऐसा क्यों हो रहा है?''

''जी हां।''

''बन्द करता हूं।''

उसने टेलीफोन क्रेडल पर पटका और उठ कर रिसैप्शन पर पहुंचा।

इला ने पत्रिका पर से सिर उठा कर उस की तरफ देखा।

''दसाप्रतामा का फोन था।'' – वो सस्पेंसभरे स्वर में बोला – ''वो यहां पहुंच भी चुका है।''

''अच्छा!'' – वो भी हैरान हुए बिना न रह सकी।

''फौरन मिलना चाहता है।''

''कहां? कब?''

''नहीं मालूम। पन्द्रह मिनट बाद एक सिल्वर मर्सिडीज मुझे लेने के लिये यहां पहुंच रही है। पता नहीं कहां ले कर जायेगी!''

''पाटिल साहब का भी यही खयाल था कि वो एकाएक जैसे आसमान से यहां टपकेगा।''

''इसमें कलपने की क्या बात है?''

''कलप कौन रहा है?''

''मुझे तो ऐसा ही लगा।''

''पन्द्रह मिनट का नोटिस। शुक्र है कि लोकल पुलिस की दो कारें तैयार हैं। वो पूरी मुस्तैदी से मर्सिडीज के पीछे लगेंगी।''

''ठीक है।''

''फिर भी कोई गड़बड़ होगी तो तुम्हें एनसीबी की एस.ओ.एस. लाइन का नम्बर मालूम है। मालूम है न?''

''भेजे में गुदा हुआ है।''

''अब कोट उतारो। कमीज उतारो।''

''क्या!''

''क्या क्या? तुम्हें नहीं मालूम क्या?''

''ओह!''

बिजली की फुर्ती से उसने उसे आडियो और वीडियो रिकार्डिंग के लिये तैयार किया। इला ने उसकी छाती पर एक चौड़ी बैल्ट जैसा पट्टा बांधा और उस में एक जगह मिननिचेयर आडियो रिकार्डर फिट किया। वैसे ही उसने वीडियो का लैंस भी यूं फिट किया कि कमीज और कोट पहने होने पर वो उन्हें जरा सा आजू-बाजू सरका कर एक बटन दबाता तो वीडियो रिकार्डिंग शुरू हो जाती। वैसा ही एक दूसरा बटन आडियो रिकार्डिंग ऑन करने के लिये पट्टे में लगा हुआ था।

''कमीज पहनो।'' – इला ने आदेश दिया।

उसने कमीज पहनी तो बटनों के अलाइनमेंट के हिसाब से उस ने वीडियो का लैंस थोड़ा बाजू सरकाया।

''कोट पहनो।''

उसने कोट भी पहना।

''कोई प्राब्लम? कोई डिसकम्फर्ट?''

''नहीं। ये इन्तजाम काम करेगा?''

''करेगा।''

''न किया तो?''

''तो बड़ी बद्किस्मती की बात होगी, क्योंकि ऐसा मौका दोबारा नहीं मिलने वाला।''

साहिल ने घड़ी पर निगाह डाली।

''टाइम होने ही वाला है।'' – वो बोला।

''गुड लक।'' – वो विजयसूचक भाव से अंगूठा उठाती बोली।

''यस। आई नीड लाट्स एण्ड लाट्स आफ इट।''

रायामांझी पेनोरमा क्लब के आफिस में बैठा दिन-दहाड़े नसवार चढ़ाने की तैयारी कर रहा था जब कि कि उस के मोबाइल की घन्टी बजी।

उसने अनमने भाव से जेब से मोबाइल निकाला और उस की स्क्रीन पर अंकित हुए नम्बर पर निगाह डाली।

नम्बर उसे पहचाना हुआ न लगा।

वो काल उस के नशे की तैयारी में विघ्न बनी थी, इसलिये पहले तो उसने उसे नजरअंदाज करने का खयाल किया, लेकिन फिर कुछ सोच कर काल रिसीव की। दूसरी ओर से आती आवाज उसने पहचानी तो उस के जेहन से नसवार लेने का खयाल ही उड़ गया।

''अंकल डी!'' – उस के मुंह से निकला – ''वैलकम!''

''थैंक्यू।''

''हमें आप का इन्तजार था।''

''मालूम।''

''क्या हुक्म है?''

''मीटिंग का इन्तजाम करो। आज ही रात।''

''बॉस बिजी आदमी है, पता नहीं आज रात के लिये उस के पास टाइम होगा या नहीं!''

''तुम ये कहना चाहते हो'' – अत्यन्त शुष्क स्वर सुनायी दिया – ''कि तुम्हारे बॉस के पास अंकल डी के लिये टाइम नहीं होगा?''

''नहीं, नहीं। ऐसा नहीं है।''

''तो कैसा है?''

''मैं . . . मैं बात करता हूं।''

''बात नहीं करता हूं, मीटिंग के लिए हामी भरता हूं।''

''क . . . कहां होगी मीटिंग?''

''वो बाद में पता चलेगा। पहले सुनो, कहां पहुंचना है!''

''कहां पहुंचना है?''

''त्रिपुरेश्वर मार्ग। भक्तपुर ट्राली बस स्टाप के सामने। वहां इन्तजार करने का है। पिक करने के लिये एक सफेद ट्योटा वहां पहुंचेगी।''

''कब पहुंचना है?''

''आधे घन्टे में।''

''आ . . . आधे घन्टे में?''

''हां।''

''इतना टाइम तो मुझे बॉस को कान्टैक्ट करने में लग सकता है।''

''ये तुम्हारी प्राब्लम है। तुम्हारे बॉस की प्राब्लम है। चौधरी जानता है मैं कैसे काम करता हूं।''

''लेकिन . . .''

''शट युअर माउथ, रायामांझी, एण्ड एक्ट। यू हैव आलरेडी लॉस्ट ए मिनट।''

''ओह!''

''अगर आधे घन्टे में तुम्हारा बॉस वहां नहीं पहुंच सकता तो कोशिश ही न करे। फिर मैं कुछ और करूंगा।''

''क्या? क्या?''

''आल्टरनेट फाइनांसर को फोन करूंगा।''

लाइन कट गयी।

आलोक पाटिल धनुष तुलाधर के साथ थमेल के इलाके में रम डूडल रेस्टोरेंट में था जब कि उस के मोबाइल की घन्टी बजी।

''शो इज आन।'' – उसे इला कनितकर की आवाज सुनाई दी – ''दसाप्रतामा काठमाण्डू पहुंचा हुआ है और साहिल से कान्टैक्ट कर भी चुका है।''

‘‘यानी कि मेरा खयाल ठीक निकला कि वो इधर एकाएक जैसे आसमान से टपकेगा?’’

‘‘हां।’’

‘‘गुड।’’

‘‘उसे पिक करने के लिये एक कार आने वाली है, साहिल बस इधर से निकलने ही वाला है।’’

‘‘मंजिल कहां है?’’

‘‘दसाप्रतामा ने इस बाबत कुछ नहीं बताया।’’

‘‘हमारा बैकअप का इन्तजाम चौकस है?’’

‘‘हां। सब-इन्सपेक्टर प्रचंड देउबा के कन्ट्रोल में है।’’

‘‘गुड। उस को रवाना कर के तुम पुलिस हैडक्वार्टर पहुंचो। मैं तुम्हें वहां कन्ट्रोल रूम में मिलूंगा।’’

‘‘ठीक है।’’

पाटिल ने फोन बन्द किया।

‘‘क्या बात है?’’ – तुलाधर उत्सुक भाव से बोला।

‘‘कुछ नहीं।’’ – पाटिल उठता हुआ बोला – ‘‘एक इमरजेंसी आ गयी है। जाना पड़ेगा।’’

‘‘कैसी इमरजेंसी?’’

‘‘बताने का वक्त नहीं। इस बार बिल मैंने चुकता करना था, लेकिन उस के इन्तजार का भी वक्त नहीं। सॉरी। मैं चला।’’

‘‘नहीं, तुम ऐसे नहीं जा सकते।’’ – तुलाधर ने उसे बांह पकड़ कर वापिस खींच लिया – ‘‘तुम बता के जाओगे क्या हो रहा है?’’

‘‘अरे, बोला न . . .’’

‘‘तुम मुझे उल्लू समझते हो? मैं क्या तुम्हारे जैसी नौकरी नहीं करता? ये कोई मानने की बात है कि तुम तफरीहन यहां आये हुए हो? तफरीहन आये हुए हो तो पुलिस कन्ट्रोल रूम में तुम्हारी इतनी अर्जेंट हाजिरी का क्या मतलब?’’

''यार, मुझे जल्दी है।''

''जल्दी है तो मैं तुम्हारे साथ चलता हूं। रास्ते में बोलना।''

''क्या?''

''जो तुम मुझ ने छुपा रहे है।''

''ऊपर से हुक्म है।''

''दोस्ती पर हुक्म नहीं चलते। अब साफ बताओ, क्या हो रहा है? मुझे तो लगता है कोई बहुत खुफिया आपरेशन जारी है।''

''यही बात है।'' – पाटिल धीरे से बोला।

''किस के खिलाफ?''

''एक ही तो शख्स है हमारा निशाना।''

''रोशन चौधरी?''

''और कौन?''

''ओह!''

''क्या हुआ?''

''यार, तुम्हें बताना चाहिये था। ऐसी सेंसेशनल खबर तुमने मेरे से छुपा कर रखी?''

''बोला न, ऊपर से हुक्म था।''

''मुझे बताते तो मैं क्या करता? लाउड स्पीकर पकड़ता और सारे शहर में एनाउन्समेंट करता फिरता? असल बात ये है कि तुम्हें मुझ पर भरोसा नहीं।''

''ओह, कम आन . . .''

''तुम जानते हो उस शख्स से हम दोनों की जाती रंजिश है। तुम्हें सरकारी तौर से नहीं तो जाती तौर से मुझे इस बाबत बताना चाहिये था। असल बात ये है कि तुम्हें मुझ पर भरोसा नहीं।''

''क्या मूर्खों जैसी बातें करते हो? मुझे तुम पर पूरा भरोसा है, लेकिन ये ऐसा नाजुक आपरेशन है कि मेरे अफसरान का कहना था कि इस बाबत

जितने कम लोगों को मालूम पड़ता उतना ही अच्छा था। जरा सी लापरवाही, जरा सी लूज टॉक सारा काम बिगाड़ देती है, ये क्या तुम नहीं जानते थे या मैं नहीं जानता? इस वजह से इस बाबत तुम्हारे महकमे के सिर्फ दो लोग जानते हैं।''

''सिर्फ दो लोग?''

''एक तुम्हारा टॉप बॉस और दूसरा एक फील्ड आफिसर।''

''ओह!''

''अब असलियत जान ही गये हो तो उठो और तुम भी मेरे साथ चलो।''

दोनों वहां से रुखसत हुए।

उन्होंने एक टैक्सी पकड़ी और पुलिस हैडक्वार्टर की तरफ रवाना हुए।

रास्ते में कई क्षण खामोशी का आलम रहा।

''अब जाने भी दो।'' – पाटिल उसे कोहनी मारता हुआ बोला – ''तुम जानते हो कि कंफीडेंशल मैटर्स में क्या किया जाता है!''

''मैं ये भी जानता हूं'' – वो बेरुखी से बोला – ''कि दोस्ती में क्या किया जाता है!''

''अच्छा भई, गलती हुई मेरे से। गलती हुई कि मैं अच्छा दोस्त बन कर न दिखा सका। आगे कोताही नहीं होगी।''

''तो आखिरकार रोशन चौधरी फंस रहा है?''

''हां। आधी रात तो वो तुम्हारी जेल की सब से सुरक्षित कोठरी में बन्द होगा।''

''बात यहां तक पहुंच कैसे पायी?''

''तुम्हें याद है काफी अरसा पहले एक स्मगलिंग आपरेशन के दौरान मुम्बई में और यहां एक साथ गिरफ्तारियां हुई थीं; मुम्बई में बुद्धिमान नाम का एक नेपाली कूरियर छोकरा जान से गया था और रज्जाक बोरीवली नाम का एक खरीदार गिरफ्तार हुआ था और पाटन में नसरूल्लाह और सुनीत नाम के दो आदमी गिरफ्तार हुए थे?''

''हां। नसरूल्लाह का तो मुझे पता नहीं क्या हुआ था, लेकिन सुनीत सरीन को अभी पिछले हफ्ते उस केस में सात साल की सजा हुई है।''

''बस, वही हमारे मौजूदा आपरेशन का स्टार्टिंग प्वायन्ट था। सुनीत सरीन का अपने फाइनांसर का कर्जाई होना सारी बुनियाद बना था।''

''फाइनांसर कौन था? कहीं चौधरी ही तो नहीं?''

''वही। जो अपने फ्रंटमैन भृगु रायामांझी के जरिये आपरेट करता है।''

''ये रायामांझी तो बड़ा जालिम आदमी है!''

''बजातेखुद हो न हो, अपने बॉस के लिये जालिम उसे बनना पड़ता है। जुल्म ढाये बिना ऐसे लोगों की ताकत नहीं पता लगती। कर्जे की वसूली के लिये उन्होंने जेल में बन्द सुनीत सरीन पर भी जुल्म ढाया, वार्निंग के तौर पर उस का एक कान काट डाला और कर्जा न अदा होने की सूरत में हिजड़ा बना देने की धमकी दी। सुनीत सरीन के पास कर्जा अदायगी का कोई जरिया नहीं था – सिवाय इस के कि वो और हेरोइन सप्लाई करता।''

''जेल में बैठे-बैठे?''

''अपने भाई साहिल सरीन के जरिये।''

''साहिल सरीन! लेकिन वो तो थारो जन्टलमैन है, कारपेट एक्सपोर्टर है!''

''तभी तो कोई उस पर शक न करता कि ऐसा शरीफ आदमी भाई के लिये हेरोइन स्मगलिंग का काम कर रहा था।''

''कमाल है! लेकिन कारपेट्स का धन्धा करने वाले के पास हेरोइन कहां से आती?''

''भृगु रायामांझी के पास से आती। आयी। इस कारपेट एक्सपोर्टर भाई का पहला डील कामयाब रहा और दूसरा लगभग कामयाब रहा।''

''लगभग।''

''ऐन मौके पर पकड़ गया। हेरोइन डिलीवर कर चुका था, नोट बटोर चुका था, तब पकड़ गया।''

''तुमने पकड़ा?''

"हां। और अपना एजेन्ट बनने की पेशकश की। उस के जरिये हमने रोशन चौधरी और दसाप्रतामा को थामने की स्कीम बनायी . . ."

"दसाप्रतामा! लेकिन वो तो लाओस में है!"

"अब यहां है।"

"यहां काठमाण्डू में?"

"हां।"

"यकीन नहीं आता।"

"हमारी स्कीम कारगर हुई, तभी ऐसा हुआ। हमने अपना एजेन्ट बने साहिल सरीन को भविष्य के बड़े नारकॉटिक्स स्मगलर के तौर पर प्रोजेक्ट किया जिस का सप्लायर बना दसाप्रतामा और फाइनांसर बना रोशन चौधरी।"

"कमाल है! बल्कि करिश्मा है!"

"आज रात इस हाई टेंशन ड्रामे का क्लाइमैक्स है। दसाप्रतामा यहां पहुंचा हुआ है। आज रात वो रोशन चौधरी और उस की साइड किक भृगु रायामांझी से मिलेगा और आडियो, वीडियो रिकार्डिंग के लिये वायर्ड हमारा जवान साहिल सरीन उस मीटिंग का गवाह होगा।"

तब तक टैक्सी हैडक्वार्टर के सामने पहुंच चुकी थी। दोनों टैक्सी से उतरे, पाटिल ने भाड़ा चुकाया और फिर दोनों भीतर की ओर बढ़े।

"इस बात की क्या गारन्टी है कि चौधरी मीटिंग अटैण्ड करेगा?" – तुलाधर बोला – "पिछले एक अरसे से तो वो काठमाण्डू में देखा भी नहीं जा रहा!"

"ये बड़ा डील है जिस को कि उसने फाइनांस करना है। इतने बड़े फाइनास के सिलसिले में मीटिंग में उस की हाजिरी जरूरी है। आखिर उसने भी तो तसल्ली करनी होगी कि कर्जा उठाने वाले को बड़े सप्लायर की मुकम्मल सपोर्ट हासिल थी। वो जहां भी होगा, मीटिंग के लिये जरूर पहुंचेगा।"

"रायामांझी को भेज देगा।"

"दसाप्रतामा को मंजूर नहीं होगा। उसे मीटिंग में रायामांझी की मौजूदगी कबूल हो सकती है, लेकिन उस के बॉस की गैरहाजिरी कबूल नहीं हो सकती।"

''फिर भी वो न आया तो?''

''तो दसाप्रतामा हमारे कब्जे में होगा। फिर उसी के जरिये रोशन चौधरी तक पहुंच बना लेना महज वक्त की बात होगी।''

''ओह!''

''इस घड़ी वो नेपाल में है। यहां वो इतना पावरफुल नहीं साबित हो सकता जितना कि वो लाओस में बना हुआ है, थाईलैण्ड में समझा जाता है।''

''गिरफ्तारी के बाद वो जुबान खोलेगा?''

''खोलेगा। उस के साथ रियायत बरती जाने की पेशकश की जायेगी तो यकीनन खोलेगा। वो साठ साल से ऊपर का बताया जाता है, नौजवान आदमी जैसी जिद और ढिठाई वो जता पायेगा, मुझे शक है। और फिर आजकल तो नौजवान भी टूट जाते हैं। रोशन चौधरी को डुबोने से उसे अपना बेड़ा पार होता लगेगा तो वो जरूर मौके का फायदा उठायेगा।''

''रोशन चौधरी को पकड़वा कर वो छूट जायेगा?''

''छूट कैसे जायेगा? मैंने रियायत की बात की है, माफी की बात नहीं की। सजा कम पायेगा। वो बूढा आदमी है, उसके लिए कम सजा भी उम्र-कैद जैसी ही होगी। सच पूछो तो ये बात सुनने में ही अच्छी लगती है कि वो हम से सहयोग करेगा तो उसे मिनीमन सजा होगी। मिनीमम सजा उसके लिये मेक्सीमम ही साबित होगी; जिन्दा बाहर नहीं निकलेगा।''

''अगर वो नेपाल में गिरफ्तार होगा तो नेपाल का बन्दी होगा। तुम उसे कैसे सजा दिला पाओगे?''

''हम उसे कानूनी तौर से यहां से निष्कासित करा कर इण्डिया ले के जायेंगे। इस सिलसिले में यहां के सम्बन्धित अधिकारियों से पहले ही बात हो चुकी है।''

''हो भी चुकी है?''

''हां।''

''बड़ा फास्ट वर्क किया!''

पाटिल हंसा, फिर बोला – ''कहने का मतलब ये है कि हमारा शिकार,

हमारा अहमतरीन निशाना, रोशन चौधरी अन्त पन्त हमारे कब्जे में होगा।''

भृगु रायामांझी त्रिपुरेश्वर मार्ग पर ट्राली बस स्टाप के सामने फुटपाथ पर टहल रहा था जब कि उस का मोबाइल बजा।

उसने काल रिसीव की तो लाइन पर अपने नवीनतम कान्टैक्ट धनुष तुलाधर को पाया।

''जो कह रहा हूं, गौर से सुनो।'' – वो जल्दी से बोला – ''मैं इस वक्त पुलिस हैडक्वार्टर में हूं और यहां से तुम्हें फोन कर के बहुत बड़ा रिस्क ले रहा हूं। मेरे पास तुम लोगों के काम की जानकारी है जिस की पेमेन्ट मुझे अभी होनी चाहिये।''

''कितनी?''

''पच्चीस हजार डॉलर।''

''पागल हुए हो!''

''बहुत मार्के की जानकारी है। बढ़िया माल की कीमत बढ़िया ही होती है।''

''लेकिन पच्चीस हजार . . .''

''डॉलर। अमेरिकन डालर। एक पैसा कम नहीं। जब जानकारी हासिल हो जायेगी तो समझोगे सस्ते में मिली।''

''लेकिन . . .''

''जल्दी हां या न करो।''

''तुम थूक लगाने की कोशिश कर रहे हो।''

''अरे, ईडियट, ये तेरी और तेरे बॉस की जान की कीमत है।''

''ठीक है। हां बोला मैंने। अब बोलो, क्या जानकारी है?''

''जिस मीटिंग में जा रहे हो, वो चूहे के लिये पिंजरे के समान है।''

''क्या!''

''सैट की हुई है।''

''क्या कह रहे हो!''

''साहिल सरीन डबल गेम खेल रहा है। वो पुलिस का भेदिया है। अन्डरकवर एजेन्ट है।''

''साहिल! पुलिस का भेदिया!''

''हां।''

''कैसे मालूम है?''

''खुद उस इन्डियन एनसीबी आफिसर ने बताया जिस के निर्देश पर वो काम कर रहा है।''

''कब? कब बताया?''

''अभी दो मिनट पहले। तुम और तुम्हारा बॉस मीटिंग में नहीं जा रहे हो, पुलिस के बिछाये जाल में फंसने जा रहे हो।''

लाइन कट गयी।

साहिल ने इमारत से बाहर कदम रखा ही था कि उसे सिल्वर मर्सिडीज दिखाई दी। ड्राइवर एक नौजवान नेपाली था जो शोफर की सफेद वर्दी पहने था और सफेद पीक कैप लगाये था।

उस की ड्राइवर से निगाह मिली।

ड्राइवर ने अपलक उस की तरफ देखा और फिर हौले से एक बार सहमति में सिर हिलाया।

साहिल ने खमोशी से कार का पिछला दरवाजा खोला और भीतर बैठ गया।

तत्काल कार आगे बढ़ चली।

एक लैंडरोवर रायामांझी के करीब आ कर रुकी।

रायामांझी ने गाड़ी को पहचाना, ड्राइविंग सीट कर बैठे अपने बॉस को पहचाना और फिर लपक कर कार की ड्राइविंग साइड की विण्डो पर पहुंचा।

विण्डो का ऑटोमैटिक शीश नीचे गिरा।

''बहुत बुरी खबर है।'' – वो दहशतनाक लहजे में बोला – ''अभी मेरी हमारे

नये कान्टैक्ट से बात हुई है। हम एक बहुत बड़ी साजिश का शिकार होने जा रहे हैं। फौरन कुछ न किया गया तो हम दोनों की मौत निश्चित है।''

''करो।'' – हुक्म हुआ।

''क्या?''

''फौरन कुछ। बल्कि बहुत कुछ।''

''क्या?''

''ये मैं बताऊं?''

''ओह! ठीक है, करता हूं।''

''नतीजे की खबर करना।''

''जी हां। जरूर।''

लैंडरोवर रुखसत हो गयी।

पन्द्रह मिनट सिल्वर मर्सिडीज नगर की विभिन्न, अतिव्यस्त सड़कों पर दौड़ती रही।

साहिल की कई बार घूम कर पीछे देखने की इच्छा हुई, लेकिन हर बार बड़ी मुश्किल से उसने उस पर काबू पाया।

पता नहीं पुलिस की दो कारें उन के पीछे थीं या नहीं। नहीं का क्या मतलब! – उसने अपने आप को तसल्ली दी – आखिर वो पुलिस वाले थे और उन्हें उस किस्म के कामों का प्रशिक्षण प्राप्त था। कोई एक कार कहीं अटक न जाये, इसीलिये तो दो कारें पीछे थीं।

तभी एकाएक आगे चौराहे पर लाल बत्ती हुई और मर्सिडीज रुकी।

''उतरो।'' – ड्राइवर सिर घुमाकर उसे देखता तीव्र स्वर में बोला – ''नीचे उतरो। जल्दी करो।''

''क्या!'' – उस के मुंह से निकला।

मर्सिडीज जहां खड़ी थी, वहां उस के बायीं तरफ एक बस थी और दायीं तरफ दोहरी सड़क को विभक्त करने वाली रेलिंग थी। बस की तरफ वो उतर नहीं

सकता था और रेलिंग की तरफ उतर कर वो कहीं जा नहीं सकता था।

लेकिन उतरना क्यों था?

''जल्दी करो।'' – ड्राइवर फिर, पहले से ज्यादा तीव्र स्वर में, बोला – ''उतर कर रेलिंग फांद कर परली सड़क पर पहुंचो। वहां बस स्टैण्ड पर नीली एस्टीम खड़ी है, जा कर उस में सवार हो जाओ। जल्दी करो।''

''लेकिन क्यों?''

''अंकल डी का हुक्म है।''

''वो ऐसा बोला कि . . .''

''हां हां हां। बत्ती हरी होने वाली है। जल्दी करो।''

तभी आगे सिग्नल लाइट सच में हरी हो गयी।

साहिल झपट कर नीचे उतरा।

मर्सिडीज तत्काल आगे बढ़ गयी।

वो रेलिंग फांद कर परली तरफ पहुंचा।

उधर नीली एस्टीम मौजूद थी और उस का ड्राइवर खिड़की में से उस की तरफ हाथ हिला रहा था।

बड़ी मुश्किल से उसने सड़क पार की और एस्टीम में जा सवार हुआ।

तत्काल एस्टीम आगे उधर ही बढ़ चली जिधर से कि वो वहां पहुंचा था।

पिछली सीट पर बैठे साहिल ने असहाय भाव से गर्दन हिलाई।

अंकल डी की सावधानियां बेमिसाल थीं।

वो सब इन्तजाम इसी नुक्तानिगाह से किया गया था कि अगर कोई गाड़ी मर्सिडीज के पीछे लगी होती तो यूं उस से पीछा छूट जाता। वो जानता था कि जब तक उस के पीछे लगी पुलिस की गाड़ियां चौराहे तक पहुंचतीं, वहां से यू टर्न काट कर परली सड़क पर आतीं, तब तक उन्हें एस्टीम की हवा भी न मिलती।

और पता नहीं जो हुआ था, वो उन की निगाह में आया भी था या नहीं। क्या बड़ी बात थी कि उन्हें उस के मर्सिडीज से उतर गया होने की खबर ही न लगी होती और वो अभी भी बदस्तूर मर्सिडीज के पीछे लगे हुए होते।

बहरहाल वीडियो रिकार्डिंग का इन्तजाम बिल्कुल बेकार हो चुका था क्योंकि जैसी वीडियो रिकार्डिंग के लिये उसे वायर किया गया था, वैसी तभी हो सकती थी जब कि वीडियो रिकार्डर लैंस से पांच सौ गज के दायरे में होता।

लेकिन आडियो रिकार्डिंग अभी भी मुमकिन थी।

अब लाख रुपये का सवाल ये था कि जो हुआ था, वो दसाप्रतामा की सदा सावधान रहने की आदत की वजह से हुआ था या उसे साहिल पर शक था! क्या उसे किसी तरीके से खबर लग चुकी थी कि साहिल पुलिस के कब्जे में था और उन के भेदिये के तौर पर काम कर रहा था!

अगर ऐसा था तो अब उसकी निश्चित मंजिल मौत थी।

आलोक पाटिल और धनुष तुलाधर ने कन्ट्रोल रूम में कदम रखा तो वहां पहले से मौजूद इला कनितकर उठ कर उन के करीब पहुंची।

''बुरी खबर है।'' – वो बोली।

''क्या हुआ?'' – पाटिल सशंक भाव से बोला।

''पुलिस की गाड़ियां हमारे आदमी के पीछे नहीं हैं।''

''अरे! क्या हुआ?''

''साहिल को जो मर्सिडीज कार लेने आयी थी, उसे एक रैड लाइट पर भरे ट्रैफिक में मर्सिडीज से उतार दिया गया।''

''किस लिये?''

''ताकि वो रेलिंग फांद कर परली सड़क पर पहुंचता और वहां इन्तजार करती एक दूसरी कार में जा सवार होता।''

''अरे!''

''दूसरी कार साहिल के साथ भाग निकली। हमारे आदमी उलटी तरफ फंसी अपनी कारों में बैठे उस के पीछे न लग सके।''

''कमाल है!''

''अब साहिल अकेला है और पता नहीं कहां है! कहने का मतलब है कि

अब हम उस की कोई मदद करने की स्थिति में नहीं हैं।''

''दैट्स टू बैड।'' – अफसोस में सिर हिलाता पाटिल बोला – ''दैट्स टू बैड।''

एस्टीम बत्तीसपुतली पहुंची।

थोड़ी देर वो आबादी में भटकी और फिर एक तीनमंजिला इमारत के सामने आ कर रुकी।

''मोबाइल मुझे दो।'' – ड्राइवर बोला।

''क्या?'' – साहिल सकपकाया-सा बोला।

''मोबाइल! मोबाइल! मुझे दो।''

''मेरे पास नहीं है।''

''मुझे तुम्हारी तलाशी लेनी होगी।''

''लेकिन कोई वजह तो हो . . .''

''मुझे जो हुक्म है, वो मैं बजा रहा हूं। हुज्जत करोगे तो वापिस वहीं छोड़ आऊंगा जहां से लाया था।''

साहिल ने उसे मोबाइल सौंप दिया।

उसने सिम कार्ड निकाल कर मोबाइल वापिस कर दिया।

अब साहिल अपनी बाबत एस.ओ.एस. फोन पर कोई खबर भी नहीं दे सकता था।

''उस इमारत में जाओ।'' – फिर वो बोला – ''टॉप फ्लोर पर एक ही फ्लैट है। वहां अंकल डी इन्तजार कर रहे हैं।''

साहिल कार से उतरा। वो इमारत के खुले दरवाजे पर पहुंचा तो उसे आगे एक नीमअन्धेरी ड्योढ़ी दिखाई दी। ड्योढ़ी में से ही ऊपर को सीढ़ियां जा रही थीं। उसने पहली ही सीढ़ी पर कदम रखा तो उस की चरचराहट से उस को पता लगा कि सीढ़ियां लकड़ी की थीं।

उसने ठिठक कर, घूमकर, दरवाजे से बाहर निगाह दौड़ाई तो एस्टीम को अभी भी इमारत के सामने मौजूद पाया।

ड्राइवर अपलक उसकी तरफ देख रहा था।

वो सीढ़ियां चढ़ने लगा।

वो तीसरी मंजिल पर पहुंचा, वहां सीढ़ियों के सामने एक बन्द दरवाजा था जिस पर उसने दस्तक दी।

दरवाजे के पीछे हलचल हुई, भीतर से उस की तरफ बढ़ते कदमों की आवाज आयी।

साहिल का दिल धाड़-धाड़ बजने लगा। वो स्थिर खड़ा रह पाने में दिक्कत महसूस करने लगा। वो बार-बार बेचैनी से पहलू बदलने लगा।

दरवाजा खुला।

चौखट पर होंठों पर मीठी मुस्कान लिये दसाप्रतामा प्रकट हुआ।

काले बालों, चश्मे और दाढ़ी की वजह से और विलायती परिधान की वजह से साहिल ने उसे बड़ी मुश्किल से पहचाना।

''वैलकम!'' – वो बोला – ''वैलकम, माई फ्रेंड। प्लीज, कम इन।''

मन्त्रमुग्ध सा साहिल भीतर दाखिल हुआ।

दसाप्रतामा ने उस के पीछे दरवाजा बन्द कर दिया।

''पहचान लिया?'' – वो बोला।

''फौरन नहीं, अंकल डी।''

''रास्ते में कोई दिक्कत तो नहीं हुई?''

''दिक्कत तो नहीं हुई, लेकिन हैरानी बहुत हुई। आप के अन्दाज अनोखे हैं, बेमिसाल हैं।''

''और काशस हैं।'' – वो हंसता हुआ बोला – ''यू कैन नाट बी टू केयरफुल, माई फ्रेंड।''

''यस।''

''तुम्हारा भाई सजायाफ्ता मुजरिम है, तुम अपकमिंग नारकॉटिक्स स्मगलर हो, कभी मुम्बई में होते हो तो कभी चियांग माई में होते हो। मेरा ये सोचना बेजा नहीं कि नेपाल पुलिस ऐसे शख्स की ताक में हो सकती है। इसलिये मुझे वो सब

करना जरूरी लगा जिस से कि तुम्हें परेशानी हुई।''

''नहीं, परेशानी वाली कोई बात नहीं, सिर्फ सस्पेंस था जो अब रफा हो गया।''

फिर उसने फ्लैट में निगाह दौड़ाई।

''एक दोस्त का है।'' – दसाप्रतामा बोला – ''छोटा है, मामूली है, लेकिन काम का है।''

साहिल ने सहमति में सिर हिलाया।

''बैठो।''

''थैंक्यू।'' – वो एक कुर्सी पर बैठ गया।

''कुछ पियोगे?''

''जरूरी नहीं। मिस्टर चौधरी भी तो आते ही होंगे!''

''हां। रायामांझी भी। बस, पहुंचने ही वाले हैं वो लोग।''

''गुड। ये सिलसिला जितनी जल्दी निपट जाये उतना ही अच्छा है।''

''ऐसा क्यों?''

''ये धन्धा ही ऐसा है। हर घड़ी सिर पर तलवार लटकी जान पड़ती है।''

''खबर लग गयी?''

''वो तो लग ही गयी, और भी वजह है।''

''और क्या?''

''जितनी जल्दी फाइनांसर हाथ में आयेगा, उतनी जल्दी फाइनांस हाथ में आयेगा; जितनी जल्दी माल हाथ में आयेगा, उतनी जल्दी डिलीवर होगा; जितनी जल्दी डिलीवर होगा, उतना जल्दी में पैसा कमाऊंगा जो कि मेरी मंजिल है।''

''दुरुस्त। उन लोगों के आने तक मैं ड्रिंक सर्व करता हूं। ओके?''

साहिल ने सहमति में सिर हिलाया।

पुलिस कन्ट्रोल रूम में टेंशन का माहौल था।

तब तक नीली एस्टीम को ट्रेस करने की कोई कोशिश कामयाब नहीं हो पायी थी।

''मुझे नहीं लगता वो मिलेगी।'' – पाटिल निराशापूर्ण स्वर में बोला – ''मिलेगी तो कहीं लावारिस खड़ी मिलेगी और पता चलेगा कि चोरी की थी।''

''उम्मीद नहीं थी'' – इला कनितकर बोली – ''कि हमारा आदमी यूं हमारे हाथ से निकल जायेगा।''

''उम्मीद होती तो और पुख्ता इन्तजाम न करते!''

''वही तो।''

''अब क्या करें? हमारा उसे आश्वासन था कि हमारी उस पर मुसलसल निगाह रहेगी और हम उसे पूरी तरह से प्रोटेक्ट करेंगे। अब हम उसे क्या जवाब देंगे?''

''मुझे नहीं लगता कि जवाब देने की जरूरत पड़ेगी।'' – इला दबे स्वर में बोली।

''क्या मतलब?''

''जैसी होशियारी से उसे गायब किया गया है, वो खामखाह बरती गयी नहीं हो सकती। मुझे नहीं लगता कि वो जिन्दा वापिस लौट पायेगा।''

उम्दा कोनियाक ब्रांडी का दूसरा पैग उन के हाथ में था।

पहला पैग पन्द्रह मिनट चला था, उस दौरान साहिल की बार-बार घड़ी पर निगाह पड़ती रही थी।

अब दूसरा पैग हाथ में आये भी दस मिनट गुजर चुके थे। लेकिन दरवाजे पर अपेक्षित दस्तक नहीं पड़ी थी।

उस सिलसिले में दसाप्रतामा भी सहज नहीं था, वो भी साहिल की तरह बार-बार घड़ी देख रहा था।

''कहां रह गये?'' – उस के मुंह से निकला – ''उन्हें तो बहुत पहले यहां होना

चाहिये था। क्या माजरा है?''

''आने वाले कैसे थे?''

''वैसे ही जैसे तुम आये हो। मेरे एक आदमी ने साथ ले के आना था।''

''मे आई रिफ्रेशन माई ड्रिंक?''

दसाप्रतामा की भवें उठीं।

''मैं कदरन कमजोर आदमी हूं।'' – साहिल जबरन मुस्कराया – ''मुझे हौसले की ज्यादा जरूरत है।''

''ओह! हैल्प युअरसैल्फ।''

साहिल उठ कर उस वाल कैबिनेट के करीब पहुंचा जहां कि कोनियाक ब्रांड़ी की बोतल पड़ी थी। उस के पहलू में दसाप्रतामा का खुला ब्रीफकेस पड़ा था जो कि बोतल निकालने वक्त, शायद बेध्यानी में, उस से खुला रह गया था। अपने गिलास में ब्रांड़ी डालते वक्त उस ने उस के भीतर झांका तो उस में कुछ कागजात के ऊपर एक बंगलादेशी पासपोर्ट पड़ा पाया।

''बन्द कर दो।'' – दसाप्रतामा बोला।

''बोतल?''

''ब्रीफकेस।''

''ओह!''

''और इधर ले कर आओ।''

अपने नये ड्रिंक और बन्द ब्रीफकेस के साथ वो वापिस लौटा। उसने ब्रीफकेस दसाप्रतामा को सौंपा तो उसने उसे अपनी कुर्सी के पहलू में फर्श पर खड़ा कर के रख लिया।

''आप के आदमी से फोन पर सम्पर्क नहीं किया जा सकता?'' – साहिल बोला।

''उस के पास मोबाइल होता तो किया जा सकता था। मुझे सूझा नहीं था कि ड्राइवर के पास मोबाइल होना चाहिये था। आइन्दा कभी ऐसी नौबत आयेगी तो खयाल रखूंगा।''

साहिल खामोश रहा।

''अजीब शहर है ये।'' – दसाप्रतामा बोला – ''अजीब और बदनाम। कोई न कोई पंगा खड़ा ही रहता है। लोकल कम फारेनर ज्यादा। मजबूरन आना पड़ता है वर्ना यहां कभी मैंने सहज महसूस नहीं किया। अभी तुमने कहा कि ये सिलसिला जितनी जल्दी निपट जाये उतना ही अच्छा है। सच पूछो तो मैं खुद यही चाहता हूं।''

''ड्राइवर को फोन नहीं किया जा सकता, उन को तो फोन किया जा सकता होगा?''

''दो बार ट्राई कर चुका हूं – इसी काम के लिये दो बार उठ के दूसरे कमरे में गया था – जवाब नहीं मिलता।''

''ओह! मीटिंग मुल्तवी नहीं की जा सकती?''

''की जा सकती है। हम आज की जगह कल मिल सकते हैं। लेकिन पहले देरी की – उन के न पहुंचने की – वजह तो समझ में आये!''

''ठीक।''

''मैं इस जगह पर भी ज्यादा नहीं रुकना चाहता। आओ, चलें।''

''चलें?''

''हां। नीचे एक कार हमारा इन्तजार कर रही है।''

साहिल उठ खड़ा हुआ।

मौजूदा हालात में वो तो वहां बिल्कुल ही नहीं रुकना चाहता था।

दसाप्रतामा ने फ्लैट की बत्तियां बुझाई और साहिल के साथ बाहर निकला। उसने दरवाजा बन्द किया और फ्लैट को ताला लगाया।

उस दौरान साहिल उस के पहलू में ठिठका खड़ा रहा।

आखिरकार वो दोनों सीढ़ियों की तरफ घूमे और वहीं थमक कर खड़े हो गये।

सीढ़ियों के दहाने पर भृगु रायामांझी खड़ा था।

उन की निगाहें मिलीं।

साहिल को रायामांझी के चेहरे पर ऐसे कर्कश भाव दिखाई दिये कि वो फौरन समझ गया कि कोई गड़बड़ थी।

''चौधरी कहां है?'' – दसाप्रतामा ने शान्ति से पूछा।

रायामांझी ने उस के सवाल की तरफ ध्यान न दिया, उस की तवज्जो का मरकज साहिल था।

''साले!'' – वो बहुत हिंसक भाव से बोला – ''बहुत होशियार समझता है अपने आप को! समझता है कि हमें उल्लू बना सकता है!''

उसने यूं एकाएक उस पर प्रहार किया कि साहिल लड़खड़ाता हुआ पीछे दीवार से जा कर टकराया।

''ये क्या कर रहे हो?'' – दसाप्रतामा गुस्से से बोला – ''पागल हुए हो क्या?''

उसने जवाब न दिया, उसने घूम कर अपने पीछे कहीं देखा।

तत्काल सीढ़ियों के नीमअन्धेरे में से निकल कर उस के पीछे दो आदमी प्रकट हुए।

''ये कौन हैं?'' – दसाप्रतामा तीखे स्वर में बोला – ''और क्यों तुम्हारे साथ हैं? मैंने सिर्फ तुम्हें और चौधरी को आने को बोला था।''

''दरवाजा खोलो।'' – रायामांझी ने आदेश दिया।

''दरवाजा खोलूं? क्या मतलब है तुम्हारा?''

''सुना नहीं? दरवाजा खोलो और भीतर चलो।''

साहिल ने देखा रायामांझी के पीछे खड़े दोनों आदमियों के हाथों मे गोश्त काटने वाली छुरियां थीं और आंखों में ऐसी वहशत थी जैसे बहाना ही चाहते हों गोश्त काटना शुरू कर देने का।

''मैं दोबारा नहीं कहूंगा।'' – रायामांझी चेतावनीभरे स्वर में बोला।

दसाप्रतामा घूमा, उसने खामोशी से दरवाजे का ताला खोला।

''भीतर चलो। बत्तियां जलाओ।''

दसाप्रतामा ने भीतर कदम रखा।

फिर रायामांझी साहिल की तरफ घूमा।

''तेरी सब पोल-पट्टी खुल चुकी है।'' – दांत पीसता वो बोला- ''साले, एनसीबी के एजेन्ट! हिन्दोस्तानियों के हिन्दोस्तानी कुत्ते! भीतर चल।''

अपना जबड़ा सहलाते, लड़खड़ाते कदमों से साहिल ने भीतर कदम रखा।

तब तक दसाप्रतामा भीतर की बत्तियां जला चुका था।

रामामांझी ने भीतर कदम रखा।

उस के पीछे उस के हथियारबन्द जोड़ीदार भी भीतर पहुंच गये।

''साले, पुलिस के दलाल!'' – रायामांझी नफरतभरे स्वर में बोला – ''कमीने, अब मुझे ये भी मालूम है कि जिसे तू अपनी नयी माशूक बताता है और जो तेरे फ्लैट पर तेरे साथ रहती है, वो असल में एनसीबी की अफसर है। कुत्ते, तू तो उस का बाजा क्या बजा पाया होगा, उसने तेरा बजा दिया।''

अब दसाप्रतामा अपमानित लगने की जगह निहायत फिक्रमंद लग रहा था।

''ये जो कह रहा है, सच कह रहा है?'' – उसने साहिल से पूछा – ''तुम पुलिस के जासूस हो?''

''इससे क्या पूछते हो?'' – रायामांझी बोला – ''है ही ये। सबूत मैं पेश करता हूं।''

उसने आगे बढ़कर साहिल के कोट के अग्रभाग को एक झटका दिया तो कोट के बन्द बटन पटाक-पटाक टूट गये। फिर उसने उस के गिरहबान को दोनों हाथों से पकड़ कर उसकी कमीज फाड़ डाली।

''देखो!'' – वो गर्जा – ''देखो, कैसे चलता-फिरता रिकार्डिंग स्टेशन बना कर पुलिस ने इसे यहां भेजा है!''

दसाप्रतामा ने अवाक् उसकी तरफ देखा।

साहिल उससे निगाह न मिला पाया, उसने सिर झुका लिया।

रायामांझी ने अपने कोट की भीतरी जेब में हाथ डाला, जब हाथ बाहर निकाला तो उस में एक खुखरी थी।

''खबरदार!'' – तत्काल दसाप्रतामा आशंकित भाव से बोला – ''मैं यहां

खून-खराबा बर्दाश्त नहीं करूंगा।''

''ये पुलिस का भेदी कुत्ता है। इसको . . .''

''इसी वजह से इस की यहां जान लेना खतरनाक साबित हो सकता है।''

''देखा जायेगा।''

''चौधरी को तुम्हारे इरादों की खबर है?''

''क्यों पूछते हैं?''

''उस में तुम से ज्यादा अक्ल है। वो भी इस बात की इजाजत न देता। तुम . . . तुम बाज आओ अपने इरादों से।''

''मैं बाज आ गया, तुम्हारा अन्जाम बुरा होगा।''

''फिर भी यहां . . .''

''इस की करतूत इस बात का सबूत है कि पुलिस को तुम्हारी काठमाण्डू में मौजूदगी की खबर है। अगर तुम थाम लिये गये तो सोचा क्या होगा?''

''मैं नहीं पकड़ा जाने वाला। जब आज तक नहीं पकड़ा गया तो . . .''

''हर काम की कभी न कभी पहल होनी होती है। तुम खुशफहमी छोड़ो और फिर सोचो कि, बावजूद तुम्हारी तमाम होशियारियों और सावधानियों के, पकड़े गये तो क्या होगा? तुम हमें भी पकड़वा दोगे। तुम सौदागर हो, सौदा करना तुम्हारा काम है। हमेशा सौदा करते रहे हो, इस बार भी सौदा ही करोगे। बस, आइटम बदल जायेगी। इस बार हेरोइन की जगह आइटम हम होंगे।''

साहिल हैरान था कि रायामांझी जैसा आदमी दसाप्रतामा से ऐसी बेअदबी से पेश आ रहा था।

''तुम खतरनाक आदमी हो।'' – रायामांझी बोला – ''अपनी सलामती के लिये तुम मुझे बेच दोगे, मेरे बॉस को बेच दोगे।''

''ऐसा कुछ नहीं होगा।''

''तुमने ठीक कहा ऐसा कुछ नहीं होगा। क्योंकि ऐसा कुछ होने नहीं दिया जायेगा। क्योंकि ऐसा कुछ हो पाने से पहले तुम अपने उस भगवान से हाथ मिला रहे होंगे जिसका तुम प्रसाद हो।''

तब साहिल ने दसाप्रतामा के चेहरे से साफ रंग उड़ता देखा। दसाप्रतामा लड़खड़ा कर दो कदम पीछे हटा और यूं दोहरा होकर बैठ गया जैसे यूं वो सिर पर मंडराती मौत से बच सकता था।

रायामांझी लम्बे डग भरता उस के करीब पहुंचा, अपने बायें हाथ से उसने दसाप्रतामा का गिरहबान थामा और एक झटके से उसे उठाकर सीधा किया ताकि वो उस की पसलियों में खुखरी उतार पाता।

''कुत्ता!'' – दसाप्रतामा ने एकाएक उसे जोर से धक्का देते हुए आर्तनाद किया – ''स्ट्रीट डॉग! मुझे मारेगा!''

उस आर्तनाद ने सब को, रायामांझी को भी, भौंचक्का कर दिया।

फिर दसाप्रतामा के दायें हाथ में एक नन्हीं-सी पिस्तौल प्रकट हुई, एक फायर हुआ जिसकी आवाज उस सीमित जगह में बादल की गर्ज की तरह गूंजी।

रायामांझी के मुंह से एक दर्दभरी चीख निकली। वो लड़खड़ा कर पीछे को हटा और स्तब्ध सा पतलून में बने उस छेद को देखने लगा जहां से गुजर कर गोली उस की जांघ में लगी थी। फिर वो पगलाये सांड की तरह दसाप्रतामा पर झपटा, उसका खुखरी वाला हाथ हवा में घूमा और इस से पहले कि दसाप्रतामा दोबारा गोली चला पाता खुखरी का फल दसाप्रतामा के जिस्म में घुस गया। उसने हाथ वापिस खींचकर दोबारा वार करने की कोशिश की लेकिन कामयाब न हो सका। पहले ही घायल जांघ की वजह से उस की टांगें मुड़ने लगीं और फिर वो फर्श पर लुढक गया। उसने अपनी खून से लथपथ जांघ थाम ली और पीड़ा से तड़पता हुआ अपने आदमियों से बोला – ''मार डालो। दोनों को मार . . .''

फिर फायर हुआ।

गोली किसी को न लगी लेकिन उस का असर ये हुआ कि दोनों आदमियों की रायामांझी के हुक्म पर अमल करने के लिये आगे बढ़ने की मजाल न हुई।

दसाप्रतामा लड़खड़ाता हुआ उठकर अपने पैरों पर खड़ा हुआ, उसने हाथ से छूटकर फर्श पर गिर पड़ा अपना ब्रीफकेस उठा कर काबू में किया और पिछले

कमरे की ओर लपका।

उधर क्या था – साहिल ने सोचा।

कुछ तो होगा!

हथियार के तौर पर साहिल ने करीब एक तिपाई पर पड़ा पीतल का फूलदान उठाया और दसाप्रतामा के पीछे लपका।

वो बीच की चौखट तक ही पहुंचा था कि किसी ने उसे पीछे से थाम लिया। पूरी शक्ति से वो उस की पकड़ में तड़फड़ाया, लेकिन छूट न सका। उसने अन्धाधुन्ध फूलदान हवा में घुमाया। एक चटाक् की आवाज हुई, फूलदान पता नहीं उस के हमलावर के जिस्म से कहां टकराया लेकिन उस की पकड़ ढीली पड़ गयी। एक पांव की ठोकर से उसने उसे परे धकेला और भीतर को लपका।

किसी ने उसे टांग पकड़ कर घसीटा।

वो धड़ाम से भीतरी कमरे के फर्श पर गिरा।

फूलदान अभी भी उस के हाथ में था, उसने फुर्ती से करवट बदली और उसे अपने सामने चलाया।

उस की आखों के सामने छुरी की धार चमकी, कन्धे के पास से उस का कोट चिर गया और छुरी उसे खाल में घुसती महसूस हुई।

तभी फूलदान हमलावर की कनपटी से टकराया।

वो चीखकर पीछे को उलटा।

साहिल उठ कर खड़ा हुआ। उसने देखा दसाप्रतामा परला दरवाजा खोल कर आगे मौजूद एक बाल्कनी मे कदम रख रह था।

वहां क्या था?

वो बाल्कनी की तरफ लपका।

तभी उस के पीछे रायामांझी प्रकट हुआ।

''रुक जाओ!'' – वो खूखार लहजे से बोला।

रुकने की जगह साहिल ने फूलदान फेंककर मारा जो कि रायामांझी के चेहरे से टकराया। वो दो कदम पीछे लड़खड़ाया। उतने वक्त में साहिल छलांग-

मारकर बाल्कनी में दसाप्रतामा के करीब पहुंच गया। दसाप्रतामा ने फुर्ती से पीछे बाल्कनी का दरवाजा बाहर से बन्द कर दिया।

''आओ।'' – वो हांफता सा बोला – ''चलो।''

''कहां?'' – साहिल के मुंह से निकला।

''मेरे पीछे आओ।''

तब साहिल को दिखाई दिया कि उस बाल्कनी के एक पहलू के करीब से इमारत के फायर एस्केप की सीढ़ियां गुजरती थी।

अगले ही क्षण दोनों आनन-फानन एक-दूसरे के पीछे सीढ़ियां उतरे जा रहे थे।

दोनों नीचे सड़क पर पहुंचे।

दसाप्रतामा ने पिस्तौल की नाल उस की पसलियों से सटा दी।

साहिल ने हैरानी से उस की तरफ देखा।

''मेरे साथ रहना है!'' – दसाप्रतामा सख्ती से बोला – ''खिसकने की कोशिश की तो गोली।''

''खामाखाह! मुझे आप के साथ से कोई एतराज नहीं, अंकल डी।''

''गुड।''

''आपने एक कार का जिक्र किया था।''

''हां। इधर चलो।''

दोनों एक तरफ को लपके।

थोड़ा आगे वही नीली एस्टीम खड़ी थी जिसने साहिल को वहां पहुंचाया था।

दोनों उस की पिछली सीट पर सवार हो गये।

''चलो।'' – दसाप्रतामा बोला – ''मुझे जल्दी से जल्दी बसन्तपुर के फ्लैट में पहुंचाओ।''

कार फौरन वहां से रवाना हुई।

रायामांझी पीड़ा से नहीं, गुस्से से कांप रहा था। उसे यकीन नहीं आ रहा था कि

बूढ़े ने ऐन मौके पर गन निकाल ली थी और उस का सारा खेल चौपट कर दिया था। अब वो उस के हाथ से निकल गया था और शायद साहिल को भी साथ ले गया था। दो ऐसे आदमी उस की पकड़ से निकल गये थे जो उसे क्या, उस के बॉस को भी बर्बाद कर सकते थे।

उसने अपनी खून से लथपथ जांघ का मुआयना किया। शुक्र था कि गोली गोश्त मे से ही गुजर गयी थी, हड्डी से नहीं टकराई थी। चेहरे से टकराये फूलदान ने उस के माथे पर गूमड़ निकाल दिया था लेकिन वो कोई बड़ी चोट नहीं थी।

उसके दोनों आदमी भी कराहते हुए अपनी-अपनी चोटें सहला रहे थे।

सब चौपट हो गया था।

वहां दो बार गोली चली थी जिस की आवाज आस-पड़ोस में सुनी गयी हो सकती थी और किसी ने पुलिस को फोन किया हो सकता था। लिहाजा उन के फौरन वहां से निकल जाने में ही उन की भलाई थी।

''उठो, निकम्मो'' – वो गुस्से से बोला – ''और चलो।''

इन्स्पेक्टर प्रचंड देउबा साहिल की तलाश में सारे काठमाण्डू में भटक कर आखिर नाकाम पुलिस हैडक्वार्टर पहुंच चुका था। उसने आ कर आलोक पाटिल को बताया – ''बत्तीसपुतली की एक इमारत में गोलियां चलने की खबर आयी है।''

''कैसे?''

''किसी पड़ोसी ने पुलिस को फोन किया।''

''मेरे लिये उस की क्या अहमियत है? क्या उस में साहिल सरीन का दखल है?''

''अभी कुछ मालूम नहीं। इलाके की पुलिस वहां पहुंची है और तफ्तीश कर रही है।''

''गोलियों का कोई शिकार हुआ?''

''हो सकता है।''

''हो सकता है क्या मतलब? ''

''वहां की एक इमारत के सामने सड़क पर भी बहते खून की लकीरें बनी हुई हैं।''

''ओह!''

''पुलिस इमारत में है और हर फ्लैट की तलाशी ले रही है। जल्दी ही कोई फाइनल रिपोर्ट यहां पहुंचेगी।''

''हूं।''

□ □

कार बसन्तपुर पहुंची।

साहिल के कन्धे का जख्म ज्यादा गहरा नहीं था, लेकिन खून उस में से तब भी रिस रहा था जिसे वो अपने रुमाल से दबा कर रोकने की कोशिश कर रहा था।

कार में पहुंचने के बाद ही उसे दिखाई दिया था कि दसाप्रताम की कमीज सामने से खून से तर थी।

कार एक इमारत के सामने रुकी।

''फ्लैट दूसरी मंजिल पर है।'' – दसाप्रतामा ड्राइवर से बोला – ''नम्बर दो सी। तुम्हें मालूम है।''

ड्राइवर ने सहमति मे सिर हिलाया।

''हम वहीं होंगे। कार को यहां से कहीं परे ले जा के खड़ी करो।''

''करीब ही एक पेड पार्किंग है।''

''ठीक है। वहीं ले के जाओ और पिछली सीट पर कहीं खून लगा दिखाई दे तो उसे साफ करना।''

''डाक्टर को नहीं बुलाना?''

''नहीं।''

''मैं एक भरोसे के ड़ाक्टर को जानता हूं . . .''

''नहीं चाहिये। कार को पार्किंग में खड़ी कर के लौट के आओ और मेरे पास पहुंचो।''

''ठीक।''

दोनों कार से निकले और इमारत में दाखिल हुए।

भीतर लिफ्ट थी जिस पर सवार हो कर वो दूसरी मंजिल पर पहुंचे।

दसाप्रतामा ने ब्रीफकेस में से चाबियां बरामद की और फ्लैट नम्बर दो सी का प्रवेशद्वार खोला।

वो फ्लैट बत्तीसपुतली वाले फ्लैट से बहुत बड़ा और बहुत सुरुचिपूर्ण ढंग से सुसज्जित निकला। वहां पहुंचते ही दसाप्रतामा सीधा फोन के करीब पहुंचा, उसने रिसीवर उठाया और कांपती उंगली से की पैड पर एक नम्बर पंच करने लगा। नम्बर मिलने के इन्तजार में उसने साहिल की तरफ देखा और उसे बैठने का इशारा किया।

''हल्लो! कार्की!'' – एकाएक वो माउथपीस में बोला – ''कार्की ही बोल रहे हो न! . . . कार्की, मुझे तुम्हारी मदद की जरूरत है। . . . हां, बहुत घपला हो गया है। कुछ ठीक से नहीं हुआ। . . . मुझे आज ही रात तुम्हारी मदद चाहिये . . . जल्दी से जल्दी . . . क्या? दो घन्टे? इतना वक्त किस लिये? तुमने तो कहा था कि . . . अच्छा, अच्छा। ठीक है, इस वक्त दस बजने को है। मेरे पास कब पहुंचोगे? . . . पौने बारह? इस से पहले मुमकिन नहीं? . . . ठीक है। लेकिन इस से ज्यादा देर न हो।''

खांसते हुए उसने रिसीवर क्रेडल पर रखा।

साहिल ने देखा खांसी के साथ उस के होंठों की कोरों से खून के बुलबुले छूट रहे थे। वो जानता था ऐसा तभी होता था जब पसलियों के आगे कोई फेफड़ा भी छलनी हो।

वो फोन पर से हटा और हांफता हुआ साहिल के सामने एक सोफे पर ढेर हुआ।

''आप ज्यादा घायल हैं।'' – वो सहानुभूतिपूर्ण स्वर में बोला।

''तुमने दगा किया।'' – वो गुस्से से बोला – ''मैंने तुम पर कितना विश्वास किया! बदले में तुमने क्या किया? विश्वासघात। जी चाहता है अभी गोली मार दूं।''

"बेशक मार दीजिये।" – साहिल असहाय स्वर में बोला – "यूं मुझे उस चक्रव्यूह से निजात तो मिलेगी जिस में मैं फंसा हुआ हूं।"

नीली एस्टीम के ड्राइवर का नाम किनले दोरजी था।

उसने सरकारी अन्डरग्राउन्ड पार्किंग में कार खड़ी की, वहां से बाहर निकला और निर्देशित फ्लैट का रुख करने की जगह एक नजदीकी रेस्टोरेंट में दाखिल हो गया।

वो एक दब्बू किस्म का भूटानी था, जो उस वक्त बहुत आन्दोलित था। खून की मुश्क अभी भी उसके नथुनों में व्याप्त थी। किसी खून-खराबे में तटस्थ दर्शक के तौर पर भी अपनी हाजिरी उसे त्रस्त कर रही थी। बत्तीसपुतली में गोलियां चलने की आवाज उसने साफ सुनी थी। उधर कोई खून-खराबा हुआ था तो उसकी लपेट में वो भी आ सकता था। फिर वो भी गिरफ्तार हो सकता था, उस को देश निकाला मिल सकता था, कुछ भी हो सकता था। ऐसे में अक्ल से काम ले कर ही वो किसी जंजाल में फंसने से बच सकता था।

वो भूटानी था और गैरकानूनी तरीके से काठमाण्डू में मौजूद था। शुरुआती दौर में वो मामूली उठाईगिरा और जेबकतरा था जो कि बस स्टैंडों पर विचरता रहता था। कभी-कभार कोई सन्दिग्ध माल भी इधर का उधर करने को तैयार हो जाता था। उस रोज वो एस्टीम का ड्राइवर इसलिए बना हुआ था क्योंकि टकले गणेश का ऐसा हुक्म था और काठमाडू में उस जैसा हर शख्स टकले गणेश का खौफ खाता था। दसाप्रतामा से उस की कोई अदावत नहीं थी, लेकिन उसकी निगाह में अब वो आदमी खत्म था और एक डूबते आदमी के साथ डूबना मूर्खता थी।

उस ने अपनी आंखों से जल्लाद जैसे तीन आदमियों को बत्तीसपुतली के फ्लैट वाली इमारत में दाखिल होते देखा था और उन में से एक को – भृगु रायामांझी को – वो बाखूबी पहचानता था। रायामांझी की शक्ल पहचानते ही वो समझ गया था कि ऊपर जो होनेवाला था, बहुत बुरा होने वाला था।

फिर वो दोनों आदमी खून से लथपथ, फायर एस्केप के रास्ते नीचे उतरे तो उसे यकीन हो गया कि उस की सोच गलत नहीं थी।

अब उस का इरादा मुर्दे का कफन खसोटने का था।

अब उसके पास एक जानकारी थी जिस की वो कोई कीमत खड़ी कर सकता था।

वो अपनी जानकारी रायामांझी को ही फरोख्त कर सकता था।

दसाप्रतामा का साहिल की ओर तना पिस्तौल वाला हाथ कांप रहा था। उस का चेहरा राख की तरह सफेद था और सांस रह-रह कर उखड़ रही थी।

साहिल को लग रहा था कि वो किसी भी क्षण सोफे पर ही ढेर हो सकता था।

''आप की हालत नाजुक है।'' – वो कहे बिना न रह सका।

''तुम्हारी वजह से।'' – वो हांफता-सा बोला – ''तुम्हारी और सिर्फ तुम्हारी वजह से।''

''मैं मजबूर था।''

''डबल गेम खेलने वाला हर शख्स पोल खुल जाने पर यही कहता है। मैं सिर्फ इतना जानता हूं कि मैंने तुम पर भरोसा किया और तुमने मेरे भरोसे की तिजारत की।''

''मुझे मजबूर किया गया था?''

''जैसे भी की, की।''

''तो ठीक है। मार डालिये मुझे। चलाइये गोली। मैं खुद अपनी जिन्दगी से आजिज आया हुआ हूं। कम से कम यूं निजात तो मिलेगी! मुझे निजात मिलेगी और आप को तसल्ली होगी कि आपने एक विश्वासघाती शख्स को उसके विश्वासघात की सजा दी।''

पिस्तौल पर उस की उंगली तनी।

साहिल ने आंखें बन्द कर लीं।

गोली न चली।

उसने आंखे खोलीं तो पाया दसाप्रतामा का पिस्तौल वाला हाथ झुका हुआ था।

''क्या फायदा?'' – गहरी सांस लेता दसाप्रतामा बोला – ''तुम्हारी मौत से अब मुझे क्या मिलेगा? उल्टे लाश के साथ पकड़ा गया तो भारी मुसीबत होगी।''

उस का पिस्तौल वाला हाथ उस के पहलू के साथ लटक गया और उस की आंखें मुंदने लगी।

''आप ज्यादा घायल हैं।'' – साहिल व्यग्र भाव से बोला – ''आपको फौरन डाक्टरी इमदाद हासिल न हुई तो . . . तो . . .''

''ये नहीं हो सकता। मौजूदा हालात में मेरा डाक्टरी इमदाद हासिल करने की कोशिश करना और पुलिस के हत्थे चढ़ना एक ही बात होगी।''

''ऐसे तो आप मर जायेंगे!''

''यहां बाकी की जिन्दगी जेल मे गुजारने से अच्छा है मर जाना।''

''आप क्यों समझते हैं कि आप पकड़े गये तो आप की बाकी जिन्दगी जेल से गुजरेगी?''

''और क्या होगा?''

''आत्मसमर्पण कर दीजिये, एनसीबी को सहयोग का आश्वासन दीजिये, सस्ते छूट जायेंगे आप?''

''कितना सस्ता छूट जाऊंगा? मै बासठ साल का हूं। भारी डिस्काउन्ट के बाद भी जो सजा मुझे मिलेगी, उतनी जिन्दगी मेरी बाकी नहीं है।''

''मेरे साथ तो ऐसा नहीं है।'' – साहिल दबे स्वर मे बोला।

''क्या?''

''मैं अभी सिर्फ तीस साल का हूं। आप ही की तरह घायल हूं। डाक्टरी इमदाद की जरूरत मुझे भी तो है! मेरे आगे तो बहुत जिन्दगी पड़ी है!''

''अच्छा! और अभी जो जिन्दगी से निजात चाह रहे थे!''

''मिल जाये तो कोई शिकायत नहीं, लेकिन तिल तिल कर के मरना क्या मरना!''

''सब तुम्हारे अपने कर्मों का नतीजा है। मैं न तुम्हारे लिये डाक्टर बुला सकता हूं और न तुम्हें यहां से जाने दे सकता हूं। तुम पुलिस के भेदिये हो, जब तक मैं काठमाण्डू से सेफ न निकल जाऊं, तुम्हारा मेरी निगाहों के सामने रहना जरूरी है। तुमने मेरा बंगलादेशी पासपोर्ट देखा है, तुम मेरे मौजूदा बहूरुप से वाकिफ हो। तुम आजाद हो गये तो मेरी इस मुल्क से निकासी कभी मुमकिन नहीं हो पायेगी।''

''मैं आपका मतलब समझता हूं, लेकिन डाक्टरी इमदाद की जरूरत ज्यादा शिद्दत से समझता हूं।''

''नो!''

''आप डाक्टर न बुलाइये, मुझे भी डाक्टर न बुलाने दीजिये, मुझे किसी और को यहां बुलाने दीजिये।''

''किसे?''

''जिस की यहां मौजूदगी से आपको एतराज नहीं होगा।''

''अरे, कौन?''

''मेरी गर्लफ्रेंड।''

''जो कि असल में एनसीबी की अफसरानी है।''

''मेरी असली गर्लफ्रेंड। जो संकट की इस घड़ी मे मेरी मदद से इनकार नहीं करेगी। जो मुझे दगा नहीं दे सकती। जो पुलिस के पास जाने का खयाल भी नहीं कर सकती।''

''कौन है वो?''

''उस का नाम स्यू अलेमाओ है।''

दसाप्रतामा खामोश रहा।

फिर आखिरकार उस का सिर हौले से सहमति मे हिला।

साहिल ने चैन की सांस ली।

बत्तीसपुतली में रायामांझी और उस के साथी पुलिस की गिरफ्त मे आने से बाल बाल बचे। उनकी कार वहां से निकली ही थी कि पुलिस की एक गश्ती गाड़ी

वहां पहुंच गयी थी। अब उस का वो साथी कार चला रहा था जो कदरन कम घायल था और दूसरा साथी पीछे उस के साथ था और दोनों का खून एक साथ बह कर कार की सीट और फर्श को रंग रहा था।

सब से पहले वो देवपाटन पहुंचे जहां कि उस का एक परिचित, भरोसे का, डाक्टर रहता था।

डॉक्टर ने बिना सवाल किये सब की मरहम पट्टी की, टिटनेस के इंजेक्शन लगाये और खाने के लिये पेनकिलर दिये।

आखिर में डॉक्टर ने उन्हें कहवे से नवाजा।

गर्म कहवे के घूंट लगाता वो सोचने लगा।

अब अपने बॉस को वो क्या जवाब देगा।

उसे हालात की खबर तो करनी होगी! आगे से उस का क्या हुक्म होता, इस का रायामांझी को पूरा अन्दाजा था।

ढूंढो। दोनों को मार डालो।

मार डालना कोई बड़ी बात नहीं थी लेकिन ढूंढना! ढूढना कौन-सा आसान था। इतना बड़ा काठमाण्डू था, क्या पता वो कहां दफन थे! पता नहीं वो काठमाण्डू में थे भी या नहीं!

मोटे हिन्दोस्तानी का हरामी भाई तो यकीनन अब तक पुलिस प्रोटेक्शन में पहुंच चुका होगा।

और दसाप्रतामा!

क्या पता वो कहां पनाह पाये था?

इतनी जल्दी मुल्क से कूच कर गया तो नहीं हो सकता था!

एयरपोर्ट पर निगाह रखना कारगर हो सकता था, लेकिन पता नहीं कब, कितने दिनों बाद वो उधर का रुख करता?

वहां से इन्डिया निकल जाता तो कुछ पता नहीं न चलता क्यों कि इन्डो-नेपाल बॉर्डर पर इन्डिया निकल जाने के कानूनी, गैरकानूनी बेशुमार रास्ते थे।

उस को इस बात का अफसोस था कि एक मामूली से लगने वाले काम को

अंजाम देने में वो नाकाम रहा था। सब सत्यानाश उस पिस्तौल ने किया था, जो परदेस में बुड्ढे के हाथ पता नहीं कहां से आ गयी थी।

लेकिन वो भी तो उस की बेवकूफी थी!

जब उसे साफ बताया गया था कि साहिल पुलिस का भेदिया था तो पुलिस ने उसे हथियारबन्द कर के भी तो भेजा हो सकता था! लिहाजा गन दसाप्रतामा के पास नहीं तो उसके पास हो सकती थी – नहीं थी वो बात दूसरी थी लेकिन हो तो सकती थी!

उसी से कोताही हुई थी।

और अब उस का खामियाजा उस को भुगतना पड़ना था।

दसाप्रतामा की बात अलग थी, उसने पुलिस के भेदिये को भी तो मार डालने की कोशिश की थी! अब जबकि भेदिया आजाद था तो पुलिस भी तो उस के पीछे पड़ सकती थी।

तभी उस के मोबाइल की घन्टी बजी।

मोबाइल उस के कोट की जेब में था, कोट खूंटी पर टंगा हुआ था और फिलहाल उस में उठ खड़ा होने की हिम्मत नहीं थी।

डाक्टर मुकम्मल भरोसे का आदमी था, उस की रग-रग से वाकिफ था, उस का पक्का राजदां था, उसने उस को इशारा किया।

डाक्टर ने काल सुनी।

वो काफी देर हां-हूं करता रहा और फिर बोला – ''जवाब के लिये पांच मिनट बाद फोन करना।''

फिर वो मुस्कराता हुआ रायामांझी के करीब पहुंचा।

''खुश हो जाओ।'' – वो बोला – ''किस्मत ने अभी तुम्हारा साथ नहीं छोड़ा।''

''ऐसा?''

''हां।''

''अभी किस का फोन था?''

''दसाप्रतामा के एक आदमी का।''

''क्या! सुलह करना चाहता है?''

''अरे, दसाप्रतामा ने नहीं कराया। उसने अपनी जाती हैसियत में किया।''

''था कौन?''

''उस का ड्राइवर। नाम किनले दोरजी।''

''क्या कहता है?''

''तुम्हारे मतलब की जानकारी तुम्हें बेचना चाहता है। रायामांझी, तुम्हारे खास मतलब की जानकारी। ऐसी जानकारी जो अभी तुम्हारे में प्राण फूंक देगी।''

''दसाप्रतामा!'' – रायामांझी अविश्वासपूर्ण ढंग से फुसफुसाया – ''साहिल सरीन!''

''हां। वो दोनों इस वक्त बसन्तपुर में हैं। पता उजरत मिलेगी तो बतायेगा।''

''कितनी उजरत?''

''ज्यादा नहीं। सिर्फ पांच हजार डालर।''

''ये ज्यादा नहीं हैं?''

''ज्यादा है तो मत दो।''

''पागल हुए हो! तुमने उस को जवाब के लिये पांच मिनट में फोन करने को बोला था!''

''हां।''

''तुम्हारे पास पांच हजार डालर हैं?''

''हैं।''

''मुझे कल तक के लिये उधार दे सकते हो?''

''ये भी कोई पूछने की बात है!''

''धन्यवाद। अभी उस का फोन आये तो बोलना आधे घन्टे में मिले। मुलाकात की जगह खुद मुकर्रर कर ले।''

''ठीक है।''

मोबाइल कान से लगाये साहिल दूसरी ओर बजती घन्टी की आवाज सुनता रहा।

काल वो अपने मोबाइल से कर रहा था। दसाप्रतामा के कहने पर ड्राइवर ने

बिना हुज्जत उसे उस का सिम कार्ड लौटा दिया था।

वो निराश हो कर लाइन काटने लगा था कि जवाब मिला।

''स्यू!'' – वो व्यग्र भाव से बोला – ''मैं साहिल।''

''अब क्या है?'' – वो तल्खी से बोला – ''रिपोर्ट पेश करना चाहते हो कि नयी गर्ल फ्रेंड मेरे से कितनी उम्दा है, बैड में कितनी उम्दा कलाबाजियां खा सकती है?''

''स्यू, प्लीज।''

''वाट प्लीज! क्यों फोन किया? तुमने कहा मैं तुम्हें भूल जाऊं, मैं भूल गयी, अब क्यों फोन किया?''

''मुझे तुम्हारी मदद की जरूरत है।''

''क्या मदद करूं मैं? शादी में तुम्हारी ब्राइड की मेड बनूं?''

''स्यू, प्लीज!''

''कहते थे जिन्दगी में और कोई नहीं। आंखों देखे अन्धा बना दिया!''

''स्यू, अगर तुम्हें मेरा जरा भी लिहाज है तो मेरी बात सुनो।''

''मुझे तुम्हारा कोई लिहाज नहीं, लेकिन सुनाओ। बोलो, क्या कहना चाहते हो?''

''मैं घायल हूं। मेरे साथ एक शख्स और है। वो भी घायल है। हम दोनों मैडीकल केस हैं, लेकिन किसी मजबूरी के तहत न हस्पताल जा सकते हैं, न डाक्टर को घर बुला सकते हैं। मैं चाहता हूं तुम ड्रेसिंग का सामान ले कर यहां पहुंचो।''

''मुझे ड्रेसिंग नहीं आती।''

''सब आ जायेगा। बाजार से एन्टीसैप्टिक्स, एन्टी-बायोटिक्स और ड्रेसिंग का ढेर सारा सामान ले कर यहां पहुंचो।''

''यहां कहां?''

''बसन्तपुर।''

''पता बोलो।''

साहिल ने दसाप्रतामा से पता पूछ कर फोन पर दोहराया।

‘‘आती हूं।’’

‘‘इस बाबत किसी से कोई बात न करना। चुपचाप आना और रास्ते में इस बात की भी तसदीक करना कि कोई तुम्हारे पीछे न लगा हो।’’

‘‘ठीक है।’’

किनले दोरजी ने फ्लैट में कदम रखा।

‘‘कहां मर गया था?’’ – दसाप्रतामा गुस्से से बोला – ‘‘मैंने तुझे कार पार्क कर के फौरन यहां लौटने को बोला था!’’

‘‘पार्किंग फुल थी।’’ – दोरजी शान्ति से बोला – ‘‘इन्तजार करना पड़ा।’’

दसाप्रतामा ने घूर कर उसे देखा।

दोरजी विचलित न हुआ।

‘‘आधा घन्टा लग गया?’’

‘‘और भी ज्यादा लग सकता था।’’

‘‘हूं। कार की अभी फिर जरूरत पड़ेगी।’’

‘‘किस वक्त?’’

‘‘धूलीखेल पहुंचने में कितना टाइम लगता है?’’

‘‘एक घन्टा। रात के वक्त सवा भी लग सकता है।’’

‘‘हम पैंतालीस मिनट में रवाना होंगे।’’

‘‘वहां कहां जायेंगे?’’

‘‘हैलीपैड।’’

‘‘मुझे मालूम है वहां एक हैलीपैड है, लेकिन धूलीखेल पहुंच कर वहां आप को पैदल जाना होगा।’’

‘‘क्यों?’’

‘‘मैं आप को वहां ले कर गया तो पंगा होगा।’’

‘‘अरे, क्यों?’’

‘‘अपने कपड़े देखिये। खून से तर हैं। फटे हैं सो अलग। किसी ने इस हालत

में देखा तो पुलिस को खबर कर के रहेगा।''

''ओह! इस फ्लैट में कपड़े हो सकते हैं?''

''मुझे खबर नहीं।''

''देखो।''

वो भीतर बैडरूम में गया जहां कि वार्डरोब थी।

साहिल को वो आदमी चिन्ता में डाल रहा था। उस घड़ी वो पहले जैसा अदब वाला ड्राइवर नहीं लग रहा था, अब उस के व्यवहार में धृष्टता की झलक थी।

शायद माहौल की टेंशन की वजह से ऐसा था – उसने अपने आप को तसल्ली दी।

''तो'' – वो दसाप्रतामा से बोला – ''हेलीकाप्टर के जरिये नेपाल से खिसकने का इरादा है?''

''हां। इस मुल्क की झोल-झाल एयर सिक्योरिटी में ये कोई मुश्किल काम नहीं। ये तरीका मैं पहले भी आजमा चुका हूं, इसलिये जब भी यहां आता हूं, धूलीखेल के प्राइवेट हैलीपैड पर हैलीकाप्टर का इन्तजाम ज़रूर रखता हूं।''

''क्योंकि हर हालात में सावधान रहना पड़ता है!''

''हां।''

''बिकाज यू कैन नैवर बी टू केयरफुल!''

''आफकोर्स। सलामत रहने की ख्वाहिश हो तो सावधान रहना पड़ता है।''

''बत्तीस पुतली में तो सावधानी काम न आयी?''

''क्यों कि तुमने मेरे विश्वास को चोट पहुंचाई। क्यों कि मुझे तुम से ऐसी उम्मीद नहीं थी।''

''रायामांझी मेरे बुलाये नहीं आया था।''

''तुम्हारी वजह से आया था। वो न आता तो पुलिस आती। तब भी वजह तुम्हीं होते।''

''मैं आप को गलत करार नहीं दे सकता और शर्मिन्दा होने के अलावा कुछ नहीं कर सकता।''

वो खामोश रहा।

''उड़ के कहां जायेंगे?''

''भूटान।''

''बीच में इन्डिया पड़ता है।''

''मेरे रूट पर नहीं पड़ेगा।''

''क्या मतलब?''

''हैलीकाप्टर सिक्किम के ऊपर से जाने की जगह तिब्बत से जायेगा।''

''मार गिराया जायेगा।''

''पहले से इन्तजाम है कि ऐसा न हो।''

''कमाल है! बहुत जुगाड़ू आदमी हो, अंकल डी।''

वो खामोश रहा।

''चौधरी भी कम जुगाड़ू नहीं। और उन लोगों ने आपकी तलाश छोड़ नहीं दी हुई होगी।''

''देखा जायेगा। ये रिस्क तो मुझे लेना ही पड़ेगा।''

''क्यों लेते हैं?''

''तो और क्या करूं?''

''मुझे अपनी तरफ से पुलिस से बात करने दीजिये।''

''तुम जो बात करोगे, उस का नतीजा मुझे मालूम है। मैं जेल का मुंह नहीं देखना चाहता। थोड़े अरसे के लिये भी नहीं देखना चाहता।''

दोरजी बैडरूम से बाहर निकला।

''कपड़े नहीं हैं।'' – वो बोला – ''वार्डरोब में बस चादरें तौलिये हैं।''

''और कहां से मिल सकते हैं?''

''दरबार मार्ग पर अभी कुछ दुकानें खुली होंगी, वहां से मिल सकते हैं।''

''कितना टाइम लगेगा?''

''आने-जाने का वक्त मिला कर आधा-पौना घन्टा तो लग ही जायेगा!''

''कार की चाबियां यहां छोड़ के जाओ।''

उसने चाबियां और पार्किंग टिकट सैंटर टेबल पर रख दीं और बोला – ''कार लोअर लैवल पर दायीं तरफ कोने में है।''

दसाप्रतामा ने उसे कुछ नोट सौंपे।

''हम दोनों के नाप के कपड़े ले कर आधे घन्टे में हर हाल में यहां लौटना है।'' – वो सख्ती से बोला – ''मौजूदा हालात में अपनी रोटियां सेंकने का कोई जुगाड़ करने नहीं लग जाना है।''

''क्या मतलब?'' – वो सकपकाया-सा बोला।

''मतलब तुम्हें मालूम है। मेरे से नहीं समझोगे तो टकला गणेश समझायेगा।''

''अंकल डी, मेरे मन में तो ऐसा खयाल तक नहीं आया।''

''आये भी तो निकाल देना। गद्दार की मौत कुत्ते से बद्तर होती है।''

उस के चेहरे पर भय के भाव आये।

''मैं बस गया और आया।'' – वो बोला – ''मैं निश्चय ही आधे घन्टे से पहले वापिस लौटूंगा।''

वो तेजी से वहां से रुखसत हुआ।

वो फ्लैट से बाहर निकला तो पसीने से तर-ब-तर था और रह-रह कर किसी अज्ञात आशंका से कांप रहा था। कांपते हाथों से उसने लिफ्ट का काल बटन दबाया और उस के वहां पहुंचने के इन्तजार में यूं रह-रह कर पीछे देखने लगा जैसे अंकल डी अभी फ्लैट से बाहर निकलेगा और आकर उसकी गर्दन दबोच लेगा। पता नहीं क्यों उसे लग रहा था कि अंकल डी उस की करतूत को भांप भी चुका था।

लिफ्ट का दरवाजा खुला, वो उस में सवार हो कर नीचे पहुंचा, इमारत से बाहर निकला और बिना दायें-बायें निगाह डाले सड़क पर सरपट भागा।

इसी वजह से अपनी कार पर तभी वहां पहुची स्यू अलेमाओ की तरफ उस की तवज्जो न गयी।

काल बैल की आवाज पर साहिल बड़े यत्न से उठ कर खड़ा हुआ। उस की बायीं बांह अब निर्जीव सी उस के कन्धे के साथ झूल रही थी और उसे दरवाजे तक

पहुंचना भी शिद्दत का काम लग रहा था।

उसने दरवाजा खोला।

सामने एक बड़ा सा एयरबैग सम्भाले स्यू खड़ी थी।

स्यू बहुत सख्त मिजाज दिखाने का रिहर्सल करती वहां पहुंची थी लेकिन साहिल पर एक निगाह पड़ते ही उस के सारे इरादे हवा हो गये।

''सान्ता मारिया!'' – वो दहशतनाक लहजे से बोली – ''इतना बुरा हाल!''

''आमद का शुक्रिया।'' – उसने मुस्कराने का असफल प्रयत्न किया – ''मेरे दूसरे साथी का इस से भी बुरा हाल है। आओ।''

उसने फ्लैट में कदम रखा तो साहिल ने उस के पीछे दरवाजा बन्द कर दिया।

''मैं शर्मिन्दा हूं कि मैने तुम्हें तकलीफ दी'' – साहिल बोला – ''लेकिन इस संकट की घड़ी में मुझे दूसरा कोई मददगार नहीं सूझा था।''

''जो सूझा, ठीक सूझा।'' – वो भर्राये कण्ठ से बोली – ''लेकिन ये बातें बाद में।'' – उसने दसाप्रतामा पर निगाह डाली – ''सान्ता मारिया! मुझे नहीं मालूम था कि फोन पर तुम इतने सीरियस थे! शुक्र है सेंट फ्रांसिस का कि मैंने आने से इनकार न कर दिया।''

''अंकल डी।'' – साहिल ने परिचय दिया – ''अंकल डी, ये स्यू है।''

''वैलकम।'' – वो बोला – ''मुझे दसाप्रतामा कहते हैं। आई आलवेज स्टैण्ड अप फार ए लेडी लेकिन इस वक्त मजबूर हूं।''

''नैवर माइंड।'' – स्यू बोली – ''मैं अभी भी कहती हूं, आप दोनों को हस्पताल में होना चाहिये।''

''फारगेट हास्पीटल।''

''कोई प्राइवेट नर्सिंग होम . . .''

''नो। जो कर सकती हो, खुद करो वर्ना जो होता है, होने दो। जान जाती है तो जाने दो।''

''जान तो मैं नहीं जाने दूंगी। न आपकी'' – उसने डबडबाई आंखों से साहिल की तरफ देखा – ''न इस की।''

''तो जो कर सकती हो, जल्दी करो।''

''यस।''

वो फुर्ती से अपना बैग खोलने लगी।

''स्कूल में मैंने फार्स्ट एड सीखी थी'' – वो यूं बोली जैसे स्वतःभाषण कर रही हो – ''देखती हूं कुछ याद है या नहीं!''

''सब ठीक होगा।'' – साहिल बोला।

''जब तक मैं अपना काम करती हूं, तुम बताओ, क्या हुआ? कैसे इस हालत तक पहुंचे? कोई बात छुपाई तो कसम है तुम्हें।''

''नहीं छुपाऊंगा।''

''शुरू करो।''

वो बोलता रहा, स्यू सुनती रही और अपना काम करती रही।

भैरव मैनाली अपने एक जोड़ीदार के साथ बाग बाजार पहुंचा।

वो रायामांझी का खास लेफ्टीनेंट था।

वहां उसने उस रेस्टोरेंट में कदम रखा जिस के पिछवाड़े में कोने की एक मेज पर किनले दोरजी की तनहा मौजूदगी अपेक्षित थी।

दोनों रेस्टोरेंट में दाखिल हुए।

रेस्टोरेंट तकरीबन खाली था। निर्धारित जगह पर एक इकलौता आदमी मौजूद था।

वो उस के करीब पहुंचे।

''दोरजी?'' – भैरव बोला – ''किनले दोरजी?''

दोरजी ने सहमति में सिर हिलाया।

दोनों उस के सामने बैठ गये।

''मैं भैरव मैनाली।'' – वो बोला – ''रायामांझी ने भेजा।''

''खुद क्यों न आया?'' – दोरजी बोला।

''वजह तुम्हें मालूम है। आ सकने की हालत में होता तो वो ही आता।''

''हूं। मैं तुम्हें जानता हूं।''

''फिर क्या बात है!''

''कोई बात नहीं।''

''बोल!''

''रूपिया!''

भैरव ने उसे एक लिफाफा सौंपा।

''अब बोल!'' – वो बोला।

दोरजी ने लिफाफे में झांक कर तसल्ली की कि रकम चौकस थी और फिर बोला – ''वो बसन्तपुर में हैं। इमारत नम्बर 213, फ्लैट नम्बर 2 सी, दूसरी मंजिल।''

''हूं। उन के अलावा और कौन है वहां?''

''कोई नहीं।''

''पिस्तौल! अभी भी है दसाप्रतामा के पास?''

''दसाप्रतामा!''

''अंकल डी।''

''हां। हर वक्त हाथ में रखता है।''

''ओह! हालत कैसी है?''

''खस्ता।''

''दूसरे की?''

''उस की भी लेकिन अंकल डी से कम।''

''चल-फिर सकते हैं?''

''मुश्किल से। बहुत खून बहा है।''

''फ्लैट में घुसने का क्या जरिया है?''

''प्रवेशद्वार एक ही है। उस पर ग्रिल वाला दरवाजा भी है।''

''पिछली तरफ?''

''एक दरवाजा है, जो शायद फायर एस्केप पर पहुंचने के लिये है, लेकिन

भीतर से मजबूत से बन्द है।''

''और कोई रास्ता नहीं?''

''नहीं।''

''खिड़कियां?''

''कई हैं, लेकिन उन पर ग्रिल लगी हैं।''

''ओह!''

''उन की जानकारी में आये बिना भीतर दाखिला मुमकिन नहीं है। उन पर तभी हाथ डालना मुमकिन होगा जब वो वहां से बाहर निकलेंगे।''

''वो कब होगा?''

''बोलता था पौने घन्टे में। टाइम थोड़ा ऊपर भी हो सकता है।''

''जायेगा कहां?''

''धूलीखेल।''

''रात के इस वक्त?''

''हां।''

''वहां क्या है?''

''हैलीपैड।''

''उस का हैलीकाप्टर के जरिये निकल भागने का इरादा है?''

''हां।''

''कहां निकल भागने का इरादा है?''

''भूटान।''

''कोई मजाक है!''

''इस बाबत मैंने उसे दूसरे आदमी से बतियाते सुना था। इस बाबत उसने पहले से ही कोई इन्तजाम चौकस किया हुआ है।''

''क्या करेगा इन्तजाम? भूटान पहुंचने के लिये इन्डिया पर से गुजरना पड़ता है, इन्डिया पर से कैसे हैलीकाप्टर उड़ा ले जायेगा? मार नहीं गिराया जायेगा?''

''उस का हैलीकाप्टर इन्डिया पर से उड़ के नहीं जायेगा।''

''तो किधर से जायेगा?''

''तिब्बत से, जो कि चीन के कब्जे में है।''

''मालूम है मुझे। बच्चे मत पढ़ा।''

दोरजी खामोशी हो गया।

''तो अंकल डी का मकसद नेपाल से निकलना है, आगे कहीं भी पहुंचे?''

''जाहिर है।''

''धूलीखेल पहुंचेगा कैसे?''

''मेरे से उसने कार की चाबियां ले ली हैं। कार अण्डरग्राउन्ड पार्किंग में खड़ी है। ब्लू कलर की एस्टीम है। कार लोअर लैवल पर दायीं तरफ ऐन कोने में खड़ी है। और'' – वो मुस्कराया – ''वहां की बत्तियां काम नहीं कर रहीं, तकरीबन अन्धेरा है।''

''और?''

''कुछ नहीं।''

''ठीक है। अब एक आखिरी बात मेरी सुन।''

''क्या?''

''तेरी कही एक भी बात गलत निकली तो तेरी लाश बाघमती में तैरती पायी जायेगी।''

''मैंने जो कहा है, सच कहा है, एकदम ठीक कहा है।''

''ठीक ही हो। इसी में तेरी भलाई है।''

स्यू ने, खून की शक्ल देखकर जिस के हवास उड़ जाते थे, बड़ी दक्षता से अपना काम निपटाया।

उसने जख्म धोये, लोकल अनैस्थिसिया का काम करने वाला स्प्रे उन पर छिड़का और फिर सर्जीकल टेप से उन के मुंह बन्द किये। आखिर में उसने उन पर ऐन्टीसैप्टिक क्रीम का लेप किया और फिर कस कर ड्रेसिग की।

जख्मों को स्टिच किये जाने की जरूरत थी, लेकिन वो उस के बस का काम नहीं था।

साहिल की ड्रेसिंग के दौरान उसने उस की छाती पर बन्धा रिकार्डिंग का सब ताम-झाम उतार फेंका था।

तब कहीं जा कर उसने सिर उठाया और माथे का पसीना पोंछा।

दसाप्रतामा के चेहरे पर फीकी मुस्कराहट आयी।

''हाथ में गन ले कर कहना अजीब लगता है'' – वो बोला – ''लेकिन कहता हूं। मैं तुम्हारा शुक्रगुजार हूं। तुम्हारे इस अहसान का बोझ ताजिन्दगी मेरे सिर पर रहेगा।''

''गुस्ताखी की माफी के साथ कहती हूं'' – स्यू भी मुस्कराई – ''जैसी हालत में आप थे और जिस कदर मेरे हवाले थे, मैं जब चाहती आपसे पिस्तौल छीन सकती थी।''

''तो छीनी क्यों नहीं?''

''क्योंकि मुझे यकीन नहीं कि आप इसे हमारे खिलाफ इस्तेमाल करेंगे।''

''तुम्हारे खिलाफ नहीं।''

''साहिल के खिलाफ भी नहीं।''

''ये मेरा अपराधी है।''

''ये मेरा होने वाला पति है।''

साहिल ने हैरानी से उस की तरफ देखा।

''अब जब हकीकत बयान कर चुके हो तो तुम्हारा ये पाखण्ड नहीं चलने वाला कि तुम्हें मेरे से मुहब्बत नहीं। भूल जाने को कहना और भूल जाना एक ही बात नहीं होती। तुम्हारे लिये होती भी हो तो मेरे लिये नहीं होती। वजह बोली थी।''

साहिल खामोश रहा।

''हम दोनों एक हैं।'' – स्यू दृढता से बोली – ''यहां जो होगा, हम दोनों के साथ होगा। अब बोलिये, आप का क्या इरादा है? जवाब ये सोच कर दीजियेगा

कि मैं यहां पुलिस के साथ भी पहुंच सकती थी। मैंने ऐसा नहीं किया क्योंकि मैं अपने मर्द की बात कच्ची नहीं होने देना चाहती थी। इस बात पर भी गौर कीजियेगा कि मैं आप की गन छीन लेती तो हम आप के नहीं, आप हमारे रहमोकरम पर होते।''

''तुमने गलती की।'' – दसाप्रतामा बोला – ''छीन ही लेनी चाहिये थी।''

''जो बीत गयी सो बीत गयी; आगे की बोलिये, क्या इरादा है?''

''तुम दोनों को मेरे साथ चलना होगा।''

''मैं वादा करती हूं मैं पुलिस के पास नहीं जाऊंगी। जब पहले नहीं गयी तो . . .''

''तुम नहीं जाओगी लेकिन ये तो पहले ही पहुंचा हुआ है!''

''मैं आप के नेपाल से निकल जाने तक पुलिस का रुख नहीं करूंगा।'' – साहिल बोला – ''वादा करता हूं।''

दसाप्रतामा ने इनकार में सिर हिलाया।

''तो स्यू को जाने दो।''

''नहीं।''

''वजह?''

''बहुत अहम है।''

''क्या?''

''मैं घायल हूं। तुम घायल हो। वो कम्बख्त ड्राइवर दोरजी लौटकर नहीं आया। गाड़ी कौन चलायेगा?''

''ओह!''

''मुझे तो धूलीखेल का रास्ता भी नहीं मालूम।''

''लिहाजा आप स्यू को बतौर ड्राइवर इस्तेमाल करना चाहते हैं?''

''हां।''

''आप अपनी मंजिल पर पहुंच जायेंगे तो हमें छोड़ देंगे?''

''मंजिल पर पहुंच कर मालूम होगा।''

''आप का इरादा नहीं जान पड़ता।''

''ये तुम्हारी हितचिन्तक है। मेरे पीठ फेरते ही ये तुम्हें हस्पताल ले जाने की कोशिश करेगी।''

''नहीं करेगी। सवेरा होने से पहले ये ऐसा कुछ नहीं करेगी।''

''ये जरूर करेगी। इसने जो कुछ किया है, वो महज फर्स्ट एड है, प्रापर मैडीकल ट्रीटमेंट की तुम्हें कितनी जरूरत है, ये ये नहीं जानती, तुम नहीं जानते या मैं नहीं जानता? मेरे पीठ फेरते ही ये तुम्हारे साथ नजदीकी हस्पताल का रुख करेगी। नहीं करेगी तो मैं कहूंगा कि ये झूठ बोलती है कि इसे तुम से मुहब्बत है।''

''लेकिन . . .''

''तुम्हारे हस्पताल पहुंचते ही तुम मैडिकोलीगल केस बन जाओगे। पुलिस आयेगी, हकीकत जानेगी, फिर मेरा हैलीकाप्टर अभी नेपाल की सीमा में ही होगा कि मार गिराया जायेगा। आई एक सॉरी, मैं इतना बड़ा रिस्क नहीं ले सकता। तुम्हें मेरे साथ चलना होगा।''

''आप हमें भूटान ले जाना चाहते हैं?''

''जहां से लौट के आना तुम लोगों के लिये कोई प्रॉब्लम नहीं होगा। तुम दोनों इन्डियन सिटिजन हो। इन्डियन सिटिजन के लिये नेपाल या भूटान में पासपोर्ट या वीसा की जरूरत नहीं होती। तुम्हें लौटने में कोई प्रॉब्लम नहीं होगी।''

साहिल खामोश रहा।

''और'' – वो स्यू की तरफ घूमा – ''तुमने जो कहा कि तुम गन छीन सकती थीं, गलत कहा। मैं शहरी बाबुओं जैसा पिलपिलाया हुआ आदमी नहीं। मैंने जिन्दगी कालीन बिछे कारपोरेट आफिसिज में टहलते नहीं गुजारी, बंजर जमीन पर भटकते गुजारी है। मैं सख्त धरती जैसा सख्त आदमी हूं। मेरी इस हालत में भी तुम जोर-जबरदस्ती से मेरे से नहीं जीत सकती थीं। कोशिश करतीं तो अपने ब्वायफ्रेंड से पहले मरी पड़ी होतीं। समझीं?''

स्यू के मुंह से बोल न फूटा।

''बहरहाल'' – वो मुस्कराया – ''इस वक्त हम दुश्मन नहीं, दोस्त हैं; पाले

के आर-पार नहीं, पाले के एक ही तरफ हैं। नहीं?''

दोनों ने मशीन की तरह सहमति में सिर हिलाया।

''गुड। तो चलो अब। मंजिल खोटी हो रही है।''

भैरव मैनाली वापिस देवपाटन डाक्टर के यहां लौटा। उसने भृगु रायामांझी को अपनी रिपोर्ट पेश की।

''गुड!'' – वो बोला – ''तो हैलीकाप्टर को जरिया बनायेगा अंकल डी भाग निकलने का!''

''वो भूटानी ऐसा ही बोला।'' – भैरव बोला।

''अंकल डी भले ही बच निकले, मोटे हिन्दोस्तानी के भाई का मरना जरूरी है। वो पुलिस का पिट्ठू बच गया तो हम सब जेल में होंगे।''

तभी मोबाइल की घन्टी बजी।

रायामांझी ने काल रिसीव की तो लाइन पर गुस्से में भड़के अपने बॉस को पाया।

''क्या हो रहा है?'' – वो बोला – ''दो घन्टे से मैं रिपोर्ट का इन्तजार कर रहा हूं। काम मुकम्मल हुआ या नहीं हुआ?''

''पंगा पड़ गया, बॉस।'' – रायामांझी खेदपूर्ण स्वर में बोला – ''नहीं पड़ना चाहिये था फिर भी पड़ गया।''

''कैसा पंगा? क्या हुआ?''

''हम ठीक-ठीक उन तक पहुंच गये थे, उन पर जानलेवा हमला भी कर दिया था लेकिन . . .''

''क्या लेकिन? जल्दी बोलो।''

''हमारी उम्मीद के खिलाफ दसाप्रतामा हथियारबन्द निकल आया। उस के पास पिस्तौल थी। मेरी जांघ में गोली लगी है और . . .''

''रायामांझी, अपना रोना बन्द कर और आगे . . . आगे बोल।''

''वो . . . हमारे हाथ से निकल गया।''

‘‘और वो छोकरा?’’

‘‘वो भी।’’

‘‘वैरी गुड। तुम्हें अहसास है कि अब हमारा क्या होगा?’’

‘‘बॉस, बाजी अभी बिल्कुल ही नहीं पलट गयी।’’

‘‘अच्छा! अभी गुंजायश है?’’

‘‘पूरी।’’

‘‘कैसे?’’

‘‘मुझे मालूम पड़ गया है वो दोनों इस घड़ी कहां हैं!’’

‘‘मालूम पड़ गया है?’’

‘‘हां।’’

‘‘फिर भी अभी फोन पर ही हो?’’

‘‘अभी . . . अभी मालूम पड़ा, बॉस। मैं कट करता हूं और एक घन्टे में गुड न्यूज देता हूं।’’

असल में खुद कुछ करना वो अपने बस का नहीं पाता था। अब जो होना था उस के लेफ्टीनेंट भैरव मैनाली के किये होना था, वो सिर्फ उसे गाइड कर सकता था, वाच कर सकता था।

भैरव मैनाली के कुछ कर दिखाने के जोशोखरोश की अपनी वजह थी। वो रायामांझी की नहीं, चौधरी की तारीफी निगाहों का हकदार बनना चाहता था, यहां तक कि वो निकट भविष्य में रायामांझी की जगह लेने के सपने देख रहा था।

उस घड़ी वो ऐसे स्थान पर खड़ा था, जहां से वो 213 नम्बर इमारत के मुख्य द्वार को साफ देख सकता था।

दो पहले से अधमरे लोगों को मार देना क्या बड़ी बात थी?

पार्किंग के लोअर लैवल में नीली एस्टीम कहां खड़ी थी, वो देख आया था और वहां उस तनहा कोने का नीमअन्धेरा उसे बहुत रास आने वाला था।

इस बार उसके साथ एक की जगह दो साथी थे जो कि पार्किंग के लोअर लैवल पर मौजूद थे और उस की तरफ से सिग्नल मिलने का इन्तजार कर रहे थे। दोनों खतरनाक, लम्बे फल वाले चाकुओं से लैस थे।

खुद वो अपनी पोशाक के भीतर एक छोटे हैंडल वाली और निहायत तीखे फल वाली कुल्हाड़ी छुपाये था।

उसे किसी बात की चिन्ता थी तो सिर्फ इस बात की थी कि अंकल डी हथियारबन्द था, लेकिन वो कोई बहुत बड़ी चिन्ता नहीं थी। उसे यकीन था कि वक्त आने पर अंकल डी को पिस्तौल चलाने का मौका नहीं मिलने वाला था।

तभी इमारत के मुख्यद्वार पर एक व्यक्ति प्रकट हुआ जिस का चेहरा पीला था और जो लड़खड़ाता सा चल रहा था।

नौजवान व्यक्ति!

निश्चय ही साहिल सरीन।

लेकिन वो अकेला नहीं था।

उस के साथ जींस-जैकेटधारी एक हट्टी-कट्टी, नौजवान लड़की थी।

लड़की!

लड़की का तो कभी कोई जिक्र नहीं आया था।

लड़की का उसके साथ क्या काम!

अब वो लड़की ही किसी नयी पेचीदगी की वजह न बन जाये।

फिर अंकल डी ने इमारत से बाहर कदम रखा।

उस की चाल में भी लड़खड़ाहट थी लेकिन अपने दायें हाथ में पिस्तौल वो निहायज मजबूती से थामे था।

भैरव ने मुंह में अंगूठा और तर्जनी उंगली डाल कर सीटी बजाई। सीटी की तीखी आवाज रात की उस घड़ी वातावरण में जोर से गूंजी। वो सीटी अन्डरग्राउन्ड पार्किंग में मौजूद उस के साथियों के लिये सिग्नल था कि उन के शिकार सड़क पर पहुंच गये थे और अब किसी भी क्षण नीली एस्टीम के पास पहुंच सकते थे।

लेकिन वो तो पार्किंग की ओर नहीं बढ़ रहे थे!

वो तो इमारत के मुख्यद्वार के समीप ही खड़ी एक कार के पास पहुंचे हुए थे जिस का ड्राइविंग सीट की ओर का दरवाजा लड़की चाबी लगा कर खोल रही थी।

सत्यानाश!

उन को तो अन्डरग्राउन्ड पर्किंग में खड़ी एस्टीम की जरूरत ही नहीं थी, उन को तो एक वैकल्पिक कार – बमय ड्राइवर, वो लड़की – उपलब्ध थी!

स्यू अपनी कार की ड्राइविंग सीट पर सवार हुई।

साहिल उस के साथ पैसेंजर सीट पर सवार हुआ और दसाप्रतामा पीछे बैठा।

स्यू ने कार को गियर में डालकर आगे बढ़ाया और बोली – ''किधर चलूं?''

''अभी तो इसी सड़क पर चलो'' – साहिल बोला – ''आगे रास्ता बताता हूं।''

''ठीक है।''

कार ने अभी रफ्तार पकड़ना शुरू ही किया था कि तभी बायें से एक साया उसे कार की तरफ झपटता दिखाई दिया।

''सावधान!'' – वो चिल्लाया।

स्यू ने भी उस साये को देखा जो हाथ में कुल्हाड़ी लिये कार पर झपट रहा था। दहशत में उसने ब्रेक के पैडल पर जोर से पांव दबाया। कार ब्रेकों की भारी चरचराहट के साथ एक झटके से रुकी। कार का अगला बम्फर भैरव मैनाली के घुटनों से नीचे कहीं टांगों से टकराया, वो उलट कर बोनट पर जा कर गिरा, उसके हाथ में थमी कुल्हाड़ी विंड स्क्रीन से टकराई और उस के परखच्चे उड़ गये।

पीछे बैठा दसाप्रतामा अपने स्थान से गेंद की तरह उछला, पहले उस का सिर कार की छत से टकराया, फिर वो दोनों सीटों के बीच में गिरा।

टूटी विण्ड स्क्रीन से उछले शीशे के टुकड़े स्यू के चेहरे और जिस्म से टकराये। वो जोर से चीखी।

''चला! चला!'' – साहिल चिल्लाया – ''गाड़ी चला। स्यू, ब्रेक छोड़। एक्सीलेटर दे।''

विण्ड स्क्रीन को अपने और कार के मुसाफिरों के बीच में से बिल्कुल ही गायब कर देने के लिये बोनट पर लेटे पड़े भैरव का हाथ फिर हवा में उठा।

''गो! गो!''

लेकिन स्यू को तो जैसे लकवा मार गया था।

कुल्हाड़ी की चोट विण्ड स्क्रीन पर पड़ी, वो और ध्वस्त हुई और अब उस में एक काफी बड़ा छेद दिखाई देने लगा।

''स्यू, गाड़ी भगा वर्ना हम तीनों मारे जायेंगे।''

मौत के नाम पर स्यू का सम्मोहन टूटा, उसने मजबूती से स्टियरिंग थामा और कार को एक्सीलेटर दिया।

कार झूमती-सी सड़क पर दौड़ी। आगे उसने तेजी से मोड़ काटा तो भैरव बोनट पर से उछल कर सड़क पर गिरा। कार की चपेट में आने से वो बाल-बाल बचा। कलाबाजियां खाता उस का जिस्म फुटपाथ से जा टकराया।

विण्ड स्क्रीन टूट कर मकड़ी के जाले में तब्दील हो चुकी थी। उस में बने छेद में से जैसे-तैसे सामने देखती स्यू गाड़ी चलाती रही।

साहिल ने पीछे घूम कर देखा तो उसने अपने कुल्हाड़ी वाले हमलावर को सड़क के बीचोंबीच खड़े पाया। उस का कुल्हाड़ी वाला हाथ यूं हवा में उठा हुआ था जैसे कुल्हाड़ी को कार पर फेंक के मारना चाहता हो।

तब तक कार ऐसे किसी आक्रमण के रेंज से बाहर निकल चुकी थी।

''दोरजी!'' – दसाप्रतामा बड़बड़ा रहा था – ''दोरजी!''

''आपका वफादार ड्राइवर!'' – साहिल व्यंग्यपूर्ण स्वर में बोला – ''जिसने हमें बेच खाया। हमारे हमलावर को और किसी तरीके से हमारी खबर नहीं लग सकती थी।''

बड़े अवसादपूर्ण ढंग से उसने सहमति में सिर हिलाया।

सीट से उछल कर गिरने से उस की ड्रेसिंग में से खून रिसने लगा था।

"अब आप की वजह से हम भी मारे जायेंगे।" – साहिल बोला – "उस कमीने ड्राइवर ने रायामांझी के आदमियों को फ्लैट का पता बताया होगा तो ये भी जरूर बताया होगा कि हम धूलीखेल जा रहे थे। यहां उन का मतलब हल नहीं हुआ, अब देख लीजियेगा, धूलीखेल में वो लोग बड़े दल-बल के साथ हमारा इन्तजार कर रहे होंगे।"

दसाप्रतामा खामोश रहा।

"यूं जा कर मौत का निवाला बनने से पुलिस की शरण में जाना क्या बुरा है?"

"नहीं" – वो बुदबुदाया – "मैं जेल नहीं जाना चाहता। मुझे मौत कबूल है, गिरफ्तारी नहीं।"

"हमें तो मौत कबूल नहीं, हमें क्यों शहीद करते हैं?"

"शटअप! तुम लोगों ने पुलिस का रुख किया तो मैं दोनों को शूट कर दूंगा।"

"हम पुलिस से सौदा कर सकते हैं।"

"हम?"

"आप की तरफ से मैं। मैं पुलिस को मजबूर कर सकता हूं कि अगर वो चौधरी और उसके गैंग को गिरफ्तार करना चाहती है तो वो आप को उन के खिलाफ वादामाफ गवाह का दर्जा दे।"

वो हिचकिचाया।

"हां कीजिये, जनाब। इस वक्त उन की नहीं, आप की जिन्दगी का सवाल है। जिन्हें आप गिरफ्तार करवायेंगे और अपनी गवाही के सदके लम्बी सजा दिलवायेंगे, उन में से कोई आप का सगा नहीं। अभी पीछे देखा नहीं कैसे उन लोगों ने हमें सरेराह मौत के घाट उतार देने की कोशिश की थी!"

खून बहना फिर शुरू हो जाने की वजह से दसाप्रतामा की आंखें मुंदी जा रही थीं, उस का पिस्तौल वाला हाथ झुकता जा रहा था।

''जल्दी फैसला कीजिये, अंकल डी।''

''ओके।'' – वो बड़ी मुश्किल से बोल पाया – ''जो ठीक समझो, करो।''

साहिल ने चैन की लम्बी सांस ली।

इन्स्पेक्टर प्रचण्ड देउबा लपकता हुआ पुलिस कन्ट्रोल रूम के एक कोने में बने एक आफिस केबिन में पहुंचा जहां आलोक पाटिल मौजूद था।

''साहिल सरीन का फोन है।'' – वो बोला।

पाटिल एक सोफे पर लेटा सुस्ता रहा था, तत्काल वो उठकर सीधा हुआ।

''कहता है सिर्फ आप से बात करेगा।'' – देउबा बोला।

''कहां है फोन?'' – पाटिल बोला।

''बाहर।''

पाटिल लपक कर बाहर कन्ट्रोल रूम में पहुंचा जहां देउबा ने एक फोन से अलग पड़े रिसीवर की तरफ इशारा किया। पाटिल ने झपट कर फोन उठाया।

''हल्लो!'' – वो व्यग्र भाव से बोला – ''पाटिल हेयर। साहिल! कहां हो तुम? तुम खैरियत से तो हो न! हमें तुम्हारी फिक्र लगी है, तुम . . .''

''चुप करो और मेरी बात सुनो!'' – साहिल बोला – ''दसाप्रतामा मेरे साथ है और वो पुलिस से सहयोग करने को तैयार है। हम दोनों रोशन चौधरी के खिलाफ गवाही देंगे। और भी जो कुछ हमसे बन पड़ेगा, करेंगे, लेकिन एक शर्त है।''

''शर्त?''

''दसाप्रतामा को भी माफी मिलनी चाहिये।''

''उसे! पागल हो क्या?''

''हम दोनों को एक जैसा वादामाफ गवाह बनाना कबूल करो, वर्ना भाड़ में जाओ।''

''तुम हो कहां? पहले इस बात की तसदीक करो कि तुम सेफ हो।''

''पहले जो मैंने कहा है, उस की हामी भरो।''

‘‘ऐसी बातें टेलीफोन पर नहीं होतीं। तुम पहले . . .’’

‘‘ये टालू जवाब है। साफ बोलो कि तुम्हें मेरी बात कबूल है या नहीं?’’

‘‘दसाप्रतामा अगर तुम्हारे साथ है तो उस का गिरफ्तार हो जाना महज वक्त की बात है।’’

‘‘तुम लफ्फजी झाड़ रहे हो, वक्त जाया कर रहे हो। वो इस दुनिया में होगा तो गिरफ्तार करोगे न!’’

‘‘क्या मतलब?’’

‘‘वो घायल है। हम दोनों घायल हैं। रायामांझा के जल्लाद हमारे पीछे पड़े हैं। हम गये तो समझ लेना रोशन चौधरी के खिलाफ तुम्हारा केस भी गया।’’

‘‘हमारा काम तुम्हारी गवाही से भी चल सकता है।’’

‘‘अब नहीं चल सकता। अब ये पैकेज डील है।’’

‘‘दसाप्रतामा तुम्हारे मुकाबले में बहुत बड़ी मछली है। जो रियायत तुम्हारे साथ बरती गयी, वो उस के साथ बतरने की अथारिटी मुझे नहीं है। मुझे ऊपर बात करनी होगी।’’

‘‘करो।’’

‘‘ये काम काठमाण्डू बैठे नहीं हो सकता। मुझे मुम्बई में . . .’’

‘‘मोबाइल है, लैंड लाइन है, फैक्स है, ई-मेल है, सब कुछ हो सकता है। जो करना है, फौरन करो। तुम्हारे पास ज्यादा वक्त नहीं है। दसाप्रतामा को डाक्टरी इमदाद हासिल न हुई तो समझ लो वो चन्द घड़ियों का मेहमान है।’’

‘‘तुम उसकी तरफदारी क्यों कर रहे हो?’’ – पाटिल गुस्से से बोला – ‘‘तुम्हारा उस से क्या लेना-देना है? वो कोई तुम्हारा सगेवाला है?’’

‘‘अब बन गया है।’’

‘‘मूर्ख न बनो और अपनी और सिर्फ अपनी जान की खैर मनाओ। फौरन बोलो, कहां हो ताकि . . .’’

‘‘ताकि तुम किस्सा खत्म कर सको।’’

‘‘क्या मतलब?’’

''दसाप्रतामा से मेरी इतनी खुफिया मीटिंग की रायामांझी को क्योंकर खबर लगी? क्योंकर रायामांझी इतने सीक्रेट आपरेशन की बाबत सब कुछ जानता था? क्योंकर उसे ये भी मालूम था कि मैं पुलिस का भेदिया था और दसाप्रतामा से अपनी मीटिंग रिकार्ड करने के लिये अपने जिस्म पर माइक्रोफोन छुपाये था? इतनी डिटेल्स वो शख्स क्योंकर जान पाया?''

''क्या बकवास कर रहे हो? किसी को मालूम रहा नहीं हो सकता . . .''

''क्या कहने! वो ऐसे ही हमें मौत के घाट उतारने हमारे सिर पर आन पहुंचा?''

''ये नहीं हो सकता।''

''जो हो चुका है, उस को कहते हो नहीं हो सकता! रायामांझी के हल्ले की वजह से मैं घायल हूं, ये नहीं हो सकता? दसाप्रतामा इतना घायल है कि किसी भी क्षण मर सकता है, ये नहीं हो सकता? रायामांझी जब हमें मारने पहुंचा था तो वो तुम्हारे खुफिया आपरेशन की एक-एक बारीकी से वाकिफ था, ये नहीं हो सकता? दसाप्रतामा के सामने बतौर एनसीबी एजेन्ट उसने मुझे एक्सपोज किया, ये नहीं हो सकता? ये तमाम बातें तुम्हारे सिवाय और किसे मालूम थीं?''

''मैं . . . मैं कैसे किसी को कुछ बता सकता था?''

''तो अनजाने में, बेध्यानी में, किसी के सामने मुंह फाड़ा होगा।''

पाटिल सन्न रह गया। स्वयमेव ही उस की निगाह कन्ट्रोल रूम के परले कोने में बैठे धनुष तुलाधर की ओर उठ गयी।

एकाएक धुन्ध छंट गयी। सब कुछ दिन की तरह साफ हो गया।

देवा! देवा! गणपति बप्पा . . .

''हल्लो! हल्लो!'' – उस के कान में साहिल की आवाज गूंज रही थी – ''अरे, जवाब क्यों नहीं देते हो?''

''मैं अभी मुम्बई में एनसीबी के चीफ से बात करता हूं।'' – पाटिल हारे स्वर में बोला – ''मुझे थोड़ा वक्त दो। सिर्फ एक घन्टा . . .''

''आधा।'' – साहिल सख्ती से बोला।

''लेकिन . . .''

''आधे घन्टे बाद इसी लाइन पर दोबारा फोन करूंगा, उपलब्ध रहना।''

''लेकिन . . . अरे सुनो तो . . .''

लाइन कट गयी।

पाटिल ने फोन रख दिया और इन्स्पेक्टर प्रचण्ड देउबा को इशारे से अपने करीब बुलाया।

''वो लोग चलती कार में हैं।'' – पाटिल बोला – ''कार के इंजन की आवाज मुझे साफ सुनायी दे रही थी।''

''मैंने भी सुनी थी।'' – देउबा बोला।

''वो दोनों घायल हैं। साहिल कहता है कि रायामांझी उन्हें मौत के घाट उतारने आ पहुंचा था और उस के हल्ले से ही वो घायल हुए थे। फिर भी वो आजाद हैं और चलती कार में हैं तो सब कुछ–सब कुछ नहीं तो काफी कुछ, काफी कुछ नहीं तो थोड़ा बहुत – सरेराह भी हुआ हो सकता है। अपने हर इलाके के थाने से पता करो कि क्या उन को किसी काबिलेजिक्र वारदात की जानकारी है?''

''बत्तीस पुतली की एक इमारत में गोलियां चलने की खबर की बाबत तो मैंने बताया था।''

''उस का आगे कोई फीड बैक नहीं आया?''

''आया। पुलिस ने उस फ्लैट को ट्रेस कर लिया था जिस में गोलियां चली थीं। पुलिस को फ्लैट खाली मिला था, लेकिन वहां फैला खून अपनी कहानी खुद कह रहा था। फायर एस्केप की तमाम सीढियों पर भी खून बहा मिला था। एक ऐसा गवाह भी मिला था जो कहता था कि उसने लड़खड़ाते से दो आदमियों को सीढ़ियां उतरते देखा था।''

''वो वही दोनों थे। कहां गये हो सकते हैं?''

''क्या कहा जा सकता है!''

''वो अभी भी कार पर सवार हैं। उन की, खास तौर से दसाप्रतामा की, कोशिश शहर से बाहर निकलने की हो सकती है। क्या शहर से निकासी के रास्तों पर वाच का इन्तजाम किया जा सकता है?''

''बहुत व्यापक तो नहीं'' – देउबा हिचकिचाया – ''लेकिन जो हो सकता है, मैं करता हूं।''

''अभी और सुनो।''

''बोलिये।''

''तुम्हारे मुल्क में किसी अपराधी को वादामाफ गवाह बनाने की अथारिटी किस को होती है?''

''चीफ प्रासीक्यूटर को।''

''क्या नाम है उस का?''

''अच्युतभक्त अर्याल।''

''मेरी उस से बात कराओ।''

''इस वक्त?''

''इसी वक्त। गोली कर तरह।''

रायामांझी के मोबाइल पर भैरव मैनाली की काल आयी। वो उसके मरे स्वर से ही समझ गया कि फिर पंगा पड़ गया था।

''हम पूरी तरह से तैयार थे'' – भैरव दबे स्वर में बोला – ''लेकिन . . .''

''तो फिर काम क्यों न हुआ?'' – रायामांझी सांप की तरह फुंफकारा।

''दो बातों की वजह से। एक तो वो अकेले नहीं थे, उन के साथ एक नौजवान लड़की थी – कोई उन के साथ होगा, इस बाबत आपने कुछ नहीं बताया था – दूसरे, उन्होंने अन्डरग्राउन्ड पार्किंग का रुख न किया जहां कि नीली एस्टीम खड़ी थी। वो तो इमारत से बाहर निकलते ही लड़की की वहीं खड़ी कार में सवार हो गये।''

''निकल गये?''

''मैंने फिर भी बहुत कोशिश की लेकिन . . . पेश न चली।''

''निकल गये न?''

''हां।''

''किधर गये?''

''तनकेश्वर की तरफ।''

''कितना अरसा हुआ?''

''बस, दो मिनट हुए।''

''अरे, अहमक, पहुंचेंगे तो धूलीखेल ही!''

''हां।''

''तो दो मिनट भी क्यों बर्बाद किये? फौरन धूलीखेल का रुख कर, मैं भी पहुंचता हूं।''

''ठीक है।''

चीफ प्रासीक्यूटर अच्युतभक्त अर्याल घर पर नहीं था।

बताया गया कि वो किसी पार्टी पर गया हुआ था।

''अब?'' – पाटिल उतावले स्वर में बोला।

''मैं अपने चीफ से कान्टेक्ट करता हूं।'' – देउबा बोला – ''काठमाण्डू में तमाम टॉप बॉस एक ही पार्टी में आमन्त्रित होते हैं। उसे मालूम होगा।''

''वो भी गया हुआ होगा तो कैसे कान्टैक्ट करोगे?''

''इमरजेंसी में पुलिस वायरलैस से सम्बद्ध फोन पर, जो कि हर वक्त उस के ड्राइवर के पास रहता है, कान्टैक्ट किया जा सकता है। उसे मैसेज मिल जायेगा तो वो काल बैक करेगा।''

''ठीक है। कोशिश करो।''

देउबा फिर टेलीफोन से उलझ गया।

पाटिल ने दूर बैठे धनुष तुलाधर की ओर निगाह उठाई जो उस वक्त कॉफी की चुस्कियां लगा रहा था और बड़े सन्दिग्ध भाव से उधर देख रहा था। उस की

पाटिल से निगाह मिली तो तत्काल वो परे देखने लगा।

पाटिल को अभी भी यकीन नहीं आ रहा था कि तुलाधर ने उस के साथ इतनी बड़ी यारमारी की थी।

उस के साथ यारमारी और महकमे के साथ गद्दारी।

दोनों में भाइयों जैसा प्रेमभाव था और उसी प्रेमभाव ने उसे उस के सामने सब सच खोल देने के लिये प्रेरित किया था।

आगे दुश्मन के खेमे में उन के इतने गोपनीय आपरेशन की खबर पहुंचाने वाला तुलाधर के अलावा और कोई हो ही नहीं सकता था।

''कान्टैक्ट हो गया है।'' – देउबा रिसीवर रखता बोला – ''अभी पुलिस चीफ यहां काल बैक करेगा।''

''गुड। आओ, तब तक काफी हो जाये।''

काफी डिस्पेंसर उसी कोने में था जहां एक कुर्सी पर तुलाधर बैठा था और उसी घड़ी अपने करीब पहुंची इला कनितकर से बात कर रहा था।

पाटिल और देउबा काफी डिस्पेंसर के पास पहुंचे, तुलाधर की तरफ पीठ करके पाटिल ने दो पेपर कप काफी से भरे, एक देउबा को थमाया और तनिक उच्च स्वर में बोला – ''इस टॉप कान्टैक्ट की सारी जरूरत साहिल सरीन की वजह से है। अभी जब उसका फोन आया था तो उस ने ऐसी बात बताई थी कि सुन कर मेरे छक्के छूट गये थे। बोला था कि उसकी टॉप सीक्रेट मीटिंग के मुकाम पर रायामांझी पहुंच गया था और वो उस के पुलिस के भेदिये के रोल की बाबत भी सब कुछ जानता था। ये तक जानता था कि हमने उसे आडियो और वीडियो रिकार्डिंग के लिये वायर कर के भेजा था।''

तुलाधर उसकी पीठ पीछे सिर्फ चार फुट दूर था। उसने सब सुना और फिर उसके चेहरे पर आतंक के गहरे भाव पैदा हुए।

वैसे भाव बाकी दो श्रोताओं के – इला के और देउबा के – चेहरों पर भी प्रकट हुए लेकिन बिल्कुल जुदा वजुहात से प्रकट हुए।

पाटिल घूमा, उसने सहज भाव से तुलाधर की तरफ निगाह उठाई।

''कैसे इतनी सीक्रेट बात लीक हुई?'' – नेत्र फैलाता देउबा बोला – ''मैंने तो किसी को भनक भी नहीं लगने दी थी! मेरे साथ जो लोग थे, उन्हें तो ऐन एक्शन के वक्त ये नहीं मालूम था कि क्यों हम लोग एक सिल्वर मर्सिडीज के पीछे लगे हुए थे।''

''मुझे तुम्हारी बात पर यकीन है।''

''तो फिर . . .''

''और इला पर मुझे अपने आप से ज्यादा यकीन है।''

''तो फिर . . .''

एकाएक तुलाधर अपने स्थान से उठा और काफी डिस्पेंसर के आगे से गुजरा।

''कहां चले?'' – भवें उठाता पाटिल बोला।

''टायलेट।''

''मैं भी चलता हूं।''

''तुम अपनी काफी पियो।''

''बद्‌मजा है। नहीं पी जा रही।''

उसने काफी समेत पेपर कप को कूड़ेदान में फेंका और तुलाधर के साथ हो लिया।

दोनों बाहर टायलेट में पहुंचे।

तुलाधर एक यूरीनल के स्टाल के सामने जा खड़ा हुआ लेकिन पाटिल ने ऐसी कोई कोशिश न की।

कुछ क्षण सन्नाटा रहा।

''वक्त रहते यहां पहुंच गये।'' – फिर पाटिल धीरे से बोला।

''क-क्या?'' – बिना सिर घुमाये तुलाधर बोला।

''वर्ना वहीं पतलून गीली हो जाती।''

''क्या कह रहे हो?''

''दहशत भी पेशाब निकाल देती है और खौफ भी।''

''क्या?''

''क्यों किया, तुमने ऐसा? ऐसा कौन-सा लालच था, ऐसी कौन सी मजबूरी थी, जिसने तुम्हें ऐसे दोगले काम के लिये प्रेरित किया?''

''क्या कह रहे हो? क्या किया है मैंने?''

''जो किया है तुम्हें मालूम है – मुझे भी मालूम है – मैं सिर्फ ये जानना चाहता हूं कि क्यों किया? तुम्हारे सिवाय ये करतूत किसी की नहीं हो सकती – न इन्स्पेक्टर प्रचण्ड देउबा की और न इन्स्पेक्टर इला कनितकर की। मैं मूर्ख, मैं अन्धा, यारी का वास्ता दे कर जिस से खोद-खोद कर हर बात तुम ने पूछी। रम डूडल रेस्टोरेंट से यहां तक हर घड़ी तुम मेरे साथ थे, फिर फोन कहां से किया रायामांझी को या रोशन चौधरी को? जरूर यहीं से किया होगा।''

''तुम पागल हो, तुम्हारा दिमाग हिल गया है। तुम भूल रहे हो कि मैं भी रोशन चौधरी के उतना ही खिलाफ हूं जितने कि तुम हो।''

''दुश्मन की खिदमत करो तो वो ज्यादा बड़ी फीस चुकाता है।''

''फीस!''

''जो उसकी खिदमत कर के – उस के सामने हमारे टॉप सीक्रेट आपरेशन की पोल खोल कर – तुमने हासिल की। कितना पैसा वसूला? सिर्फ जेबें ही भरीं कि घरबार भी भर गया।''

इस बार तुलाधर के मुंह से बोल न फूटा।

''खड़े-खड़े मर ही नहीं गये हो तो इधर मेरी तरफ देखो।''

वो यूरीनल के सामने से हटा और पतलून की जिप बन्द करता उसकी तरफ घूमा।

''इधर मेरी तरफ देखो। मेरी निगाह से निगाह मिलाओ।''

बड़ी कठिनाई से तुलाधर ने सिर उठाया।

''यहां कोई गवाह मौजूद नहीं है इसलिये जो कहोगे, हम दोनों के बीच ही रहेगा। तुम ने कही, मैंने सुनी, बात खत्म। तुलाधर, तुम मेरे महकमे के नहीं हो, तुम मेरे मुल्क के नहीं हो, तुम्हारे खिलाफ कुछ साबित करना मेरे लिये नामुमकिन होगा क्यों कि यहां तुम्हारे मुल्क में तुम्हारा कायदा कानून तुम्हारे खिलाफ मेरी

नहीं सुनेगा। लिहाजा तुम्हारी करतूत के लिये तुम्हें कोई सजा दिला पाने की मेरी कोशिश बेकार होगी। जमा, मैं कोई स्कैण्डल नहीं चाहता। इन बातों से कोई स्कैण्डल उठ खड़ा होगा तो हम सब को नुकसान पहुंचायेगा। इसलिये आपसदारी में पूछता हूं। क्या किया? क्यों किया?''

उसने उत्तर न दिया।

''अगर तुम समझते हो कि साहिल सरीन की तरह मैं भी अपने जिस्म पर कोई माइक्रोफोन छुपाये हूं तो गलत समझते हो। तुम चाहो तो मेरी तलाशी ले सकते हो।''

उसने वैसी कोई कोशिश न की, उसने केवल बेचैनी से पहलू बदला।

''भगवान पशुपतिनाथ की पावन नगरी में इतने निम्न कोटि के आदमी से मेरा वास्ता पड़ा, इसका मुझे दुख है। इस घड़ी मैं तुम्हारा कुछ नहीं बिगाड़ना चाहता लेकिन उस डैमेज को कंट्रोल करना चाहता हूं जो तुम्हारी वजह से हुआ। साहिल सरीन की तरह और कितने लोगों की जान तुम्हारी वजह से सूली पर टंगी है, मैं सिर्फ ये जानना चाहता हूं, उसके बाद तुम जा सकते हो।''

''जा सकते हो क्या मतलब?'' – वो भड़का – ''यहां से जाने के लिये मैं क्या तुम्हारी इजाजत का मोहताज हूं?''

और वो बाहर की तरफ बढ़ा।

पाटिल ने तन कर उसका रास्ता रोका।

''इतनी आसानी से तुम यहां से नहीं जा सकते।''

''क्या करोगे? अभी खुद तो मान के हटे हो कि मेरे मुल्क में तुम मुझे सजा नहीं दिला सकते।''

''दे सकता हूं।''

''क्या!''

पाटिल ने जेब से अपनी सर्विस रिवाल्वर निकाली।

''सजा!'' – वो सहज भाव से बोला – ''मैं तुम्हें यहीं गोली मार सकता हूं।''

''तुम्हारी मजाल नहीं हो सकती।''

''देखना मेरी मजाल।''

''फिर तुम्हारा क्या होगा?''

''मैंने एक कुत्ता मारा। मेरा क्या होगा!''

उसके मुंह से बोल न फूटा।

''फिर भी कुछ होगा तो उसे देखने के लिये तुम मौजूद नहीं होंगे।''

''क-क्या चाहते हो?''

''पहले ही बोला।''

''म-मैंने जो कुछ किया, एक ही बार किया। इस एक बार से पहले मैंने ऐसा कभी कुछ नहीं किया।''

''सिर्फ साहिल सरीन की पोल खोली?''

''हां।''

''कब से चौधरी के सम्पर्क में हो?''

''कुछ हफ्तों से ही।''

''कैसे सम्पर्क बनाया? सीधे?''

''भृगु रायामांझी के जरिये।''

''क्यों? जिस शख्स ने तुम्हारी जान लेने की कोशिश की, उसी की मदद क्यों ली?''

''क्यों कि उस से पैसा खींचा। जान के बदले जान ले कर मेरे पल्ले क्या पड़ता!''

''इसलिये जान का सौदा कर लिया?''

''यही समझ लो।''

''तुमने जान का नहीं, अपने जमीर का सौदा किया।''

''अब जो किया, सो किया। एक मिशन के लिये मैंने अपनी जान की बाजी लगायी। महकमे ने मुझे क्या दिया? कोई शाबाशी दी? कोई तमगा दिया? कोई तरक्की दी? नहीं दी। कुछ नहीं दिया। तुम ये समझो कि तमगा, शाबाशी, तरक्की सब मैंने दुश्मन से हासिल कर ली।''

पाटिल अवाक् उसे देखता रहा।

''उस शख्स ने मेरा खून बहाया, मैंने उसका खून चूसा। उसने अपने तरीके से मुझे नुकसान पहुंचाया, मैंने अपने तरीके से उसे नुकसान पहुंचाया। पुलिस की नौकरी में मैं अड़तालीस साल का हो गया, जवान से अधेड़ हो गया, अधेड़ से बूढा हो जाऊंगा, मैं अच्छी जिन्दगी का मुंह कब देखूंगा? मैं अपने वो अरमान कब पूरे करूंगा जो जब से मैंने होश सम्भाला है मेरे दिल में मचल रहे हैं? हर वक्त इस दहशत में जीने वाला मैं – कि अभी कहीं से कोई गोली आयेगी और मेरा भेजा उड़ा देगी – क्यों उस सुख सुविधा का अधिकारी नहीं हूं जो रायामांझी, रोशन चौधरी, दसाप्रतामा जैसे लोगों को सहज ही हासिल है? क्यों वो मेरे से ज्यादा जहीन हैं, मेरे से ज्यादा काबिल हैं, मेरे से ज्यादा पढ़े-लिखे हैं? मेरे लिये हैण्ड टु माउथ रहना क्यों जरूरी है? जरूरी है तो सदा क्यों जरूरी है? लोग जरूरत में गधे को बाप बनाते हैं, मैंने दुश्मन को दोस्त बना लिया तो क्या गुनाह किया?''

''जो हमला तुम्हारे पर हुआ था, वो मुझ पर भी हुआ था। जो तुम्हारे साथ बीती थी, वो मेरे साथ भी बीती थी। मैंने तो जा कर किसी स्मगलर से, किसी ड्रग लार्ड से हाथ न मिला लिया!''

''क्यों कि तुम कीड़े हो और रेंगते रहने की तुम्हें आदत पड़ चुकी है।''

''शट युअर फिल्दी माउथ।'' – एकाएक पाटिल का धीरज छूट गया – ''आई हैव हैड एनफ आफ यू। पैसे के लालच ने, हराम के पैसे के लालच ने, तुम्हारी नीयत ही नहीं, तुम्हारा दिमाग भी खराब कर दिया है। तुम नहीं जानते कि हराम का ताम्बे का काला पैसा भी पेट फाड़ कर बाहर निकलता है।''

''हंह!''

''पिछले हमले में तुम ठौर न मारे गये, इतनी गोलियां खा कर भी बच गये, ये तुम्हारे सद्कर्मों का फल था। तब तुमने अपने सद्कर्मों को कैश किया, अब तुम अपने कुकर्मों को कैश करोगे।''

''क्या होगा?''

''खामखाह मारे जाओगे। साहिल सरीन को कुछ हुआ तो यकीनन मेरे हाथों।

वो न बचा तो तुम्हें मैं उसका कातिल ठहराऊंगा। फिर मैं ही तुम्हारा जज, मैं ही ज्यूरी, मैं ही एग्जीक्यूशनर। फिर पनाह तलाश करके देखना अपने हराम के कमाये पैसे में।''

उसने रिवाल्वर वापिस जेब में रखी और फर्श को रौंदता हुआ वहां से रुखसत हुआ।

''चलो।'' – एकाएक दसाप्रतामा बोला।

कार उस घड़ी सड़क के किनारे के एक सघन कुंज की ओट में खड़ी थी और साहिल बार-बार घड़ी देखता आधा घन्टा गुजरने का इन्तजार कर रहा था जिस में से अभी मुश्किल से पांच मिनट गुजरे थे।

''कहां?'' – वो हैरानी से बोला – ''कहां चलें?''

''धूलीखेल।''

''धूलीखेल! अब वहां जाने का क्या मतलब?''

''मुझे उम्मीद नहीं कि आधे घन्टे बाद तुम्हें वांछित जवाब मिलेगा। यूं आधा घंटा ही बर्बाद होगा, और कुछ हाथ नहीं आयेगा।''

''लेकिन . . .''

''मेरे उस्ताद का सबक है कि हमेशा हरकत में रहो। बी आलवेज आन दि मूव।''

''लेकिन, अंकल डी . . .''

''हम कोई आधे घन्टे में ही धूलीखेल नहीं पहुंच जायेंगे। रास्ते में फोन करना, माकूल जवाब मिला तो वापिस लौट आयेंगें वर्ना मेरी मंजिल मेरे करीब होगी।''

''आप नाहक . . .''

''मूव!''

असहाय भाव से गर्दन हिलाते साहिल ने स्यू को इशारा किया।

रायामांझी के फोन की घन्टी बजी।

उसने स्क्रीन पर निगाह डाली।

''यस, बॉस।'' – तत्काल वो फोन पर बोला।

''क्या हो रहा है?'' – चौधरी ने पूछा – ''फोन क्यों नहीं किया?''

''मैं करने ही वाला थ कि . . .''

''क्या हो रहा है?''

रायामांझी ने भैरव मैनाली से हासिल हुई रिपोर्ट दोहराई।

''यानी कि फिर हाथ से निकल गया?''

''बॉस, हालात ही ऐसे बन गये कि . . .''

''अब क्या कर रहे हो?''

''मैंने अपने आदमियों को धूलीखेल रवाना कर दिया है और खुद मैं भी – बावजूद घायल टांग के – बस उधर रवाना हो ही रहा हूं।''

''धूलीखेल?''

''यस, बॉस।''

''ईडियट! सुपर ईडियट!''

''बॉस!''

''उस जगह की इतनी पब्लिसिटी हो चुकने के बाद अभी भी तुम्हें उम्मीद है कि वो लोग धूलीखेल का रुख करेंगे?''

''तो? तो?''

''दसाप्रतामा आल्टरनेट का भी आल्टरनेट तैयार रखने वाला आदमी है और मौजूदा हालात में मुझे कोई आल्टरनेट उसके सामने दिखाई देता है तो वो स्मगलर्स रूट है।''

''टिम्बर ट्रेल?''

''वही। उस रास्ते को कवर करो। फौरन।''

''मेरे आदमी तो धूलीखेल रवाना हो गये।''

''वापिस बुलाओ।''

''उन से कान्टैक्ट का कोई जरिया नहीं। उन के पीछे जाना होगा। जब तक

धूलीखेल से उन्हें ले कर वापिस लौटूंगा, तब तक तो . . .''

''बहुत देर हो चुकी होगी। नये आदमी पकड़ो।''

''खड़े पैर नये आदमी कहां से आयेंगे?''

''ये मैं बताऊं?''

''मैं . . . मैं करता हूं कुछ।''

''रोको।'' – एकाएक दसाप्रतामा बोला।

स्यू ने प्रश्नसूचक नेत्रों से साहिल की तरफ देखा।

साहिल ने सहमति में सिर हिलाया।

स्यू ने सड़क पर एक ओर कर के कार रोकी।

''मैंने हैलीकाप्टर का खयाल छोड़ दिया है।'' – दसाप्रतामा क्षीण स्वर में बोला।

''जी!'' – साहिल बोला!

''धूलीखेल जाना बेवकूफी है। वहां शर्तिया हमारे दुश्मन हमारा इन्तजार कर रहे होंगे।''

''ये आप को अब सूझा।''

''आखिरकार।''

''आप को कहीं भी ज़ाने की जरूरत नहीं। आप को फुल इम्यूनिटी हासिल हो गयी तो आप पुलिस की शरण में होंगे और किसी आरामदेय हस्पताल में होंगे।''

''एक ही बात बार-बार मत दोहराओ। वो सब होते होते होगा – पता नहीं होगा भी या नहीं – वो सब होने के इन्तजार में मैं हाथ पर हाथ धर कर नहीं बैठा रह सकता।''

''कहां बैठे हैं! वुई आर आन दि मूव।''

''नाट इन दि राइट डायरेक्शन। वापिस चलो।''

''वापिस कहां?''

''काठमाण्डू।''

''वहां किसलिये?''

''मैं आगे जहां जाना चाहता हूं, वहां इस टूटी विंड स्क्रीन वाली कार पर नहीं जाया जा सकता। हमें इस कार से पीछा छुड़ाना होगा और नयी कार हासिल करनी होगी।''

''रात के इस वक्त?''

''टैक्सी। ये टूरिस्ट टाउन है, ऐसी जगह टैक्सियां चौबीस घन्टे मिलती हैं। तुम इस शहर के वासी हो, किसी ऐसी जगह पहुंचो।''

''आप जाना कहां चाहते हैं?''

''पहले गाड़ी का इन्तजाम करो, फिर बताता हूं।''

''अच्छी बात है।''

आलोक पाटिल वापिस कन्ट्रोल रूम में पहुंचा तो उसने इन्स्पेक्टर प्रचण्ड देउबा को फोन पर बिजी पाया। उसको देखते ही देउबा उसकी तरफ हाथ हिलाने लगा।

पाटिल लम्बे डग भरता उस के करीब पहुंचा।

देउबा कुछ क्षण फोन पर जल्दी-जल्दी बोलता रहा।

''पुलिस चीफ का जवाब आ गया है।'' – आखिरकार उसने फोन रखा और पाटिल को बताया – ''इत्तफाक से वो और चीफ प्रासीक्यूटर अच्युतभक्त एक ही पार्टी में मौजूद थे।''

''नतीजा क्या निकला?'' – पाटिल उतावले स्वर में बोला।

''चीफ प्रासीक्यूटर होम मिनिस्टर से बात करेगा।''

''फिर क्या फायदा हुआ?''

''पार्टी होम मिनिस्टर के घर पर ही है। अभी चीफ प्रासीक्यूटर का जवाब आ जायेगा।''

''आल राइट।''

''बसन्तपुर के इलाके से एक कार एक्सीडेंट की रिपोर्ट है। एक आदमी एक

कार से टकरा गया था जिसकी वजह से कार की विंड स्क्रीन टूट गयी थी।''

''आदमी कार से कुचला गया?''

''नहीं, कुछ नहीं हुआ उसे।''

''बस, इतना ही एक्सीडेंट था? एक कार की विंड स्क्रीन टूट गयी तो इस में रिपोर्ट वाली क्या बात है?''

''रिपोर्ट वाली, खटकने वाली बात ये है कि वो आदमी भी खिसक गया जो कार से टकराया था। उसने एक्सीडेंट पर कोई हो हल्ला मचाने की या पुलिस में रिपोर्ट करने की कोशिश न की।''

''ओह!''

''एक आई विटनेस का कहना है कि वो आदमी कार से टकराया नहीं था, उसने कार पर हमला किया था।''

''क्या!''

''उस के हाथ में कोई हथियार भी था। वो कार पर हमला कर के उस को रोकने का इच्छुक जान पड़ता था। गवाह कहता है कि कार की विंड स्क्रीन उस के हथियार के वार से टूटी थी।''

''आई सी। क्या ये हो सकता है कि उस कार में साहिल और दसाप्रतामा सवार हों?''

''वही गवाह कहता है कि कार में दो नहीं, तीन जने थे।''

''तीन जने थे?''

''कार एक लड़की चला रही थी।''

''लड़की! उन के साथ एक लड़की है?''

''जब वो दोनों अपने आप को घायल बताते हैं तो कार चलाने के लिये उन्हें कोई मददगार तो चाहिये था!''

''जिसे कि खास इस काम के लिये तलब किया गया!''

''हो सकता है!''

''कौन होगी वो लड़की?''

''कोई साहिल की वाकिफकार! गर्लफ्रेंड।''

''हो सकता है। क्या उस एक्सीडेंटल कार को पकड़ने के लिये आल प्वायंट बुलेटिन जारी किया जा सकता है?''

''मैं करता हूं इन्तजाम।''

रायामांझी के मोबाइल की घन्टी बजी।

''धूलीखेल के रास्ते में हमारी गाड़ी पंचर हो गयी।'' – उसे भैरव मैनाली की आवाज आयी।

''बढ़िया।'' – रायामांझी व्यंग्यपूर्ण स्वर में बोला।

वैसे वो खुश था कि यूं उसका अपने ऐसे आदमी से सम्पर्क हो गया था जिससे सम्पर्क नामुमकिन था।

''वो गाड़ी'' – भैरव कह रहा था – ''जिसे वो लड़की चला रही थी और जिस पर वो दोनों घायल आदमी सवार थे, सड़क पर हमारे सामने से गुजरी। मैंने अन्धेरे में उसे टूटी विंड स्क्रीन से पहचाना जो कि बसन्तपुर में मेरे ही हमले से टूटी थी।''

''गाड़ी धूलीखेल जा रही थी?''

''धूलीखेल की राह पर थी तो वहीं जा रही होगी . . .''

यानी कि उसके बॉस का खयाल गलत था कि मौजूदा हालात में दसाप्रतामा धूलीखेल का रुख नहीं कर सकता था!

''. . . लेकिन थोड़ी देर बाद वो गाड़ी लौट आई।''

''लौट आयी?''

''हां।''

''इतनी जल्द दसाप्रतामा को धूलीखेल छोड़कर लौट भी आयी?''

''रास्ते से लौट आयी। वो तीनों उसमें सवार थे। मैंने साफ देखा।''

''लौट क्यों आये?'' – रायामांझी बड़बड़ाया।

''मैंने ये जानने के लिये फोन किया है कि अब हम धूलीखेल जायें और उन

के वहां पहुंचने का इन्तजार करें या उन के पीछे लगें।''

''पहिया बदल लिया?''

''हां।''

''फौरन उन के पीछे लगो – खामखाह फोन करने में टाइम बर्बाद कर दिया – और जहां पकड़ पाओ, मार डालो। तीनों को।''

''लेकिन...''

''इस काम का उम्मीद से बड़ा इनाम है तुम लोगों के लिये। टाइम खराब न करो। जल्दी करो। मार डालो। चीर डालो। एक्सीडेंट कर दो। कुछ भी करो। जल्दी करो।''

''ठीक है।''

सैल्फड्रिवन टैक्सी उन्हें सोल्टी से हासिल हुई।

सोल्टी में जगतप्रसिद्ध 'कैसीनो नेपाल' था जो कि चौबीस घन्टे चलता था। इसी वजह से वहां कैसी भी टैक्सियां सदा उपलब्ध रहती थीं।

विंड स्क्रीन टूटी स्यू की कार उन्होंने वहीं पार्किंग में छोड़ दी और वहां से बाहर निकले।

कार चलाने की जिम्मेदारी इस बार भी स्यू पर थी।

''अब तो फरमाइये कहां जाना चाहते हैं?'' – झुंझलाया-सा साहिल बोला।

''त्रिभुवन राजपथ।'' – दसाप्रतामा बोला।

''उधर क्या है?''

''उधर निकासी का एक रास्ता है।''

''नेपाल से?''

''हां।''

''आप त्रिभुवन राजपथ से हो कर नेपाल से इन्डिया निकल जाने के सपने देख रहे हैं?''

''हां, लेकिन राजपथ से नहीं। बीरगंज रक्सौल बार्डर से नहीं।''

''तो?''

''बाजू से, उस बार्डर पोस्ट से काफी परे से, नारायणी और सोमेश्वर हिल्स में से हो कर एक खुफिया रास्ता गुजरता है जिसका नाम टिम्बर ट्रेल है लेकिन जो स्मगलर्स रूट के नाम से बेहतर जाना जाता है। रक्सौल और भिखनाथोरी के बीच बिहार में जाकर निकलता है। बहुत सेफ रूट है। सेफ और मेरा देखा भाला। उधर से निकल जाने में मुझे किसी की मदद की जरूरत नहीं।''

''इस हालत में?''

''जो होगा, देखा जायेगा। तुम मुझे सिर्फ टिम्बर ट्रेल के दहाने पर पहुंचा दो। आगे मैं जानूं, मेरा काम जाने।''

''आप खुदकुशी के तमन्नाई हैं।''

''कहना मानो।'' – उसने फिर पिस्तौल वाला हाथ उसकी तरफ उठाया।

''आप की हामी पर मैंने पुलिस से बात की थी . . .''

''काम तो न बना!''

''इनकार भी तो नहीं हुआ! मुझे दोबारा काल बैक तो कर लेने दीजिये।'' – उसने कलाई घड़ी पर निगाह डाली – ''वक्त हो गया है।''

''कोई फायदा नहीं होगा।''

''एक काल से नुकसान भी क्या होगा? दो मिनट की बात है।''

''ठीक है। करो।''

साहिल ने मोबाइल पर काल लगाई।

पाटिल लाइन पर आया।

''हम पूरी कोशिश कर रहे हैं।'' – उसे पाटिल की आवाज सुनायी दी – ''पुलिस चीफ मान गया है। चीफ प्रासीक्यूटर भी मान गया है। अब उसने सिर्फ होम मिनिस्टर से बात करनी है जो कि वो कर रहा है। किसी भी क्षण जवाब आने वाला है।''

''तुम टाल रहे हो।''

''बाई गॉड, नहीं। आई स्वियर आई एम डूईंग माई बैस्ट। तुम मुझे सिर्फ दस मिनट का टाइम और दो . . .''

''दस मिनट का टाइम और दें?''

दसाप्रतामा इनकार में सिर हिलाने लगा।

''ठीक है।'' – साहिल फोन में बोला।

''. . . और बताओ, तुम लोग कहां हो?''

''दस मिनट बाद बताऊंगा। अगर जवाब माकूल हुआ तो . . .''

''लेकिन . . .''

''दस मिनट में कोई फर्क नहीं पड़ने वाला। दस मिनट बाद फोन करता हूं।''

इन्स्पेक्टर देउबा पाटिल के करीब पहुंचा।

''जवाब आया?'' – पाटिल आशापूर्ण स्वर में बोला – ''बात हो गयी होम मिनिस्टर से?''

''वो जवाब अभी नहीं आया।'' – देउबा बोला।

''ओह!''

''एक और खबर आयी है।''

''क्या?''

''सोल्टी की कार रेन्टल एजेन्सी की पार्किंग में एक टूटी विंड स्क्रीन वाली कार खड़ी है। कार की अगली, पैसेंजर सीट पर और पिछली सीट पर खून के धब्बे पाये गये हैं।''

''वही है।'' – पाटिल उत्तेजित भाव से बोला – ''वही है।''

''निश्चित रूप से वही है। लड़की ने अपने कागजात वगैरह दिखा के वहां से एक सैल्फड्रिवन सफेद मजदा हासिल की है। अब वो लोग उस सफेद मजदा पर सवार हैं और उसका नम्बर – बा. अ. 2109 – हमें मालूम है।''

''लड़की कौन है?''

‘‘स्यू अलेमाओ नाम है। बी.बी.सी. की कारस्पोंडेंट है, इसलिये मैं उसे जानता हूं।’’

‘‘बी.बी.सी. की कारस्पोंडेंट! ऐसी लड़की का उन लोगों के साथ क्या काम?’’

‘‘साहिल की गर्लफ्रेंड हो सकती है।’’

‘‘यही बात होगी। तभी तो उन की मददगार बनी। अब वो लोग कहां हैं?’’

‘‘पता नहीं।’’

‘‘क्या मतलब?’’

‘‘पुलिस की नोटीफिकेशन वहां देर में पहुंची। नोटीफिकेशन पहुंचने के बाद ही उन्होंने उस एक्सीडेंटल कार की खबर पुलिस को की।’’

‘‘ओह!’’

‘‘लेकिन फिर भी प्रॉग्रेस हुई है। अब हमें मालूम है कि हमें बा. अ. 2109 नम्बर वाली सफेद मजदा की तलाश है जिसे कि एक नौजवान लड़की चला रही है। अब उन का पकड़ा जाना महज वक्त की बात है।’’

‘‘गुड।’’

साहिल के इशारे पर स्यू ने कार रोकी।

‘‘कार क्यों रोकी?’’ – दसाप्रतामा तीखे स्वर में बोला।

‘‘दस मिनट हो गये हैं।’’ – साहिल बोला – ‘‘पुलिस को फोन लगाना होगा।’’

‘‘वक्त जाया करोगे। साफ जाहिर हो रहा है कि किसी वजह से वो लोग तुम्हें लटका रहे हैं।’’

‘‘ऐसा नहीं है। वो शख्स बहुत सिन्सियर था इस मामले में।’’

‘‘देख लेना, मेरे जैसे ड्रग लार्ड को वादामाफ गवाह बनाये जाने की इजाज़त वो मन्त्री हरगिज नहीं देगा।’’

‘‘देख ही तो लेना चाहता हूं! अंकल डी, एक आखिरी फोन काल लगा लेने में कोई हर्ज नहीं।’’

''लेकिन . . .''

''आखिरी। अब भी टालू जवाब मिला तो उस के बाद नहीं।''

''ठीक है। लेकिन गाड़ी रोको मत, इसे चलती रहने दो।''

''कुबूल।''

स्यू ने फिर गाड़ी सड़क पर दौड़ा दी।

साहिल ने काल लगाई।

''साहिल बोलता हूं आखिरी बार।'' – वो बोला – ''तो क्या जवाब . . .''

''मिल गयी। मिल गयी।'' – उसे पाटिल की उत्तेजित आवाज सुनाई दी – ''मंत्री की इजाजत मिल गयी। बुड्ढे को बधाई दो कि उसे वादामाफ गवाह बनाया जाना कबूल कर लिया गया है।''

''खुश हो जाइये।'' – साहिल दसाप्रतामा से बोला – ''आप को फुल इम्यूनिटी मिल गयी है। अब हम वापिस चल रहे हैं . . .''

''लेकिन एक शर्त है।'' – उसे पाटिल की आवाज सुनाई दी।

''ओह गॉड!'' – वो फोन में बोला – ''शर्त भी है! क्या शर्त है?''

''बदले में रोशन चौधरी हमारे कब्जे में होना चाहिये। दसाप्रतामा को तभी माफी हासिल हो सकती है जब कि वो हमें रोशन चौधरी के खिलाफ पुख्ता सबूत मुहैया करायेगा। उस को वादामाफ गवाह का दर्जा दिलाने में ये सब से अहम शर्त है। रायामांझी या रायामांझी जैसे रोशन चौधरी के जमूरों को थाम कर हमारी तसल्ली नहीं होने वाली। रोशन चौधरी हमें हर हाल में चाहिये। समझा दो उसे।''

साहिल दसाप्रतामा की तरफ घूमा।

''आप को कुछ सुनायी दिया?'' – वो बोला – ''मैंने खास आप के लिये फोन कान से परे किया था।''

''कुछ सुनायी दिया।'' – दसाप्रतामा बोला।

''माफी की ये शर्त है कि आप रोशन चौधरी के खिलाफ पुख्ता सबूत मुहैया करायेंगे।''

''रोशन चौधरी के खिलाफ?'' – दसाप्रतामा उलझनपूर्ण स्वर में बोला।

''हां।''

''ये नहीं हो सकता।''

साहिल हक्का-बक्का उस का मुंह देखने लगा।

''क्या!'' – उस के मुंह से निकला – ''क्या कह रहे हैं आप? ये सारी कवायद जिस काम के लिये हो रही है, आप उस को करने से इनकार कर रहे हैं!''

''इनकार नहीं कर रहा।''

''तो और क्या कर रहे हैं?''

''मेरी बात को समझो।''

''क्या समझूं?''

''मैं रोशन चौधरी के नाम के अलावा उस के बारे में कुछ नहीं जानता और उस के नाम से भी मैं इत्तफाकन वाकिफ हूं। मेरा रोशन चौधरी से कभी कोई कारोबारी वास्ता नहीं पड़ा।''

''कैसे नहीं पड़ा? मुझे पहले का नहीं मालूम लेकिन मेरी वजह से तो बराबर पड़ा। मुझे चौधरी फाइनांस करने वाला था और इस बात से आप बाखूबी वाकिफ हैं। इसी वजह से तो आप नेपाल आये!''

''चौधरी फाइनांस करने वाला था, दुरुस्त। लेकिन रोशन चौधरी नहीं।''

''तो और कौन?''

''इकबाल चौधरी। रोशन चौधरी का बेटा। जो गोल्डी के नाम से भी जाना जाता है।''

''गोल्डी!''

''हां। मेरा जो जब कारोबारी वास्ता पड़ा है, हमेशा इकबाल चौधरी उर्फ गोल्डी से पड़ा है।''

''हेरोइन के स्मगलरों को फाइनांस करने का धन्धा बाप नहीं करता, बेटा करता है?''

''हां। और कोई बड़ी बात नहीं कि बाप को तो उस के इस काले धन्धे की खबर ही न हो।''

साहिल ने हताशा की गहरी सांस ली।

''आप सब सुन रहे हैं, जनाब?'' – फिर वो फोन में बोला।

पाटिल सब सुन रहा था लेकिन जो सुन रहा था, उस पर वो भी विश्वास नहीं कर पा रहा था।

देवा!

इतने अरसे से वो एक गलत आदमी के पीछे पड़ा हुआ था। इतना अरसा वो चौधरी उपनाम की समानता से धोखा खाता रहा। उस को हासिल हुआ जो भी सबूत बाप की तरफ उंगली उठाता था, वो बेटे पर भी बराबर लागू होता था। वो सिर्फ इस बात से धोखा खा गया कि बाप का समाजी रुतबा, बाप की साधन-सम्पन्नता बेटे को भी उपलब्ध थी। वही हैसियत, वही मैंशन, वही दौलत के अम्बार, वही कीमती विदेशी कारें। क्योंकर वो इतना अन्धा बन गया कि एक बार भी उसे दिखई न दिया कि जो कारनामे बाप के जान पड़ते थे, वो असल में बेटे के थे! सोसायटी में ऊंची हैसियत रोशन चौधरी की कोई ओट नहीं थी, वो था ही ऐसा; समाज में प्रतिष्ठाप्राप्त व्यक्ति। प्रधानमंत्री का हमनिवाला, राजनरेश का हमप्याला। दानी। दयालू। सखी हातिम।

लेकिन एक कुलकलंक का बाप।

सख्त से सख्त सजा का हकदार बेटा था, बाप नहीं।

अब रायामांझी की दिलेरी का राज भी उसकी समझ में आ रहा था।

सब जानते थे कि रायामांझी रोशन चौधरी का फ्रंट था लेकिन कोई साबित नहीं कर सकता था।

क्यों?

क्यों नहीं कर सकता था?

क्यों कि वो रोशन चौधरी का फ्रंट था ही नहीं।

वो गोल्डी का फ्रंट था।

तौबा!

''तुम लोग कहां हो?'' – वो फोन में बोला।

''हम अभी त्रिभुवन राजपथ पर दाखिल हुए हैं।'' – साहिल बोला।

''वापिस लौट आओ। पुलिस तुम्हारी सफेद मजदा की ताक में है। पकड़े जाओ तो सरन्डर कर देना और उन लोगों को हैडक्वार्टर प्रचण्ड देउबा से या एनसीबी अधिकारी आलोक पाटिल से बात करने को बोलना . . .''

''लगता है पुलिस पहुंच गयी है।'' – साहिल बोला – ''मुझे पीछे एक जीप दिखाई दे रही है।''

''रुक जाओ। उन को करीब पहुंचने दो और फिर उन के इंचार्ज से मेरी बात कराओ।''

''ओके।''

तभी पहली गोली चली।

''वो पुलिस की जीप नहीं है।'' – साहिल आतंकित भाव से चिल्लाया – ''उस पर तो वही आदमी सवार है जिसने वसन्तपुर में हमारी कार पर हमला किया था। वैसे ही तीन-चार आदमी और हैं और . . . और . . . रायामांझी . . . जीप पर खुद रायामांझी सवार है। इस बार वो फायरआर्म्स से लैस हैं, वो हमें मार डालेंगे।''

''गाड़ी भगाओ। बचने की कोशिश करो। हम उधर के पुलिस पैट्रोल को खबर करते हैं।''

''ये पुरानी मजदा है, ये रफ्तार में जीप का मुकाबला नहीं कर सकेगी।''

''कोशिश करो। कोशिश करो। साहिल सरीन, डू युअर बैस्ट। फाइट फार युअर लाइफ। फाइट फार दि लाइफ आफ युअर बिलव्डि। फाइट फार दि लव आफ युअर लाइफ!''

स्यू! लव आफ हिज लाइफ!

जिसने उसकी खातिर अपनी जान को खतरे में डाला था।

नहीं। उसके जीते जी उस पर आंच नहीं आ सकती थी।

साहिल ने दसाप्रतामा पर निगाह डाली।

वो पिछली सीट पर लुढ़का पड़ा था और उसने यूं आंखें बन्द कर लीं थीं जैसे हालात से हार मान ली हो।

साहिल ने पीछे हाथ बढ़ा कर उसकी रिवाल्वर झपट ली।

''आने दो।'' – एक नये जुनून के हवाले वो बोला – ''सब को भून डालूंगा। कम आन, यू बास्टर्ड्स।''

एक गोली कार के पिछले शीशे से आ कर टकराई।

''एक बार ब्रेक लगा के एक्सीलेटर दे।''

स्यू ने एकाएक पूरी शक्ति से ब्रेक लगाई।

साहिल ने खिड़की में से सिर निकाल कर पीछे दो बार गोली चलाई।

जीप कार से टकराने ही लगी थी कि कार फिर तोप से छूटे गोले की तरह आगे दौड़ चली।

साहिल के द्वारा चलाई एक गोली जीप के ड्राइवर के गले में जा कर लगी। जीप बुरी तरह डगमगाई और फिर सड़क से नीचे उतर गयी।

कोई जीप के स्टियरिंग को काबू में करने की कोशिश करने लगा।

जीप और कार में फासला बढ़ने लगा।

पीछे से फायर हो रहे थे लेकिन अब वो कार से टकराना तो दूर, उस के करीब भी नहीं पहुंच रहे थे।

तभी वातावरण में पुलिस के सायरन की आवाज गूंजी।

तब तक पीछे कोई जीप को काबू में कर चुका था लेकिन अब जीप वालों की उन के पीछे आने की मर्जी नहीं जान पड़ती थी।

सायरन की आवाज दोबारा गूंजी तो साहिल को अहसास हुआ कि वो दोनों तरफ से आ रही थी। यानी कि पुलिस उन से आगे भी थी और जीप के पीछे भी थी।

पुलिस की एक वायरलैस वैन उन्हें अपनी तरफ आती दिखाई दी।

साहिल ने खिड़की में से हाथ निकालकर उन की तरफ हिलाया।

एक वर्दीधारी पुलिसिये ने जवाब में आश्वासनपूर्ण ढंग से हाथ हिलाया और उन्हें बाजू हटने का इशारा किया। तत्काल बाद रायामांझी की जीप पुलिस के दो वाहनों के बीच सैंडविच की तरह फंसी हुई थी।

साहिल ने चैन की गहरी सांस ली। उसने मुस्करा कर स्यू की तरफ देखा।

स्यू ने भी वैसे ही उस की तरफ देखा। उस की आंखों में खुशी और अनुराग के आंसू झलक आये थे।

''हम जीत गये, अंकल डी'' – साहिल पीछे घूम कर बोला – ''हम जीत गये। अब हम सेफ हैं।''

दसाप्रतामा ने आंखें खोलीं, फिर उसके होंठों पर भी एक क्षीण मुस्कुराहट आयी। उसने खामोशी से विजयसूचक भाव से अंगूठा उठाया और फिर आंखें बन्द कर लीं।

उपसंहार

भृगु रायामांझी और उस के जल्लादों की टीम गिरफ्तार हो गयी। उन से निकाली गयी जानकारी की बिना पर और भी कई गिरफ्तारियां हुईं।

इकबाल चौधरी उर्फ गोल्डी तो बस फरार हो ही गया था। पुलिस ने उसे त्रिभुवन एयरपोर्ट से तब गिरफ्तार किया था जब कि वो थाई इन्टरनेशनल एयरवेज की बैंकाक की एक फ्लाइट की सीढ़ियां चढ रहा था। एयरपोर्ट से नाखू जेल तक वो निरन्तर अपनी बेगुनाही की दुहाई देता रहा और अपने ऊंचे रसूख और रुतबे वाले पिता का नाम भजता पुलिस वालों को धमकाता रहा, उन के बुरे अंजाम से उन्हें डराता रहा, लेकिन उसकी एक न चली। अगले रोज के अखबारों में उस की गिरफ्तारी की खबर के साथ उसकी जो तसवीर छपी वो तब की थी जब कि उसे प्लेन के दरवाजे के करीब से घसीट कर नीचे उतारा जा रहा था। गिरफ्तारी के अड़तालीस घन्टे बाद उस की जो तसवीर अखबारों में छपी, वो तब की थी जब उस को जेल की सींखचों वाला गाड़ी पर मैजिस्ट्रेट के सामने पेश करने के लिये कोर्ट में लाया गया था। उस के वकील सहदेव कोइराला ने, जो कि काठमाण्डू का टॉप का वकील ही नहीं था, पूर्वप्रधानमंत्री का रिश्तेदार भी था, उस की जमानत की अर्जी दाखिल की जिस पर निगाह भी डाले बिना मैजिस्ट्रेट ने जिसे खारिज कर दिया और उसे पुलिस हिरासत में भेज दिया।

जमानत की अर्जी का वही अंजाम हाईकोट और सुप्रीम कोर्ट में भी हुआ।

भारत की दरख्वास्त पर नेपाल सरकार ने उसके प्रत्यार्पण को अनावश्यक ठहराया और नेपाल में ही उसका पूरा-पूरा इन्साफ होने का आश्वासन दिया।

वो मुकद्दमा नेपाल में चलना इसलिये भी जरूरी समझा गया क्यों कि मुख्य अभियुक्त के खिलाफ स्टार विटनेस दसाप्रतामा को माफी नेपाल सरकार के गृह मंत्रालय से मिली थी।

दसाप्रतामा की गवाही के आगे साहिल की गवाही की कोई खास अहमियत नहीं रह गयी थी लेकिन फिर भी उस का वादामाफ गवाह का दर्जा बरकरार रहा था जिस के लिये कि वो आलोक पाटिल का शुक्रगुजार था।

जब रायामांझी पर कत्ल कराने का, कत्ल का इरादा रखने का और नारकॉटिक्स ट्रेड में सक्रिय होने का मुकद्दमा ठुका तो फांसी पर झूलते अपने जिस्म की कल्पना करना उसे कठिन न लगा, नतीजतन अपने बॉस के प्रति अपनी तमाम निष्ठा को वो चुटकियों में भूल गया। उसने खुशी-खुशी अपने बॉस के हर काले कारनामे की पोल खोलना कबूल किया, उस को माफी मिलने का तो सवाल ही नहीं था लेकिन उसकी सजा कम करा देने का सरकारी वकील का आश्वासन उस को बराबर था।

यूं गोल्डी के ताबूत में तब से मजबूत कील उस के खास आदमी भृगु रायामांझी ने ही ठोकी।

तब गोल्डी पर उन हत्याओं का भी अतिरिक्त मुकद्दमा ठुका जो उस के इशारे पर रायामांझी ने जेल में करायी थीं। उसी सन्दर्भ में जेल में सुनीत सरीन पर हुए हमले की भी बात उठी जिस के परिणामस्वरूप हवलदार रामरुद्र को, पैडिंग इंक्वायरी, फौरन सस्पेंड कर दिया गया।

लेकिन सजा कम मिलने के तमाम आश्वासनों के बाद भी जिन्दगी का तोहफा रायामांझी से छिन गया। वो कनफर्म्ड ड्रग एडिक्ट था और इतनी बड़ी उथल-पुथल के बाद जेल में उस का हेरोइन हासिल कर पाना नामुमकिन साबित हुआ। दूसरी ही रात को विद्ड्राअल सिम्पटम्स की वजह से उसकी ऐसी तबीयत बिगड़ी कि उसे तुरन्त हस्पताल ले जाया जाना पड़ा जहां कि उसे डिएडिक्शन प्रोग्राम पर लगाया गया। वो प्रोग्राम उस पर ऐसा भारी गुजरा कि एक रात उसने ब्लेड से अपनी दोनों कलाइयां काट लीं और आराम से मर गया।

मौत से पहले वो अपने सिरहाने ये लिख कर रख गया कि वो स्वेच्छा से खुदकुशी कर रहा था और उसकी मौत के लिये कोई जिम्मेदार नहीं था।

लेकिन क्योंकि वो अपना बयान बाकायदा रिकार्ड करा के मरा था इसलिये

उसका मरना-जीना गोल्डी के खिलाफ केस में कोई तब्दीली नहीं लाने वाला था।

दसाप्रतामा की जान बच गयी, वो अपनी घायलावस्था से पूरी तरह उबर कर गवाही देने लायक तन्दुरुस्त हो गया तो उसे सरकारी वादामाफ गवाह की हैसियत से गोल्डी के खिलाफ कोर्ट में खड़ा किया गया। उसने अपना – गोल्डी के लिये निहायत नुकसानदेय – बयान दिया, दो दिन सहदेव कोइराला ने उस से जिरह करने में लगाये लेकिन वो अपने बयान की किसी भी बात से हिल कर न दिया। उसकी अपने क्लायन्ट के लिये बेहद डैमेजिंग गवाही का डंक निकालने की कोशिश में उसने दसाप्रतामा पर खुला आरोप लगाया कि वो प्रासीक्यूशन के हाथों बिक गया था, वो खुद एक बड़ा ड्रग लार्ड था जो परदेस से सजा में बचने के लिये कुछ भी कर सकता था – उसके क्लायन्ट के खिलाफ झूठी गवाही दे कर कर रहा था – उस का अदालत में उस के क्लायन्ट के खिलाफ कहा एक एक लफ्ज झूठ का पुलन्दा था।

जवाब में दसाप्रतामा ने गोल्डी की और इतनी करतूतें गिनानी शुरू कर दीं कि खुद गोल्डी के अपने वकील को – जिस ने कि जैसे दसाप्रतामा को छेड़ कर भिड़ के छत्ते को छेड़ दिया था – चुप रहने का इशारा करना पड़ा।

अभियुक्त के खिलाफ वैसा ही मजबूत बयान साहिल सरीन ने दिया जिसे कि प्रासीक्यूशन ने एनसीबी के अन्डरकवर एजेन्ट के तौर पर पेश किया था। साहिल ने क्योंकि खुद कबूल किया कि उस का गोल्डी उर्फ इकबाल चौधरी से कभी सीधा वास्ता नहीं पड़ा था इसलिये सहदेव कोइराला ने दसाप्रतामा की तरह उस के गले पड़ने की कोशिश न की।

प्रासीक्यूशन ने अपना केस मुकम्मल किया तो अपनी बारी आने पर अपने क्लायन्ट के बचाव में सहदेव कोइराला ने कोई गवाह पेश करने की कोशिश न की – जबकि कितने भी सिखाये पढाये गवाह पेश किये जा सकते थे – केस ने उसके क्लायन्ट के खिलाफ असहिष्णुता का जो रुख पकड़ा था, उस के मद्देनजर वो जानता था वो जो भी गवाह बतौर डिफेंस विटनेस पेश करता, उसकी धज्जियां उड़ा दी जातीं।

आखिरकार छः महीने के लगातार ट्रायल के बाद सजा सुनायी जाने का वक्त आया।

सजा सुनाई जाने के लिये जब अभियुक्त को कोर्ट में पेश किया गया तो दर्शक ये देख कर सकते में आ गये कि गिरफ्तारी से पहले का वो शेरबच्चा तब तक आधा हो चुका था। उसका चेहरा कागज की तरह सफेद था और वो चलते वक्त कांपता था।

''कोई व्यक्ति समाज में कितना भी समृद्ध और साधनसम्पन्न क्यों न हो'' – अपना फैसला सुनाने से पहले जज ने कहा – ''मुल्क के कायदे कानून से ऊंचा नहीं होता। अपने रुतबे और रसूख के दम पर किसी को मुल्क के कायदे कानून से खिलवाड़ करने की, उसकी खिल्ली उड़ाने की, इजाजत नहीं दी जा सकती। मुजरिम जैसे रईसजादों को इस बात का अहसास होना चाहिये कि बाहैसियत लोगों का कानून बेहैसियत लोगों के कानून से अलग नहीं होता। एक ही मुल्क में दो तरह का निजाम लागू नहीं हो सकता; ऐसा नहीं हो सकता कि बेहैसियत शख्स किसी गुनाह की सख्त सजा पाये और बाहैसियत शख्स वही गुनाह कर के साफ बरी हो जाये। मुजरिम की इस खामख्याली का इस अदालत को दुख है कि वो पुलिस को, जूडीशियरी को, अपनी टर्म्स डिक्टेट करा सकता है। इस अदालत को दुख है कि उसने सोचा कि गैरकानूनी तरीकों से कमाई उसकी दौलत उस के तमाम गुनाहों पर पर्दा डाल सकती थी। इस अदालत को दुख है कि मुजरिम खुद को खुदा से भी दस हाथ ऊंचा समझने लगा, वो जिसे चाहे अपाहिज बना देने के, जिसे चाहे जान से मार देने के हुक्म जारी करने लगा। अन्धी ताकत के हवाले मुजरिम एक मगरूर व्यक्ति बन गया जो कि भूल गया कि गरूर का सिर हमेशा नीचा होता है। ऐसे शख्स को ये अदालत सख्त से सख्त सजा का हकदार मानती है ताकि इस की राह पर चलने वालों को, और चलने को आमादा लोगों को, इबरत हासिल हो। ये अदालत मुजरिम को फांसी की सजा सुनाती है।''

सजा सुनकर गोल्डी चौधरी भरी अदालत में हर किसी के सामने फूट-फूट कर रोया।

अपने बेटे की गिरफ्तारी से अगले रोज ही रोशन चौधरी को दिल का दौरा पड़ गया था। पन्द्रह दिन एक्सेंटिव केयर यूनिट में और एक महीना और हस्पताल में रहने के बाद जब वो घर लौटा तो एकदम टूटा हुआ आदमी था जो खुद को समाज में किसी को मुंह दिखाने के काबिल नहीं पाता था। घर पर भी वो ऐसा बिस्तर के हवाले हुआ कि वो उस रोज भी अदालत में मौजूद न हो पाया जिस रोज कि उस के नूरेचश्म को फांसी की सजा सुनायी गयी थी।

रोज नयी मौत मरते उस शख्स का एक लिहाज उस के बनाने वाले ने किया कि वो अपने बेटे को फांसी लगती देखने को जिन्दा नहीं था। फांसी की तारीख से दो दिन पहले अपने बेटे से पहले वो अपने बनाने वाले के रूबरू पहुंच गया था।

फांसी के इन्तजार में गोल्डी ने जेल से अपने पिता को एक चिट्ठी लिखी थी जिसे खोले बगैर पिता ने कूड़े के हवाले कर दिया था।

चिट्ठी में गोल्डी ने लिखा था : मैं रुतबे और हैसियत में खुद को आप की बुलन्दी पर देखना चाहता था और ऐसा कर पाने का मेरे पास और कोई जरिया नहीं था।

गोल्डी को फांसी लगी तो जैसे उस पुलिस कांस्टेबल का भी इंसाफ हो गया जिसे कि उसने जानबूझ कर अपनी बी.एम.डब्ल्यू. के नीचे कुचल कर मार डाला था।

वादामाफ गवाह का अपना रोल निभा चुकने के बाद भी एक महीना और दसाप्रतामा को काठमाण्डू में रुकना पड़ा और अमरीकी डी.ई.ए. और भारतीय एनसीबी की व्यापक पूछताछ का शिकार होना पड़ा जिस के नतीजे के तौर पर नेपाल, भारत, थाईलैंड और मियांमार में कुछ छिटपुट गिरफ्तारियां हुई लेकिन यूं गिरफ्तार लोगों में दसाप्रतामा का वफादार कोई नहीं था। नतीजतन थारांग योसविचित आज भी चियांग माई में उस का एजेन्ट था – जैसे कि उस से पहले उस का पिता था और उस के बाद उस का बेटा होता।

उस बद्मजा वाकये के बाद दसाप्रतामा ने भविष्य के लिये प्रण किया कि,

कितना ही बड़ा डील क्यों न हो, वो फिर कभी लाओस के बाहर कदम नहीं रखेगा।

भृगु रायामांझी और गोल्डी चौधरी की गिरफ्तारी ने सब से अधिक धनुष तुलाधर को दहशत में डाला था। उसे यकीन था कि उन के बयानात के बाद उसका इनफार्मर का रोल उजागर हुए बिना नहीं रहने वाला था। लिहाजा उसने उस वाकये के अगले रोज ही हैल्थ ग्राउन्ड्स पर अपनी नौकरी से इस्तीफा दे दिया और इन्डोनेशिया माइग्रेट कर गया जहां से, वो जानता था कि, उसे निष्कासित करा के नेपाल नहीं लाया जा सकता था।

उसे ये बात बहुत बाद में मालूम हुई कि उस मुकद्दमे के दौरान किसी की भी ज़ुबान पर उस का जिक्र नहीं आया था – आलोक पाटिल की ज़ुबान पर भी नहीं जो कि उस की असलियत जान कर उस के इतना खिलाफ हो गया था कि उसे मार डालने तक की धमकी दे बैठा था।

तमाम सिलसिले से, बावजूद कामयाबी, आलोक पाटिल उतना सन्तुष्ट न हो सका जितना कि उसे होना चाहिये था। एक तो उस का निशाना ही गलत निकला था – विलेन रोशन चौधरी नहीं, उसका बिगड़ा हुआ बेटा निकला था – दूसरे, गोल्डी का मुकद्दमा नेपाल में चला था जिस की वजह से जो व्यापक पब्लिसिटी उस की भारत में होती, जो व्यापक वाहवाही उसे भारत में मिलती, वो नहीं मिल सकी थी। फिर भी वो बड़ा आपरेशन था जिस के सदके एनसीबी में उसका और इला कनितकर का रुतबा बढ़ा था।

साहिल सरीन को सम्पूर्ण स्वास्थ्यलाभ करने में दसाप्रतामा से कम वक्त लगा था। लेकिन हस्पताल से निजात पा चुकने के बाद भी वो पुलिस और एनसीबी से निजात नहीं पा सका था। जब तक गोल्डी का मुकद्दमा खत्म नहीं हो गया, तब तक लगभग हर तीसरे दिन पुलिस या सरकारी वकील के पास उसकी हाजिरी होती थी। आखिरकार जब वो मुकद्दमा खत्म हुआ तो सब से पहला काम उसने ये किया कि स्यू अलेमाओ से शादी की और हनीमून के लिये स्विट्ज़रलैंड गया। ड्रग के धन्धे में अपनी वक्ती हाजिरी में उसने दुख ही दुख झेले थे लेकिन एक ये

सुख आखिरकार उसने पाया कि भाई का कर्जा चुकाने के बाद बची रकम से वो ऐश्वर्यशाली हनीमून मनाने में कामयाब हो गया।

जेल में अपने भाई से मिलने – कभी अकेला, कभी मां के साथ – वो हर महीने जाता रहा और हर बार ये महसूस कर के अफसोस करता रहा कि जेल की सात साल की सजा से उस के भाई के मिजाज में कोई सुधार नहीं आने वाला था। जेल में जान जाने का जो खतरा वो हर घड़ी अपने सिर पर महसूस करता था, वो कब का टल चुका था जिस की वजह से उस का आत्मविश्वास लौट आया था। अब फिर उस के पास आनन-फानन ऐवरेस्ट जितनी बुलन्दी पर पहुंचने की कई स्कीमें थीं जिन में से कई को तो वो जेल में बैठा भी अंजाम दे सकता था।

बशर्ते कि साहिल जैसा कोई आजाद आपरेटर उसे फिर मिल जाता।

साहिल अब हैरान होता था कि कैसे कभी वो अपने भाई के रंग में इतना रंग गया कि उस की दागदार और अपनी बेदाग जिन्दगी को उसने ऐसा गड्ड-मड्ड कर डाला था कि वो अपने भाई के सुझाये एक ही रास्ते पर चलने को तैयार हो गया था।

एक ही रास्ता।

जो उसके भाई का रास्ता था।

जिस पर वो, जेल से आजाद हो कर भी, चलने से बाज नहीं आने वाला था।

समाप्त